中世日本文学の探求

日下　力著

汲古書院

まえがき

本書は、既刊の拙著に含まれていない論稿を主に、文字化しておきたいと思いつつ、果たせていなかったものを新たに書き加えて、一書としたものである。拙論が雑誌等に掲載・収録されたままでは忘れられてしまいかねないという危惧が一つの動機であり、各論の末尾には初出年時等の情報を付記した。

私の専門は軍記文学であるから、書名はそのイメージにつながるものにすべきだったかもしれないが、もともと中世文学へのシンパシーから、その深淵を求めて研究の道に進んだ身。書中、専門外の作品を論じた稿もあり、新稿の内の二篇もそうであるから、あえてこのタイトルとした。各論の問題意識は当然、今までの書の一々に通じている。そこで、書名を見て初めてこれを紐解く将来の読者のために、私の既刊書を後に掲げ、前もって紹介しておく。

私が研究書を世に問うことは、これが最後となろう。最初の論文公表は一九七〇年、研究生活は半世紀余りに及んだ。本書も、何がしか今後の研究に寄与するところがあってくれればと、願っている。

○『平家物語の誕生』岩波書店・二〇〇一年刊　○『「平家物語」という世界文学』笠間書院・二〇一七年刊　○『平家物語転読』笠間書院・二〇〇六年刊　○『平治物語の成立と展開』汲古書院・一九九七年刊　○『古典講読シリーズ・平治物語』岩波書店・一九九二年刊　○岩波新書『いくさ物語の世界――中世軍記文学を読む』岩波書店・二〇〇八年刊　○角川選書『中世尼僧　愛の果てに――『とはずがたり』の世界』角川学芸出版・二〇一二年刊

『中世日本文学の探求』目次

中世日本文学の探求

一　軍記物語とは何か

かつて「軍記物語」という呼称に疑問の呈されたことがあった。「記」と「物語」とが意味的に重複しており、ジャンル名としては「軍記もの」と称するべきだというのである。(1)おそらくその影響下に、若手研究者による勉強会「軍記物談話会」が設立され（一九六一年）、機関誌「軍記と語り物」を発行、当該誌は今日まで継承刊行されている。

永積安明によって主張されたその説は、「記」＝叙事詩的性格、「物語」＝抒情に傾斜した性格、と規定され、文学史的に、『将門記』に代表される「記」の文学から、『平家物語』に代表される「物語」の文学へと、後退的に展開したと捉えつつも、『平家物語』のなかに新しい時代を積極的に切り開く精神の所在を見ようとするものであった。もっとも永積自身、のちには「軍記物語」の呼称を用いた著述を公にしており（一九七八年・朝日新聞社刊『軍記物語の世界』）、結局、この呼称は生き続けている。それは、「物語」という語に対する潜在的な同感が、研究者間にあるからではなかろうか。

一　物語性

戦いを題材とした一連の作品群を、一渡り、読了したとして、読者の心動かされた対象を考えてみるに、やはり

『保元物語』『平治物語』『平家物語』に絞り込まれていくように思われる。そこには、『将門記』や『太平記』、また室町期に圧倒的となる「記」を称する作品群より、頭抜けた物語性があるからであろう。

物語は、現実と一線を画したふくらみのある世界であり、作者が自らの想像力を働かせて創りあげ、享受者も想像力を働かせて受け止め、味わうもの。「物語」と名のついた右の三作品は、その要素が「記」とある他作品より勝っていることを暗示していよう。

たとえば『保元物語』で、源為朝の放った一本の矢が、鎧武者一人の胸を射ぬき、後ろの武者の鎧の裏まで貫いたなどというのは、現実的にありえまい。それを承知で、作者も享受者も表現を楽しむ。似たような要素は、『義経物語』名のテキストもある『義経記』にも多いながら、『保元物語』には、そうした誇張表現とは異質な、現実にありうる、あるいはそうありたいと思う人間の心理の投影された、心の琴線に触れる表現が一方にある。それが作品に深みを与え、『義経記』とは異なる物語性を印象づけることになる。

分かりやすい例をあげてみよう。保元の乱で敗北した源為義は、敵対関係となったわが子の義朝を頼って出頭したものの、助命への期待は裏切られ、路上でだまし討ちに遭おうとする。切られる直前に真実を知らされた為義は、わが子を恨みつつも、明日から、父を切った子として世のうわさとなり、非難されることになるであろう義朝の将来を案ずる。すなわち、裏切られてもなお、子を思う親の情の深さが語られているのであった（古態本の半井本。以下同）。

ここには、そうあってほしい親たる者の愛が示されているに等しい。事実は、他の子供たちと一緒に彼は船岡山で処刑されたのであり（『兵範記』）、死の直前までそれを知らされていなかったというのは、明らかな虚構であった。劇的な、起伏のある物語場面が創出され、享受者の共感を呼ぶ、子を思う親の普遍的な愛が、テーマとして打ち出されている。

為義の最後の思い人は、四人の幼子と夫を殺され桂川に身を投じて死ぬが、死を覚悟したゆえんを自ら語るなかで、生き長らえていれば、わが子と同年齢のよその子を見て、わが子同様、殺されてしまえと思うに違いないゆえ、心中の罪ばかり積み重なるのみ、それよりは、と口にする。不幸な境遇にある人間は、往々にして、他者をも同じ境遇に引きずり込みたくなるという、よくある衝動が表出されており、読者の心を揺さぶる。『義経記』などでは、こうした要素が希薄と言わざるを得まい。

『平治物語』には、濃密に凝縮された母と子の物語たる常葉譚がある。常葉や今若・乙若・牛若といった個々の名はほぼ捨象され、「母」「八つ子」「六つ子」「二歳のみどり子」と表現されているところに、本質は母と子の愛の絆を語ろうとするものであることが現れていた（古態本系テキスト。以下同）。子の命を救うために戸惑い懊悩する常葉の姿は、母としてそうあってほしい、いや、追い込まれれば誰もそうなるに違いないと思う母一般の、同情心を掻き立てるものであろう。

『平家物語』中の、出家して大原に籠もった建礼門院徳子を後白河院が訪ねる話は、『閑居の友』に類似話があり、同根の逸話として知られているが、両者を比較すれば、『平家物語』の方には亡きわが子の安徳帝への思いが幾重にも語られており、仏語も頻用されて、女院の苦悩と仏教色とが深められている。そこに、物語的ふくらみの意図されたことが明らかに見てとれる。先立ってしまった子を思う情に、身分の差はない。

この作品で胸を突かれる思いにさせられるのは、わが子を犠牲にして逃げ延びてしまった平知盛の告白であった。一の谷の合戦で、父を逃すべく敵に組打ちを挑んで討たれた子を思いつつ、つくづく人というものは、おのれの命が惜しいものだったと、自身がその場に立たされて初めて分かったと言う。その告白は、古態を残す延慶本の伝える、以仁王の乳母子が、主の遺骸を目にしながら、護送の武士への恐怖心から身が縮まり、すがりつくことすらできず、命は惜しいものとよく分かったと語るそれと同じであった。

同本には、俊寛を鬼界が島に置き去りにせざるを得なくなる藤原成経と平康頼とが、愁訴する俊寛をなだめかね、恋路に迷う者とて我が身に勝るものがあろうか、誰しも最後は我が身大切になるものと、互いに言い交しつつ、帰京の準備にいそしんだとある。また、『平治物語』の一老武者の話、わが息子の討死を目前にしながら何もできず、涙ながらに帰ってきたという一話も、結局は我が身大切になってしまう人間のエゴを語っていよう。これらの話柄には、死と隣り合わせの極限状況に立ち至って初めて自覚させられた、認めることのつらい人間の真実が伝えられていると言ってよい。

それは、歴史的に同じ空間に生き、似た体験をした多くの人々の共感を得るものだったであろう。軍記物語の物語性は、そうした作者も享受者も共有する体験的心理を基盤として成り立っている要素が大きい。それゆえ、享受者は時代を隔てても、作中の一話一話に、「さもありなん」という、人間のありようの普遍性の一斑を思い見、カタルシスをも覚えることになる。そこに、物語としての存在価値がある。

二　軍記性

「軍記」という用語は、『群書類従』や『史籍集覧』の書籍目録を見れば、江戸期の作品名から継承されたものであることが容易に分かる(2)。両目録には、『謙信軍記』等、「何々軍記」と称するものが、重複作品を除いて二十二にものぼる。その「軍記」に、「物語」の語を結びつけたのは、けだし卓見とも言えよう。「記」は、事実への密着度の高さで評価を得ようとし、「物語」はそこからの飛躍を通して読者を引きつけようとする。両者、相俟って成り立っているのが、軍記物語の文学性であろう。つまり、戦いに関する事実の記述、すなわち「記」の性格を底辺に持つことによって、王朝の物語類とは異質な物語としての内実を獲得するに至っているのである。

作中における日付の記述が、「記」的性格を端的にものがたる。『平家物語』（覚一本）で指摘されてきた各巻の冒頭が、巻十二と灌頂巻を除いて、全て年月日の提示に始まることや、平家一門の都落ちの日付が、「寿永二年七月二十五日に、平家、都を落ちはてぬ」と印象的に語られていることなどを例示すれば、事足りよう。が、「物語」を創る側は、事実で満足せず、たとえば源頼朝の征夷大将軍就任を九年も早めて、平家が九州からも追い出された直後のこととして、権力の逆転を明瞭に語ろうとする。右の平家都落ちの日付も、都を去る人々のさまざまな悲しむ姿を伝えたあとの結びの句という、物語的含みを帯びた言葉ゆえに印象的なのであった。

『平治物語』でも、反乱軍を鎮圧することになる清盛の熊野路からの帰洛を、反乱を内部崩壊に導く藤原光頼の言動と結びつけて語るべく、事実より二日早めて設定、常葉母子の話を頼朝の助命話と交互に展開させるべく、都落ちの日付を大胆に一か月も遅らせていた。(3) こうした手法を介して、「記」は「物語」へと変貌する。

軍記物語における、物語ろうとする動機には、まちがいなく事実の側からの触発がある。知盛の告白も、実は、壇の浦から四十六年後まで生き延び、八十歳で世を去った彼の妻が伝えた言葉であったかも知れなかったし、那智の沖で身を投じて自ら命を絶った平維盛に、熊野参詣路で出会ったという武士の話などは、ほぼ実話と推測されるものであった。(4)『平治物語』には、源義朝が、敗色濃いなか、戦場に連れてこられた六歳の愛嬢を目にし、そんな者は右近の馬場の井戸に捨てよと、涙を隠しながら一言発した場面がある。馬寮の長官であった彼には、その井戸はとっさに思いつく存在だったはず、そこから事実話の匂いがしてくる。

事実の「記」は「記」であっても、戦いの「記」であることが重要である。右の諸話の基は、いずれも死の危険にさらされた人々の実際の姿を伝える戦場譚。それが、作者の表現意欲を掻き立てる大きな源泉になったことは間違いあるまい。『義経記』の場合は、「記」がつくとはいえ、源義経の生涯を語る伝説的一代記であって、戦いの実態を記すものではないゆえに、準軍記物語とも称されてきた。「物語」と名のつく『曾我物語』も同様で、戦争の実状とは遊離した物語に傾斜して、軍記性に乏しい。これらの作品に、人の生の根源、たとえば前述したエゴを問うような、あえて言えば哲学的命題が垣間見られないのは、当然と言えば当然であった。戦いの現実を反映した、悲喜こもごもの感情や思念が凝縮され、昇華されて、物語世界が形づくられている、そこに軍記物語の命がある。

私は近年、「軍記物語」より、「いくさ物語」の呼称を多く用いるようになっている。「軍記」の語が江戸期から引き継がれたもので、かつ「記」と「物語」とが重複するという指摘も気になってきたが、何より世界各地で創られてきた、戦いを題材とする作品群と比較しようとする時、「いくさ物語」の方が、それらにも適用できる汎用性があると考えられたからである。英訳すれば「War Tales」となるよし、それで世界に通用する。「軍記物語」は、日本固有の用語に過ぎない。

三　合戦譚の構築

為朝の強弓は、前述したように想像を絶するものであった。更に、鎧武者の腰を鞍に串刺しにしたとか、義朝の乳母子の鎌田正清を馬で急追した時の罵声は雷鳴のようだったといい、兄の義朝に対しては、敢えて兜を射削る激しい矢を放って、落馬寸前の恐怖を覚えさせる。射損じた矢は一本ながら、敵の脚を傷つけ、馬を即死させる。その無敵の英雄像は、作者が楽しく描きあげたものであったろう。

『平治物語』では、悪源太義平と平重盛との騎馬戦が秀逸であった。わずか十七騎の義平勢が、五百騎の重盛勢を二度にわたって宮中から追い出すという場面は、活き活きとした描写を伴っていかにも劇的である。しかしそれは、明らかな虚構、作品成立時の時代状況を反映した創作と考えられた(5)。

『平家物語』の合戦場面の虚構でよく知られているのは、以仁王事件を語るなかの宇治平等院における橋合戦の場面。実際は、平家の追撃軍三百余騎に対し、平等院に籠もる反乱軍は、せいぜい五十余騎に過ぎなかったのに（『玉葉』）、物語は二万八千余騎対千余騎の合戦に仕立てあげてしまっていた。

十万余騎で一の谷に布陣する平家軍を、源氏の大手軍五万余騎と搦め手軍一万余騎とが攻撃、搦め手を率いる義経の坂落としの奇襲作戦が功を奏して、敵を壊滅状態にさせた合戦譚は著名ながら、実際の平家軍は二万から数万、それに対し源氏軍はわずか二、三千騎に過ぎず、しかも搦め手軍の場合、いったん都を出立したのち大江山あたりに滞留、下向の武士らは、強大な敵勢を前に合戦を好まぬありさまだったという（『玉葉』）。二日路を一日で踏破し、勇躍、一の谷に迫ったという物語の記述は、全くの虚構。開戦前には、誰しもが平家軍の勝利を信じていたにもかかわらず、あっけなくも二時間足らずで勝敗が決したこの戦いの裏には、後白河院のしたたかな策略によるだまし討ちが想定されるところでもあった(6)。

戦いを題材とする文学作品では、享受者の感興をそそるための、虚実織り交ぜての語りが、半ば必然的に生み出されてきた。たとえば、フランスの叙事詩『ロランの歌』で、主人公のロランが落命する七七八年八月十五日の、フランス・スペイン国境のロンスヴォー峠での戦い。二万騎のフランス勢と十万とも四十万とも語られるイスラム教徒のスペイン勢とが、そこで死闘を繰り返したとあるが、現地は尾根続きの山地で、それだけの軍勢が展開できるほどの平原はまったくなく、せいぜい百単位の軍勢による戦いだったと想定される。それを大きく拡大し、悲壮な英雄の死を描いたのであった。

主人公の圧倒的強さを語るために、いとも簡単に敵を倒したごときイメージを与える、非現実的な話も創られる。スペインの叙事詩『エル・シードの歌』は、主人公シードの死から遅くとも一世紀くらいの時点で成立したらしいのであるが、初戦の戦いで百騎を従えた彼は、朝、人々が城門を開き、農地に働きに出た隙を狙って急襲、苦もなく城を陥落させてまたたく間に町全体を制圧し、二百騎の別動隊は九十キロも離れた地まで進軍、あまたの戦利品を手に凱旋してきたと語られる。彼の非凡さ、卓抜さを賛嘆するための表現であることは、論を俟たない。

『太平記』における楠正成の活躍にしても、相応の虚構が混じっていることは疑いない。勝ち負けの話は、話す方も聞く方も、深層心理で何がしかの興奮を求めていよう。そこに、合戦譚構築の淵源があるように思われる。しかし、軍記物語は、闘いの興奮を刺激するのみで終ってはいない。

四　実感の収斂

現実の自らの体験を通して初めて、「よう、命は惜しいもので候ひけり」と理解できたという知盛や以仁王の乳母子の告白は、死に直面した多くの人々の共感を呼ぶものであるに違いなかった。そして、その共感・共鳴が、物語中でこの言葉を印象深いインパクトのあるものに仕立てあげていったと言えよう。

知盛にしても以仁王の乳母子にしても、自らの意志に反して肉体が逃げてしまったのであった。知盛は、死ぬならば我が子と共にと思っていたであろうし、乳母子は、主君のためなら死んでもいいと思っていたであろう。が、それができなかったことになる。思い通りにならない肉体に潜む命、それを当時の人々は「命は限りあるもの」と表現した。『平治物語』（前同）には、息子を討たれた老武者が共に死のうと戦ったが、「命は限りあ」って、敵の矢にも当たらなかったとあり、『平家物語』の延慶本・巻六には、「命は限りあり、思ひには死なぬ習ひ」という一節があり、『建礼門院右京大夫集』は、「心よりほかの命のあらるる」が厭わしいと記す。

そうした発想と脈略上つながるのが、「生き身」という語であった。鬼界が島で死を決意した俊寛が、都に十二歳の娘ひとりを残す結果となることに思いを馳せ、それでもあの子は、「生き身なれば、嘆きながらも」生きて行くであろうと信ずる、その言葉の中に見えるものであった。おのずからの生命力を秘めた生身の肉体を持っているゆえ、どんなに嘆き悲しんでも、生きていけるに違いないという。この一言は、物語の異本（葉子十行本等）に、夫（平通盛）の後を追って海に身を投ずる小宰相が、引き留めようとする乳母に向かって言う言葉の中でも、あなたは「生き身」だから、私が死んでも生きていけるでしょう、と使われていた。相手に冷水を浴びせるような、場にそぐわない文脈での使用は、この一語が人々の共感を得て独り歩きをしていた証拠であろう(7)。

その小宰相は、決戦の前日、明日は死にそうな気がするという気弱な夫の言葉を耳にしながら、「いくさはいつもの事なれば」、まさか本当になるとは思いもせず、来世での再会を契りもしなかったことを後に悔いて、入水したと語られる。延慶本では、一の谷で生け捕られ、奈良で処刑される夫の平重衡と逢瀬を果たした北の方が、「いくさは常の事なれば、必ずしも」あの日が最後の別れになろうとは思ってもみなかったと、夫の前で後悔する。酷似した物言いからは、当時の人々、特に女性たちが共に味わったであろう思いが伝わってくる。

平敦盛を討たざるを得なかった熊谷直実の、「弓矢とる身ほど口惜しかりけるものはなし。武芸の家に生まれずは……」という独白は貴重であった。数ある世界の戦いの文学の中で、登場人物たる兵士に、自らの罪悪性を口にさせたのは、管見の及ぶ限り、『平家物語』が最初である(8)。直実出家の本当の動機は他に考えられるところであったが、物語は、少なからぬ武士たちが痛感したと思われる思いを、直実の出家譚に結びつけたと見える。

『平家物語』には、当人の心中を想像して、「おしはかられて哀れなり」と語る慣用句が頻出する（覚一本・十六例）。しょせんは本人にしか分からない苦しみや悲しみがあること、それを知り尽くしているところから生まれた慣用句であろう。また、当人が他者に向かって、「おしはかり給ふべし」とも言う（同・三例）。自分ではとうてい言葉にできないもの、それが分かってほしいと請うているわけである。戦乱の体験を通して、言語による表現には限界があることを、皆が熟知していたのである。物語の本文が洗練されていくなかで、これらの現実体験に触発された実感は、煮つめられ、収斂されていった。

五　叙事詩との位相差

軍記物語は、戦いをあおり、そそのかすものではない。他者を排除する姿勢を持ってはいない。作中に否定すべき人物像を描いたにしても、作品自体を外部の否定すべき対象に向けているわけではない。無論、『太平記』もそうである。

それに対し、西欧の叙事詩は、例えばロシアの『イーゴリ遠征物語』など、敵対する遊牧民ポーロヴェッへの戦いに参加するよう諸侯にうながし、先の『ロランの歌』や『エル・シードの歌』は、イスラム勢力を敵視する。民族・宗教・国家といった線引きが作中にあり、自集団をたたえ、他集団をさげすむ。叙事詩が自集団を鼓舞する色彩を深めるに至ったのは、ローマ建国の物語たるイタリアの『アエネーイス』以降かと推測されたが、(9)軍記物語にはそれがない。

自集団を鼓舞することに主眼があるとすれば、登場人物の年齢などは度外視しても構わなかったらしい。基本的に、叙事詩には年齢記述がない。軍記作品との大きな違いである。その人物がいかに英雄的な力を発揮したかに焦点は合わされ、何歳で死んだかなどということには意識が及んでいない。前述したところの軍記性が薄弱とも評することができよう。

叙事詩の中心に屹立しているのは、主人公たる一人の英雄である。他は、彼を支える脇役的存在の域を出ない。一方、歴史上に浮き沈みした多くの人間像を描こうとする軍記物語には、当然のことながら、主人公は認めがたい。『平家物語』の場合、かつて清盛・義仲・義経三人の作中における主人公交替説が唱えられ、かなりの影響力を残したが[10]、それは明治期における西欧の叙事詩論の影響下に、主人公を強引に作品に求めた結果であったろう。この三人の性格には、肯定的側面と否定的側面との両面が共に描かれているが、叙事詩の主人公は絶対的な賛嘆の対象である。そもそもこの世に、完全無欠なる人間なぞいるはずはない。軍記物語を紡ぎ出した人々は、経験的にそれが分かっていたのである。

前節で、「おしはかられて哀れなり」という言葉を取りあげたが、叙事詩の類には、こうした惻隠の情を表す表現がない。その差は、現実に継起した事象そのものに、殊に、その中で生き死にしていった一人ひとりの生のあり方に、どれだけ表現主体が身を寄り添わせているか否かに依っていよう。現実よりも、自集団に寄与する目的に、意を傾注しているのが叙事詩であった。物語性をふくらませて行く姿勢の向きが、真逆に近い。

それと連動するのであろう、戦いの犠牲となった十代の少年たちを哀悼する思いが、『平家物語』の敦盛や知章、『平治物語』の朝長、『承久記』の寿王・勢多伽丸、といったように軍記物語には共通してあるのに対し、叙事詩ではほとんど語られない。希薄なのは、夫を失い、わが子を奪われた女性の悲しみについても言える。あくまでも男の文学なのであり、作品の核にあるのは不屈の魂を持った勇武に長けた英雄で、子供も女性も影は薄い。叙事詩ではない中国の『三国志演義』でも、それは等しい。

世界的に見て、わが国の軍記物語は、稀有な存在であろう。海外の作品群との比較を通してそれが分かる。また逆に、欠落している要素のあることも見えてくる。(11) 端的に言えば、現実の受容が先行していて、反戦のフレーズなど、見出せないということである。軍記物語とは何かという本質への問いかけは、今後もなお続けられなければなるまい。

注

(1) 永積安明「「軍記もの」の構造とその展開」(「國語と國文學」一九六〇年四月。『中世文学の成立』〈岩波書店・一九六三年刊〉所収)。

(2) 佐伯真一「「軍記」概念の再検討」(『中世の軍記物語と歴史叙述』所収。竹林舎・二〇一一年刊)、「『平家物語』は軍記か」(「文学」二〇一五年三月)。

(3) 拙著『平治物語の成立と展開』(汲古書院・一九九七年刊)前篇・第三章。

(4) 拙著『平家物語の誕生』(岩波書店・二〇〇一年刊)第一部・第一章、第二部・第三章。

(5) 同右、第三部・第一章。

(6) 拙著『いくさ物語の世界――中世軍記文学を読む』(岩波新書・二〇〇八年刊)第四章。

(7) 注4拙著、第四部・第四章。

(8) 他には、十八世紀に採録されたスコットランド叙事詩『オシアン』の主人公フィンガルが、戦いの前線からの勇退を息子に告げ、「敵を傷つけて嬉しいか、勇士が悲しみ、涙を流すのが嬉しいかと、歳月が問う」「血を流すことに歓びもない、益もない」(岩波文庫より)と語る言葉が、目につくくらいである。

(9) 拙著『「平家物語」という世界文学』(笠間書院・二〇一七年刊)。

（10）石母田正著『平家物語』（岩波新書・一九五七年刊）が、それを否定した。
（11）注9拙著、エピローグ。

（「季刊・悠久149」二〇一七年五月）

二　現実と物語世界
――軍記物語の場合――

一　世の実相

平家一門の都落ちを余儀なくさせた北陸合戦の敗北は、同族の人びとに大きな衝撃をもたらした。寿永二年（一一八三）四月下旬、四万余騎の大軍で都を出立した官軍の、順調な進軍情報が一転して、大敗の報が届いたのが五月十六日、『玉葉』は、「官軍、敗績。過半、死に了んぬと云々」と短く記している。越中国に入ったところで、木曾義仲・源行家の連合軍に敗れたのであった。敵軍は、わずかに五千騎にも及ばぬ数だったという（六月五日条）。その後、敗走に敗走を重ねた結果なのであろう、半月後の六月四日条には、「伝へ聞く、北陸の官軍、悉《ことごと》く以て敗績。今暁、飛脚到来。官兵の妻子等、悲泣、極り無しと云々」と記す。また、「六波羅の気色、こと損ず」ともあり、意気消沈し、静まり返った家々から、悲しみの嗚咽が漏れ聞こえてくるさまが想像される。翌日条によれば、帰還兵のうち、甲冑を身につけていた者は、わずか四、五騎ばかり、その外は過半が死傷し、残りの者は皆、武具を捨てて山林に逃げ込み、名だたる武将すら、半袖の帷子《かたびら》姿に髪を取り乱した体たらく、従者を一人も連れてはいなかった。

これに先立つ治承三年（一一七九）十一月の清盛によるクーデターの際には、後白河院に仕えていた人物が手を切られたり、殺されて海に突き入れられたりしている（『玉葉』二十四日条）。安元三年（一一七七）の、平家転覆をねらった最初の事件たる鹿の谷事件では、備前国へ流された大納言藤原成親の死に関する情報が、都の記録に書きとどめられており、それは「艱難《かんなん》の責めにより、水を飲みて気を増すと云々。実は水を飲まざるか。条々迫責により、その命、堪へずして薨去了んぬ」というものであった（『顕広王記』七月九日条）。死は、今日よりはるかに多く、目前の現実としてあったのである。

藤原定家は、六条朱雀の都大路に、首を切られた男女の二遺体が放置されていた事件を、生々しく伝えている（『明月記』嘉禄二年〈一二二六〉六月二十三、四日条）。両人とも頭をそった出家姿で、どうやら丸裸であったらしく、通行人が見るに忍びなかったのであろう、木の枝で女陰を覆ってあったという。もちろん、見物人が群れをなしていた。切られた二人は、公卿の従三位源雅行の息子と娘で、娘は嫁いでいたにもかかわらず、弟を慕って家を逃げ出し、それを知った父の卿が激怒、両者はともに出家したものの、なお怒りがおさまらず、侍に命じて殺害し、遺体をあえて路上に捨てさせたのであった。近親相姦を罰した事件であったのだろう。盗賊による殺傷事件も、教えてあげれば切りのない時代であった。

諸軍記作品が誕生してくる同時代の寛喜三年（一二三一）には、都大路は餓死者が次つぎと横たわり、目をおおうばかりの惨状を呈していた。前年の夏が雪の降るほどの冷夏だったために、大飢饉に見舞われたのである。『民経記』（藤原経光の日記）にその記録をたどれば、四月六日条に、「餓死により、死人、道路に充満、哀れむべし、哀れむべし」とあり、十六日条には、日吉神社の祭礼が、社頭に死人がいたことによる触穢のため、延期されたとした上、「治承の外、頗る稀」と記す。「治承」は、治承五年（一一八一）すなわち養和元年の、『方丈記』にも書かれていて有名な大飢饉を指しており、それ以来の災害だというのである。五月に入ると、飢饉による改元が内々の会議の議題とされ、道にあふれる死骸を収容して取り除くべしとの主張もなされている（三日条）。六月には、宮中で行なわれる恒例の神今食《じんこんじき》の神事が、神祇官の北庁に餓死者が多くいて触穢の事態となり、これも延期された（一日、十一日条）。

衝撃的な記事は、大雨によって鴨川が氾濫し、河原に満ちていた死骸を洗い流したとするもので、その際、人びとは、祇園会が近づき、掃除のために洪水となったのだとうわさしあったという（六月暦記、四日条）。餓死者は、道にも河原にも、なすすべなく放置されたままだったと見える。期待された祇園の祭りも、本社が死人に穢されてついに延期、「死骸、道路に満ち、諸社・諸寺、警固《けいご》を致すと雖も」、触穢を防げない状態であった（十一日条）。社寺の建物は、飢えた多くの人びとが、最後に身を寄せる場所として選ぶ対象となっていたのであろう。なお、洪水によって洗い清められたはずの鴨川の河原は、それからわずか十三日後には、「凡《おほよ》そ其の隙なし」と書かれるほど、再び死骸にあふれるありさまとなる（十七日条）。遺体の集積所とされていたのではあるまいか。

『明月記』にも、飢え人が倒れ伏し、道に死骸の満ちる状況が「日を逐って加増」したとも（七月二日条）、死臭が「徐《おもむ》ろに家中に及」び、「日夜を論ぜず、死人を抱きて」通り過ぎていく者は数えきれないくらいであったとも伝える（三日条）。大飢饉のもたらした現実は、かくも醜悪であった。

『民経記』の筆者が引き合いに出した治承五年の飢饉でも、似たような風景が展開されていたことであろう。後日、頼朝の信を得ることになる吉田経房は、当時、三条烏丸を通ろうとしたところ、「餓死者八人」が放置されていたのでやめたとし、「近日、死骸、殆んど道路に満つと云ふべし」と記している（『吉記』四月五日条）。清盛は、この年の閏二月四日に亡くなるが、その前日の『玉葉』には、美濃国に派遣された反乱追討軍が、食糧を全く無くして餓死に及ぼうとしているとある。翌年にまで飢餓は続き、人びとは「嬰児を道路に棄て、死骸、街衢《がいく》に満ち」、夜は強盗が横行して放火を重ね、院に仕える蔵人クラスの輩は「多く以つて餓死」し、それ以下の階層の死者は数えられぬほど、

「飢饉、前代を越」える苛酷さであったという（『百練抄』養和二年正月十七日条）。

こうした現実を、『平家物語』は一向に伝えようとはしていない。作者は、たとえ治承・養和の飢饉を経験していないにしても、ちょうど五十年後のそれを眼前にしていた蓋然性は高い。とすれば、『方丈記』も語る過去の惨禍を、それなりに文字化できなかったはずはなかろう。彼には、その意志がなかったものと判ぜざるをえない。勇猛果敢な合戦場面が、決して現実そのままではないのと同じように、悲惨な戦いの実態や社会状況が、忠実に写し取られているわけでもないのである。

二　現実の反映

現実と表現世界との間に、埋めがたい溝があるにしても、当然、両者は、言わば層を異にしながら、濃密に結びついている。たとえば『平治物語』で、反乱の主謀者であった藤原信頼が、鴨川の河原で処刑された場面の死体の描写は、古態本（学習院本）に次のようにある。

大の男の肥ゑ太りたるが、頸はとられて、むくろのうつぶさまに伏したる上に、すなご蹴かけられて、折ふし村雨のふりかゝりたれば、背みぞにたまれる水、血まじりて紅《くれなひ》をながせり。目もあてられぬありさまなり。

ここでは、微細な描写が表現に現実味を与えている。「大の男の肥ゑ太りたる」という、視覚にうったえる具体的描写から始まり、首のないうつぶしの遺体、罪人ゆえに砂を足で蹴りかけられ、そぼ降る雨が砂まじりに背筋にたまり、鮮血で染まっているさまに至るまで、一つ一つの表現にリアリティがある。『平家物語』を筆頭とする軍記四作品には、血がほとんど描かれない。その意味でも注目に価する、特異な場面である。では、作者が実際に信頼の処刑現場を見て書いたのかと言えば、そうではあるまい。何しろ、作品の成立は、事件から七十年ほども経ったのちと考えられたからである。とすれば、ここのリアリティは、作者が現実に生きていた時代に目にした光景を、模した結果ではなかったかと想像されてくる。物語の表現世界は、こうしたレベルで現実社会と結びついていたはずであった。

『平家物語』の延慶本では、木曾義仲追討のために上洛する義経軍が宇治川に到着した時、布陣を目的に民家を焼き払った記述がある。義経軍は二万五千余騎、川端に臨めたのは四、五千騎で、あとの二万余騎を展開させようとして、三百余軒の民家に火を放ったとある。前もってそのことを告知したため、人びとは戦場を避けて逃亡したあと、一人も人がいないのを幸いに放火し、取り残されていた牛馬は焼け死に、更に、

老タル親ノ行歩ニモ叶ハヌ、タ、ミノ下ニカクシ、板ノ下、壺瓶ノ底ニ有リケルモ、皆、焼ケ死ニケリ。或イハ逃ゲ隠ルベキ力モ無カリケルヤサシキ女房・姫君ナンドヤ、或イハ病床ニ臥シタル浅猿《あさまし》ゲナル者、小者《こもの》共ニ至ルマデ、刹那ノ間ニ灰燼トゾナリニケル。「風吹ケバ、木ヤスカラズ」トハ、此ノ体ノ事ナルベシ。

と、つづる。戦いの被害は、常に弱者に集中するという、戦争被害者の実態を伝えようとしたものである。

そもそもこの時の義経軍は、二万五千余騎などではなかった。『玉葉』寿永三年（一一八四）正月十三日条によれば、「僅かに千余騎」。なぜ少なかったかといえば、翌十四日条に、「関東、飢饉の間」と説明されている。従って、二万余の大軍布陣のために、三百余軒を焼いたという事実は信じがたい。しかし、戦いともなれば、民家を焼却する手法は常道で、この前年にあった義仲と後白河院との法住寺合戦でも、義仲軍が「河原の在家を焼き払」っている（『玉葉』寿永二年十一月十九日条）。その際には、院の御所、法住寺殿に籠っていた人びとのうち、「女房等、多く以て裸形」で逃げ迷った（『吉記』同日条）。命を守るために、行動を束縛する重ね着した衣類は、脱ぎ捨てざるをえなかったのである。宇治川の戦場記述は、事実に反するとはいえ、戦いの実情を描き出したものであることは間違いない。

敗戦の混乱のさなか、味方どうしが殺し合うことも、間々、あることであった。一の谷の合戦で大敗北を喫した平家軍は、海上の船へと逃れるが、あまりに大勢が混み乗ったため、船が沈んでしまう。そこで、

其の後は、「よき人をば乗すとも、雑人共をば乗すべからず」とて、太刀・長刀で薙《な》がせけり。かくする事とは知りながら、乗せじとする舟にとりつき、つかみつき、或はうでうちきられ、或はひぢうち落されて、一の谷の汀にあけになッてぞ並み臥したる。（覚一本）

と、物語は語る。これも事実か否かは二の次で、戦いの現場における非情さを示すことにこそ眼目がある。こうした場合における被害者もまた、階層的弱者であることを、文面は明らかにしつつ、かなわぬことと知ってなお、助けを求めてあがき苦しみ、切られていく人びとの姿を端的にとらえている。それは、鬼界が島に取り残される俊寛が、海中に入り、出て行く船にすがりつく場面にも通じているかに見える。

最初に紹介した北陸合戦での平家敗北の悲劇が、物語ではどのように表現されているかを改めて見てみよう。覚一本は、平家の郎等、藤原忠清・景家兄弟が、共に我が子を戦場で失い、悲痛にくれたことを特記しながら、次のように記す。

上総守忠清・飛驒守景家は、をとゝし入道相国薨ぜられける時、ともに出家したりけるが、今度、北国にて子ども皆ほろびぬと聞いて、其の思ひのつもりにや、つひになげき死にぞ死ににける。是をはじめて、おやは子におくれ、婦《め》は夫にわかれ、凡そ遠国・近国もさこそありけめ、京中には、家ゝ門戸を閉じて声ゝに念仏申し、をめきさけぶ事おびたゝし。

『玉葉』は、「官兵の妻子等、悲泣、極り無し」と書いていたが、ここはそれと重なる。ただし、忠清と景家の死は、正しくはない。忠清は、壇の浦合戦の一か月半後、伊勢の鈴鹿山で捕らえられ、都で処刑されてさらし首となったの

が事実である（『吉記』元暦二年〈一一八五〉五月十四日条）。出家も、一門の都落ち後のことで、主君の死を契機としたものではない（同、寿永二年七月二十九日条）。景家は、北陸合戦から逃げ帰った一人で（『玉葉』六月五日条）、息子の死を都にいて「聞い」たわけではなく、当時、すでに出家していたとも考えがたい。延慶本にさかのぼってみれば、忠清に関する記述はなく、景家についても、出家遁世したいむねを口にしたとだけある。察するに、改作される過程で、家族を見舞った不幸と親子の情に的を絞った一節が、悲劇的出来事の象徴として創作されるに至ったのであった。「なげき死」の一語には、愛する者を失った人一般の、いやしがたい懊悩が託されている。

三　女性のうらみ

物語の真価は、享受者が登場人物にどれほど共鳴できるかによって左右される。共鳴の度合いは、語られる当該人物の心の葛藤の現実味と深くかかわろう。女性の場合を見てみたい。

『保元物語』は、合戦終結後、敗者側の動静を追う。戦場を逃れた崇徳院の、出家から仁和寺に身を寄せるまでの経緯、のどに流れ矢を受けた左大臣頼長の死と、父の前関白忠実の嘆き、と相次いで語られ、やがて、源氏一族の悲劇が連続してものがたられることになる。比叡山に登って出家した為義は、為朝の制止を振り切って、後白河天皇方についていた嫡男義朝のもとに出頭、義朝は朝廷に対して再三命乞いをするが許されず、部下の進言に従って父の首を切らせる。更に、為朝は取り逃がしたものの、五人の弟たちを次つぎと捕らえて処刑、あげく、為義晩年の思い人であった女性の生んだ十三歳から七歳までの、幼い四人の男の子をも切らせてしまう。それは、母親が夫為義と子供たちの命を助けてほしいと祈るために、源氏の氏神である石清水八幡へ参詣している留守中の出来事であった。義朝の指示を受けた武士が、父上が待っていると子供たちをだまして連れ出し、最後に事の次第を伝えて、涙ながらに首を打ち落したのである。処刑場は、都の北の郊外、船岡山であった。

母親は、石清水から帰る途中、桂川沿いの地までやって来た時、刑を執行した武士から真実を伝えられる。その時から、彼女は身も世もない悲しみに激しく突き動かされていく。「輿ノ内ヲ倒《ころ》ビ出デテ、天ニ仰ギ、五体ヲ地ニ投ゲテ、叫バントスレ共、音《こゑ》モ無ク、泣ケ共、涙モ無カリケリ。消エ入リ〳〵モダヘ《（え）》ケリ」（半井本）というありさま、やっと息ができるようになって出てきた言葉は、「夢カウツツカ、ヲ《（お）》ボツカナシ。如何セン、〳〵」という、受け入れがたい現実を前に、ただ惑乱するばかりのそれだったと語られる。そして、次なる言葉は、自らの愚かしさを自嘲するもの。

　八幡へ参ルモ誰ガ為、入道殿（為義）ト四人ノ子共ノ祈リノ為也。何《いか》ニ鬼ノ笑ヒケン、船岡山ノへ行カズシテ、何シニ八幡《やはた》ヘハ参ルゾトテ。

石清水八幡へ参詣したのは、外ならぬ夫と子供たちのため、しかし所詮、氏神など頼りにならぬものだった、私の愚行を天から鬼が見ていて、どれほど笑っていたことか、我が子の殺される船岡山へ、せめて一緒に行ってやればよいものを、何で石清水になんぞ行くのかと――。頼みにもできぬものを頼ってしまったことの後悔と慙愧の念、ひいては神への恨みが、制御しがたい狂気の情にまで高まって表白されている。そう実感させるのが、「何《いか》ニ鬼ノ笑ヒケン」の一言であろう。取り返しのつかぬ過去を振り返った時の自責、自虐、笑えぬ笑い、そうした狂おしい思いが、深く込められた言葉である。

子供たちは皆、母と一緒に行きたいとせがんだのだという。しかし、四人を連れては供人も多くなると思い、平等に捨て置いてきたのが恨めしく、一人でも二人でも連れてきていたならばと、彼女の後悔はつきない。今さら我が家へ帰る気もせず、せめて我が子のむくろなりとも見たいと、船岡山へ向かう。が、途中で思いは変わる。首実検に供されて顔もないむくろ、今は獣に食い散らされているだろうものを探し出して何になる、しかるべき寺に行って出家したいと思いはするが、そこでも物見高い目にさらされ、うわさの種になるに違いない我が身、いっその事と、その場で自ら髪を切ってしまう。

それでも気持ちは、おさまらない。人は一日一夜の間に、八億四千の煩悩があると聞く、まして夫と我が子のことが忘れられぬ身、子供の年を数えて今年はいくつになるはずと思えば、切った人、切らせた人が恨めしく、世に時めいている幼い子を見れば、「我ガ子共ノ成リケン様ニ成リ行ケカシトノミ思」うに違いないことゆえ、煩悩の罪はいや増しになりゆくばかり。仏道修行を積んだところで、何になろう、ならば、この川に身を投げて命を断つのが一番と、心中を吐露する。自分と同じ不幸な境涯に他者を引きずり込みたい衝動は、今も昔も変わらない心の現実。それが真正面から語られている。

お供の人たちは、今度の合戦で夫を失い、子を殺された人は多いが、身を投げた者はいないと、他の人を引き合いに出して説得する。それでも、「人ノ更《さ(あ)ら》ネバ、我モ更《さ(あ)ら》ジト思フベカラズ。心ゝ思《おもひ》ゝノ事ヲヤ」と耳を貸さず、夫と四人の子との後世再会を阿弥陀仏に念じつつ川端に立つが、人びとに力づくで阻まれ、一旦、翻意したかに見せかけ、すれ違いざま、ついに入水したのであった。他者には分からぬ個の悲しみがあることを、作者は表現したかったのであろう。

この女性は、美濃国青墓の生れであったことが知られている（『吾妻鏡』建久元年〈一一九〇〉十月二十九日条）。内記大夫平行遠の娘で、妹は後日その地の遊女の長となる女性、しかもあの義朝の愛人であった。つまり、親子が姉妹を妻としていたという関係である。物語で、「切ラセケル人ノ浦目敷《うらめしく》」と彼女に言わせているその「切ラセケル人」とは、外ならぬ妹の夫だったことになる。彼女が自ら命を断ったのは事実であったろう。それを物語作者は、暗く激しく孤独におちいっていく心の軌跡をたどることで、描きあげたのであった。

四　男女の心のみぞ

人から止められたのにもかかわらず、死を選んだ行為は、『平家物語』で語られる平通盛の妻、小宰相に通ずる。通盛は清盛の弟の教盛の子、一の谷の戦いで討たれ、彼女は瀬戸内海に身を投じた。そのことは、『建礼門院右京大夫集』にも伝えられている。

夫の討死の知らせを聞いたのは船中、にわかには信じられず、来る日も来る日も帰りを待ち続けるが、明日は屋島へ着こうという夜、ついにあきらめ、乳母に悔いる思いをうちあける。最後の別れとなった夜のこと、あの人は、「いつよりも心ぼそげにうちなげきて、『明日《みやうにち》のいくさには、一ぢやう討たれなんずとおぼゆるはとよ』」と告白したのだという。でも、自分は、「いくさはいつもの事なれば」、そうなろうとは思いもしなかったことが、今となっては悔やまれる。それが最後と分かっていたなら、どうして来世での再会を約束しなかったであろうか、していたに違いないのにと考えると、悲しくてたまらない。その時、気の強い女だと思われまいと思って、日ごろ隠していた妊娠の事実を口にしたところ、「うきよのわすれがたみ」だと言って、ことの外に喜んでくれたけれど、それもむなしい。無事に出産できるかもおぼつかなく、生まれた子を見れば見たで、夫を慕う気持ちはいや増しにこそなれ、尽きそうにはない。それゆえ、「たゞ水の底へ入らばやと思ひ定めてあるぞとよ」と、言うのであった。

乳母は涙を流し、両親も幼い子も都に残してお供をしてきた私の思いを汲んでほしいと訴えながら、今度の戦いで夫を失った北の方たちの嘆きはみな同じ、「されば、御身ひとつのこととおぼしめすべからず」と説得し、忘れ形見のお子様を育て、御主人の菩提を弔うのが何よりで、たとえ、あの世での再会を願っても、来世は種々まちまち、「ゆきあはせ給はん事も不定《ふぢやう》なれば、御身をなげてもよしなき事」、その上、後事を誰に託すおつもりなのかと、問うて泣く。小宰相は、相手に悪い身勝手なことを言ってしまったと反省し、一旦の気の迷いと弁解する。乳母の方は、それでも本心に違いないと思い、同じことならもろともにと請うが、ついうとうととしたすきに、小宰相は船端に立ち出で、月の傾く西に向かい念仏を唱え、相思相愛にして別れた仲、「必ずひとつはちすにむかへたまへ」と祈りつつ、夜の海に沈んでいった。

彼女の脳裏から離れない後悔の念は、夫との最後の夜に二人の間にできてしまった心の溝に因があった。普段と違い、肉体的な限界を感じていたからでもあろう、不安な死の予感をもらした相手の言葉に、つい冷たく反応してしまった彼女――。それは、戦争が日常化し、戦場から何事もなく帰還する夫の姿を見続けるなかで、緊張感を失い、相手の置かれている状況への想像力すら、無自覚にも欠落させていたからに外ならない。その結果、後世の契りを交さなかったことが、本人にとっての最大の悔恨。子を身ごもっていることの告白は、弱気な夫の言葉への反発心をさとられまいとする偽装であった。夫婦の間に生じた心のすれ違いは、日々、厳しい現実の前に立たざるを得ない者ゆえに働いた直感を、別次元で生活する者ゆえに理解できなかった齟齬、とも説明できようか。今日の夫婦間でも、しばしばありうること、しかしそれが、取り返しのつかぬ今生の別れ際に起きてしまったのが悲劇であった。小宰相の入水は、二人の間に残った心の溝を、一気に埋めようとする行為だったのである。

乳母の説得は、先の為義の妻に対する人びとのそれと同類であるが、更にその上に、後世再会が不確かだとする一条が加わっていた。具体的に言えば、あの世は六道四生《ししやう》、すなわち、地獄・餓鬼・畜生・修羅・人間・天上の六つの世界に分かれ、そこに生まれるのには、胎生《たいしょう》・卵生《らんしょう》・湿生《しっしょう》・化生《けしょう》の四つの形があって、会いたい人に会えるかどうか、分からないのだという。その言葉を聞いてなお、小宰相は身を投げた。不確かなものに賭ける強い心情を、作者は語りたかったのであろう。『保元物語』でも改作されていく過程で、為義の妻を思いとどまらせようとする場面に、同じ文言が添加されてくる。あらゆる障壁を乗り越えて愛を復活させようとする姿には、戦乱の時代にあって余儀なく愛情を引き裂かれた人びとに共通する思いが、託されているのに違いない。

小宰相の話には、見落されがちな日付の上での配慮もなされている。夫の通盛が討死したのは寿永三年（一一八四）二月七日、彼女の入水は十三日の夜のこと、初七日に当たる。死者は冥府に至ると、秦広王《しんこうおう》や閻魔王《えんまおう》といった十王によって、十回の裁きを受けるが、その最初が初七日であった。以後、七日ごとに四十九日まで七回、百箇日、一周忌、三回忌で十回である。裁きは、娑婆での罪科を問い、来世における生所を定めるもの。そもそも一の谷から屋島への船路が、七日もかかるはずがない。初めての裁定が下りる初七日に跡を追ったとするところに、特別な意味が込められているのであろう。延慶本では、熊谷直実に討たれた敦盛の首が、父経盛のもとに船で届けられたのも十三日としており、経盛は「七日の内」に我が子の首に接することができたのを感謝している。意図的な設定であったことは、動かしがたい。

五　戦争被害者としての女性

戦いのもたらした夫婦間の愛の亀裂、あるいは背反は、『平治物語』で、夫の源義朝を殺され、幼い三人の子を連れて都落ちする常葉《ときわ》の心理にも、描き込まれている（学習院本）。雪の中を、早朝に旅立った常葉は、二歳の、今で言えば一歳の牛若を胸に抱き、八歳と六歳の男の子は自分で歩ませていたが、やがて足がはれて血をにじませ、「さむやつめたや」と泣いて訴える。どうすることもできぬ母は、通りすがりの人が「こはいかに」と同情して声をかけてくるにつけても、「うき心ありて」、つまり何かの下心があって呼びとめたのではと、心をおののかせる。「余りの悲しさに」、人家の門の下で休み、人通りの少い時を見はからって、「なけば人にもあやしまれ」、義朝の子として切られることになるのだと、しかる。「八つ子」は母のいさめ言を聞いて泣き声をこらえるが、「六つ子」はなお泣きやめない。致し方なく常葉は、六つ子の手を取り、ただ「子共が事の悲しさ」、いとおしさゆえに、遅々とした歩みを続ける。

夕刻、たどり着いたのは伏見の里。宿を借りる当てもなく、目に入る家は、どれも敵方に見えてしまう。その時、ふと心に浮かんだのが、亡き夫への恨みつらみの情、「うかりける人の子共が母と成りて、けふはかゝる嘆きにあふ事よ」という思いであったと語られる。「うかりける人」とは、結局、私につらい思いをさせるに決っていた人の意。勝手に戦いをし、勝手に先に死んで、私には苦労ばかりを残して、という、恨みのこもった言葉である。しかし彼女は、すぐに思い返し、「おろかなる心哉。……共に契ればこそ、子共もあれ。独りのとがになしける事のはかなさよ」と反省する。時は暗闇の迫る時刻、親子四人のいる所は、生い茂ったいばらの類が道の上にせり出している下、人目には立ちにくい。物語の作り手は、緊張のゆるんだ心のすきに、一瞬、先立った夫を難詰したい思いが沸き立ってきたことを、巧みに描き込んだのであった。それは、戦いは常に生き残った側にこそ、多大な辛苦をなめさせるという現実を語っているに等しい。

建礼門院徳子の余生は、忘れられぬ過去との精神的苦闘の日々であったと、『平家物語』は伝える。出家に際し、戒師の僧に布施として差し出したのは、今わの時まで我が子の安徳帝が着ていた直衣、「いかならん世までも、御身をはなたじ」と思っていたものの、代りに提供する物とてなく、泣く泣く取り出したという（覚一本）。出家したとはいえ、安徳帝を抱いて尼姿の母時子が海に沈んでいった様は、いつの世までも「忘れがたく」、かつ、「なにしに今までながらへて、かゝるうき目を見るらんと、おぼしめしつゞけて」涙を流す毎日。大原の寂光院に入り、仏前に座れば、口から出てくるのは、我が子の冥福を祈る「天子聖霊《しやうりやう》、成等正覚《じやうとうしやうがく》、頓証菩提《とんせうぼだい》」という言葉。その面影が「ひしと御身にそひて」、消え去ることがありそうもない。

大原を訪れた後白河院に対しても、「いつの世にも忘れがたきは先帝の御面影、忘れんとすれども忘られず、しのばんとすれどもしのばれず。たゞ思愛の道ほど、かなしかりける事はなし」と、心中を語る。「忘れんとすれども忘られず」の一句は、自らの生涯を六道になぞらえて語る場面でも繰り返され、上皇が帰ったのちには、また、阿弥陀仏に向かい、「先帝聖霊、一門亡魂、成等正覚、頓証菩提」と、泣きながら唱える。その仏像の脇には、「先帝の御影《みえい》」が飾られてもいた。建礼門院の晴れやらぬ心の内が、そこに象徴的に示されていよう。彼女の最期は、紫雲たなびき、音楽、空に聞こえ、まさに往生の端相に満ちたものではあったが、亡き子への慕情という、煩悩即菩提の、その煩悩を抱いたままの往生であったように見える。それが、衆庶の望む往生の形であったのだろう。

夫や息子の安否を思う女性たちの悩みは、戦争のさなかに尽きることなく、愛する者を失ったのちには、その深刻さを増す。自分の力の及ばぬ世界から不可避的にもたらされる現実は、理不尽以外の何物でもあるまい。物語は、そこを描き切っている。

軍記物語研究の場合、物語世界と現実との距離をどう捕捉するかが問われる。作品の素材となった戦乱との距離は無論、作品成立時の社会状況や戦いの実態との距離、更には、普遍的な人間存在のありようとの距離。特に文学性に関して問われるべきは、最後の課題であろう。ここに取りあげた女性たちの懊悩は、決して複雑な心理の忠実な再現ではなく、言わば刈り込まれた一つ一つの苦悩の純化を通して表現されている。その純化が、人びとの共感につながってきたのであった。ということは、純化の方向性が、正しく我々の心の現実を投影したものであったからに外なるまい。それができたのは、いや、そうならざるを得なかったのは、歴史上に実在し、動乱の時代を生きた人間を扱う軍記物語だったからであろう。このジャンルの価値は、そこらあたりにありはしないか。本稿の問題意識の根底には、こうした考えがあったことを申し添えておく。

（武久堅監修『中世軍記の展望台』和泉書院・二〇〇六年七月刊。
本稿は改稿して岩波新書の拙著『いくさ物語の世界』の一部とした）

〈『平家物語の誕生』「第二部　宮廷社会の状況」続稿〉

三　平氏ゆかりの人びとと『平家物語』
――清盛外孫の家系――

『平家物語』に清盛の女として紹介される八人の女性のうち、子供を身ごもったのは、建礼門院徳子を除き、花山院藤原兼雅のもとに嫁いだ第一女、四条家を称することになる藤原隆房と結ばれた、徳子の同母妹に当たる第四女、坊門藤原信隆と結婚した第六女の三人で、摂関家に嫁いだ二人（第三女盛子・第五女完子）の子は確認できず[1]、後白河院のもとに送り込まれた厳島内侍腹の女と、兼雅邸で姉と同居していたらしい常葉腹の女についても、定かではない[2]。清盛の血を継承することになった花山院家・四条家・坊門家の三家が、『平家物語』の誕生してきた後堀河・四条朝の時代、どのような状況にあり、その実情が物語の表現に何がしかの影を落していないか否か、その解明を試みるのが本稿の目的である。

一　花山院家の危機

兼雅と清盛女との間に生まれた子は、忠経（一一七三～一二二九）と家経（一一七四～一二一六）の二人で[3]、忠経が家督を継ぐ。平家の全盛期に生を受けた彼は三歳で叙爵、五歳で昇殿を許され、源平争乱後も、侍従から少将十三人を飛び越えて中将に特進、更に上﨟の中将七人を越えて十七歳で従三位となり、やがて元久三年（一二〇六）内大臣、翌年右大臣へと昇進を遂げる（『公卿補任』）。建保元年（建暦三年〈一二一三〉）十二月に妻と共に出家するが、そのことを伝え聞いた藤原定家は、『明月記』二十四日条に、「其年四十一、末代之善人也。現当成就歟」と記した。人徳のあった人物と推察されるが、しかし、晩年は決して幸せなものではなかった。

出家のちょうど一年前に、彼は一条能保の女との間にできた嫡子の忠頼を、十四歳で亡くしている。『明月記』建暦二年（一二一二）十二月十八日条に、「花山三位中将、遂レ日獲麟《くわくりん》、祈療已空云々。一子之上、器量尤宜。厳親心、可レ察」とあり、翌十九日条に、「従三位右近中将忠頼、此暁絶入。……年十四、将相家一子也。家譜久伝器量、又是(4)二親心中無二比類一歟」とある。「一子」や「器量」、「親」といった言葉が繰り返されているところを見ると、両親の期待を一身に受けた秀才であったのだろう。夫妻の出家は、愛子の一周忌を機縁としたものであったかと推察される。

花山院家は、実は、忠経夫妻の出家に二か月先立つ時点で、弟家経も嫡子実経を十八歳で失っていた。『明月記』十月三十日条は、そのことを、「去廿七日、実経朝臣、従四位下右近少将逝去年十八、……彼家磨滅、尤可レ奇事也。繁昌栄華之家、又有二如レ此事一、誠迷二是非一者歟」と伝えており、同家を不幸が相継いで襲ったのであった。すでに中納言を辞していた家経は、この翌翌年建保三年（一二一五）に出家、次の年に世を去る（『公卿補任』『尊卑分脈』）。以後十年余り、花山院家からは、公卿に名を列ねる人は出なくなる。

忠経は、家系の断絶を危惧したためか、葉室中納言宗行の女と再婚したらしく、新たに経雅・定雅・師継の三人の男子を得た。が、またしても、経雅が夭折してしまう。承久の乱を経たのちの嘉禄元年（元仁二年〈一二二五〉）五月のことで、定家は日記の十五日条に、「少将経雅、昨日申時歟已卒去云々、入道右府《（忠経）》、忠頼逝去之後、所二秘蔵一之嫡男也。母死子死云々。於二花山院之内一終命云々」としたためている。母の後を追うような死だったのであり、弟二人はまだ八歳と四歳（『公卿補任』記載年齢より）、となれば、せいぜい十二、三歳であったのだろう。

家の危機を、忠経は、弟家経の三男宣経を養子とすることで乗り切ろうとした（『公卿補任』宣経項）。二十三歳になっていた宣経は、宮中への出仕にあまり勤勉ではなかったが、養父の後押しで出世していく。その事情は、右と同年の十月二十一日条の『明月記』に、「入道右府、又挙二宣経一。於二日来一不仕者、無レ処二于披陳一、日々以後可二奉公一由申之。近日毎日出仕、世以称二兼宣旨由一云々」とあり、翌年四月には蔵人頭に抜擢され、更に一年後、参議に昇進していることから、充分に理解できよう。

忠経は、宣経に後事を託して、寛喜元年（安貞三年〈一二二九〉）八月に他界する。実子の定雅は時に十二歳で四位侍従、宣経が家政全般を取りしきる立場に立つ。定家は、そのことから生ずるであろう混乱や将来への不安を、「四位侍従幼稚之間、宣経卿摂政、可レ当レ朝(5)、庄少々可レ知云々。如レ此事必有二緩々違乱一歟」とも、「窃《ひそかに》以此家已磨滅之期来歟。成範卿旧妻之積善、雖レ有二三代相将之栄花一、若有二盡期一歟。失レ父之嫡子、為二繦褓之遺孤一者、前途定危歟」とも書き残した（『明月記』七月二十八日条）。

文中に「成範卿旧妻」とあるのが兼雅の室で、清盛の女のこと。よく知られているように、彼女は藤原信西の息成範と婚約していながら、平治の乱によって八歳の時に分かれ、兼雅の北の方となったと、『平家物語』が語っていた。気になるのは、その彼女の「積善」のおかげで「三代相将之栄花」が続いたとある点である。「三代相将」は、大臣で大将を兼務するという地位を、忠雅・兼雅・忠経と三代にわたり保ってきたことを指すが、それがなぜ彼女の「積善」によると考えられているのか。源平盛衰記には、兼雅室は絵が巧みで、紫宸殿の御障子に『伊勢物語』の絵を書いた逸話が載っており、あるいはそうした事績が踏まえられているのかも知れない。また、「成範卿旧妻」という呼称が、彼女から成範につながる連想の回路とでも言うべきものが存在し、『平家物語』で、彼女の紹介文から成範の桜町逸話に横すべりしていく際にも、その回路が作用したことを想像させもする。兼雅室は、『顕広王記』安元二年

（一一七六）九月十三日条に「花山院中納言上、薨去了年廿八云々、入道平大相国長女也、疲脖云々、入道悲歎無レ極云々」とあり、若死であった。

さて、定家が危ぶんだ花山院家の前途であるが、早速、忠経没後の十二月に問題が起きた。定家が西園寺公経の言として伝えるところによれば、忠経が「法眼」に与えた荘園――それは美濃国の平家領で、平家滅亡の時に没収され、「関東」より「姉妹」に渡された領の内、「一庄」を分けて「両女子」に譲られた土地の一方であり、現在、領有しているものという――について、後堀河天皇の姉、安嘉門院邦子のもとから「庁御下文」が出され、天皇の乳母「二品」藤原成子が使者を現地に下したといい、公経はそれに激怒、平家領は「故前大将」頼朝が没収したのち、「又無二領主一今所レ称、定謀書歟」と思われ、「庄家」には使者の意向に従えぬと答えるよう言い含めたとのこと、更に、「如レ此事、偏是、宗行所行歟」とも口にしたという（『明月記』二十二日条）。

彼の発言から事実を汲み取るのはなかなかむつかしいが、あえて試みるならば、まず「法眼」には、忠経の孫で故忠頼の子、当時、僧都であった忠尊(6)を当てるのが、一族中で最も適当と思われ、そうとなれば、彼の伝領していた土地とは、祖母の一条能保の女から受け継いだものかと推測されてくる。能保の室は頼朝の実の妹で、夫妻の間に生まれた女子の一人が摂関家の九条良経と結ばれて道家をもうけ、もう一人が西園寺公経と結ばれて実氏をもうけたのは周知の事柄であるが、文治二年に誕生した第三女(7)が、『尊卑分脈』に「保子」と記す忠経の室と仮定してみると、全体の見通しが立つように思われる。すなわち、平家領を譲渡された「姉妹」とは、頼朝の姪に当たる能保の女たちで(8)、「一庄」を分有した「両女子」は公経の室と忠経の室ではなかったか。今、忠尊の領となっている土地を安嘉門院領とすべく、皇室が触手を伸ばしているらしい様子は、二年前に、荘園分有の他方であった妻を亡くしたばかり(9)の公経にとって、被害が自分にも及びかねず、決して他人事とは見えなかったであろう。皇室側の、頼朝没収の平家領には

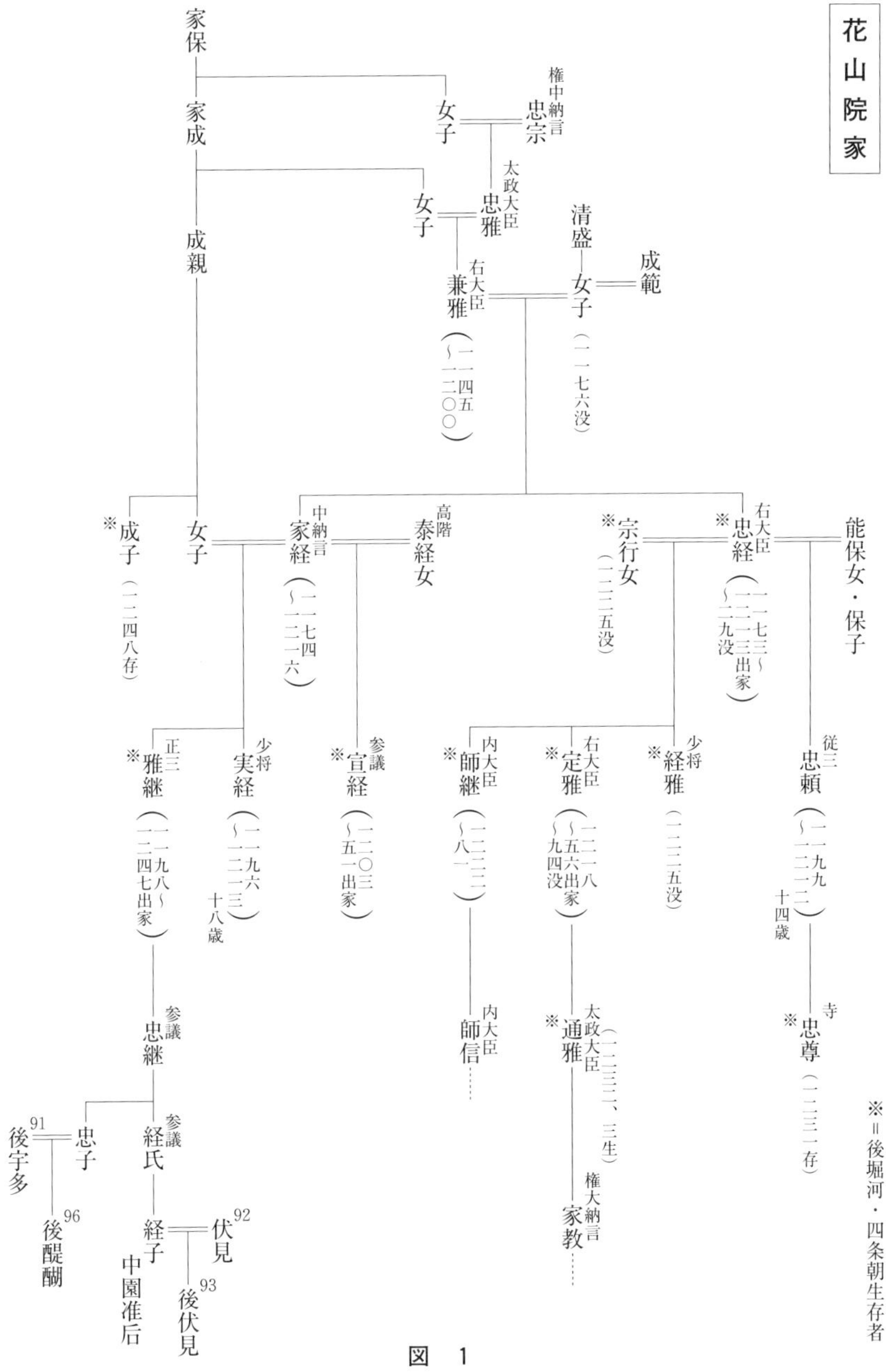
花山院家
家保
家成
成親
権中納言
忠宗
女子
太政大臣
忠雅
女子
清盛
成範
右大臣
兼雅
（一一四五〜一二〇〇）
女子
（一一七六没）
※成子
（一二四八存）
女子
中納言
家経
（一一七四〜一二一六）
高階
泰経女
※宗行女
（一二三五没）
右大臣
※忠経
（一一七三〜一二一三出家〜一二二九没）
能保女・保子
正三
※雅継
（一一九八〜一二四七出家）
少将
実経
（一一九六〜一二一三）
十八歳
参議
※宣経
（一二〇三〜五一出家）
内大臣
※師継
（一二二二〜八一）
右大臣
※定雅
（一二一八〜五六出家〜九四没）
少将
※経雅
（一二三五没）
従三
忠頼
（一一九九〜一二一二）
十四歳
参議
忠継
内大臣
師信……
太政大臣
※通雅
（一二三二、三生）
寺
※忠尊
（一二三一存）
後宇多
91
忠子
参議
経氏
後醍醐
96
経子
中園准后
伏見
92
後伏見
93
権大納言
家教……
※＝後堀河・四条朝生存者

図　1

領主がいないという主張はとうてい認め難く、要請を拒否するよう、彼が現地の荘園管理人「庄家」に言い含めたのも、当然だったに相違ない。そして、そうした誤った皇室側主張を考え出した元凶は、後鳥羽院の側近として鎌倉幕府と対峙し、承久の乱後に処刑された葉室宗行に違いないと、定家に語ったのであったろう。

公経の言中に見える「二品」こと成子は、宮中で権勢を誇った女性（拙著で詳述）[10]、「図1」に示したように、家経室の姉[11]で、花山院家とは因縁が深く、同家を取りしきることになった宣経にとって義理の伯母に当たる。また、定雅・師継の母は、皇室側主張の論拠を作ったとされる宗行の女でもあった。嫡流からはずれた出家の身たる忠尊の土地が皇室領に組み込まれることに、宣経としては同意せざるを得なかったのであろう。時の宮中には平氏人脈が復活しており[12]、旧平家領への執着も強かったはずで、花山院家が生き残るためにも必要な犠牲と言えた。

もともと宮中出仕に熱心でなかった宣経は、やがて定雅が成長するに及んで、自ら身を引く。『明月記』の貞永二年（天福元年〈一二三三〉）正月二十三日条に、「参議宣経」が官職を「頭中将」定雅に替る旨、「披露」したとあり、続いて四月九日条に「日来巷説、宣経譲二職ヲ貫首《蔵人頭》一云々」とある。『公卿補任』を検すれば、天福元年四月八日に宣経が「依二不仕一」「停任《ちやうにん》」されたこと、同二年十二月二十一日に定雅が蔵人頭から参議に昇進したことが判明する。一年半待たされたとはいえ、宣経の願い通りに事は運んだのであり、定雅は十七歳となっていた。定家が危ぶんだ花山院家の命脈は、宣経の献身によって保たれたのであった。

以後、家経の子の雅継が嘉禎四年（暦仁元年〈一二三八〉）に四十一歳で従三位となり公卿に列するものの、師継の公卿昇進は、後嵯峨朝の寛元三年（一二四五）のこと。同家が後堀河・四条朝で朝廷政治にどれだけの発言権があったかはあやしく、逆に存亡の危機もささやかれる、影の薄い存在だったと言わざるを得まい。そのことと『平家物語』の表現との関連は後述するとして、ここでは雅継の曾孫、中園准后経子が琵琶法師を招いて夜通し『平治』や『平家』

の語りを聞き、子息の後伏見院は、翌日も聞いたと『花園天皇宸記』元亨元年（一三二一）四月十六、十七両日条に記されていたことに、注意を喚起しておこう。とりわけ関心を寄せた胸中には、先祖のことを知りたい欲求もあったであろうと思うからである（図1参照）。

二　四条家の繁栄

隆房と結婚した清盛の女は、徳子の同母妹であった。それは、夫妻の間にできた隆衡の外祖母を平時子とする『明月記』の記述から明らかとなるのであるが（元久二年〈一二〇五〉八月二十九日条）、その隆衡は、後鳥羽帝の即位によって国母の家となった坊門家との結びつきから出世していく。彼の妻は、大納言三位という坊門信清の女で、国母七条院殖子の姪である（図2参照）。信清は婿の隆衡のために右馬頭の職を譲り（『公卿補任』信清項、建久八年〈一一九七〉）、また、彼の内大臣昇進の大饗の記録には、供奉の公卿の筆頭にその婿の名があげられている（『玉蘂』建暦元年〈承元五年・一二一一〉九月二十五日条）。

隆衡の同母弟には、隆宗と隆重がいるが、隆重に関しては『尊卑分脈』に「従五下」とあるのみで詳細は不明、隆宗は建保六年（一二一八）に従三位となったものの、異母弟隆仲に四年の後れを取った（『公卿補任』）。隆仲が兄を追い越したのは、母が関白基房の女の後鳥羽院女房右衛門佐で（『明月記』正治二年〈一二〇〇〉九月十二日条）、院の近習だったからと考えられる。しかし、院が流された承久の乱後、彼は完全に宮廷社会から退く。芸能に秀でていたらしく、後日、その出家を惜しんだ定家は、「自㆓上皇御在位之時㆒昇殿近習」の身、官は内蔵頭、位は三位に至ったが、「神楽・催馬楽・鳳笙、伝家秘曲　悉《ことごとく》受㆓庭訓㆒云々。本性以㆑不㆑及㆓父祖之家跡㆒為㆓怨鬱㆒、不㆑好㆓世間之交衆㆒」という性格で、「況承久以後、偏籠居。遂辞二信濃之吏務一(13)無二冠帯之志一。此冬、一門後輩、無二能芸一之輩三人相並超越、弥《いよいよ》増二遁世之本意一歟」と記した（『明月記』寛喜元年〈一二二九〉十二月二十八日条）。死去したのは、寛元三年（一二四五）二月であった（『平戸記』二十三日条）。

その隆仲と対照的に、権大納言にまで進んでいた隆衡は、承久の乱後も政界を巧みに生き抜く。後鳥羽院が廃され、坊門家の当主忠信が流罪になったとはいえ、新上皇となった後高倉院はやはり七条院殖子の子で、彼女はいまだ健在。一方、隆衡の女に西園寺実氏と結婚し、のちに北山准后といわれる貞子がいるが、当時二十五歳で、すでに実氏と結ばれていたであろう。こうした姻戚関係が、彼を利したと考えられる。

元仁二年（嘉禄元年〈一二二五〉）一月、隆衡は丹波国を拝領し、後堀河帝の母北白河院陳子のための持明院御所造営を請け負う（『明月記』十三日条）。御所は翌年八月に完成し、息子の隆親に、上﨟三人を越えて正三位に叙するという、破格の恩賞が与えられる（同、四日条）。その時、隆親を婿としていた平知盛の女中納言局が強引な働きかけを行なったらしいことは、拙著(14)で述べたところであった。翌月の九月十七日、供人三百人余りを従え、中納言局らも含む一族と共に隆衡が天王寺参詣した様が、いかに豪勢なものであったかも、同書で紹介した。『明月記』の同日条には、「今朝、過差折レ花参二天王寺一、出家云々」と記すが、実際の出家は一年後となる。満ち足りた思いの中での出家であったろう。長命を保ち、建長六年（一二五四）八十三歳で薨ずる（『公卿補任』）。

隆衡の子供の中では、高階経仲の女との間にできた隆綱が長男ながら、家督は大納言三位腹の子、前出の隆親に譲られた。家督相続者たりえなかったことを端的に示しているのが、『明月記』嘉禄三年（安貞元年〈一二二七〉）三月九日条の「按察（隆衡）長庶男隆綱」という表記である。が、彼も宮廷社会で生きる術《すべ》をそれなりに心得ていたものか、北白河院の乳母子、近臣平信繁(15)の女を嫁に迎えて一家の繁栄をはかり、自らは従二位右京大夫に至った（『公卿補任』）。

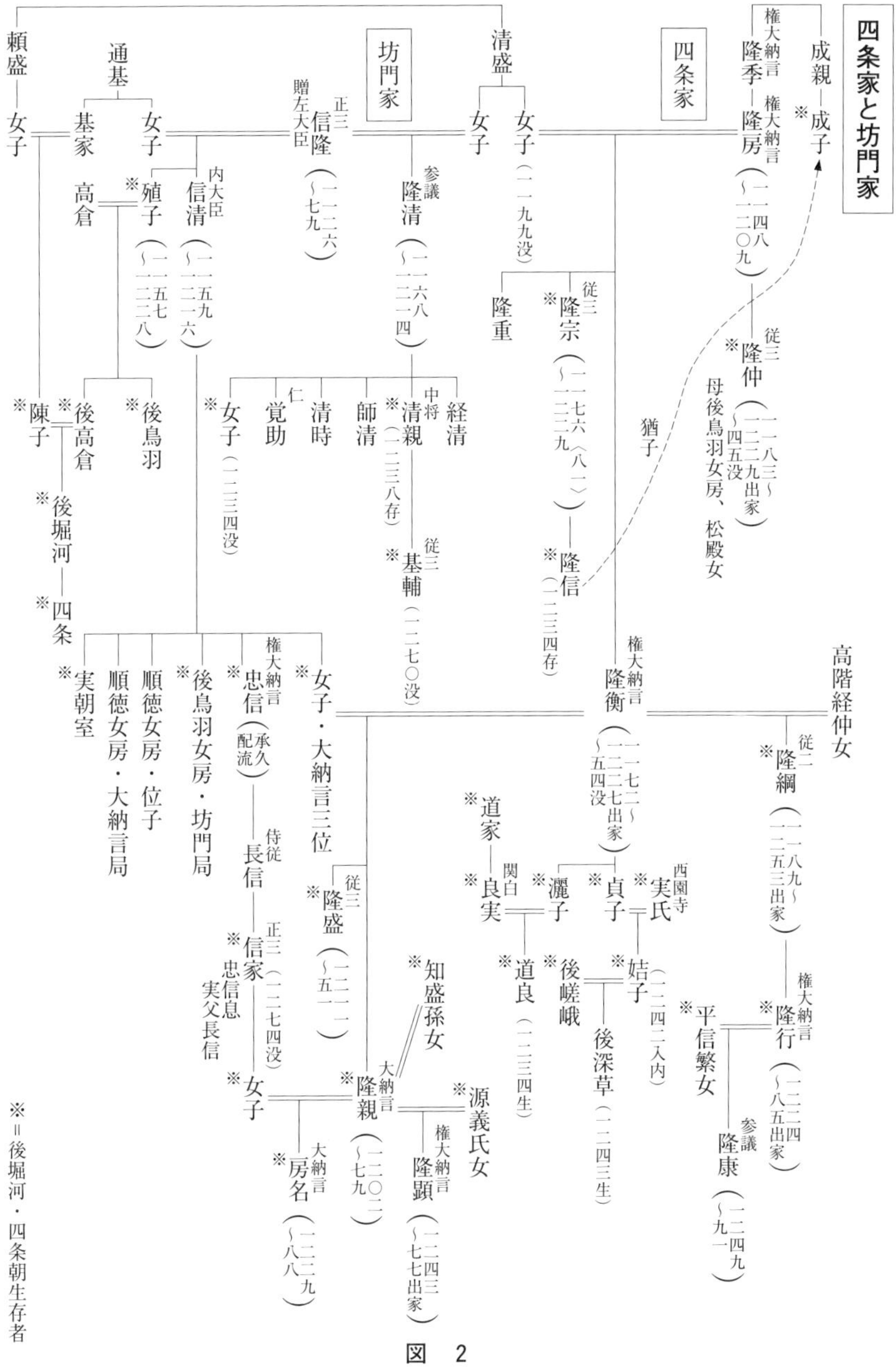
四条家と坊門家
成親
※成子
権大納言 隆季
権大納言 隆房（一一四八～一二〇九）
従三 ※隆仲（一一八三～一二二九出家 ～四五没）
母後鳥羽女房、松殿女
猶子
四条家
清盛
女子
女子（一一九九没）
隆重
従三 ※隆宗（一一七六～一二二九（八一））
※隆信（一二三四存）
坊門家
正三 贈左大臣 信隆（一一二六～七九）
参議 隆清（一一六八～一二一四）
経清
中将 ※清親（一二三八存）
師清
清時
仁 覚助
※女子（一二三四没）
従三 ※基輔（一二七〇没）
通基
基家
女子
内大臣 信清（一一五九～一二一六）
※殖子（一一五七～一二二八）
高倉
※後鳥羽
※後高倉
頼盛
女子
※陳子
※後堀河
※四条
※女子・大納言三位
権大納言 ※忠信（承久配流）
侍従 長信
正三 ※信家（一二七四没）
忠信息 実父長信
※女子
※後鳥羽女房・坊門局
順徳女房・位子
順徳女房・大納言局
※実朝室
従三 ※隆盛（～一二五一）
権大納言 隆衡（一一七二～一二五四没 一二二七出家）
高階経仲女
従二 ※隆綱（一一八九～一二五三出家）
権大納言 ※隆行（一二二四～八五出家）
※平信繁女
参議 隆康（一二四九～九一）
※道家
関白 ※良実
※瀧子
※貞子
西園寺 ※実氏
※道良（一二三四生）
※後嵯峨
※姞子（一二四二入内）
後深草（一二四三生）
※知盛孫女
大納言 ※隆親（一二〇二～七九）
※源義氏女
権大納言 隆顕（一二四三～七七出家）
大納言 ※房名（一二二九～八八）
※＝後堀河・四条朝生存者

図　2

寛喜三年（一二三一）二月に後堀河天皇の皇子、のちの四条帝が誕生した時、隆親の母大納言三位が皇子の御湯殿始めに奉仕するという栄誉に浴している。『民経記』十三日条では、「大納言三位」に傍注を付し、「按察入道《隆衡》室家、別当《隆親》御母堂、右少将隆盛朝臣扈従《こしょう》、整㆓行粧㆒参入云々」と記す。隆親は、時に三十歳で参議・検非違使別当の職にあり、供奉をしたとある「右少将隆盛」は実の弟。大納言三位は我が子を従え、隆衡の正室として堂堂とふるまったことであろう。承久の乱で(16)弟忠信が失脚したものの、伯母殖子の庇護もあってか、彼女の立場に変化はなかったものと推測される。のみならず、彼女の存在が契機となったのであろう、隆親は、忠信の孫信家の女を妻とし、二年前に房名をもうけていた（『公卿補任』房名項）。

御湯殿始めが行なわれた十六日後、皇子の乳母三人が決定される。『明月記』二十九日条には「大将・大炊大納言・別当云々」と三人の名が記されているが、それぞれ、西園寺実氏・大炊御門藤原家嗣、そして隆親である。各人の正室が乳母に選任されたわけで、隆親の場合は信家の女であったろう。大納言三位の御湯殿始め奉仕も、乳母の内内決定が前提となっていたのかも知れない。なお、実氏室は藤原直子で（『玉蘂』文暦二年〈嘉禎元年・一二三五〉十二月九日条）、残る家嗣の室は、例の成子の女の宗子と判明していた(17)。

ところで、隆親は、前述したように知盛の孫娘とも結婚していたのであったが、なぜかこの年に別れている。知盛女の中納言局は、同じ年の内に母を亡くしており、『明月記』は同年中に彼女をみまった不幸を列挙するなかで、「隆親卿、其娘離別」と書いているから、彼の方から縁を切ったのであろう（九月十一日条）。その理由を憶測すれば、妻、つまり信家の女が皇子の乳母と正式に決まり、もはや中納言局を介さなくとも、皇室と直結するルートを持ち得るに至ったからではなかったか。中納言局が当時の皇室と強いきずなを持っていたことも、拙著で詳述したところであった(18)が、今となっては却って混乱をもたらしかねない存在と、彼の目には映ったに違いない。『とはずがたり』にも語られている、隆親のしたたかな、あるいは他者を顧みない生き方の一端がうかがえよう。

隆親は同年、権中納言へと進み、皇子の御五十日《ごいか》の儀での活躍や、伊勢への公卿勅使の任、北白河院の院司であったことなど、『民経記』に見える（四月九日、九月二十一日、翌年八月十六日各条）。他方、彼の従兄弟の僧隆信、つまり隆衡の実弟隆宗の子が、成子の猶子となっていたことも忘れてはなるまい（図2参照）。彼は、後堀河院が崩御した時、枕を返す役の一人に選ばれていたが[19]、四条家は縁戚関係にある成子にも接近し、皇室とのつながりを強めていったのであろう。

四条帝が仁治三年（一二四二）正月に急逝し、後嵯峨朝となっても、四条家の隆盛は続いた。隆衡の女の貞子が西園寺家へ嫁ぎ、貞子の妹の灑子が摂関家へ嫁いでいたことが、その地盤を支えたと言えよう。新帝の即位式では、大納言隆親が諸事を指揮する外弁《げべん》の役を務め、後妻となっていた源義氏の女（北条泰時の孫娘）が典侍となり、高御座《たかみくら》の御帳をかかげる褰帳《けんちょう》の役を果たした（『玉蘂』三月十八日条）。式は隆親の冷泉万里小路邸で行なわれたのであったが、そこがそのまま里内裏となっていったし、実氏と貞子との子、のちの大宮院姞子の入内には、「依二内縁一」隆親も供奉の列に加った（『平戸記』六月三日条）。婿の良実が、後嵯峨朝の関白に就任してもいく。姉妹の縁が隆親一家を更に飛躍させたわけであるが、四条家内では、皇室との関係を反映して、家督相続者が、房名から義氏女腹の隆顕へと移り、後年、父子の不和から再び房名に戻るという複雑な経緯をたどる[20]。ともあれ、四条家は、『平家物語』の胎生期から後代まで、繁栄を維持し続けていったのである。

三　坊門家の限界

四条家を皇室と結びつけたのが坊門家であったが、それは信清流で、信隆と清盛女との間に生まれた隆清一族は、さして権力に近い存在ではなかったようである。

隆清の生まれたのは仁安三年（一一六八）、清盛の外孫として知られるなかでは最も早い。清盛が太政大臣となった翌年のことで、その恩恵のせいか二歳にして叙爵を受けている（『公卿補任』）。しかし、その後の昇進は全くなく、二十五歳になった建久三年（一一九二）に、「七条院御給」でやっと従五位上に叙せられる（同）。腹違いの姉、七条院殖子のおかげであった。同年中に右衛門佐になり、翌年には雑袍を許され、やがて左中将・右兵衛督等を経て、元久元年（建仁四年〈一二〇四〉）従三位、建暦元年（承元五年〈一二一一〉）参議に至る（同）。

建暦元年は異腹の兄信清が内大臣に任じられた年で、『玉蘂』の記す大饗の扈従《こしょう》公卿の筆頭に四条隆衡の名が見えることは前述したが、隆清も、信清の息忠信に次いで三番目にあげられている（九月二十九日条）。同書で興味深いのは、同年十月十三日の除目記事で、隆清が参議になったことを記したのち、「不レ知二一文字一人也。但、上皇御外舅、内大臣弟也」と注記していることである。能力的に劣った人物ながら、後鳥羽院の母方の叔父であり、内大臣信清の弟でもあるから致し方ないというのである。皇室の縁戚に列ならなければ、公卿に昇ることなど、おぼつかなかったことであろう。

『明月記』には彼の病臥記事があり、そこからもいささか問題のあったらしい性格がうかがえる。建保元年（建暦三年〈一二一三〉）十二月八日条で、「左兵衛督隆清卿、病獲麟。是、酒之過度之故歟。大小便並自レ口出レ血云々」とある。度を越えた酒飲みと見られていたのであり、翌年二月七日に死去した（『公卿補任』）。

評判のかんばしくない隆清ではあったが、順徳上皇の姫宮の養育をゆだねられていた。後年、『平戸記』の筆者平経高が、念仏の聴聞所に「依二御乳母之縁一、密々奉レ具」った「佐渡院姫宮」について、「藤隆清卿、奉二扶持一之宮也」と記しているところから、それが分かる（仁治三年〈一二四二〉九月二十八日条）。ただし、「姫宮」が誰に当たるかは判然としない。順徳院の内親王で、当時、「姫宮」と呼ばれる立場の人は、坊門信清の女の大納言局を母とする第二女穠子（のちの永安門院）しかおらず、人脈から見ても適当と思われるが、『女院小伝』記載の年齢に従えば、隆清死後の建保四年（一二一六）生まれとなり、ふさわしくない。結局、不明とせざるを得まい。また、経高が「御乳母之縁」とあるのは、彼の姉妹あたりが隆清の妻であったかと類推させるが、これも定かでない。

隆清の子供のうち、家督を継いだのは次男の清親で、『尊卑分脈』に「左中将・尾張守・正四下・母内大臣信清公家女房」とある。隆清は兄の家に仕える女房を妻としたわけで、彼女が経高と「縁」があったということになろうか。清親が尾張守であったのは『良業記』（『歴代残欠日記』所収）元久二年（一二〇五）正月四日条で確かめられ、その二日後に従五位上に、四月十七日に左兵衛佐に任じられている（『明月記』）。承元三年（一二〇九）四月十七日に左少将（『猪隈関白記』）、建暦元年（承元五年〈一二一一〉）十月十三日に中将となるが（『玉蘂』）、それが極官、嘉禎四年（一二三八）閏二月には、子息基輔の右少将任官を交換条件に職を辞したことが、『公卿補任』の基輔項から知られる。その文面に、「辞二右中将一」とあるから、『尊卑分脈』の「左中将」は誤りかも知れない。清親の生存が確認できるのは、この年までである。諸記録類における彼の存在感は極めて希薄で、子の基輔が公卿に列したのも、亀山朝の文応元年（一二六〇）になってからであった。なお、基輔の『公卿補任』建保五年（一二一七）叙爵記録の注記に、「――内親王御給」とあるのは、先の隆清の「姫宮」養育との関連で、気になる点であることを、言い添えておこう。

隆清のその他の男子に関しては、ほとんど知るところがない。長男の経清は、播磨守に就任（『明月記』建久九年〈正治元年・一一九九〉三月二十五日条）、殿上人たることが許されており（同、十月十七日条）、侍従に任じられた（同、元久二年〈一二〇五〉十一月三十日条）。三男の師清は、淡路守となっており（同、建暦元年〈承元五年・一二一一〉十一月四日条）、『尊卑分脈』に「従五下」と記す。四男清時は、安房守で（同、正治二年〈一二〇〇〉十月二十七日条）、『尊卑分脈』に「左馬頭・従四上・或清親子基輔舎弟云々」とある。仁和寺に入った覚助は、同書に「法印」と記すが不明。[21]これらの子息の、後堀河・四条朝における消息は、今日まで見出しえていない。

そうしたなかで、関白道家の四男実経の乳母をつとめた女子については、その晩年の様子を『明月記』が伝えている。寛喜三年（一二三一）八月二日条には、「大殿」道家が方違えのために「隆清卿女サ、キ家」を訪れたことが記されており、天福二年（文暦元年〈一二三四〉）八月五日条には、「近日権勢之狂女、其名姫《支》姥《等》宇《宝》隆清卿女、禅室綺羅之中、称二三位中将殿御乳母一、[22]侍等与二御厩舎人一闘諍」とあって、権勢欲の強い女性と定家の目には映ったらしい。「禅室」は西園寺公経のことで、彼の女綸子が道家の室で「三位中将」実経の母という関係になる。この闘諍事件により、「准后(綸子)・禅室・内府(実氏)、親昵之御中有二喧嘩一云々」という結果に及んだと文面は続くが、その二日後には、姫姥宇が急死してしまう。七観音に参詣した真夜中に頓死、念仏十返ばかり唱える声が聞こえたという（八日条）。同月十八日条によると、彼女の所領が実経に譲渡されたよし、道家から仁和寺宮道深に報告されているが、裏の事情は明らかでない。

清盛の血を引く坊門家の隆清流の子孫たちは、男子四人が共に名前に「清」の字を用いて、清盛からの血の流れを意識しているかに憶測されなくはないが、『平家物語』が作られてくる時代、四条家などに比べて、はるかに弱小な存在だったことは否めない。それは、坊門家全体に視野を広げて見ても、同じであった。無論、承久の乱の打撃が大きかったのである。

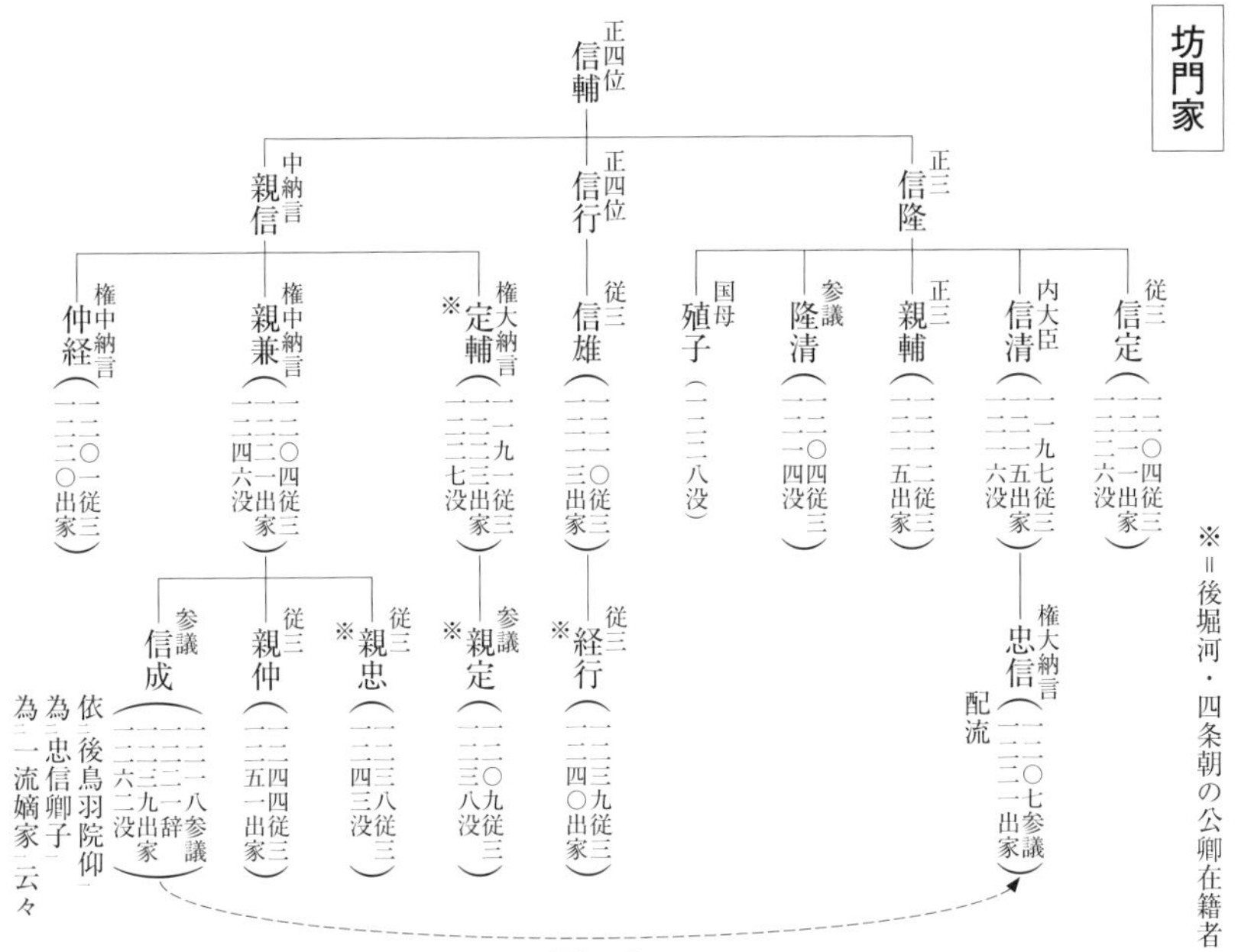

図　3

「図3」を見ていただこう。坊門家の人びとの公卿であった期間が分かるように作ったものであるが、後堀河・四条朝における公卿在籍者は、親信流の三人と信行流の一人で、それなりの活動が記録上に認められるのは親定ぐらい、といった状況であった。例えば、土御門朝の承元四年（一二一〇）では、公卿在籍者が九人に及んでおり、昔日との落差は大きい。主家たる信隆・信清流で公卿が復活するのは、亀山朝に入った文永元年（弘長四年〈一二六四〉）のこと、忠信の孫信家に至ってであった（図2参照）。承久の乱で戦場に立った忠信は、処刑をまぬかれたものの配流され、後鳥羽院の命でその子となっていた（『尊卑分脈』注）信成も職を辞し、彼の実父親兼が乱後の八月に出家しているのも、乱と関係があるのであろう。信成の後日の出家は、後鳥羽院の崩御に殉ずるものであった。院の近臣を形成していた一族は、国母殖子が健在だったとはいえ、一種の閉塞状況に追い込まれていたことは、まちがいない。

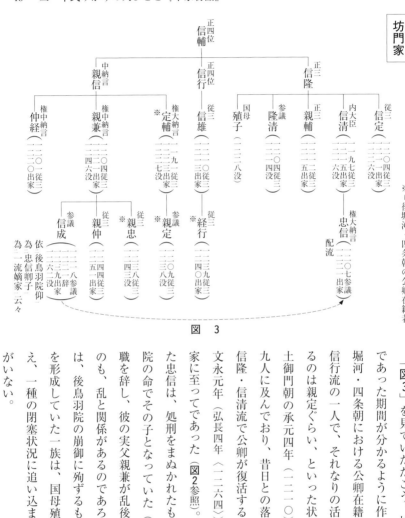

こうしたそれぞれの家の実情が、はたして物語の表現に影を落としているのか否か、最後にその課題に筆を進めることになる。

四　『平家物語』の表現

まず、『平家物語』の導入部における清盛女八人の紹介文を、改めて点検してみよう。最初に紹介されているのは、花山院兼雅の北の方で、桜町中納言成範と一緒になる予定が平治の乱で狂い、兼雅と結ばれたといういきさつが記されていた（巻二）。そのなかで注目されるのは、古態を残す延慶本が、「御子アマタヲハシマシテ、万ヅ引替テ目出カリケリ」と彼女の幸運を語りながら、すぐ続けて、「其比、イカナル者カシタリケム、花山院ノ四足ノ扉ラニ書タリケルハ」として、兼雅を揶揄する狂歌、「花ノ山タカキ梢トキ、シカド　アマノ子共ガフルメヒロフハ」を付け足している点である。「フルメ」が「古海布」と「古妻」の掛詞で、花山院家にとって不名誉なものであることは疑えない。しかもこの後の文面は、兼雅を無視するかのごとく、桜を愛した成範の讃美譚へと横すべりしていく。花山院家は、軽んじられていると言っても過言ではあるまい。

成範の話へ横すべりしていく現象は諸本共通であるが、狂歌は伝本によって有無の差がある。とはいうものの、古態本に属する四部合戦状本・源平闘諍録をはじめ、盛衰記・長門本、更には相模女子大本・南都本・文禄本・中院本というふうに、かなりの伝本に含まれている。本来的なものであった可能性が高い。執筆時のことを具体的に想定してみれば、最終的に夫となった人の話から、なる予定だった人の話へ、狂歌の「花ノ山」の初句から、桜の花を愛したその人の話へと、連想が重層的に働いた結果、できあがった叙述展開ととらえるのが、妥当ではなかろうか。兼雅に関する狂歌の一節を欠く文面の方が、改変から生じた唐突な飛躍を覚えさせるものとなっているように見える。いずれにしろ、花山院家に重きを置かない叙述姿勢は、強弱の差はあれ、全諸本に通底する。そしてそれは、後述するところの、建礼門院にまつわる話で花山院北の方がいっさい登場しないことと符節を合わせ、物語誕生時に、同家が影の薄い存在だったことを反映しているやに思われるのである。

隆房と信隆の北の方については、延慶本の前者の紹介文に、若干注意を要する記述がある。「右兵衛督信頼卿息、新侍従信親朝臣妻、後ニハ冷泉大納言隆房北方ニテ、其モ御子アマタヲハシキ」というもので、当初は平治の乱を起こした信頼の息信親の妻であったとするこの条は、他本にない。当時五歳[23]の信親が清盛の婿となっていたことは、『平治物語』や『古事談』第四「勇士」の伝えるところで、事実と考えられる。延慶本が他本より事実に通ずる側面を多く有することは拙著[24]でもしばしば言及したが、ここもその一端と認められよう。

その点に関連して、坊門信清が壇の浦から帰還した二宮、のちの後高倉院を出迎えたくだりが、同本をはじめ四部本・盛衰記・屋代本・百二十句本等に存する（巻十二）一方、覚一本などでは、法住寺合戦の時、新帝後鳥羽天皇の身を、乳母の兄範光と共に守ったことしか見えない（巻八）ことも看過できまい。後高倉・後鳥羽院両院の母が等しく信清の姉殖子であるという事実関係を、当然の知識として持っている作者であれば、両場面に彼を登場させるのが自然な発想であろう。後出本段階の多くの作者はその知識が薄れ、二宮帰還場面から彼の姿を消してしまったものと思われる。

古態を残すテキストを通じて、事実関係に詳しい作者が展望できるとはいえ、どれだけ平氏人脈に詳しく、かつ、それに意識的であったかは、いぶかしい。そもそも殖子と信清は、清盛の女が嫁した信隆の子ながら、彼女の腹から生まれた子供ではなかったが（**図2**参照）、四宮つまり後鳥羽帝即位決定を語る紙面（巻八）からは、それらの関係をにおわせる字句が、どのテキストにも見出せない。すなわち、殖子がまだ中宮だった徳子のもとに仕えていて高倉帝の寵愛を受け、二皇子をもうけたため、父の信隆は、「平家ノアタリヲハヾカリ、中宮ノ御気色ヲ深ク恐レ」たが、「八条二位殿」時子が「御乳母」を付けて面倒をみた（延慶本）などとあっても、徳子の妹を妻としていた信隆の微妙な立場や、その姻戚関係があったゆえに時子が乳母の世話をしたのであろう事情は、行間からすら皆目読み取れないのである。[25]二宮は治承三年（一一七九）の二月に生まれ、信隆は同じ年の十一月に亡くなっているから（『山槐記』）、四宮の誕生は見ていないはずであるが、それにも気づいていない。四宮即位の経緯を語る作者の意識の中には、どうやら信隆が清盛の婿だったという事実が失せてしまっていたと見てよかろう。

同様の事例として、鹿の谷事件の導火線となったという左大将人事をめぐる叙述もあげうる（巻一）。大将の地位を所望した人物の一人に花山院兼雅の名をあげながら、彼が清盛の婿なることに言い及んだテキストは一つもない。事件のあった安元三年（治承元年〈一一七七〉）当時、彼は清盛女との間にすでに忠経と家経の男子二人までもうけていたのであった。その他、中宮御産（巻三）や高倉院の厳島御幸（巻四）の記事中などに、婿たちの名前があるものの、そのことに自覚的であったとは思われない。また、隆房北の方は、前述したように、時子腹で徳子の実妹であったが、それを知っていたならば、隆房の小督との悲恋譚も、今少し深刻に描けたかと想像されもする。

平家の姻戚関係が一貫して意識されていたわけではないことを前提に、建礼門院の大原入り以降の文面に目を移そう。そこでは、隆房・信隆両北の方が、徳子の生活のために様ざまな気配りを示し、大原隠棲後も交流のあったことがものがたられていた。まず、出家した女院のもとへ二人の妹からひそかに慰めの手紙が寄せられ、大原へ出立する時には、隆房北の方から輿が提供されたという。もっとも、延慶本と長門本は、輿提供のことしか語らないが、延慶本の記す女院の言葉に「此人々ノハグ、ミニテ、ウキ世ニアルベシトコソ不レ寄二思召一シカ」（傍点筆者）とあるから、妹二人による慰問の手紙の一節が誤脱した蓋然性が高い。姉に当たる花山院兼雅北の方について何ら言及していないのは、「かつては庇護してやった妹からの援助」という物語的文脈を強調したい意図のためかも知れないが、弱体化していた当時の花山院家の反映かとも考えられた。

その夫の兼雅は、後白河院の大原御幸に供奉した公卿のなかに名を出す。多くの後出の伝本は、単に「花山院」とのみ記して兼雅なることが漠とさせられているが、延慶本・四部本・盛衰記では、「花山院大納言兼雅」と明記、のみならず、「冷泉大納言隆房」も登場させる。女院にとっては、姉の夫であり妹の夫である。更に筆頭に掲げる「当関白殿」が基通を意味するなら(26)、彼もまた妹の夫であった。これから会うことになる女院と彼らとの間に、複雑な心理的葛藤が生ずるであろうのに、作者はそれに全く無頓着な風である。御幸のさまを重重しく語ろうとして彼らを登場させたのに違いない(27)が、その時、清盛の婿なることはすっかり忘却されていたのであろう。

女院と後白河院との再会場面でなされる会話でも、隆房・信隆両北の方からの便りがあるよし、多くの諸本は記しているが、そのなかで、延慶本・四部本・長門本は、信隆北の方だけからとし、かつ、基通の北の方からは、という院の問いかけに、「夫モ今ハ絶間ガチニコソ」（延慶本）とか「無㆓兎角詞㆒」（四部本）とか、女院が答えたとある。また、盛衰記は、隆房・信隆両北の方から受けている芳情と、基通北の方の無音とを語ったのち、「朝夕の事は、隆房北方、訪《とぶらひ》申せば、煩《わづらひ》なし」という、独自の女院の言葉を載せる。

改めて延慶本の本文を検証してみれば、信隆北の方を特別視している文言が気になってくる。すなわち、昔とは裏腹に今は問い来る人もいない「其中ニ、信隆ノ北方計ゾ、折々ニ随テ、思ワスル、事モナク、常々ハヲトヅレ来《きたり》候。サテモ有シニハ、彼ガ省《はぐくみ》ヲ可ㇾ受トハ、懸テモ思ヨラザリシ物ヲ」と言って女院は涙を流し、加えて、「今ハナニトカ可ㇾ被㆓思食《おぼしめさ》㆒ニ候ワネドモ、彼《かの》北方事《の》ヲバ、御覧ジ放タルマジキニ候。其外ハ、事問《ふ》人モ候ワズ」と、言葉を続けたという。後半は延慶本の完全な独自文で、四部本や長門本にもない。「御覧ジ放タルマジキニ候」という物言いは、相手の後白河院に依頼している口調、「ナニトカ可レ被ニ思食一」は女院の自敬表現であろう。今となっては自分があれこれ思うべきことではないながら、信隆北の方のことを見放さないでいただきたい、と言っているのである。

ここで、坊門家が、承久の乱後、衰退を余儀なくされていた現実を想起する必要があろう。昔の光輝を失ってしまったかのような坊門家への同情が、右の一連の文言の背後にありはしまいか。信隆北の方の善意のみをことさら取りあげ、彼女への皇室の庇護を求める文脈には特殊なにおいが感じられる。無論、作者の念頭には、彼女の血をひく隆清流が同家の傍流にすぎないという認識など、所詮ありはしない。話題の主たる清盛女のこの北の方が、同家を代表する象徴的存在として意識されていたのであろう。ひるがえって、大原入りの輿を贈ったという隆房北の方の行為を語るところには、経済的にも繁栄し続けていた四条家の姿が投影されていはしまいか。源平盛衰記は、信隆北の方を特別扱いせず、逆に、隆房北の方の配慮で、毎日の生活に支障がないと女院に言わせていたが、それも、四条家の繁栄と結びつく表現のように解される。すでに坊門家の栄華は忘れ去られ、四条家の方が隆盛を維持していた(28)、より後代の時代状況を、盛衰記は映していると考えられなくはあるまい。

結論的に言えば、花山院家・四条家・坊門家それぞれの、『平家物語』誕生期における歴史的実情の微妙な投影を、物語の表現の奥に探り当てることができるように思うのである。それは取りも直さず、作品創造と時代との不可分な関係をものがたっている。また、ここでの探査を通じて、平氏の姻戚関係に必ずしも精通しているわけでもなく、そのことに神経質でもない(29)作者の顔を、処処に発見できた。そのことが、作者の具体像を求める際に、平氏一門に詳しい人物を想定する(30)ことの危険性を示唆している点、ぜひとも最後に付言しておきたい。

注

（1）完子が男子を出産したことは、『玉葉』治承元年六月九日条から判明するが、その後の消息は不明。なお、彼女の名を『系図纂要』に従い「寛子」とする例が多いが、『玉葉』『吉記』の寿永二年二月二十一日条から明らか。
（2）角田文衛著『平家後抄』（朝日新聞社・一九七八年刊、講談社学術文庫・二〇〇〇年復刊）「第四章　女人の行方」は、兼雅との間に女子をもうけたとする源平盛衰記の記事を事実と解しているが、不詳。
（3）同右書「第九章　暗雲」では、摂関家の良通と結ばれた女子も、清盛女腹とするが、確証が私には得られていない。
（4）『明月記』本文は、国書刊行会本によるものの、「是」は朝日新聞社刊の「冷泉家時雨亭叢書」所収の自筆本より補った。
（5）国書刊行会本には「朝座」とあるが、右自筆本により改めた。
（6）『明月記』寛喜三年（一二三一）二月八日条。
（7）『吾妻鏡』文治二年（一一八六）五月十五日条。
（8）角田注2著書「第九章　暗雲」は、忠経の姉妹とするが、その論拠は示されておらず、拙稿のように考えるのが妥当かと思われる。
（9）『民経記』安貞元年（一二二七）八月七日条。
（10）『平家物語の誕生』（岩波書店・二〇〇一年刊）。なお、注目すべきことに、成子の父、故藤原成親の邸宅地を、後家に譲渡後、子息に譲るようにと命じた、建久元年（一一九〇）八月十一日付け後白河院宣が残る（『民経記』寛元三年〈一二四五〉十一〜十二月　紙背文書）。後家は『平家物語』に登場する、院の寵を得た山城守敦方の女か。
（11）成子が典侍になった寿永三年（一一八四。『吉記』四月八日条）当時、家経の年齢が十一歳であることから姉と判断。
（12）注10拙著。
（13）『明月記』嘉禄二年（一二二六）十月一日条に彼が信濃国守を辞退したこと、同三年九月二十五日条に、承久の乱以後、彼が統治をおざなりにしていた記事がある。
（14）注10拙著、一七一〜一七二頁。

(15) 同右、一九九～二〇四頁参照。
(16) 彼女の結婚相手の隆衡は承安二年（一一七二）生まれで、息隆親のできたのは建仁二年（一二〇二）。それに対し、忠信は文治三年（一一八七）生まれであることから弟と判断。
(17) 注10拙著、九一頁等。
(18) 同右、第二部・第三章「もう一人の権女」。
(19) 同右、一四九頁。
(20) 房名は宝治二年（一二四八）二十歳で非参議従三位となり、正嘉元年（一二五七）同正二位に至るが、同じ年、隆顕は弱冠十五歳で参議に就任し、文永六年（一二六九）には正二位権大納言へと昇進、他方、房名はそのままであった。彼は、隆顕が父との不和で出家した翌年の建治四年（一二七八）五十歳で参議へ移り、弘安八年（一二八五）大納言となる（『公卿補任』）。
(21) 仁和寺五智院の僧に覚助法印がいるが、『仁和寺諸院家記』に「右中将有房子」。
(22) 「綺羅」の「羅」は、今川文雄『訓読明月記』の校訂本文による。
(23) 『兵範記』嘉応二年（一一七〇）五月十六日条。
(24) 注10拙著。
(25) 二宮後高倉院の乳母は、平知盛の妻と平頼盛の女であった（注10拙著）。
(26) 大原御幸は、文治二年（一一八六）「卯月ノ半」に設定されているが、歴史上ではその前月に摂政が基通から兼実へ交替している。物語は、その事実を記さない。
(27) 『閑居友』の大原御幸話には、供奉の人の名はない。
(28) 正元二年（一二六〇）の院落書（『続群書類従』所収）に、「四条権威アマリアリ」とある。
(29) 延慶本では、義経が屋島攻撃に向かう途中で入手した都からの宗盛あて書状について、妹の藤原基実室つまり盛子よりの文としているが、彼女は六年前の治承三年（一一七九）六月十七日に死亡しており（『玉葉』）、事実としてはありえない。

作者は、そのことに気づいていない。

（30）渥美かをる著『平家物語の基礎的研究』（三省堂・一九六二年刊）は、「平氏と姻戚関係が濃い」ことをもって、葉室行長作者説を押し進めた。

（「軍記と語り物38」二〇〇二年三月）

追記　初稿の公表後に判明した事実により、改稿した箇所がある（清盛長女、花山院兼雅室の没年）。

〈『「平家物語」という世界文学』続稿〉

四　国民文学としてのイラン叙事詩『シャー・ナーメ（王書）』と『平家物語』

イランの叙事詩『シャー（王）・ナーメ（書）』は、一〇一〇年に、フェルドウスィー（九三四?～一〇二五?）が三十余年を費やして完成させたという長大な詩編で、今日なお朗誦と語りという古い形式で演じられる一方、種々の楽器を用いた演奏にも作り変えられ、広く享受されている。その内容は、神話時代の王の事績に始まり、王家を支えた伝説的英雄の活躍を語って、歴史的実体たるサーサーン朝（二二六～六五一）の王政に及ぶもので、全体は神話・伝説・歴史の三部構成とされる。このうち、和訳されているのは、神話時代篇と英雄伝説時代篇の主たる部分に過ぎない(1)。この作品と『平家物語』とは、長く国民に親しまれてきた古典で、かつ今だに演奏されている芸能という点で共通性を持つ。戦いに伴う悲劇を嘆き、人知の及ばぬ世の推移に思いを馳せることでも相通ずるものがある。ここに、両書の比較を試みようと思う。

一　ソフラーブの悲劇

『シャー・ナーメ』で最も活躍する英雄はロスタムといい、生誕時から象のような巨軀の持ち主。神から超人的な力を付与されて、イラン王家の危機を何代にもわたって救った、事実としては考えがたい長命の人物として語られる。

イランと敵対するのは東方の隣国、トゥーラーン。両国の戦いが作品の主軸を形成する。

ロスタムには、秘密の子がいた。盗まれた愛馬の行方を追ってトゥーラーンの一属国の地に入り、そこで見初められた王女との一夜の契りで生まれた子である。ソフラーブと名づけられた少年は、父に似て象のような肉体を持ち、十歳の時、すでに向かうところ敵なしのありさまだったという。やがて彼を見舞うことになる悲劇が、数多くある話柄の中でも人気が高い。

ソフラーブは成長するに及び、母から実の父の名を教えられ、証拠の品を手渡されるや、心に大きな野望が芽生えてくる。まずイランに攻め入り、父を王位につけたのち、ひるがえってトゥーラーンをも攻略、ロスタム王国を打ち立てようというのである。父の顔も姿も知らぬまま、彼はその思いに駆り立てられて出陣を決意する。

イラン攻撃を宣言したソフラーブの許へ、トゥーラーン国王は腹心の部下二人を送り込む。戦場では決してロスタムの存在を教えるな、彼をして父を討たせよという密命を言い含めて、である。ソフラーブはイランの城を攻め落とし、一人物を捕虜として決戦の戦場へと連行、ロスタムの陣営を教えるよう迫るが、相手は、それを教えてはまずいと考え、あくまでもごまかし続ける。母はロスタムの顔を唯一知っている叔父を、息子に付き添わせて送り出していたが、不運にも開戦前夜、敵地に密かに侵入したロスタムによって殴り殺されてしまう。母から父の陣営の目じるしを教えられてはいたものの、彼には自信がなかった。あてどなく、父を求めて、戦場に赴く。

一方、ロスタムの方は、並外れた力を発揮して攻め込んできた若者から国を守るべく、国王から出陣を要請されて戦場に出向いたものの、その若者が我が子とは夢想だにしていなかった。まだまだ幼く、戦いの場にやって来るはずはないと思っていたのである。

ロスタムは、剛勇であった祖父のごときソフラーブのたくましい体躯を見るや、二人だけの闘いの場へと誘う。互いに一歩も引かぬ態度を示しつつ、ソフラーブは老齢の身の相手を憐れみ、ロスタムの方は過去の武勇を披瀝して、お前の命は奪いたくないと言う。そうしたやり取りの中で、ソフラーブは相手に心ひかれ、その名を問う、もしかしてロスタムではないかと。父は、そうではない、ふつうの男と答えて、事実を隠した。

槍、剣、鎚矛で激しく渡り合うも勝負はつかず、弓、組み打ちでも決着を見ない。最後にソフラーブが打ち下ろした鎚矛を肩に受けたロスタムは、少々ひるむが、なおたじろがない。笑いつつソフラーブは、老いの身で若気の振舞いをするとは愚かと声をかける。結局、二人は疲労困憊の果てに相別れ、それぞれの敵陣を襲って混乱に陥れたのち、明朝の再戦を誓って帰陣した。

その夜、ソフラーブは意気軒昂で酒宴を開く。かたやロスタムの方は、国王に若者の尋常ならざる力を報告、弟には翌日の闘いで敗れた場合の、父と母への遺言を託した。やがて夜が明けていったが、実は前夜、ソフラーブは、トゥーラーン王の腹心の男に、対戦した老兵の体つきが自分と瓜二つで、ロスタムのような気がして優しい気持ちになってしまうと口にしたが、男は自分の知るロスタムとは全く違うと嘘をついていた。実の父とは分からぬまま、闘いの場に臨むことになる。

再び対面したソフラーブは笑みを浮かべながら、優しく機嫌のよしあしを尋ね、かつ和を結んで共に酒を酌み交わそうと誘いつつ、あなたはロスタムではないかと、再度、問いかける。しかしロスタムは、そのようなだましの言葉には乗らぬと冷酷に応じ、約束通り闘うようにと言い張る。二人は馬を岩につなぎ組み打ちを挑むが、そのさまは酔象と獅子とが闘っているよう、日が暮れるまで死闘は続く。が、最後は若者が老兵を組み伏せ首を刎ねようとしたその時、イランではそうはせぬ、二度、相手を組み伏せて初めて首を取ることが許される、という言葉が下から返ってくる。ソフラーブは言葉の策略にはまり、命を助けてしまった。そして語り手は、彼には自信があったから、また運命がそうさせたから、さらには本人の寛容さがそのようにさせてしまったのだ、と詠う。

帰還したソフラーブは、トゥーラーン王腹心の男に、愚かなことをしたと非難されて、我が行為を悔いる。他方、ロスタムは、身を清めて神に祈り、昔、神から授かった非常なる力、制御するのに困り果てて弱めてもらっていたその力を、元通りにしてほしいと訴えた。その願いは聞き届けられ、力がいや増しになった身で、心に憂いを抱きつつ戦場へと戻る。誇らしげに雄たけびを上げて迫りくる若者を目にすると、驚愕し、当惑した。ソフラーブの方は、力の回復した相手の姿を目にして驚き、そして三たび、闘いが始まった。

天がしからしめたのか、猛り狂うロスタムの手で背を折り曲げられたソフラーブの体からは力が抜け、組み伏せられる。抑え込まれながらも動きを止めぬ若者の胸を、ついにロスタムの剣が貫き通した。その彼に向かい、ソフラーブは、「運命」が私をこうさせた、「あなたに罪はない」と言いつつ、苦渋に満ちた父への思いを語り出す。


「父にたいする愛が私をこの死まで導いた。父の顔を見たいばかりに父を捜し、その願いに生命を捧げたのです。ああ、この苦難は無駄だった。父の顔をこの目にすることはできなかった。（もしあなたがどのような身になって、姿を隠そうと、父が私の死を知ったなら仇をうってくれるはず＝筆者、要約）。ソフラーブはその父を捜していたとき、価値なきもののように殺された――貴族のうちの一人、誇り高い戦士の一人が、ロスタムにこう知らせてくれるのです」(2)


それを聞くやロスタムの心は惑乱し、倒れて気を失う。やがて絶望の叫びを上げながら、

「ロスタムの子である印をもっているのか。ああ、ロスタムの名など勇者の名から消えてしまえ！　おれがロスタムなのだ。わが名よ失せろ」

と悶え苦しみ、「おのれの死」をも口にして、共に死のうとする。事実を知ったソフラーブは失神したが、正気を取

り戻し、

「もしそうなら、あなたがロスタムなら、あなたは悪しき本性に惑わされて私を殺したのです。私はどうかして
あなたを和睦に連れもどそうとしたのに、あなたには優しい感情がうごかなかった。さあ、この胴鎧をといて、
私の輝く裸身を見てください」

ロスタムがその裸の腕に見出したのは、出陣の際に母によって結びつけられた我が子たる証拠の縞めのう石、かつては自ら身に帯び、彼女に贈った品そのものであった。

「おお、この手で殺してしまったわが子よ！　あらゆる国、あらゆる人びとのうちに輝くお前！」

彼は髪を引き抜き、我が身を痛めつけ、痛恨の涙にくれる。その父に対し、息子は冷静に語りかける。

「もう致し方のないこと、そのように泣かないでください。自分を殺して何になりましょう。なるべきように、
ことが行われたのです」

最後の一句に、運命を達観しているさまが表されていよう。「私の運命が私の額に書かれていた」とも、彼は口にする。この作品では、しばしば「廻る天輪」に言及するが、それは人知の及ばぬ力が、この世に働いていることを表徴するもの、人は、わけの分からぬまま「廻る天輪」にからめ取られていくという。

父の顔を唯一知っていた叔父は、こともあろうか父ロスタムによって殴殺されてしまう、捕虜となったイラン兵は、祖国への忠義心からあくまでロスタムの所在を教えようとはしない、これらをはじめとして、あらゆること、すなわち「天輪」が、ソフラーブには悪く働いたのであった。不条理としか言いようのない現実。死を前にそれを確知した彼であった。そして父には、自分の野望のため扇動されてつき従って来たトゥーラーン軍を追撃しないよう、優しい気持ちになってほしいと頼みもする。

半狂乱となったロスタムは、人々におのれの愚行を涙ながらに告白、自らの首を刎ねようとするが、同僚から次のように説得される。

「私たちはみな、頭に王冠をおこうと兜をおこうと、死の餌食です。時きたれば死なねばならず、生の後にくるものを私は知りません。おお、英雄よ、死の悩みを免れるものがいるでしょうか。各人それぞれが、己れの身を嘆かなければいけないのです。この世における生の道は長いにせよ短いにせよ、死に追いつかれれば私たちは破滅するのです」

生の無常を語っているに等しいこの言葉の基底にも、「廻る天輪」への意識があろう。いかにも劇的に仕組まれたストーリーは、聴衆を虚構の世界から、非情なる現実の世のあり方を思う思いへと最終的に導いていくことになる。そこに、『平家物語』に通ずる性格を見出せるのでもあった。

二　敦盛の悲劇との対比

自らの死を従容として受け入れることにおいて、ソフラーブと敦盛とはよく似ている。一方は超人的な武力を発揮、他方は戦い方すらよく知らないらしい貴公子という違いはあるものの、共に十代の少年であった。

敦盛は、馬を海にうち入れ、沖の舟を目指したが、熊谷直実に呼び戻されて取って返す。なぎさに上がろうとしたところを、待ちかねた熊谷が馬を押し並べ、「むずと組んでどうと落ち、取つて押さへて首を掻かんと」して、兜の下に薄化粧した十六、七歳の少年を見出したと語られていた。勝負は、実にあっけない。敦盛に、果たして戦う意思があったのかと疑わせる表現となっている点を、見逃してはなるまい。

熊谷に名を問われた敦盛は、相手が自らの出自を「武蔵国の住人」としか言わないのを聞いて、何らの地位も得ていない東国人と知り、あえて名乗ろうとはしない。お前にとって、私は分不相応な良い敵、名乗らなくとも、首を取って人に問えば知っているはずと答える。プライドの高さが伝わってくる。熊谷が「あっぱれ、大将軍や」と感動するのは、その精神性に心打たれたからに他ならない。

助けようとしたもののそれがかなわぬと告げられた敦盛は、「ただ、とくとく首を取れ」と言うのみ。死の覚悟は、引き返す時点ですでにできていたのであろう。波打ち際で組みつかれた時に、なんら抵抗する姿が描かれていないことが、それをものがたっている。物語の作者は、死を甘受する孤高のいさぎよさを少年のなかに描き込み、享受者の心をつかもうとしたのであった。

もっともそれは、作品創出の当初から、もくろまれたものではなかったらしい。右に引いた文面は、室町期になって整った琵琶のテキスト、覚一本であるが、古態を残す延慶本の場合、敦盛は、「太刀ヲ抜テ額ニ当テテ」声高に叫びつつ陸地に「馳セアガリ」、「馬ノ上ニテ引組ミテ、浪打際へ落」ち、そのあとも「上ニナリ下ニナリ」三、四度、組み合って、最後は熊谷の方が上になったとある。勇ましいのである。名を問われて、一旦は「トク、切レ」と言いつつも、相手の懇切な言葉にほだされて、「修理ノ大夫経盛ノ末子、大夫敦盛トテ生年十六歳」と名乗る。助けることは不可能と告げられた時の反応は、何も記されていない。彼此対照してみれば、従容として死を受け入れる気高い姿は、改作されて最終的に練り上げられたものだったと理解されてこよう(3)。

つまり、敦盛像の造型し直されていった方向性の目指すところが、ソフラーブ像と一致するものだったことになる。若輩にして、死の定めを我がものと受け止め、泰然と殺されていく、そのあり方に人々は感動するのであり、両者の類似は、こうあってほしいと思う、世界共通の願望をものがたっていよう。

では、殺す側のロスタムと熊谷は、どうであろうか。自害を押しとどめられたロスタムは、イラン王のもとへ使者を送り、人を生き返らせるという霊薬を乞うが、ソフラーブによって殺されることを恐れる王から拒まれ、ついに息子の命は尽きる。苦悩を抱え込んだまま帰郷、父と母と共に慟哭し、心の晴れない日々が続く。「だがついに耐え忍んだ　それ以外に道がないと知ったから」と詩句は綴られ、さらに「世はこのような多くの思い出を持ち　だれの心にもいくたの痛恨を残した　運命に欺かれぬほどの理性と知性を　有するものがこの世にいようか」と連ねられる。(4)人知の及ばぬ世の不条理性をうたうのである。

事の次第は、やがてソフラーブの母の知るところとなる。なぜ自分は一緒に戦場に行かなかったのか、そうしていればロスタムが遠くからでも私を見つけていたろうにと、激しく悔やむ。息子の死の一年後、彼女は悲しみのうちに息を引き取ったという。全体は一登場人物の言葉で締めくくられるが、それは、

死者への愛に溺れるな　そなたとてこの世にながく留まらない　(中略)　これが運命で　解けない神秘　その鍵を求めても得られない　(中略)　悲しみのうちに人生はむなしくなる　だが去り行くのも定めで　われらの神のおぼしめし　この仮の宿に心を留めるな　いてもたいした益はなかろう

という、人生の空しさを語るものである。

熊谷直実は、組み伏せた敦盛に、同年齢の我が子の姿を重ねて見ていた。負傷した子に心痛んだおのれをかえりみれば、この君の父はどれほど子の死を悲しむかと。それを思えば助けてあげたかったのに、助けられなかった。悔やむ思いは自分自身を攻める刃となる。浮かんできた言葉は、

あはれ、弓矢とる身ほど口惜しかりけるものはなし。武芸の家に生まれずは、何とてかかる憂目をば見るべき。情けなうも討ちたてまつるものかな。

であった。涙はとめどもなく流れ、その場に座り続ける。物語は、「それよりしてこそ、熊谷が発心の思ひはすすみけれ」と、出家の動機となったよしを伝えていた。

右も覚一本の文面で、古態の延慶本には、「あはれ、弓矢とる身ほど」の一節はない。しかし出家の動機となったことは記されているから、そうなった心理が、より深く、かつ明瞭に表現されるに至ったと認められる。

ロスタムとの違いは、兵士たる者の罪悪性に想念が及んだか否かの一点に尽きる。非情な自らの行為を涙ながらに吐露する姿は同じながら、である。また、熊谷は、「この人一人、討ちたてまったりとも、負くべきいくさに勝つべきやうもなし。また討ちたてまつらずとも、勝つべきいくさに負くることよもあらじ」と考え、逃がそうとしたという。人ひとりの命と合戦の勝敗とは無関係、それゆえ一命を救おうというこの発想は、延慶本の段階から見え、同時期に誕生した軍記物語の『保元物語』や『承久記』にも見出されるから、[5]当時、人々の共感を得ていたものなのであろう。命は誰しも惜しいもの、そのことへの思いやりがある。

院政期に流行した今様には、次のような歌がある。

はかなきこの世を過ぐすとて　海山かせぐとせしほどに　よろづの仏にうとまれて　後生わが身をいかにせん

（『梁塵秘抄』二四〇歌）

「海山かせぐ」とは、海で魚を取り、山で鳥獣を捕獲すること。共に生き物の命を奪う仕事、それを生業としている者の嘆きである。生きることの原罪性がうたわれているに等しい。類似の歌として、「鵜飼はいとほしや　万劫年経る亀殺し　また鵜の首を結ひ　現世はかくてもありぬべし　後生わが身をいかにせん」（三五五歌）や、「鵜飼は悔しかる　何しに急いで漁りけむ　万劫年経る亀殺しけむ　現世はかくてもありぬべし　後世わが身をいかにせんずらむ」（四四〇歌）もある。亀は鵜の餌、長寿とされるその生き物を殺してしまう職業の人を、憐れんでいるわけである。

熊谷の胸中に沸いた想念は、こうした歌と底辺を共有している。他者の死、あるいは犠牲の上に成り立っているおのれの生、という普遍的現実が意識されているのである。戦いに生きる兵士は、その最たる者、熊谷が再び戦場に出ることを忌避した理由はそこにあったと、『平家物語』は伝えようとしている。数ある世界のいくさ物語の中で、熊谷と同様に考え、戦闘の場から身を引いた人物は、スコットランド叙事詩『オシアン』のフィンガル王くらいであろう(6)。

ロスタムの場合、我が子を殺したのちもなお、戦い続ける。国難を救うべく、である。他の英雄叙事詩の主人公と等しく、国のため、民族のため、苦悩を乗り越えて最後まで戦い続けることが求められているのであった。息子のソフラーブの夢は、勝利を収めて父をイランの国王にし、トゥーラーンをも制圧して統一国家を作ることにあった。彼もまた、イラン国家の拡大と繁栄を願っていたことになる。それゆえ、野望とは無縁な、敦盛的貴公子に創り上げられるはずもなかったのである。

同情を呼んだ敦盛と熊谷の話は、後世、さまざまな文芸を生み出し、いわば国民的話柄となって行ったことは言うまでもない。ソフラーブとロスタムの話も、同様にイラン国民の琴線に触れて、『シャー・ナーメ』中、最も人気の高い曲目とされるが、その背景には、『平家物語』にない強固な国家意識があったわけで、そのことについて、あらためて考えてみなければならない。

三　異国との共存と闘争のモチーフ

イランの歴史は複雑で、七世紀中期にサーサーン朝がアラブ軍に倒されて他民族の支配下に入り、それまでのゾロアスター教（拝火教）からイスラム教の国へと変貌する。九世紀前半に至って地方にイラン系王朝が生まれ、やがて全体を統括するサーマーン朝（八七三〜九九九）が樹立されるが、そのイラン復興の時代思潮のもとに、『シャー・ナーメ』の執筆は開始されたのであった。完成は次のガズナ朝（九六二〜一一八六）の時代で、宮廷に献呈されるところとなる。アラブ支配以前のサーサーン朝までを語るこの作品には、必然的にイスラム教色がない。

作者フェルドウスィーが生きていた十〜十一世紀の時代には、作中でトゥーラーン国とされている地も、すでにイラン国家内に含まれることとなっていたが、この叙事詩では、神話編の第六代国王フェリードゥーンの時に、三人の皇子に国を分与すべく、東方のトゥーラーンに当たる地を次男に、中央のイランを末子に、西方を長男に与えた結果、恨みを買った末子が兄たちに暗殺されてしまい、爾来、争いが絶えなくなったとされる（次頁の人脈図参照）。

その二代前のジャムシード王は、いかにも神話らしく在位七百年といい、晩年には傲岸不遜となって国家は疲弊、それを救ったのがアラブから来たザッハーク王でこちらは在位千年という。ところが、この王は悪魔によって身中に蛇を宿らされ、蛇を生かしておくために人の脳みそ食べさせなくてはならなくなり、次々と国民が犠牲になる。異名が蛇王。ついに民衆による反乱が起こり、迎えられたのがフェリードゥーン王であった。彼の三人の皇子は、ジャムシード王の二人の娘との間にもうけたのであるが、皇子三人の嫁には、アラブの首長というイエメン王の娘三人を迎え取る。アラブが種々の影を落としていることは争えない。

イラン王となった末子を実際に殺害したのは、次兄のトゥーラーン王であったが、その仇を討って兄二人を滅ぼしたのが孫に当たるマヌーチェフルで、彼は曾祖父のフェリードゥーン（在位五百年）から国を譲りうけ、第七代国王となる。ロスタムの活躍に展開していく伝説的英雄譚は、この王の時から語り始められる。

マヌーチェフルに仕え、保護していたのが、ロスタムの祖父のサーム。彼は、生まれてきた子が白髪だったため、

神話時代

ピーシュダーディー朝イランの人脈図

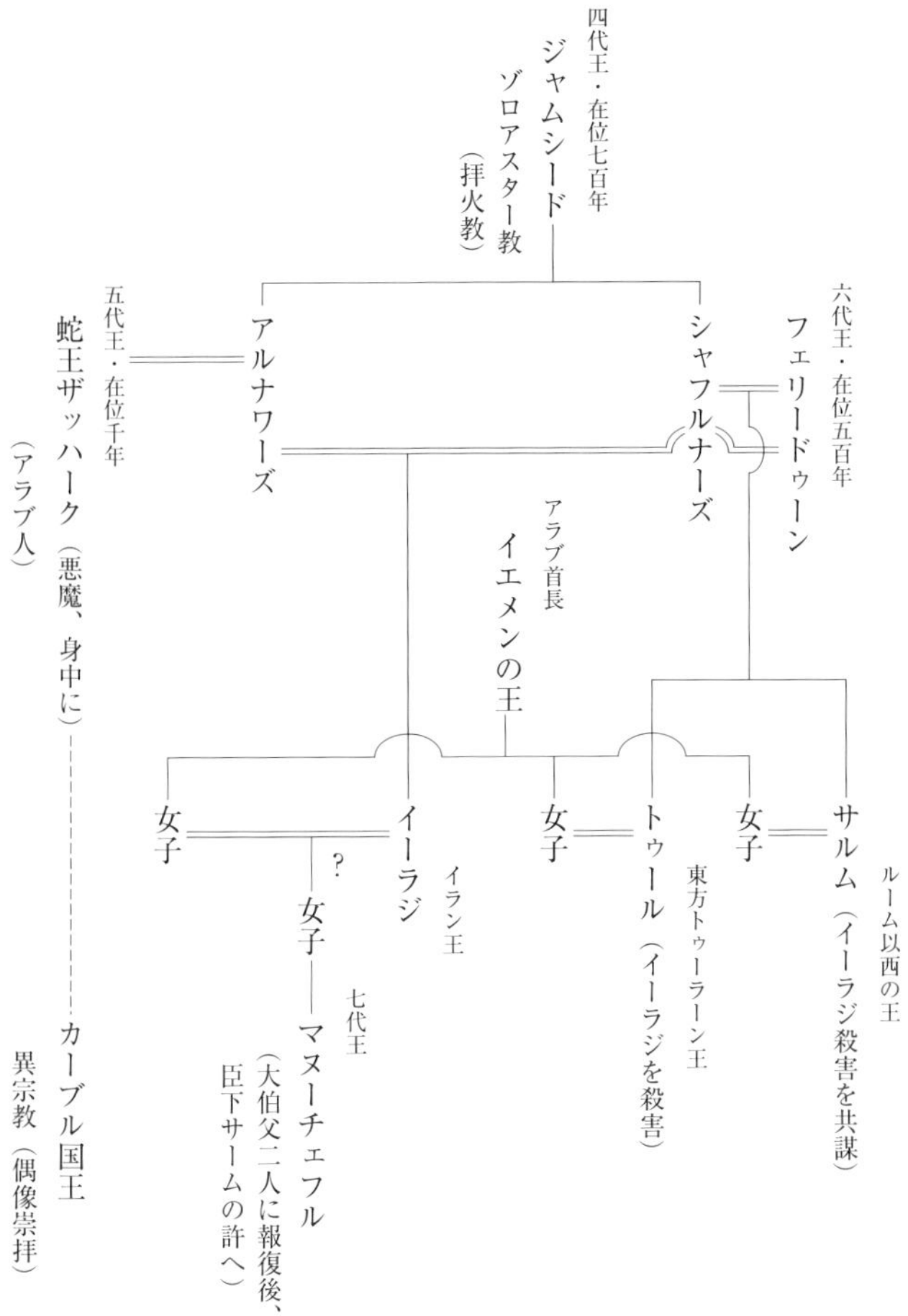

山中に捨てさせてしまうが、子は鳥に育てられて立派な体格を持った青年となり、過去の行為を後悔した父のもとに引き取られる。名はザールといい、辺境の地カーブルへの旅に出た際、その地の王の娘ルーダーベと恋に陥る。彼女はアラブ蛇王ザッハークの後裔、しかも偶像を崇拝する異宗教の一族、そこで父もマヌーチェフル王も結婚に反対したものの、二人を説得することに成功し、生まれてきたのがロスタムであった。彼には異民族の血が入っていたことになる（以下、六八頁の人脈図参照）。

たくましく成長した彼のうわさを聞き、祖父サームが会いに来る。その宴会の席上でのこと、酔ったルーダーベの父王は、「自分以外が見えなくなり、ザールやサームの存在を軽んじて、自分とロスタムとが結託すれば、もはや邪魔するものもなく「わしは蛇王ザッハークの慣例をよみがえらせ」、孫のために武器を作ってやろうとまで広言する。が、ロスタムの父も祖父も笑顔で応じていたとある。(7) そうした横暴さを描くことで、やがて訪れるカーブル国滅亡への伏線を敷いたのであろう。

イラン国家が作品の柱であることは、言うまでもない。ロスタムは、イラン王家に仕える同じ臣下の娘との間に男子をもうけていたが、前述したように、トゥーラーン属国の王の姫に愛されてソフラーブは生まれた。ソフラーブの話に一貫してあるのは、トゥーラーンを蔑視する視線である。彼と戦ったイランの女兵士は、相手から恋されていると知って、トゥーラーン人はイラン人にふさわしくないと言い放ち、ロスタムは巨軀を持つ彼のうわさを聞いて、そのような騎士がイラン人から生まれるのなら不思議ではないが、トゥーラーン人からとは信じがたいと言う。彼が最後まで我が子とは思いもしなかった大きな理由である。イラン人優位の視座からすれば、ソフラーブが討たれるべき物語の仕組みになっていたことは間違いなかろう。

時は流れ、ロスタムにも死がおとずれる。彼には、父ザールが女奴隷との間にもうけた異腹の弟がいて、母ルーダーべの国カーブルの婿となっていた。その彼が、兄をだましてカーブルの地へ招き寄せ、落とし穴にはめてしまうのである。最後の力を振り絞って弟を射殺すが、命は尽きる。カーブル国は、結局、ロスタムの遺児によって滅ぼされてしまった。ルーダーベは我が子ロスタムの死を知って懊悩し、半狂乱となって食を絶った果てに、水中で死んでいる蛇を食べようとまでしたが、やがて正気を取り戻し、貧しい人々に財宝のすべてを施したという。

蛇を口にしようとしたという彼女の異常な行為には、ある種の寓意が込められていはしまいか。ルーダーベはアラブ蛇王ザッハークの血を引いていたし、その一族の母国は破滅してしまった。自らの出自を呪う思いがなさしめた行為であるように見える。ロスタムに流れ込んでいる異民族の血は、母すらも望むものではなかったことの暗示であろう。しかし、それなくしては絶大な英雄は生まれてこなかった。そこに、異国との共存と闘争とのディレンマの中で歴史を刻んできたイラン国家の投影があるように、私には思われる。『平家物語』に、そうした民族の葛藤を想像させるような記述は見出せない。

○

この作品の主軸をなすのは、トゥーラーンとの戦いであった。が、両国があらゆる面で相容れない関係にあったわけではない。そもそもフェリードゥーン王を共通の祖先とする同族であったし、隣国どうしゆえ、様々な姻戚関係が生じたよしをものがたる。ロスタムの場合もその一例であったが、国王では、カイ・カーウースがトゥーラーン王家の血筋を引く女性と結ばれて皇子スィヤーウシュをもうけ、その皇子が、敵対行為を続けるトゥーラーン王アフラースィヤーブの娘ファランギースと結婚することになる。彼をめぐる悲劇もよく知られている。

カイ・カーウースの父カイ・クバートは、空位となった王位に、地方の王族の中から選ばれて即位したといい、そ

英雄伝説の時代

カヤーニー朝イランの人脈図

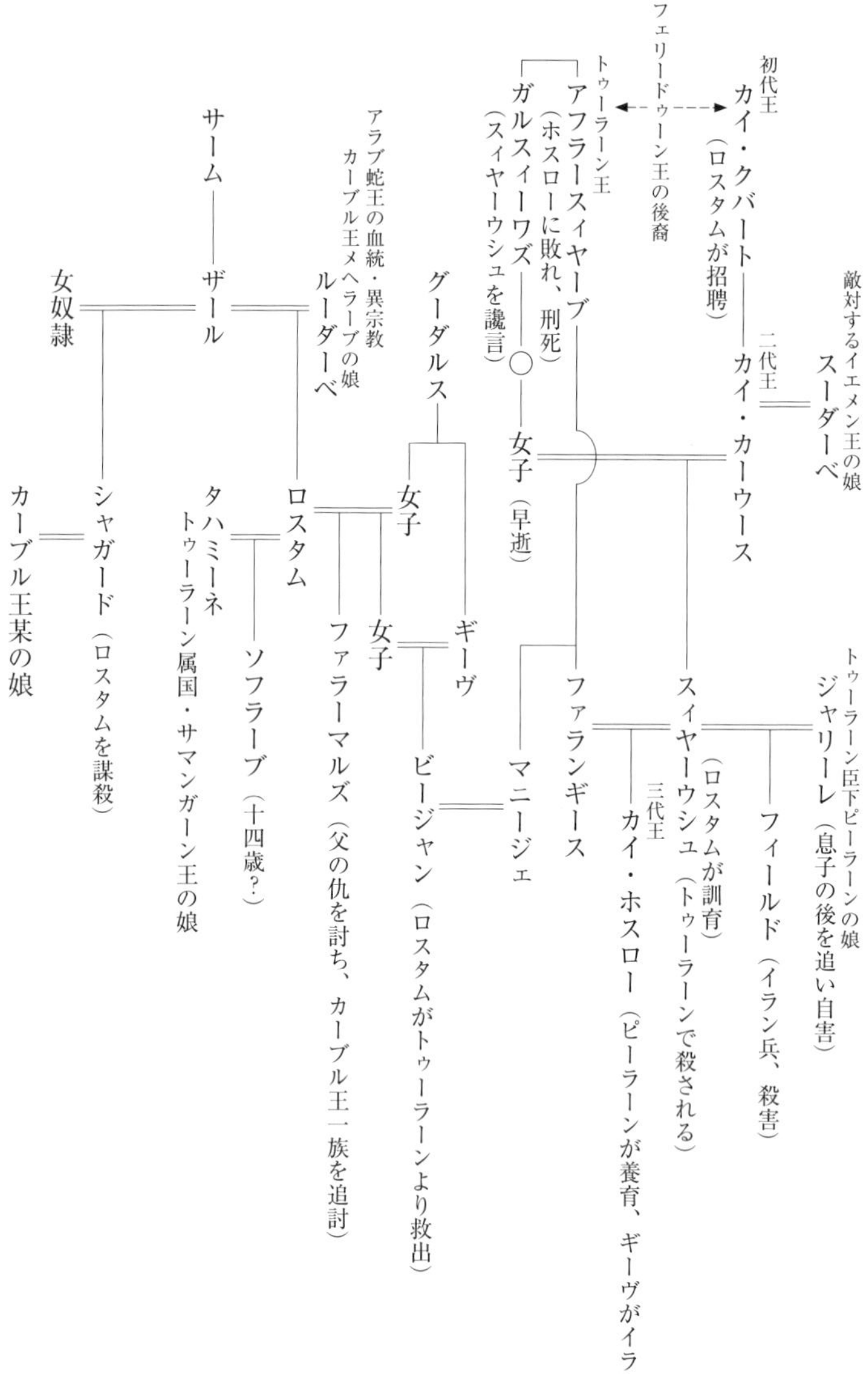

人脈図は、和訳書二書（注1）に基づき作成。

の招聘役をロスタムが果たしたとされる。この時からカヤーニー朝とされ、それ以前はビーシュダーディー朝という。二代目の王に当たるカイ・カーウースは、かつてイエメンとの戦闘で捕虜となったが、自分に厚意を示してくれたイエメン王の娘スーダーベと結婚し、すでに子供もいた(8)。そこにスィヤーウシュが生まれてくる。彼はロスタムのもとで訓育を受けて宮廷に帰ってくるが、その容姿に一目ぼれした義母のスーダーベから関係を迫られる。実母は早逝していた。卑劣な偽装工作までされたものの、難局を乗り越えたのちには、自ら志願してトゥーラーンとの戦いに出て行く。

トゥーラーン王アフラースィヤーブは、彼の力を恐れて和平を申し込み、さらには土地を与えて自国内に都市を建設させる。スィヤーウシュは王の娘ファランギースを妻に迎え、都市は繁栄するが、その実情偵察に派遣された王の弟のガルスィーワズが、兄に虚偽の報告をして、彼を破滅に追い込んでしまう。身ごもっていた妻のファランギースも命を奪われそうになりながらも、忠義な臣下ピーラーンに救出されて皇子を生むことができた。皇子はトゥーラーン国内で成長、やがてイランから送り込まれた人物ギーヴによって連れ戻され、第三代王カイ・ホスローとなる。スィヤーウシュの殺害を知って怒ったロスタムは、スーダーベを殺してから出撃、敵軍を圧倒してアフラースィヤーブを敗走させてしまう。

カイ・ホスローには、トゥーラーンの地に異腹の兄がいた。母の命を救ってくれた忠義な人物の娘との間に先に生まれていた男子である。スィヤーウシュの結婚相手は、二人ともトゥーラーンの女性だったことになる。その異腹の兄は、カイ・ホスローの指示に従わなかった派遣軍によって誤って殺されてしまい、母も後を追う。

このように両国の敵対関係を前提にしながら複雑にストーリーは展開し、最後にアフラースィヤーブ王は捕虜となって殺害される。そして、勝利を収めた晩年のカイ・ホスローがどうなったかといえば、憂鬱病にかかり、退位して雪の山中に姿を隠したという。彼の中には、いわば二重にトゥーラーン王家の血が流れ込んでいた。父の母は、父を死に追い込んだ王の弟ガルスィーワズの孫娘とされ、自らの母は王の娘であった。彼は母方の祖父を殺したことになる。憂鬱病の因は、ルーダーベと同様、自らの出自にまつわるものではなかったか。残念ながら、この部分は翻訳されておらず、推測の域を出ないが、おそらく、そうしたことを匂わせる表現となっているであろうと、私には想像されるのである。

また、イランの臣下ビージャンと、トゥーラーン王の娘マニージェとの恋物語もある。彼女はカイ・ホスローの母の妹に当たる。父王に二人の関係を知られ城中を追放されたマニージェは、岩穴に閉じ込められたビージャンに食べ物を届けるなど、献身的に尽くす。やがて変装して敵国に潜入したロスタムがビージャンを救出、最終的にマニージェはイランで生活することになり、幸せであったと語られる。結局、イラン優位にストーリーは絞り込まれていくわけである。

このように、作品の根底には、『平家物語』にない、異国との共存と闘争のモチーフがあることは疑いない。

四　国民文学としての資質の違い

『シャー・ナーメ』は、愛国主義で貫かれた作品である。イランは、作者の時代以後も、北方のアラル海地帯から南下してきたトルコ（テュルク）系遊牧民の支配を受け、さらにはモンゴルに侵略される。異民族との葛藤、つまり共存と闘争とは以後も長く続くわけで、イラン人の王朝は十八世紀中期のザンド朝にまで下らなければ成立しなかったとされる。(9) そうした屈折した歴史が、自国のアイデンティティーを秘めたこの作品を、不変の国民文学として維持させてきたのであろう。現代でも、イラン独自の古式体操ズールハーネの競技では、『シャー・ナーメ』の一節が朗誦されてから実技が始まるという(10)。

『平家物語』も、かつて国民文学として大々的に扱われ、今でもそう呼ばれることが多いものの、基本的に他国意識は希薄で、異国との抗争を題材としたものでもない。語るところは周知の自国の歴史、その中で浮き沈みした人々の姿をクリアーに伝えようとする。その真実に迫ろうとする姿勢が、熊谷の言葉に見られるような、人間存在のありかたを根源的に問う表現ともなり、享受者の多くに深い共感と感銘を与えてきた。『シャー・ナーメ』と『平家物語』とでは、心理面における国民への接近、あるいは浸透の仕方が異なっているのである。

『平家物語』の方が、人間を深く捉えていることは確かであるが、世界の叙事詩群の中に『シャー・ナーメ』を置いてみれば、不条理を強いられる現実社会の姿を、逆らえぬ運命の転輪のなせるわざとして、生のはかなさを訴えつつ、巧みに創出した劇的世界に仮託して語っている点、他に類を見ない。その不条理認識は、他国との抗争を余儀なくさせられてきた歴史と表裏するものに違いなく、イランは、近代の帝国主義勢力との闘いに至るまで、西からも東からも脅かされ続けてきた国であった。裏を返せば、東西文化の接点でもあったわけで、『シャー・ナーメ』には「ギリシャの兜」と「インドの剣」とが頻出することが、それを象徴的にものがたる。この作品の表現世界を成り立たせているのが、歴史の底流にある深い民族の苦悩であることを汲み取らなければなるまい。

『平家物語』は、イランほどの厳しい歴史を知らない日本で生まれたからこそ、国より人の生に、より密着した視点から物語を紡ぐことができたのであり、それが人々に親近感を与えてきた大きな要素であった。両作品の比較は、はぐくまれた土壌の相違が文学の質をも規定してしまうという事実を、あらためて再認識させてくれるのである。

注

（1）黒柳恒男訳『王書（シャー・ナーメ）』（東洋文庫・平凡社・一九六九年刊）は、英雄伝説時代の抄訳で、岡田恵美子訳『王書』（岩波文庫・一九九九年刊）は、それに神話時代を加え、英雄伝説部分についても新たに訳出したものを含む。一話柄全体を完訳している率は前者が高い。

（2）前注の岡田恵美子訳の岩波文庫より引用。

（3）本文の引用に当たっては、適宜、漢字を当てる等、表記を改めた。

（4）以下の引用は、岩波文庫では省略部分に当たるため、注1の黒柳恒男訳の東洋文庫による。

（5）半井本『保元物語』中巻、源為朝が金子家忠の命を助けてやった話。慈光寺本『承久記』下巻、北条泰時が十六歳の藤原範継を助命した話。

（6）拙著『「平家物語」という世界文学』（笠間書院・二〇一七年刊）第三章。

（7）岩波文庫『王書』「第二部」の「第三章　英雄ロスタム」による。東洋文庫では省略部分。

（8）イランのサーサーン朝は、イエメンを一時支配下に置いたことがあり（宮田律著『物語　イランの歴史』中公新書・二〇〇二年刊、参照）、その投影なのであろう。

（9）注8の宮田著書。

（10）前注同。

（「楽劇学26」二〇一九年五月。講演の原稿化）

五　源頼政の挙兵と歌世界

一　反平家貴族、源資賢との交流

宇多源氏で音曲に長け後白河院の側近であった按察大納言源資賢（一一一三〜一一八八）は、治承三年（一一七九）十一月のいわゆる清盛のクーデターによって解官追放され、一旦は東国へ赴いたものの、西に方角を変えさせられ（『玉葉』同月二十二日条）、結局、丹波国に身を置くこととなったらしく、翌年七月十三日に恩免されて都へ帰ってきた（『山槐記』同日条）。その丹波国にいた時に頼政と歌の贈答をした事実が、彼の家集『入道大納言資賢集』から知られる。

丹州に籠居之時、述懐の心を

嘆きこそ大江の山と積りぬれ　命いくののほどにつけても　A

世の中の心づくしを嘆くまに　我が身の憂さは覚えざりけり　B

同じころ、源三位入道のもとへ申し遣はしし

今はさは君しるべせよはかなくて　まことの道にまどふ我が身を　C

返し

言の葉は大江の山と積もれども　君がいくのにえこそ散らさね　D

（『新編国歌大観・四』より。漢字を適宜あてる）

帰洛した資賢の身辺には、故頼政と関わる人物が二人いた。一人は、彼の郎等、弥太郎盛兼。もう一人は、人相見をよくし、以仁王に必ず位につく相があると言ったという少納言藤原宗綱。以仁王の「近臣」とも評され（『玉葉』元暦元年〈一一八四〉十一月二十七日条）、相少納言の異名を持ち、『平家物語』には改名前の伊長の名で出る。資賢とその二人との結びつきを伝えるのが、『吉記』と『玉葉』の養和元年（一一八一）九月の記事である。まず、前者の二十一日条、

後聞、故頼政法師郎等弥太郎盛兼、有二嫌疑事一、〈故三条宮之間事云々、故委不レ記〉、於二前按察侍家一、前幕下遣二武士一、欲レ搦之間、件盛兼自殺死、〈搔二切咽笛一〉。又前少納言宗綱入道、自二前按察許一、被二搦出一云々。

文中に「前按察」とあるのが資賢で、「前幕下」は清盛の息、宗盛である。盛兼は、資賢に仕える侍の家に潜んでいたところを、宗盛の派遣した武士に捕縛されようとしたので喉を搔き切って自殺、宗綱の方は資賢のもとにいて連行されたという。次は『玉葉』の二十四日条、

定能卿来談二雑事一、相少納言入道又被二搦取一了、是資賢卿之許、件人一両度来臨、因レ玆両人成二談議一之由、世間之人令二沙汰一云々、為レ恐二其思一、資賢卿搦二出件入道一、〈元為二資賢卿聟一云々〉、其間所従侍自害云々、如レ此之間、資賢深成レ恐云々、

宗綱が「又」捕らわれたとあるのは、前年の乱直後の六月十日、南都に逃走して捕縛された人々の中に彼がいたからで、同書に「其中有二相少納言宗綱一云々、〈件男年来好相レ人、彼宮、必可レ受レ国之由奉レ相、如レ此之乱逆、根源在二此相一歟、

不可云々〉」と記す。定能卿の談話を伝える右の記述によれば、資賢のもとに宗綱が一、二度来訪、二人で相談しているといううわさが世に立ち、それを恐れて資賢が彼をつかまえて差し出し、家来は自害、実は宗綱はかつて資賢の婿だったという。こうした結末に、本人はいたく恐れをなしているというのである。

『吉記』の方が、より正確に違いない。事実は、まず、捕縛されようとした盛兼が自殺し、それを知った資賢が宗綱の身柄を差し出した、ということではなかったか。そうしたことで、彼は難を逃れたのであろう。

後代の編纂になる『吾妻鏡』にも、関連記事がある。同年十一月十一日、故頼政の一族たる加賀竪者が鎌倉に参上したが、それは、頼政の「近親、埴生弥太郎盛兼」が、去年の合戦後、「蟄ニ居干或所一、潜欲レ参ニ関東一之処」、九月二十一日に宗盛の手の者に生け捕られようとして自害、その与力の衆と称して宗綱を捕縛、昵懇の間柄ということで自分にも探索の手が伸びたため、あわててここに参向したのだということであった。盛兼が潜んでいた「或所」は、資賢の侍の家に他ならない[1]。

盛兼は、『源平盛衰記』と長門本『平家物語』にも登場、「因幡国の住人」で、平等院における最後の戦いにおいて、頼政の嫡男仲綱の首を御堂の板敷の下に隠した人物とされる。

○

あらためて、資賢と頼政の贈答歌に注目してみよう。最初のAの符号をつけた資賢の歌の意は、洛中追放の身となって生きながらえたにつけても、嘆く思いが幾重にも重なり大江山のように高くなったというもの。「命いくの」には、言うまでもなく、歌枕の地「生野」が掛けられている。Bでは、世情についてあれこれ気をもんで嘆いているうちに、自分自身のつらさは感じなくなっていたことだと詠う。Cでは、頼りなく真実の道に迷っている我が身に、今は君が道しるべとなってほしいと頼む。

　対する頼政の返歌Dは、貴殿の嘆きの言葉が大江山のように高く積み重なったにしても、君が生きて行く道の上に決して散らすことはできない、という意なのであろう。ABとCとの間に「同じころ」云々の詞書が入り、Cは別の時に詠じたように書かれてはいるが、AとDとの言葉の対応関係、すなわち「大江山」「いくの」の共通性から、あきらかにA・B・Cは一連の歌として、同じ時に頼政のもとに送られたものと理解できよう。

　この歌の贈答には、秘められた要素があるように思われる。頼政の返歌の、「君がいくのにえこそ散らさね」から感得されるものである。散らすことのできない「言の葉」は、Bで示されている、「わが身の憂さ」を忘れさせるほどの、今の「世の中」を「嘆く」思いの託された言葉なのであろう。洛中追放の身となった立場からすれば、当然、発せられてしかるべき言葉であった。

　Cの歌の「今はさは君しるべせよ」とは、何を期待しているのであろうか。頼政は前年十一月十七日の清盛クーデター直後の二十八日に出家していたし（『公卿補任』）、資賢は「まことの道」に迷っていると言っているのであるから、仏道への「しるべ」を望んでいるのかと思えば、頼政の歌は、それに応じてはいない。返歌は、貴殿の世情を嘆く言葉を、君の行く手に散らして、人生の邪魔になるようなことはできないと言っているに等しい。そこに、他人に知られてはならぬ、内密にしておかねばならない二人だけの秘密があったように見通されてくるのである。

　その秘密とは、乱後、頼政の郎等が資賢の侍の家にかくまわれ、皇位につくよう以仁王に勧めたという宗綱が彼の邸宅に出入りしていた事実と、「君しるべせよ」という歌の一句とを勘案するならば、資賢が内々に頼政に挙兵をうながしたものと推察するのが妥当であろう。歌の贈答は、資賢が丹波に蟄居してから、以仁王の件が発覚するまでの五か月ほどの間に交わされた。頼政がどの時点で挙兵を決意し、資賢の言葉がそれにどのように影響したかは知るよ

しもない。が、こうした歌によるやりとりがあったことは、従来、まったく看過されてきたことであった。(2)

『入道大納言資賢集』の成立は、集の末尾に「〈本云〉寿永元年八月六日書留返之」とあることから、寿永元年、すなわち頼政の死から二年後の一一八二年と見て、詞書の記述内容とも矛盾なく、誤りはなさそうだという。(3) 盛兼自害、宗綱捕縛は前年の九月、すでに、この年の三月二十日には出家していた。七十歳である。没するのは六年後。寿永元年は大飢饉の年であった。そのため、大きな戦いはなく、翌年が倶利伽羅峠で大敗した平家一門の都落ちとなる。生活不安が横溢し、戦局は膠着状態ながら、平家の衰運は否定すべくもなかった。そうした世情のもと、彼は全二十九首の小家集を自身の手でまとめた。出家を契機としたものであったかもしれない。自らの生の終焉も、おのずから意識されていたことであろう。

頼政より九歳若いとはいえ、歌の贈答をした時は六十七、八歳。ともに老人として世を憂うる思いを共有できたに違いない。専権をふるう清盛は、五歳年下であった。その清盛も、家集編纂時には世を去っていた。内密に取り交わされた言葉を、それほど秘匿する必要もなくなった状況下で、資賢は頼政に対する哀悼の思いがつのり、家集にそれを留めたのであったろう。

二　頼政追憶歌群より

何人もの歌人たちが、頼政と生前に取り交わした歌を家集に収めている。惜しまれる人柄だったからであろう。まずは、親交のあった藤原惟方（一一二五～一二〇一以降）の『粟田口別当入道集』。惟方は、母が二条天皇の乳母であった関係から、その側近となり、参議・検非違使別当を務めるが、後白河院政派と二条天皇親政派との対立抗争のなかで、平治の乱の翌年（一一六〇）、院に対する不敬事件を起こして流罪となり出家、六年後の永万二年（一一六六）四十二歳で召還されて帰洛し、最終的に洛外の粟田口に居を構えた。

家集の成立は、奥書から文治五年（一一八九）二月中旬と知られるが、そこには仁安二年（一一六七）暮春から歌を集めだし、その後、二、三巻、書き続けたが、いまだ取捨が必要な段階ともある。収録されている頼政との贈答歌は、一連の六首。次のようにある。

「東山に侍りしころ」、頼政が訪ねてきて、「昔のことども忘れがたく」などと言って帰ったのち、「かきたへ」音信がなかったので、四月ころ、誰からとも分からないように、歌を「さし置かせたりし」として、

いかにして野中の清水思ひ出でて　忘るばかりにまたなりぬらん　A

すると、二、三日ばかり経って来訪、紙の端に歌を書いて「落として帰りたりし」、

飽かざりし野中の清水見てしかば　また夏草を分くと知らなん　B

その後また、「同じき人のもとより申したりし」、

ほととぎす語らふころの山里は　人訪はずとも寂しからじな　C

「返し」の歌は、

ほととぎす語らふことを山賤《やまがつ》は　都の人と思はましかば　D

この返歌にさらに一首「添へたりし」、

寂しさを問ふべきことと思ひける　人の心を今年知りぬる　E

向こうから、「たちかへり申したりし」

寂しさはさやはありしと人知れず　嘆きしことは今年のみかは　F

（『私家集大成・2』より。漢字を適宜あてる）

この家集を最初からここまで読み進めてきて、他との異質さを感じてしまうのは、詞書の末尾が、「返し」とあるものを除き、すべて「たりし」という、完了の「たり」に過去の「き」の連体形を添えた形で結ばれていることである。家集全体では十八例あるが、その内の五つがここに集中していることになる。歌は全二四二首あり、ここ以外の「たりし」は、所々、点在しているに過ぎない。

過去にあった頼政との交際が、ひとくくりのものとして思い出されているのであろう。二人の応酬には、いたずら心が含まれていて明るい雰囲気がある。

なかなか訪ねて来ないのを軽く揶揄した歌を誰とも分からぬように置かせた自分に対し、自らやって来て歌を書いた紙を落として行った相手（A・B）。時を置いて今度は向こうから、「ほととぎす」と語らう季節になったから、人〈私〉が訪ねて行かなくとも「寂しからじな」と詠みかけてくる（C）。それに応じたDの歌。少々分かりづらいが、語らっている「ほととぎす」を「都の人」と思うなら、寂しくはないだろうに、の意なのであろう。書き添えたEの歌では、「寂しからじな」と言いわけめいたことを言って姿を見せぬ相手の「心」を、皮肉っぽく、その冷たさを「今年」知ったという。対して頼政は、配流地にいた時のあなたの「寂しさ」を、「人知れず」私は嘆いていたのであり、気に掛けているのは「今年のみ」ではなかったのだと応じてきた（F）。

『頼政集』では、右のA～Fの歌を個別に三か所に収録（C・D＝145・146、A・B＝605・606、E・F＝618・619。数字は歌番号、以下同）、なかでも最後の二首の作歌事情は、これとは異なっていて、惟方が流刑地から帰還して「ほど経ての ち、山里の寂しさはいかが」などと頼政が尋ねた時の応答であったとする。どちらが正しいか判然とはしないものの、惟方が、二人のやりとりを意図的に一つにまとめ、自分に対する友情の示された歌を最後に持ってきたのは確かであろう。そこに、亡き頼政への思いが託されていることは間違いない。

惟方は頼政より二十一歳も若く、身分にも差があったものの、二人は「昔のこと」を共通の話題にできる関係にあった。『頼政集』は、さらに三回の贈答歌を載せる。

まず、大谷にいた惟方を訪ね、藤の花が咲いて松に絡んでいるのを目にして帰って来た時のやりとり(610・611)、頼政は名残惜しかった気分を、惟方は再訪を待つ気持ちを歌にしている。次に、その大谷の地を人知れず出て、居場所が分からなくなったのに、そこをかすかに聞きつけて、誰とも分からないように文をさし置かせた時のやりとり(614・615・616)、頼政は居場所を教えてくれなかったことを恨み、惟方は隠遁する心を知ってほしいと応える。そして三番目は、「昔のこと」を語りあった時のもの(639・640)。

詞書に、「昔のことども語りつつ、あはれ尽きせで帰りて」のち、惟方の方から「故院の北面の車などのみ面影に立ちしか」と書いてきて、

ありし世の君やかたみに止まるらん　まず見し前に昔覚えし

返し

世も変はり姿もあらぬ君なれば　我も昔のかたみとぞ見し

詞書の文面にある「故院」は、二人がかつて仕えていた鳥羽院のこと。惟方は、その鳥羽院の、二条天皇の実現を望んだ遺志に沿うように二条帝の側近となり、頼政は自分の娘の讃岐を、女房として帝に仕えさせていた。二人が旧知の仲だったのは、その時代からのことであったのだろう。

平治の乱の際、いったん反乱に与していた惟方が離反し、後白河院と二条帝を救出した功績は、『愚管抄』や『平治物語』が伝えていて有名である。頼政の方は、反乱軍の源義朝と行動を共にしながら途中で寝返ったと、かつては

理解されていたが、(4)それは改作された『平治物語』に基づいていたからであった。古態本では、救出された二条帝が六波羅の平氏邸に入り、そこが皇居となった段階から彼は戦場に現れ、義朝から平氏側についたことを非難されると、「十善の君につき奉る」は当然、そちらこそ愚かと反論して相手を沈黙させたとある。当時は五十五歳、大内守護の立場になっていたとすれば、天皇のいるところに参向するのが理にかなった行動、義朝への反論もありえた話であろう。惟方と頼政とが交わした昔語りには、その時のことも含まれていたのかも知れない。

二条帝の時代は、頼政にとって特別なものであったように見える。『頼政集』には、「二条院の御時、禁中柳垂」(26)、「祝、二条院の御時、女房にかはりて」(317)、「二条院、位の御時、問聞増恋と云ふ心を人にかはりて」(443)という、宮中での活動をしのばせる詞書の歌が三首あり、帝の崩御に伴う歌もある(328)。二条帝の即位式の場には、兵庫頭として参仕し、相応の役目をこなしていた(『兵範記』保元三年十二月二十日条)。惟方にとっては、良き時代を懐かしんでくれる最良の友であったのであろう。亡き頼政を悼む心情の深さが、推しはかられる。

○

惟方と同様、頼政との思い出を一連の歌としてまとめて、自撰の家集に残したのが小侍従である。寿永元年(一一八二)に賀茂社奉納のために賀茂重保から請われて提出、彼の撰になる『月詣和歌集』の資料となった、いわゆる寿永百首家集に、である。

二人が恋愛関係にあったことはよく知られているが、それは小侍従が前夫の中納言藤原伊実に死別した永暦元年(一一六〇)以降に始まった関係と見られる。彼女は四十歳前後、彼は六十歳近い年齢であった。『頼政集』には、彼女との歌の贈答が計十一回、それぞれ個別に載っているが、『小侍従集』ではその内の六回に、さらに別の一首を加え、全十三首が一連のものとなって収められている。次に多いのが九首であるから、一目瞭然、際だっている。頼政の死んだのは二年前、彼女もすでに六十歳を過ぎていたろうか、老齢になって、二人の思い出を書き残しておきたい心境に駆られたのであろう。

最初の歌は、なれ初めのころのもの、「二、三日、訪れぬに、風邪さへおこりて心細ければ」として、

訪へかしな憂き世の中にありありて　心とつける恋のやまひを

返し

生かば生き死なば後れじ君ゆへに　我もつきにし同じやまひを　（『私家集大成・3』より。前同）

相思相愛の間柄がしのばれる。しかも小侍従は、来訪を自分の方から求めた歌を最初に掲げた。深く愛していたことを吐露するかのように（『頼政集』＝536・537）。

次に配したのは、頼政に不都合な事情があって、「しばし音せで」年の瀬になってから送ってきた歌、春になる前に山水が凍って滞るように、二人の関係が「絶え果てぬとや人は知るらん」というもの。その時、彼女の方は年籠りに籠もっていたので、出てきてから、凍って滞っている頃とかと聞いた山川、その氷が絶え果ててしまって「春ぞ知らるる」、と応じたという。関係が途絶えがちであっても、心は通じ合っていたことをものがたる（『頼政集』＝421・422）。

また、頼政が「この暮」にと約束しながら何日も過ぎてしまい、その不都合となった事情を「細かに書きつけて、今宵必ず」と言ってきた時は、こちらから、〈材木を組んで筏として流す杣山の川の浅い瀬では、きっとまた、夕方に差し支えが生じるでしょう〉と返事をしたところ、相手は、昨日から会えなくて涙が落ち加わった杣山の川ですから、水かさも「今日は増されば暮もさはらず」と返してきたという。ウィットに富んだやりとりがあったことを、彼女は書き残したのであった（『頼政集』＝364・365）。

大内裏に共に出仕していたころ、五月雨が何日も続き晴れ間もなかった時、お仕えしていた太皇太后宮藤原多子の大宮御所へ参上したところ、頼政は宮中を退出、近くに住んでいて、折しも月が珍しく顔を出したことに言寄せて、「雨雲の晴れ間に我も出でたるを　月ばかりをや珍しと見る」と言ってきたから、「雨の間に同じ雲居は出でにけり」、それでこちらを訪ねてくれるなら、どうして月に劣ることがありましょうか、と応じたとある。互いを思う関係が続いていたのであろう（『頼政集』＝152・153）。

次に、菊の花を介した応酬が四首続く。お互いに支障があって、長い間、いらっしゃらなかった時、「十月一日、つぼみたる菊の枝につけて」、向こうから

君をなを秋こそはてね色かはる　菊を見よかし開けだにせぬ

返し

いさやその開けぬ菊も頼まれず　人の心の秋はてしより

二、三日ばかりして、色あせた菊に結んで、今度はこちらから、

開けぬを秋はてずとや見し菊の　頼む方なくうつろひにけり

返し

うつろはば菊ばかりをぞ恨むべき　我が心には秋しなければ

「秋」に「飽き」を掛け、小侍従の軽いからかいに応じて、頼政は変らぬ愛を彼女に誓っていたことになる（『頼政集』＝498〜501）。

独自に加えた最後の一首は、平忠度との関係[5]がうわさになった時のこと、頼政より、「時めかせ給ふらむこそめでたく」と言ってきたので、次のように返事をしたというもの。

よそにこそ撫養《むや》のはまぐり踏みみしか　あふとは海女の濡れ衣と知れ

「撫養」は、阿波国の港湾の名で（現鳴門市）、無益《むやく》の意を掛け、その浜で取れる貝合わせ用の「はまぐり」を持ちだして、「踏み」に「文」を重ね、「よそにこそ」つまり他人ごとのように、貴方からのつまらない文を見たという。そして、下の句の「あふ」は「はまぐり」の縁語で、忠度と会ったなどというのは、とんでもない「濡れ衣」と知ってほしいと訴えたのであった。

この歌を最後に持ってきたのは、亡き頼政への手向けで、自分が変らぬ愛を抱いていたことを告げるためであったのだろう。一連の歌の最初と最後、あい相応して、いたましい最期を遂げた故人を惜しむ思いが表出されている。『頼政集』には、『小侍従集』収載歌のほかに、彼女とのやりとりが、64・65、466・467、518～527、625・626、670・671(6)と、多く載る。このうち、625・626の歌は、小侍従が出家した時のもので、彼の方から、

我ぞまず出づべき道に先立てて　慕ふべしとは思はざりしを

返し

おくれじと契りしことを待つほどに　やすらふ道もたれゆゑにぞは

共に出家することを約束しあっていた仲だと分かる。彼女の出家は、治承三年（一一七九）一月から三月初旬までの間で(7)、頼政のそれは同年の十一月であった（前記）。この贈答歌は、治承二年には成立していたと考えられる『頼政集』よりは後のことで、他人の手によって追加された作の一例ともされている(8)。が、本人の手で追加されたとも考えられる要素が残っており、それについては後述してみたい。

小侍従の仕えた大宮、こと太皇太后宮藤原多子の御所は、白川にあった頼政邸と交換したものであった。(9) その結果、多子の兄、大納言実家（一一四五～一一九三）の隣りに彼は住むこととなり、歌による交際が深まった。造花の桜を贈ったり（『頼政集』38・39）、開花した隣家の桜の梢を見て詠みかけたり（48・49）、時鳥の初音を聞いたろうと問いかけたりし（143・144）、実家からも、左のごとく、八月十七日の澄み切った明月にことよせた歌が寄せられ、それに応じている。

われ見てもたぐひ覚えぬ月の夜は　古りぬる人ぞまづ問はれける　(211)

返し

七十《ななそぢ》の秋にあひぬる身なれども　今夜《こよひ》ばかりの月は見ざりし　(212)

頼政没後の養和二年（一一八二）三月以降、文治二年（一一八六）十月以前の成立とされる(10)『実家卿集』には、十五首の頼政関連の歌が見出せる。そのうち、『頼政集』の48・49歌、143・144歌が、重複する。この家集では、前二家集とは異なり、それらの歌が一まとまりになって収録されているわけではない。印象的なのは、右に引用したような、二人の間で取り交わされた老いをめぐる歌の贈答である。『頼政集』に収載された48・49歌に続いて、「かくて年あまた重なりてのち、花のころ、彼より」として、次のようにある。

命あればまたも見てけり去年《こぞ》だにも　これや限りと思ひし花を

返りこと

花を見てこれや限りと思ふとも　残りの花の数は尽きせじ

（『私家集大成・3』より。前同）

また、頼政の長患いを見舞った歌に対しては、返ってきた二首の歌が記されている。

浅からず思ふらめども白川の　末もなき身ぞ瀬絶え死ぬべき

かくて程へて、彼より

さらぬだに避《さ》らぬ別れの近き身に　昨日今日かの心地こそすれ

隣家に住むゆえに、頼政の最晩年の姿をもっとも身近に見たのが、実家だった。親にも等しい年齢の、頼政の壮絶な最期を耳にした胸中は、決して穏やかなものではなかったに相違なく、その感慨が、こうした彼の歌を自らの家集に収める動機となったのであろう。

三　老いの自覚

頼政が自らの家集をまとめ上げた時、七十代の半ばに差し掛かっていたことは疑いあるまい。命を絶ったのは、それからわずか数年後、七十七歳であった。家集のなかで、老いがどのように詠われているかを、まず、ひとわたり見ておこう。

寒い冬を終え、春を迎えて咲く梅や桜は、古来、人々を喜ばしい気分にさせ、また、何がしか命にかかわる思いを新たにさせてきたが、頼政の歌にも、それは顕著である。

万代の春まで咲かむ宿の梅を　命もがなや手折りかざさむ　（『頼政集』29）

年ごとにあはれとぞ思ふ桜花　見るべき春の数しうすれば　（61）

いにしへはいつもいつもと思ひしを　老いてぞ花に目は止まりける　（67）

これ聞けや花見る我を見る人の　まだありけりと驚きぬなり　（68）

散りがたになりにけるこそ惜しけれど　花や返りて我を見るらん　（69）

いずれも、生の終焉に向けて意識が働いている歌と言えよう。二番目と三番目の歌は、晩年になって知った桜に対する愛惜の思いを、次の二首は、年老いた自分の姿を自嘲気味に詠う。やや皮肉に自己を客観視するそうした歌は、以下にあげる歌にも含まれている。

時の移ろいを感じさせるのは、春よりも、寒さに向かう秋の季節。そこでもまた、命が想起されることになる。

鹿の鳴く方をもえこそ聞き分かね　今は耳さへおぼろなりけり　(195)
秋の夜も我が世もいたく更けぬれば　かたぶく月をよそにやは見る　(208)
かくばかりさやけき月を命あらば　また来む年の今夜もや見む　(225)
落ちかかる山の端近き月影は　いつまで共に我が身なるべき　(236)
秋ゆゑに寝ぬ夜なりけり尽きぬべき　我がよはひをば誰か惜しまむ　(254)

尽きようとしている「我がよはひ」を詠った最後の歌は、「秋」の部の最終歌である。続く「冬」の部も、老いの歌を所々に配しつつ、末尾は老齢の「我が身」を詠った歌で結ぶ。

月も見よ菊には似ずな世の中に　残れる身こそ白くなりけれ　(258)
身の上にかからむことぞ遠からぬ　黒髪山に降れる白雪　(286)
注連《しめ》の内に夜を通すかな下消えぬ　頭《かしら》の雪をうち払ひつつ　(295)
われが身や古る河水の薄氷　昔は清き流れなれども　(304)
数ふれば我が身も年も暮れはてて　ふるも頭の雪かとぞ思ふ　(308)

このように、「秋」と「冬」の部を老いの歌で閉じているところに、老齢に対するこだわりの強さが現れていよう。当然、四季のみではなく、「別」「恋」「雑」にも、それぞれ次のような歌が見出せる。

はるばると行くも止まるも老いぬれば　また逢ふ事をいかがとぞ思ふ　(318)
いづこぞや妹《いも》が玉梓《たまづさ》隠し置きて　覚えぬほどに老いぼけにけり　(445)
いたづらに年もつもりの浜におふる　松ぞ我が身のたぐひなりける　(613)

次にあげる歌は、人生の終わりを思いつつ、この家集を編纂していた時に湧きあがってきた感慨を、すなおに言葉にしたものなのであろう。

昔今の事をつくづく思ひ続くるに、あはれなることも混じりて侍りけん
いろいろに思ひ集むる言の葉に　涙の露の置くもありけり　(617)

○

さて、あらためて「冬」の部にあった304歌に注目してみたい。我が身を古い河水の薄氷にたとえ、「昔は清き流れ」であったのにと詠った歌は、清和源氏という皇族の清い血筋を引きながら、今や沈淪の身であることを嘆いたものとして知られている。(11) 寂しくおのれを見ている歌である。その題は、「寄氷述懐」とあるが、実は次の305歌の題も「氷」、当然、連想が働いて並置されたものと想像される。その歌は、

さゆる夜はつららやまなき原の池の　上飛ぶ鴨のやがて過ぎぬる

第二句の「やまなき」は、「ひまなき」であろうかと思われるが、ともあれ、二首を並べて鑑賞してみれば、凍っている池とは源氏、その上を春になって飛び去る鴨とは、平家を象徴しているかのように見えてくる。

「原の池」は、摂津国島上郡原村（現大阪府高槻市原）の阿路《あじ》ヶ谷の丘陵上にあり、(12)『後拾遺集』には、「氷遂夜結」の題で藤原孝善の詠んだ、「むばたまの夜をへて氷る原の池は　春とともにや波も立つべき」の歌が載り、『永久百首』

には、「池」の部に藤原仲実の、「冬寒み鳰鳥すだく原の池も　世にむすぼるる氷りしにけり」の歌が載る。「氷」と言えば「原の池」というイメージが歌世界にはすでに存在し、頼政もそれを熟知していたはず。しかも、原の池は、源氏の第二祖、源満仲が建立した多田院（兵庫県川西市多田院）の東方、直線距離にして十八キロほどしか離れてはいない。かたがた、連続するこの二首には、平氏の隆盛に押されて、逼塞させられた立場にある源氏一党を思う気持ちが潜められているのであろう。

家集にはもう一か所、末尾近くに源氏の血筋を念頭に置いた歌がある。かつて鳥羽院の時代に、同族の源光信（一〇八三～一一四五）から、歌を添えて桜の花を送ってきた時の贈答歌である。両歌には、共に「源《みなもと》」が詠み込まれている。

みなもとは同じ梢の花なれば　匂ふあたりの懐かしきかな　(681)

返し

げにや皆もとは一つの花なれば　末々なりと思ひ放つな　(682)

光信は頼政より二十一歳も年上、保元の乱の時にはすでに世を去っていた。同じ摂津源氏に属し、またいとこに当たる。大治五年（一一三〇）十一月、二十二年前に平正盛によって殺害されたはずの源義親を名乗る人物をかくまっていた前関白藤原忠実邸に押し入り、当該人物を殺害した罪によって流され、康治二年（一一四三）に召還された。従って、この贈答は、その流罪期間を除いた時期におけるものということになる。流罪前となれば、頼政は二十代、召還後となれば四十代初めである。いずれにしても、家集編纂時からは遠い昔の歌である。それを、家集の終末近くに持ってきたのには、相応の思いが込められていたように思われる。

この直後にあるのは、承安二年（一一七二）十二月に、西宮の広田社の歌合せで詠んだ「海上眺望の心」と「述懐」

の歌である。時に六十九歳。

わたつみを空にまがへて漕ぐ舟の　雲の絶え間の瀬戸へ入りぬる（683）
思へただ神にもあらぬえびすがた　知るなるものを人の哀れは（684）
つねに我が願ふ方にしますと聞く　神を頼むはこの世のみかは（685）

一首目は歌題に忠実な詠、二首目の第三句「えびすがた」は、広田社の神「夷」と、荒々しい田舎武士をいう「あらえびす」を掛けたもの。こんな私だって、「人の哀れ」は分かっているという歌意。そして三首目で、来世への願いが詠われており、ここにも老いの自覚があることは疑いない。このあと、東国へ下る女性との別れの贈答歌が置かれ、全体が閉じられる。

光信詠は、終りから七番目に当たる。脳裏には、全体の終結部に入っていることがすでに意識されていたはず。そこに、自らの源氏血統を表示する歌を配したのは、老齢に至っていや増しになった血筋に対する愛着が、心中に存在したからに他なるまい。彼は、源平が対等であった時代を体で知っていた。光信との贈答歌は、その良き時代を伝えるためには、決して外すことのできないものであったのだろう。

四　恋の清算

『頼政集』の特異性は、「恋」の部が二三三首もあり、全六八七首のほぼ三分の一を占めている点にあった。同じような特徴を有する同時代の家集に、『藤原隆信朝臣集』がある。隆信（一一四二～一二〇五）の家集には、寿永元年（一一八二）成立のものと、元久元年（一二〇四）成立のものとがあり、恋の歌が多量に収められているのは後者の方。

「恋」の部は、「一」から「六」まであり、総数で二九〇首、全九五九首の三分の一強となる。(13)

その隆信の家集との違いを一言で言うならば、恋の破局が語られているか否かである。『隆信朝臣集』では、「恋」の部の「一」から「三」までが題詠歌、「四」から「六」が実際の恋の歌となっているが、「四」は若年の時に女性に送った歌が多く、「五」「六」では女性から送られてきた歌が増えるという傾向がある。「恋」の部の最後には、「久しく訪れざりし女のもとより」歌ばかり送ってきたとして十首の歌、それに応じた本人の十首の歌を並置し、その後に、「月を見て恋を増すといへる心」を詠んだ歌、「もろともに眺むる夜半のむつごとを　思ひ出でよと澄める月かな」を置いて結ぶ。

隆信は、家集編纂の翌年、六十四歳で世を去るが、「恋」の部を通読して感得されるのは、過去の恋が肯定的な態度で捉えられているらしいということ。思い通りにならなかった恋があるとはいえ、愛の崩壊にともなう悲恋感情などが、ことさらに詠われるということはない。そうした性格を、「恋」の部の終結部のあり方が、端的にものがたっていよう。

対して『頼政集』の場合は、不幸に終わった愛、後悔の念の残る愛が隠見する。この家集では、女性に関わる歌が、「恋」の部に限られてはいない。まずは、「哀傷」の部にある、かつての愛人が新しい男性の公卿のもとに行きながら、あえなく死去してしまった時の、その男性とのやりとりを見てみよう。

詞書は、「あひ知り侍りける女、三年《みとせ》ばかり過ぎて、いかなる事かありけむ、もと住みける山里へ送り遣わしてけり。その後、ある上達部のもとに置かれたるよし聞きて」過ごしているうちに、突然、病気となって死んだということで、かつて自分が面倒を見ていたからと思ってか、その上達部から「かかる哀れなる事こそあれ、世の中の常なさは、今にはじめぬ事なれども心憂くこそ」などと言ってきたので、

げにもさぞありて別れし時だにも　今はと思ふは悲しかりしを　（330）

という歌を贈ったという（返歌は省略）。

実はその「山里」の女は、「恋」の部を読み進めていくと、何度か目にすることになる。その初めは、以下のようにある。「かれがれになりにし女の、山里に籠もりゐにけりと聞きて、さすがに哀れに覚えて」、手紙を送ったところ、ここにはいないつもりと言ってきて、

世の憂さを思ひ入りにし山里を　また跡絶えむことぞ悲しき　（358）

返し

思ひやる心ばかりを先立てて　行くらん方へ我もまどはむ　（359）

二人の関係は、愛情を残しながらも修復不可能なものになっていたのであろう。そして、このやりとりの前の三首も、思い通りにならなかった女性関係が詠われている。一首目は、事が進まず、相手に「これを限りと思へ」と伝えて、「せきえぬものは涙なりけり」と詠ったもの、二首目は、「うらめしき人のもとへ」、「今はただ一人ひとりが世になくもがな」と詠ったもの、三首目は、「心よりほかに仲絶えたる女のもとへ」、「思はずや……一夜も君に離るべしとは」と詠ったものである（355・356・357）。いずれも悲恋が主題であり、その哀調が一連の流れを形づくっている。

最初に掲出した歌の詞書にあった、女性を山里へ送り帰した、その当時のやりとりを伝えるのが次の贈答歌。詞書に、「あひ語らひ侍りし女、やうやう床離るる契りになりて、もと住み侍りける山里へ送り遣はす」ことになり、それでも「心ながく思へ」などと約束していたその女性のもとから、として、

鳥の子の巣守に止まる身なりせば　帰りてものは思はざらまし　（490）

返し

帰るとも立ち離るなよ鳥の子の　はぐくむ親と我を頼まば　（491）

二人の間には、年の差が相応にあったのであろう。これに続く歌の詞書は、「幼くて見たる女、大人しくなりて後、あひ語らひて侍りけるに」とあり、前歌とは「あひ語らひ〈て〉侍り」の語が共通し、年齢差があった点もつながる。かたがた、同じ女性かと思われる。こちらの歌は、女郎花につけて女に贈ったもので、成長して「花の盛り」となった相手に心惹かれる思いが詠われている（492）。

もう一か所の詞書には、「あひ語らふ女、恨むることありて、山里へ行き隠れなんとするよし聞きて、いま一たび人づてならで、ものをも申さむとてまかりたるに」、いないと言って中に入れなかったので、強引に入ってみると、直前までいたらしく、脱ぎ捨ててあった衣を見れば、「袖のしほるるばかり濡れたるを見るに、悲しきこと限りなくて、袖に書きつけて帰りける」とあって、

今はとて脱ぎおく衣の袖見れば　我ひとりのみ濡らさざりけり　（517）

以上、四か所に登場する「山里」の女は、おそらく同一人物で、これらの歌を時系列に配置し直せば、最後にある、心に亀裂が生じてしまった時の517歌が最初で、次が女を山里へ送り帰した時の490・491歌、三番目が山里にいる女に手紙を送った時の358・359歌、そして、彼女の死を知らされた時の複雑な思いを詠った330歌が最後となる。頼政にとっては、忘れがたい女性であったのだろう。その胸中には、悔いる思いがあり続けていたように見える。

小侍従との関係は、すでに述べたが、そのほか、「ある宮ばらの女房」の呼称で二度登場する女性とも深い仲であった。不都合な事情が生じたからであったか、「久しうまからざりしかば」、向こうから梅の枝に歌を結び、梅の花も散らないであなたを「待ち顔」ですと詠んできた時のやりとり（16・17）、その女性を迎えに人を遣わしたのに、暁になってようやくやって来た時の歌（442）と、二度である。が、さらに、出仕先から呼び出して、木陰に立ち隠れているう

ちに、時雨のしずくに濡れてしまった時の歌（430）の詞書に、「ある宮仕ひ人」とあるのも同人なのであろう。この女性に関しては、後日、老境に至って、「ある宮ばらの女房二三人」から呼び出されて連歌をした際に思い出し、女房の一人に、君に会って「昔せし恋」に似ていると思ったと詠みかけることになる（659）。

老後の恋もあった。「年老いて後、向かひわたりなりける女を、やさしきさまにはあらで申し語らひて」として、贈答歌が六首続き（562〜567）、家集の終り近くにも、「やさしき方にはあらで申し語らひける女のもとより」として、朝に降り積もった雪をめぐる贈答歌が載る（675・676）。

重要な人物がもう一人、若い男性に身を任せることになってしまった女性。詞書に、「語らひ侍りける女、久しうおとし侍らざりければ、絶えはてぬとや思ひけむ、いと若き新枕をなんしたりと聞きて、いよいよおとづれ侍らざりしかば」とあり、向こうから、「くやしや何のあくに合ひけん」と恨みがましい歌が送られてきたという。彼の方は、「紫の若根に移る心とぞ聞く」と応じた（547・548）。この家集の末尾は、東国に下る女性との別れの贈答歌であったが、思うに、その女性は彼女ではなかったか。詞書から引用してみよう。「年ごろ語らひ侍りける女、都や住み憂かりけん、男に具して東《あづま》の方へまかりける日、ことさらに形見にもせんと、着ならしたるもの一つ、乞ひければ、遣はすとて」、

とにかくに我が身に馴るるものをして　放ちやりつることぞ悲しき　（686）

返し

放たるる形見にたぐふから衣　心しあらばなれも悲しや　（687）

「男に具して」とある「男」は、古語では若い男性を意味するのが原義であり、この女性は頼政に未練を残している。となれば、先の女性であろう。「若き新枕」をさせる因を作ったのは自分であったと彼が自覚していたことは、

詞書に現れていた。その後悔の念が、この贈答歌を末尾に持って来させたのではあるまいか。先に見た『隆信朝臣集』の「恋」の部の終結部がかもす情緒とは、まったく相反するものを感じざるを得ない。

小侍従が尼になった時の贈答歌（625・626）は、前述したように、家集成立後に「他人の手によって」追加されたとされているが、必ずしもそうとは言えまい。私には、すべての恋の終焉を家集に書き留めるべく、本人の手で書き加えられたもののように思われる。挿入された箇所は、「老いぬる身」と自分のことを詠った歌[14]（623）の直後で、やがて訪れるであろう死を見据えつつの行為であったやに想像されるのである。

「山里」の女との関係をはじめとして、数多くあった恋は、思い起こせば今なお、うずく思いの伴うものだったように推察される。歌集の最後に配した歌に、それが暗示的に示されており、そうすることで悔い多き恋の清算を終えたのであったろう。

頼政の挙兵に至る心理を解明することは難しい。が、歌の世界に照明を当ててみて、幾本かの道筋は想像できたようにと思う。確認すれば、反平家貴族との交流、老いの自覚と共につのったであろう源氏意識、誉められたものではなかった過去の異性との付き合い、そうしたことに随伴する感情のるつぼの中で、挙兵は決断されていったのであろう。彼の人となりは、多くの人びとから愛され、惜しまれたのでもあった。

戦場へと出立する頼政は、鴨川の東にあった我が邸宅に火を放たせ、菩提寺にも火をつけさせて焼却してしまったという（『山槐記』治承四年五月二十二日、二十四日条）。死を覚悟した者の思いが如実に現れた行為であった。それは、生の終焉を意識しつつ、家集の編纂に意を注いだ情念の底流が激して、一気に噴出した姿とも映る。

注

（1）この一件は、生駒孝臣「源頼政と以仁王――摂津源氏一門の宿命」（野口実編『中世の人物　京・鎌倉の時代編　第二巻　治承～文治の内乱と鎌倉幕府の成立』〈清文堂・二〇一四年刊〉所収）も取りあげているが、資賢と頼政が交わした贈答歌への言及はない。
（2）井上宗雄著『平安後期歌人伝の研究』（笠間書院・一九七八年刊）第六章の「資賢」項は、彼の事績を綿密に追った貴重な論であるが、宗綱が以仁王事件にかかわる人物であったことには気づかず、贈答歌の分析も行ってはいない。
（3）同右。
（4）多賀宗隼著『源頼政』（吉川弘文館・一九七三年刊）。
（5）『忠度集』には、彼女の出家に際し贈ったと考えられる歌がある（89歌）。
（6）670詞書に、「あひ知りて侍る女房」が「大宮」にいると聞いて、とあることから、小侍従と判断されている（『頼政集新注・下』蔵中さやか執筆「補説」）。
（7）森本元子著『私家集の研究』（明治書院・一九六六年刊）第三章「『頼政集』に関する論考」。
（8）同右。
（9）櫻井陽子著『平家物語の形成と受容』（汲古書院・二〇〇一年刊）第一部・第一篇・第四章「二代后藤原多子の〈近衛河原の御所〉について」。
（10）『私家集大成・3』の黒川昌享執筆「解題」。
（11）注4の著書など。
（12）『摂陽群談』（元禄十四年〈一七〇一〉刊）巻第四「池の部」、『古代地名大辞典』（角川書店・一九九九年刊）による。
（13）隆信は頼政とも交流があり、寿永元年の家集には、頼政の正五位下の昇進を祝う贈答歌が、元久元年の家集には、彼の住居近くに頼政が滞在していた時のやりとりが載る。『頼政集』にも、隆信家の歌合せに参加した時の詠（256歌）と、正五位下昇進時の、隆信の家集にあったのと同じ贈答歌（587・588歌）が収められている。

（14）　前述した隣家の大納言実家との贈答歌と思われ、詞書に「年老いたる人の、五月十日比に花橘のありけるを、隣りなる人のもとへつかはすとて……」として、「橘は花の咲くまでありけるに老いぬる身こそ止まるまじけれ」とある歌。返歌は、「時過ぎてなほ盛りなる橘を折る人の身によそへてぞ見る」であった。

＊『頼政集』の本文は『新編国歌大観』に従い、不審な点は『頼政集新注』の「整定本文」に依った。

（中村文編『歌人源頼政とその周辺』青簡舎・二〇一九年三月刊）

追記　本稿所収の右記論文集には、源資賢と頼政との交流について私見と重なる穴井潤「『入道大納言資賢集』の編纂意識をめぐって――源頼政との贈答歌群を中心に――」の論が収められている。研究史に詳しいので参照されたい。

六　源義経 ——史実と伝説と——

一　『吾妻鏡』の一の谷合戦記述

最近、歴史家の方々がNHKの大河ドラマに合わせて、どんどん本をお書きになる。今日もここに三冊持ってきました。五味文彦さんの『源義経』、奥富敬之さんの『義経の悲劇』、菱沼一憲さんの『源義経の合戦と戦略』。いずれも第一人者の歴史家の著書ですが、今日はその方々とは全然違うことをお話しします。当時の日記に基づき、前半は一の谷の合戦の実態について、後半は義経伝説が生まれた秘密について、お話しします。

まず、五味さんも奥富さんも『吾妻鏡』に従って、範頼の軍勢は五万六千、義経は二万余騎で、一の谷の逆落としをやったのは、七十余騎だと書いていらっしゃる。特に奥富さんは、具体的に戦場の動きはどうであったのか、想像を交えて見事に分析されていて、読めば面白いのですが、『吾妻鏡』は実は当てにならない。五味さんは、義経の飛脚がもたらした記録によって書かれたと言っておられますが、そうではないと思います。菱沼一憲さんは、その点、慎重で、軍勢の数は書いておりません。

それでは『吾妻鏡』の軍勢の記述はどこから来たのか。範頼軍の五万六千という数は、『平家物語』の延慶本と一致しています。『吾妻鏡』はそこから取ったのだろうと、私はにらんでいます。『吾妻鏡』は一二六〇年代以降に編纂されましたが、『平家物語』はそれより早く一二三〇年代に作られ始めています。

一の谷だけではなく、たとえば以仁王の事件で、合戦場になった宇治の平等院を攻めた平家の軍勢、実はわずか三百余騎、以仁王を守っていた軍勢も五十余騎だったんです。それが都の記録です。ところが『吾妻鏡』は平家軍を二万余騎とする。これが延慶本の『平家物語』と一致するのです。また、平等院を襲った平家の大将は誰かというと、これも『平家物語』『吾妻鏡』一致して、知盛と維盛だとしている。けれども都の記録を見ると、知盛ではなく、平重衡なんです。重衡というのは「武勇にたう《（堪）》る男」というふうに評価されていまして、彼が選ばれた、それが事実です。

それから、熊谷直実。一の谷で、彼は敦盛を殺す前に、味方を出し抜き、夜中に義経の軍勢から密かに抜け出して、先陣争いをします。ライバルの平山武者所季重も、熊谷と一緒に先陣争いをする。その話が『平家物語』にあり、『吾妻鏡』もそれを取っている。熊谷は平家の陣営に到達した時に、真っ暗闇の中で「われこそは一番乗りだ」と名乗りをあげるのですが、明るくなってから、平家側は、夜通し叫んでいた奴を討つべく、木戸を開いて出てくる。その数「二十三騎」。その二十三騎という数と、悪七兵衛景清ら四人ほど名前のあげられているそのメンバーが、延慶本の『平家物語』と『吾妻鏡』で一致するのです。

さらに一の谷の合戦の前に三草山合戦というのがあります。これは義経軍が、普通の行程だと二日間かかるところを、一晩寝ないで行軍して、三草山に陣取っていた平家軍を破ったという前哨戦の話です。その三草山を守っていた平家側メンバー、これも『吾妻鏡』と延慶本は一致して、資盛・有盛・師盛ら、小松一家と言われる平重盛の子供たち七千余騎だったと書いてある。これも事実ではないでしょう。義経は彼らに夜襲をかけるのですが、夜襲を進言した人物名も両者で一致しています。

『平家物語』は小松一族を特別扱いして、よくグループで登場させる。壇の浦でも小松兄弟が手を取り合って死にます。知盛を特別扱いすること、小松一族を特別扱いすること、そして範頼軍よりもいつも義経軍が少ない数であるということ。それが物語なのです。実際はわからないけれど、物語世界を独自に作るために工夫を凝らした表現。これを『吾妻鏡』は踏襲しているんです。その、史実としては疑わしい『吾妻鏡』に則って、歴史家の方々は軍勢の数を紹介している。どう考えてもおかしいのです。

一の谷の合戦というのは、私は後白河院によるだまし討ちだと思っています。そのことは、今日読んでいく資料の中から自ずと見えてきます。三人の歴史家の方々、実はだまし討ちだと思われるということを五味さんはさすがに書いていらっしゃいます。「不意打ちによる義経軍の勝利」と……。奥富さんも「後白河院の陰謀」と書いていますが、菱沼さんは、一切、陰謀だとかいうことは書いていません。となると、三人のご本のうち、二人は軍勢の点で『吾妻鏡』を踏まえたために間違っている、後白河さんの陰謀説は書いていらっしゃるけれども。もう一人は『吾妻鏡』を信用してないらしく軍勢については何も書いていませんが、後白河さんの陰謀を取り上げていない、ということになります。

二　合戦の実態

では、実際の一の谷の合戦はどういうふうに行われていったのでしょうか。

『玉葉』という、当時右大臣だった九条兼実の日記があります。のちに頼朝のバックアップを得て摂政関白になっていく人で、『愚管抄』を書いた慈円の実の兄に当たります。この人が細かく当時のことを記録に残してくれたのが『玉葉』で、一番信用できる第一次資料です。今日は、それを用意しました。

最初に「寿永三年正月条」と書いてありますね。その二十日条に「義仲……阿波津野辺にて伐ち取《う》られ了んぬと云々」とあります。木曾義仲が討たれたのが一月の二十日で、その直後の二月七日が一の谷の合戦ということになります。そこに至るまでの源氏の軍勢、十三日条に「九郎の勢、僅《わづ》か千余騎」とありますね。五万六千だとか、二万だとかとんでもない。「僅か千余騎」で、理由もちゃんと翌日の十四日条に「関東飢饉の間、上洛の勢、幾ばくならずと云々」と書いてある。

二月四日条には「官軍等、手を分かつの間、一方、僅か一二千騎に過ぎずと云々」——範頼と義経二人の軍勢はそれぞれ分かれたので、一方の軍勢は一、二千騎に過ぎないというのです。木曾義仲を追討した軍勢はわずか千余騎。そして京都にいる間に、周辺の武士連中が集まってきて、それがせいぜい千騎。両方を合わせ、二月六日条の「官軍、僅か二三千騎」という数になったのでしょう。これが実際の軍勢だったのです。これでどうして平家に勝てたかが問題なのです。

実は前年にも義経の軍勢の紹介があります。十一月七日に近江の国まで義経軍はやって来て、この時「僅か五六百騎」、十二月一日条にも「僅か五百騎」と記す。計五回の記述。どう考えても五万六千騎にはならない。これよりさかのぼって、『玉葉』ともう一つ『吉記』という日記を合わせ見ると、頼朝が数百万という軍勢で鎌倉を出て、京都に上るという情報が出ています。しかし途中で引き返している。なぜかというと、京都から頼朝へ使者を差し向けて、「そんな大勢では食料が足りない」と言ってきたからだという。折しも飢饉。そこで代わりに九郎義経の派遣となった。だから最初から多いわけがないのです。

さて木曾義仲を追討した後の京都の政情はどうであったでしょうか。『玉葉』の一月二十六日の条に「平氏追討の議を止められ、静賢法印を以つて御使ひとなし、子細を仰せ含めらるべしと云々」とありますね。「追討の議を止められ」て――和平です。手を握ろうという案が浮上してきたのです。使者が静賢法印と、具体的に記されています。後白河院の側近中の側近で、その人を使者として差し向けると、後白河さんが言い出したわけです。

ところが翌日になると、「平氏の事、猶、御使ひを遣はす事を止め、偏《ひとへ》に征伐せらるべしと云々」とある。和平ではなくて追討ということに会議の流れが傾いた。なぜなら、「近習の卿相等、和議かと云々。所謂《いはゆる》、朝方・親信・親宗也」――この三人もまた後白河さんの近習ですが、連中が「和議」、というのは、うまく後白河さんを説得して、征伐すべきだというふうに議論が傾いているようだというのです。藤原朝方・藤原親信・平親宗の三人。このうち、朝方は権中納言、親信と親宗は参議でした。特に親宗は、清盛の妻の時子や、平家に非ずんば「人非人なるべし」と言ったという時忠の弟です。この親宗と時忠は仲が悪かったらしく、兄は今、一の谷におり、弟は京都にいて、兄貴を追討すべきだと言っていることになる。たいへんなことです。実際、親宗の子孫というのは平家が滅んだ後、良い立場になっていきます。先見の明があったのかもしれません。

さて、『玉葉』の二月二十三日の記事を見てみましょう。もう一の谷の合戦は終った後です。そこに「近日、下さるる所の宣旨」が写し取られていますね。そのトップの「応《まさ》に散位源朝臣頼朝をして前内大臣平朝臣以下の党類を追討せしむべき事」という宣旨の日付、正月二十六日とあります。主戦派、先ほどの三人、私はこれを三悪人と呼んでいるのですが、二十六日段階で三悪人の主張が通っていたのです。でも二十六日の記事には、静賢を使者として差し向けるという和平の線も出ていた――。

三　後白河上皇の計算

そしてまた正月の方の記事に戻ってみましょう。正月二十九日条、「追討使を遣はさるる事、一定《いちぢやう》也。今日、已に下向（去る二十六日、出門）と云々」――二十六日出門ということは、宣旨の出た日に出発したことになりますね。当時は日次《ひなみ》を選ぶといって、吉凶を選んで、家を出る日、都を出る日を決めました。二十六日に範頼・義経は借りていた邸宅から、一応出陣という形をとり、この二十九日に都を出ていったのです。

ところがその同じ日、「猶、静賢、使節を遂ぐべきの由、仰せ有り」とありますね。出陣したにもかかわらず、後白河さんはなおも静賢を和平の使節として派遣しようとしたのでした。そこで彼は「辞退」、いやだと言い出した。後白河さんに楯ついたことになります。「其の故は、御使ひを遣はさるるは、彼の畏懼《いく》の心を休めしめ、三神の安穏入洛の為也」というのです。三神というのは、天皇の位に付随する三種の神器のこと、鏡と勾玉と宝剣でした。平家は都落ちの時に、安徳天皇と一緒に持っていってしまっていたので、これを返してもらうのが都に残っている朝廷の人たちの念願でした。安徳天皇なんかより、三種の神器を取り返すことこそが最大の目的だったのです。

静賢は、そのために、「彼の畏懼の心を休めしめ」、向こうが我々に対して持っている警戒心を和らげ、無事に三種の神器が都に帰ってくるようはからうのが、使いを派遣される目的のはずと言う。「而るに、勇者を遣はし征討の上、何ぞ尋常の御使ひに及ばんや」、すでに二十六日に門出し、今日、都を出発していながら、どうして私が和平のための使いに行く必要があるのか、矛盾しているのではないか。私はいやだ。「道理、叶はず。又、使節、遂げ難きの故也」――一方で軍勢を派遣して、戦争しようとしているのに、和平しましょうと言っても、向こうは素直に聞いてくれるわけはない、目的を達成するのは難しいからと静賢は断ったのです。九条兼実は「申す所、尤も理有るか」と書いていています。静賢の言うところが正しい。「凡そ近日の儀、掌を反す如し、不便《ふびん》々々」と言っておりますね。決定がころりころりと変わっていくと。でも、もしかしたら、変わったと見えるのは、九条兼実や静賢にだけであって、後白河さんの中には確かな一つの計算があった可能性がある。

二月二日条を見て下さい。一の谷の合戦は五日後です。「或る人云はく、西国に向かう追討使等、暫《しばら》く前途を遂げず、猶、大江山辺に逗留と云々」――都を出たけれども、追討使は「暫く前途を遂げず」、つまり前に進もうとしない。大江山のあたり、都をちょっと出たところで止っている。なぜなら「平氏、其の勢、尫弱《わうじやく》に非ず、鎮西、少々付き了んぬと云々。下向の武士、殊《こと》に合戦を好まず」。武士たちは、戦うのをいやがっているんですね。勇気凛々どころではない。平家方の軍勢は、少ないどころではない。鎮西（九州）の勢力も少々ついている。下向の関東武士は合戦するのをいやがっている――。

その東国武士は「土肥二郎実平、次官親能等」とあります。土肥は神奈川県湯河原出身の武士、次官親能は、京都から頼朝のもとにいち早く出向いた、貴族の血を引いた男です。頼朝の側近中の側近であるこの二人が、頼朝の代官として軍勢の中にいたのです。「武士等に相副え、上洛せしむる所也」とありますから、頼朝がこの二人をお目付役として軍勢にそえて都に送り込んだ。その二人が「或いは御使ひ誘ひ仰せらるる儀、甚だ甘心申すと云々」――「甘心」、つまり満足している、いいことだというのです。何がいいことかというと、「御使ひ誘ひ仰せらるる儀」、静賢を差し向けようとしたそのこと。頼朝の意向を汲んだ二人の人物が、和平の使者を差し向けることに対して賛成だと言っているのです。「而るに、近臣の小人等（朝方、親信、親宗等）」、三悪人ですね、その連中が「一口同音に追討の儀を勧め申す」という。あの三人が悪いんだといった感じが出ている表現です。

そして九条兼実は見抜いていたのでしょうか、「是、則ち法皇の御素懐也」、追討すべきだというのは後白河さんの元々の考えで、「仍つて流れに棹《さを》さす左右無き事か」、その流れに反対しても仕方ないという。さらに追討に賛成する人物がおりました、右大臣兼実よりも上位の、左大臣経宗。彼も「又、追討の儀を執り申さると云々」、左大臣までが追討がいいと言っている。「凡そ此の条、其の理、然るべしと雖も、神鏡・剣璽を重んぜられざるの条、神慮、如何」、追討に理があるとはいえ、結果的に三種の神器を軽んずることになる、神様がどうお考えになるか、きっと反対なんじゃないか、と兼実は思っているのです。さらに「天意、又、主とせざる者か」――追討ばかりを言うのは、天の意向を第一に考えない連中が主張していることだとも言う。

四　合戦前後の記録から

さて四日の条にいきましょう。一の谷の合戦の三日前です。「源納言示し送りて云はく」――源納言は、源雅頼という人物で、次官親能と非常に近しい関係。雅頼の子供の乳母が親能の妻でした。若い頃から親能は源納言のところに出入りしていたわけで、この雅頼のもたらす情報源は東国勢の中にいる親能、信用できる情報ということになる。その雅頼が何と言ってきたか。「平氏、主上を具し奉りて福原に着き畢んぬ」、安徳天皇を連れて福原、神戸市に帰ってきた。「九国は未だ付かず」――九州の武士はまだ加わっていないが、「四国・紀伊国等の勢、数万」、それが平家側についたという情報。「来る十三日、一定、入洛すべしと云々」、平家が十三日、間違いなく都に帰ってくるというんです。前年の暮れから、平家が都に帰ってくるという情報が一《ひと》月の間に二、三回、都の記録に見えます。それが、今度こそ本当らしい。他方、「官軍等、手を分かつの間、一方、僅か一二千騎に過ぎずと云々。天下の大事、大略文明と云々」、世の趨勢はもう決まったも同然というのです。官軍の勢は三千騎かそこら、相手は数万。常識的に考えて、平家側の勝利。源氏側の軍勢は、戦うことすら好まない状況が伝えられていたんですから。

六日、合戦前日の条にいってみましょう。「或る人云はく、平氏、一の谷へ引き退き、伊南野《いなみの》へ赴くと云々」、福原から一の谷へ退いて、さらにその南の伊南野へ行くという情報が入ってくる。「其の勢、二万騎」、少なく見ても二万騎です。「官軍、僅か二三千騎と云々。仍つて加勢せらるべきの由、申し上ぐと云々」、官軍は平家軍の十分の一、増援部隊を派遣してほしいと、朝廷に申し出たのです。「又聞く、平氏引き退く事、謬説《びゅうせつ》と云々。其の勢、幾千万と知らずと云々」、退却説は誤りで、軍勢も二万騎どころではない、たいへんな数、とてもかなわない、という情報が入ったのが六日でありました。

さて、合戦翌日の八日条にいってみます。「式部権少輔範季朝臣の許より申して云はく」、この範季という人物は、義経の兄である範頼の育ての親です。範季のところに来る情報は、範頼から来ている可能性があるので、信用できます。なお、範季の妻は、清盛の弟教盛の娘、教子で、二人の間にできた重子という娘が、後鳥羽院と結婚して、生まれてくるのが順徳上皇という関係になります。その彼からの第一報、「此の夜半許《ばか》り、梶原平三景時の許より飛脚を進《まいら》せ、申して云はく、平氏皆、悉《ことごと》く伐ち取り了んぬと云々」というものでした。「此の夜半許り」ということは、合戦のあった七日の夜、範季のもとに知らせてきたということになります。

その後、八日のお昼頃「午の刻許りに、定能卿来たり、合戦の子細を語る」と書いてある。この定能卿も兼実とたいへん親しくて、あの三悪人のことを知らせてくれたのもこの人物です。追討反対派だったらしい、その定能卿が来て、合戦の子細を語ります。「一番、九郎の許より告げ申す（搦手也、先ず丹波の城を落し、次に一の谷を落すと云々）」——丹波の城、例の小松三人兄弟が守っていたと『平家』や『吾妻鏡』が語る三草山、義経たちが夜討ちをかけたという、そこだと思われます。続いて一の谷を落とす。さすがであります。早いですね。

「次に加羽《かば》の冠者」、本当は蒲の冠者と書く、これが範頼です。蒲の御厨《みくりや》という、静岡県浜松市にあった伊勢神宮の所領で、神宮に収穫物を奉納する土地、そこで範頼は育ったのでこう呼ぶ。「加羽の冠者、案内申す（大手、浜地より福原に寄すと云々）」――福原と一の谷は十キロ余り離れていますから、別々の合戦だったと思いますが、ともあれ一の谷と福原、両方から攻めた。そして次、「辰の刻より巳の刻に至り、猶、一時に及ばず、程なく責め落し了んぬ」というのです。辰の刻は午前八時、巳の刻は午前十時。一時というのは二時間。何と二時間もかからない合戦だったというのです。どうでしょうか。二、三千騎の軍勢と少なくとも二万、あるいは数万の軍勢、その戦いが二時間かからないで決着を見るなんて。しかも遠く離れた二地点での戦闘が、ほぼ同時刻に終息してしまう。よほどのことがないとだめ、そう考えるのが普通だと思います。

さらにもう一人の人物「多田行綱、山の方より寄せ、最前に山の手を落さると云々」とあります。だから、三方から攻めたということになりますね。その結果、「大略、城中に籠る者、一人残らず」、命を落としたという。「但し、素《もと》より乗船の人々、四五十艘許《ばか》り、島辺に在りと云々」、もとより船に乗った人々が四、五十艘ばかり、島のあるあたりに停泊していたのですが、「而るに、廻り得べからざるに依り、火を放ち焼け死に了んぬ」――「廻り得べからざるに依り」、救うために船を海岸に着けることができず、そのため、陸にいた人々は建物に火を放ち、自害するという事態になったのでした。つまり、平家側は、合戦の準備ができていなかったのです。船に乗ってのうとしていたのでしょう。

『平家物語』によれば、七日卯の刻に合戦を始めると約束を交していたにもかかわらず、熊谷次郎直実が抜け駆けの功名をやろうとした、と語られています。ところがこの資料を読む限り、前もって合戦開始の時刻を両方で決めていたとは考えられない。約束していれば、兵士の乗る船が戦いの現場へ廻ることができないなんて、あり得ないでしょう。いざという時のために、海岸線に近いところに船はおいてあったはず、攻めるにしても、退くにしても、です。船の中にいる人たちは合戦を予想してはいなかった。だから、味方を助けることもできなかったのに違いありません。これが現実だと思います。日記の文面には、「疑ふらくは内府等か」とありますが、内大臣宗盛も死んだのではないかと疑われたというのです。

五　平家はなぜ敗れたか

この、いとも簡単に平家が敗れたなぞを解く文章が、『吾妻鏡』の中に出てきます。『吾妻鏡』にも信用できる部分がありまして、これは私が信じている資料の一つです。その二月の二十日条に、一の谷で死んだかと噂のあった宗盛の「院宣返状」が載っています。これはどういう状況のもとに書かれたかというと、一の谷の合戦で生け捕られた清盛の五男の重衡が、三種の神器を取り返すための折衝役を買って出て、後白河さんはその成果を疑いながらも、院宣を託した使者を屋島に差し向ける。それに対する返事ということになります。そのポイントのところだけ、読んでみましょう。

「去月二十六日、又解纜《かいらん》、摂州に遷幸し、事の由を奏聞し、院宣に随はん為、近境に行幸す」――解纜とは纜《ともづな》を解いて船出すること、近境は福原を意味しています。「且つ去る四日、亡父入道相国の遠忌《をんき》に相当り、仏事を修せん為、船を下りる能ず」、父清盛の命日なので仏事を行おうとして福原まで来たけれど、船を下りることができないでいた。「輪田《わだ》の海辺を経廻るの間」、つまり福原の前の海、輪田湊を経廻っていたところ、それからが問題です。――「去る六日、修理権大夫、書状を送りて云はく」、六日は、合戦の前日。修理権大夫というのは、三悪人の一人、親信のことです。その人物が「書状を送りて云はく、和平の儀有るべきに依り、来る八日出京し、御使ひとして下向すべし」――主戦派の親信が「和平の儀があるから、八日に都を出て、御使いとして私がそちらに出向きます」なんて書いてきた。これは明らかに嘘でしょう。

「勅答を奉りて帰参せざる以前に、狼藉有るべからざるの由、関東の武士等に仰せられ畢《をは》んぬ」――勅答、安徳天皇からのお答えですね、それが来ない前には、狼藉があってはいけない、というふうに、関東の武士等に後白河さんから命令が下っています。だから、「又、此の旨を以つて早く官軍等に仰せ含めしむべし」――そちらの官軍にも同様の旨を早く伝達してほしいという。安徳さんのいる平家を「官軍」と敬っている、うまいですね。

「此の仰せを相守り、官軍等、本より合戦の志無きの上、存知に及ばず。院使の下向を相待つの処、同七日、関東の武士等、叡船の汀に襲い来る」――我々としては、後白河さんの意向に従って、合戦しようなんて思っていなかった上、事情がよくわからなかった。そこで、八日に来るという親信を待っていたところ、その前日の七日に関東の武士が襲って来た。「叡船の汀」とありますから、宗盛も安徳さんも船の中にいたのでしょう。その攻撃に対して、「院宣、限り有るに依り、官軍等、進み出づる能はず」と、言っています。「限り有る」とは、命令に背くことには限界があるという意。院宣を守らなければならないと思ったので、こちらからあえて出ていくことはしなかった、そういう意味になります。

我々の方は、「各引き退くと雖も、彼の武士等、勝つに乗りて襲い懸り」、たちまち合戦に及んだ。その結果「多く上下の官軍を誅《ちゆう》戮《りく》せしめ畢《をは》んぬ」――平家側はことごとくやられてしまった。ここで宗盛は言うのです、「此の条、何様《いかやう》に候事や。子細、尤も不審。若し、院宣を相待ちて左右有るべきの由、彼の武士等に仰せられざるか」――これは一体どういうことか。一つ考えられるのは、院宣を待ってから戦いの有無を決めるということを、「彼の武士」におっしゃらなかったこと、これが一つ。「将又《はたまた》、院宣を下さると雖も、武士、承引せざるか」――交渉の結果を待てという院宣を下したけれども、武士が納得しなかったのか、これが二つめ。そして、三つめが、「若し官軍の心を緩《ゆる》めん為、忽《たちま》ち以つて奇謀を廻らさるるか」というもの。我々をだまし討ちするために、奇謀を廻らされたのか、というのです。「倩《つらつら》次第を思ふに、迷惑恐嘆し、未だ朦霧《もうむ》を散ぜず候也」、何が何だか訳がわからない、霧の中に入っているような気がする、というわけです。僅か二、三千騎の軍勢で十倍の軍勢をやっつけるには、だまし討ちしかないはず。すなわち、宗盛が三番目に示した説、これが私は事実だったと思います。

この後の文面で、宗盛は和平をしたいと申し出ています。『玉葉』によると、天皇と建礼門院徳子を都にお返しする、その代わり、四国は私の支配下に置かせてほしいという交換条件が示されたらしい。この『吾妻鏡』に載っている手紙にはそんなことは書いてはありませんが、おそらくそれは口頭で伝えられたのでしょう。実際の文面でやりとりすることと、口頭で裏から交渉するのと二つある。今でもそうでしょう。それが『玉葉』の記事に見えるところと思われます。

それから、さきほど「修理権大夫」と宗盛の手紙にあった人物、官名だけ読んでも誰かわからないですね。もし創作だったら、官名ではなく実名を書くはずです。さらにもう一人、「蔵人右衛門佐」の役職名だけで、その人からの手紙も確かにもらったという一文が入っています。それは後ろの文脈と脈絡を持っておらず、完全に浮き上った一文。そんな必要のない一条が入っているということ自体、正真正銘の手紙なることを証明しているでしょう。ということで、私はこの宗盛の返状は本物だ、ここだけは『吾妻鏡』は嘘を言っていないと思います。結局、一の谷における源氏の大勝利は、何も義経の功績ではなかったのです〈この問題は、拙著『平家物語転読』〈笠間書院刊〉で詳述〉。

六　義経伝説の誕生

義経の功績ではなかったはずの勝利を、彼に結びつけた背景には、おそらく広がり始めていた義経伝説があったのでしょう。次に、その義経伝説のことをお話ししなければなりません。

一一八五年の二月に屋島の合戦がありますが、この時、彼はたいへんな行動力を示しています。夜、大阪湾を船で出て、翌朝に阿波の国、徳島県に着き、翌日、香川県の屋島を攻撃しています（『玉葉』）。この間まる二日間、これはたいへんなことです。淀川の河口から徳島県の着岸地（勝占か）までは百キロぐらい。当時の船だったら一昼夜、またはニ日かかるところです。それをまたたくまに渡り切った。そこから、香川に向かうのには、山越えをしなくてはいけません。少なくとも六十キロ余りはあったはず。翌日、攻撃をしかけたのですから、夜も寝ないで行軍したんでしょう。『平家物語』にも、二日間、寝なかったことになっています。そういう点、義経がたいへんな行動力を持っていたことは、間違いないでしょう。仁和寺のお坊さんが実際に義経と会って合戦の話を聞いた記録が残っています（『左記』）。それには、義経は策略の天才だと書いてありますから、彼の才覚や行動力は、衆目の認めるところだったのだろうと思います。もっともそれは、後日書き加えられたものという説が最近出てきていて、あまり信用できないのですが。

それにしてもなぜ、ジンギスカンになってしまったのでしょうか。

義経が登場した段階に、私は注目したいと思います。『玉葉』に初めてその名前が見えるのは、寿永二年（一一八三）の十一月二日条。頼朝が都に向かったけれども、途中から引き返した、代わりに「九郎御曹司を上洛せしめる」ということだが、「誰人か尋ね聞くべし」、誰か尋ね聞くのがよかろうと、こう書いてある。この時、九条兼実には義経の名前がわかっていなかったのです。もう一つ別の日記があります（『吉記』）。その二日後、四日条に、同じように、頼朝が鎌倉を出たものの引き返し、代わりに「舎弟、字は九郎冠者、その名義経」なる人物が、あまり軍勢を連れないで代官として都に入ってくるようだと、書いてあります。こちらは名前がわかっていた。しかし、曖昧模糊とした存在だったことに変わりはないでしょう。そして都には二年といない。十一月二日に彼の情報が初めて入ってきて、実際に都に現れるのは、一月になってからなのですから。

次に、都から姿を消す時点に、注目してみたいと思います。平家が壇の浦で滅んだのは、一一八五年の三月二十四日。その段階では、みんな義経に対して拍手喝采ですね。頼朝なんか鎌倉にいるだけで何もやらなかったじゃないか、義経こそが、という評価がうなぎのぼりになっていったものの、頼朝との間にご存じのような対立が生じ、同じ年の十一月三日に都を落ちていく。九条兼実は、十一月三日の条に「今暁、九郎等下向の間、狼藉を疑ふ」と書いています。都を出て行く時に乱暴狼藉を働くのではないかと、皆、不安だったのですが、「さしたる過怠《くわたい》なし」、たいした騒動にもならず、穏便に振るまったので、「義経等の所行、誠にもつて義士といふべきか」と、高い評価を受ける結果となったのでした。しかし、これが都の人たちに姿を見せた最後になる。

当初は「西海」、すなわち九州に行こうとしたのですが、嵐にあい船が難破、吉野山に逃げこみ、一旦は都に入ってきたようです。そこで佐藤忠信が、陽動作戦をしたのだと私は思いますが——女性のところに出入りしているのを発見され、自害してしまう、その間に義経は都を通り抜けて、日本海側へ出、奥州へと逃げたのでした。

ともあれ、都にいた期間が一年と十か月であったということ、これはやはり考えてみないといけない。その前後を我々は知ることができないのです。鞍馬寺にいたというけれども、本当に天狗とチャンバラをやったのでしょうか。

鞍馬寺を抜け出して奥州に向かったという時点も、三つぐらいの説があり、どれも信用できない。そして『義経記』という彼の一代記を読んでみても、変な行動をしている。鞍馬寺を出て千葉県あたりまで行っておきながら、そこでちょっと悪さをして、それから碓氷峠の方へ行ったという。遠回りですよね。そして奥州に行ったと思ったら、また都に現れる。尋常では考えられない。突き詰めていくと矛盾することばかり出てくる。ですから、いろんな伝承を寄せ集めて作られたのが『義経記』だ、というのが定説になっています。

その『義経記』に発展していく初期段階の色々な話を収めているのが『平治物語』の古い形態を残すテキスト（学習院大学本）、平治の乱の後日譚として義経の話が出てくるのですが、そこでも理解に苦しむストーリー展開になっている事情は同じです。

七　闇を背負った男

では、なぜいろんな話が発生してきたのか。私は基本的には闇を背負っている男だったからだと思います。わからないことが多すぎる。鞍馬寺にいた、本当かな。それがまず闇でした。確かなのは都にいた一年と十か月の間だけ。しかもたいへんな活躍をした義士でした。美男子ではなかったようで、出っ歯だったらしいのですが。

それから考えねばならないのは、当時の社会では、田舎が元気がよかったということです。地方の力が中央へ波及する時代でした。それゆえ、田舎を背景に持っている人たちは、実は憧れの対象にもなった。たとえば木曾義仲、彼を都の人たちは馬鹿にしますけれど、持っているエネルギーに対しては、敬意、恐れ、憧れみたいなものを持っていた。義経の場合は、奥州というすごいバックがありました。都人には得体の知れぬ、闇の力を秘めた巨大なバック。

さらに彼が最後はどうなったか曖昧だ、ということが、一層イメージをふくらませていったことでしょう。そして一方、田舎の人たちは、都会から名のある人が来るとたいへん喜んでしまう。それは今も同じ。だから義経の伝説は、いろんな地方に根を下ろしていったのでしょう。都でも田舎でも、イメージがどんどん膨らみ、ジンギスカンにまでなっちゃう――。

実はこれは義経だけについて言えることではありません。九州から都に上ってきた鎮西八郎為朝は、身長が二メートル十センチ、左手の方が右手よりも十二センチ長かった、そのために弓を引くことは人一倍強かったと、『保元物語』に語られています。戦いには負け、肩を抜かれて遠い伊豆の大島に流されてしまう。肩を抜かれ、弓を強く引くことはできなくなったけれども、腕が長くなった分、正確に的を射ることができるようになった、そんなお話が作られていくのです。この為朝も都にいたのは一年に満たない。うわさ通りの実力を持っていたことは事実。でも人生の前後が闇である。

木曾義仲もそうです。田舎から出てきて、あっという間に散った人生。その彼を、なぜ源義仲と言わないで木曾義仲と言うか。木曾という地名をつけたかったのです、本人が育った在地の名を。鎮西八郎為朝も同じこと、鎮西つまり九州という地名をつけたかったのです。九郎義経の九郎は九番目の子供の意ですが、この名前自体に闇が含まれています。太郎だったら闇にならない。でも九番目となると本当に義朝の子かなとか、お母さんは誰だっけとか、思わせる。夢をふくらませる部分が九郎という名前自体にあって、だから伝説がふくらんだのでしょう。闇を持っていることが、中世においては英雄の温床になっていたと思われます。そして、田舎という都会人にとっての闇が、英雄伝説派生の大きな温床となった。それは日本独自の、しかも鎌倉時代に限られた英雄の生れ方ではなかったか、そう、私は思っているのです〈詳細は拙著『平家物語の誕生』〈岩波書店刊〉所収論文「中世における英雄像の誕生」〉。

実際には義経の功績でもなかった一の谷の大勝利を、彼に結びつけた真の理由、淵源は、ここにあったのに違いありません。まず彼の名声を不動のものとさせたのは、驚くべき行動力を発揮した屋島攻略であったと想像されます。戦いの膠着状態を一気に動かし、最終決着へと導いたのですから。そこから逆にさかのぼり、一の谷の坂落し伝説も生み出されていったのだろうと思います。最後、急ぎ足になりましたが――。

（「武蔵野大学・能楽資料センター紀要17」二〇〇六年三月）

七　補説・一の谷合戦の虚実

一　私説開陣の経緯

　ここで私説と言うのは、従来、一の谷を攻撃した源氏勢を、『吾妻鏡』の記述に従い、範頼の率いる大手五万六千余騎と、義経の率いる搦手二万余騎とするのが一般的であったのに対し、その数は古態の『平家物語』の記事を採用したものに過ぎず、事実は『玉葉』等の当時の日記が記す二、三千騎ほどであったことを明らかにした上で、「二万」とも「幾千万」とも知らずと伝えられた平氏勢を、わずか二時間足らずで壊滅させえたのは、後白河院の策謀が功を奏したからに違いないと論じたものであった。

　その策謀とは、合戦前日、ある人物から一通の書状が平氏側に届けられ、二日後に和平を相談する院の使者として自分がそちらに向かうゆえ、関東の武士にはその返事を持って帰って来るまでは狼藉に及んではいけないと命じてある、だから、そちらの官軍にも、この旨を早く命じてほしいと書いてあったので、平氏軍は戦闘態勢を解いてしまい、それを待っていたかのように、翌日、関東軍が急襲、戦うつもりのなかった敵を壊滅させてしまったというもの。だまし討ちと言っても過言ではあるまい。このいきさつは、『吾妻鏡』に転載されている、安徳帝の帰還を求める院宣に対する、宗盛の返書から知られるところであった。その中で宗盛は、こちらを油断させるために「奇謀」を廻らしたのかと、院を難詰している。

初めてこの説を公にしたのは、二〇〇四年の十二月、「国文学研究資料館・連続講演・平家物語転読」の第四回目の時であった。当時は大学の学部長という要職に就いていて、自説を活字にする余裕がなく、研究者ではなく、一般の方々に話すという形での公表となった。二回目も講演で、翌年の六月、「武蔵野大学能楽資料センター公開講座」において、「源義経——史実と伝説と——」と題して行なった講演の中でのこと。

前者の講演は、笠間書院より『平家物語転読』の書名で、二〇〇六年四月に公刊され、後者はそれより一か月早く同年三月に、「武蔵野大学・能楽資料センター紀要・No.17」に掲載された。本書には、それを収録した（前章）。

三回目は、二〇〇八年六月刊の岩波新書『いくさ物語の世界——中世軍記文学を読む』の第四章の1「一の谷の合戦の虚構」で、当然、講演記録より詳しいものとなっている。

これらの中で、私が従来の誤った理解の例として示した書は、一九九三年刊の新日本古典文学大系『平家物語』と、二〇〇〇年刊の講談社学術文庫『源平闘諍録』の一の谷合戦解説、二〇〇四年刊の奥富敬之氏の角川選書『義経の悲劇』、同年刊の五味文彦氏の岩波新書『源義経』、二〇〇五年刊の菱沼一憲氏の角川選書『源義経の合戦と戦略——その伝説と実像——』であった（前二書については拙著岩波新書、後三書については前章参照）。

ところが、私の二つの講演が活字になる前年の二〇〇五年九月、すなわち武蔵野大学での講演の三か月後に、近藤好和氏の『源義経——後代の佳名を貽す者か——』（ミネルヴァ書房）が出版され、そこでは、当然、源氏勢の数は『吾妻鏡』の記述を採用せず、『玉葉』の記事に正しく従っていた。ただし、『吾妻鏡』に転載された宗盛の後白河院への返書の内容に関しては、「平氏を油断させるための後白河の策謀かもしれない」としつつも、「宗盛の主張も必ずしも信用できない。結局、真偽は不明」で、それでも「平氏と後白河の間で」「裏事情があったらしい」とは記している。

二　その後の動向

まず、私が問題提起したのちの学界の動向を、管見の及んだ範囲で紹介しておこう。

私が『平家物語転読』を出版した翌年の二〇〇七年二月、当該書と近藤氏著書とを参考文献に掲げた、元木泰雄氏の『歴史文化ライブラリー・源義経』（吉川弘文館）が刊行された。当然、源氏勢の数については『吾妻鏡』の記述を排除、同書に収められている宗盛の後白河院への返書については、「史料の性格から見て事実であった可能性は高い。平氏を恐れ嫌悪していた後白河の謀略も源氏の大きな勝因の一つであった」とする。私と全く同見解であった。ただし、合戦前日、二日後に和平の使者としてそちらに向かうよしを伝えてきた書状の筆者が、「修理権大夫」とあることについて、「(修理大夫親信か)」と疑問符つきで記された点、私が単純に院近臣の「藤原親信」と断定してしまっていたのと齟齬する。親信は主戦派の一人で、それゆえ謀略の実行役として適任と私は考えたのであった。このことについては、最後に新たに考察を加えることにしたい。

同年三月には、上杉和彦氏の『戦争の日本史6　源平の争乱』（吉川弘文館）が出版された。そこでは近藤氏著書が参考文献にあげられてはいるが、源氏勢の数は『吾妻鏡』の誇大な数に従い、後白河院の策謀については、戦いの直前まで、平氏と院との間で三種の神器の返還をめぐる交渉が進められている最中における源氏方の攻撃は、「いわば後白河の仕掛けた騙し討ちといえるものだった」と述べるにとどまって、宗盛返書への言及はない。更に、義経の兵力を『平家物語』が一万余騎とすることについて、「実数はこれをはるかに下回るものであったと思われる」とも記していながら、『吾妻鏡』の二万余騎とする数値を退けることもせず、明らかに矛盾した記述となっている。合戦開始時、宗盛と安徳帝は沖の船中にいたとあるのは、宗盛返書から初めて知られることで、その内容は把握していたものと推察される。

二〇〇九年六月には、佐伯真一氏が角川選書『建礼門院という悲劇』を出し、その中で宗盛返書に言及、手紙の内容は「謀略ではないかと匂わせている。だが、それを裏づける他の史料はなく、宗盛の負け惜しみ、単なる手違いなど、いろいろな可能性が考えられる。後白河法皇の意図的な謀略であったと断定するのは困難だろう」と主張している。なお、源氏勢の数には触れていない。

同年十月に公刊された高橋昌明氏の岩波新書『平家の群像　物語から史実へ』では、さすがに『吾妻鏡』の記事に関しては、「ほとんど『平家物語』をなぞって書いたことが明らかになっている」として退け、源氏勢は「一方僅か一、二千騎に過ぎず」とある『玉葉』に従っている。宗盛返書の内容も正しく伝えられているが、例の書状の差出人の修理権大夫について、「修理権大夫の実名はわからない」としたうえ、「修理大夫なら後白河側近の参議藤原親信であるが、彼は平家追討の急先鋒の一人だから、まさか和平使には立たないだろう」とする。そして、「かりに（源氏勢に出された）停戦命令が事実だとしても、鎌倉方は聞く耳を持たなかった。経過はどうであれ結果として平家は騙された」と結論づける。書状にあった「修理権大夫」という署名への疑問は、元木氏と同じであった。私の考えは後述に譲るが、親信を使者に不適当とする点、「鎌倉方は聞く耳を持たなかった」とする点も、いかがかと思う。

同年十一月出版の川合康氏著『源平の内乱と公武政権』（吉川弘文館）では、軍勢数に一切触れず、宗盛返書は取りあげずに、『玉葉』の伝える、三種の神器と安徳帝らは都に返し、自らには讃岐国を与えてほしいという、おそらくは口頭での返事の方が紹介されている。

その後、元木氏が、二〇一二年三月に角川選書『平清盛と後白河院』を、翌年四月に『敗者の日本史5　治承・寿永の内乱と平氏』（吉川弘文館）を出版、いずれも『吾妻鏡』の軍勢数には一顧だにせず、宗盛返書にある「修理権大夫」については、前者で「（修理大夫親信か）」とし、後者では「（おそらくは修理大夫藤原親信）」と注記して、親信説に近づいている。

二〇一四年六月刊『中世の人物　京・鎌倉の時代編　第二巻　治承～文治の内乱と鎌倉幕府の成立』（清文堂）所収の宮田敬三氏執筆「源義経と範頼――平氏追討の戦い」では、源氏勢の進攻経路を追いつつも、軍勢数には言及していない。『吾妻鏡』の記述が事実に反するという理解が、もはや常識化したことを示していよう。なお、宗盛返書への言及はない。

二〇一五年十月刊の『延慶本平家物語全注釈　第五本（巻九）』（汲古書院）は、［注解］で、『吾妻鏡』の記事が「原平家」を史料としたものと見る平田俊春説（『平家物語の批判的研究・下巻』国書刊行会・一九九〇年六月刊。以下、故人については敬称の「氏」を略す）を紹介、宗盛返書も取りあげて、「法皇の謀略や気まぐれなのか、武士が法皇の命を無視して行動したのかは別として、和平提案の一方で源氏武士が平家陣営に襲いかかったのは事実だろうが、法皇の言葉を信じて敵襲に備えておかなかったのは宗盛のミスであるという上横手雅敬の指摘が、現在もおおむね基本的な見方となっているといえよう」とし、かつ、参照文献を示す（　）中には、四部本全釈、拙著、高橋氏、元木氏著書などを掲出している。私はうかつにも上横手氏の指摘には気づかずにいたし、『吾妻鏡』が『平家物語』に依拠しているとする見解は、平田説以前からすでにあった。そこで次節においては、研究史をさかのぼることにしたい。

右の参照文献にあげられている『四部合戦状本平家物語全釈　巻九』（和泉書院）は、二〇〇六年九月の刊、和平工作があったことをものがたる史料として宗盛返書を取りあげており、それゆえの掲出であろう。

三　研究史をさかのぼる

まず上横手氏の発言は、一九七三年六月刊『平家物語の虚構と真実』（講談社）で、十二人の登場人物を論じたうちの宗盛を論じた第七章の第二節「和議への対応」の中にあった。この章の副題は、宗盛を評した、「情愛こまやかな無能の善人」とされており、「宗盛のミス」に焦点が合わされているのも、自然な筆の流れと理解できよう。裏を返せば、一の谷合戦の事実究明に意が注がれているわけではないのであり、それゆえ、義経を論じた第十章では、一の谷合戦について、「周知のことでもあり、ここでは詳述を省く」として、問題とすべき両軍勢の数も不問に付されている。ただし、宗盛返書の内容全体を紹介、『玉葉』に載る宗盛側からの和平の申し出と照らし合わせて考察を進めており、本物の返書と見ていることは間違いない。

右の書から六、七年さかのぼった一九六六、六七年には、関連する四書が発刊されている。一冊目は、六六年五月刊の渡辺保著『人物叢書・源義経』（吉川弘文館）で、一の谷に向かった源氏勢の数については、『玉葉』と『吾妻鏡』とで「違い過ぎる」とした上、「人数を確かめようすべもないが、まず大体のところ平軍も源軍も郎等を合せて数千というくらいではあるまいか。そして、どちらかというと平軍の方が優勢」と記す。『吾妻鏡』の記述を排除せず、『玉葉』も全面的には信用していないらしい。宗盛返書は大意を紹介、「真意は後白河法皇の不可解な言動に対する強い抗議」で、戯画化された物語中の姿とは違う「宗盛の人がらを見直すことができるかと思う」と述べ、院側は「例によって謀略にも似た和戦両様の策をとって」いたとする。

二冊目は、同年十月刊、高橋富雄著の中公新書『義経伝説』（中央公論社）。『吾妻鏡』の文章を事実の記録ではなく、

「物語における一谷合戦記を実録に読み直したもの」と捉えて、『源平盛衰記』と「とくに親密な関係にある」と指摘してはいるものの、『平家物語』に依拠したとまでは結論づけていない。著書の性格上であろう、宗盛返書は取りあげていない。

同年同月の刊になるのが三冊目の安田元久著『源平の争乱』（筑摩書房）。書中、宗盛返書に言及はしていないものの、それに基づく院の謀略説について、「いわゆるだまし討ちをしたとの説があるが、実は、この前後の法皇以下の公家政権が、和平か決戦か、その方針を一定しかねたための偶然の結果であったようにも思われる」として、故意の策謀説を否定している。軍勢数は、『吾妻鏡』の数値を「誇張に過ぎる」とし、『玉葉』の記事を示しながら、結局、「平氏の総勢はせいぜい五、六千騎、源氏は多くて一万騎ほどというのが実数であろう」としており、両書の記述を踏まえつつ、独自の推測を加えていることになる。無論、『吾妻鏡』が『平家物語』の影響下に書かれたことへの想定はない。

翌年の六月、同じ著者による『平家の群像』（塙書房）が出た。そこでは宗盛返書に言及、「一ノ谷合戦前夜の法皇以下の人々の不信を痛烈に非難し、今回のことも策謀ではないかとの疑いすらぶつけて」おり、「宗盛・知盛らの偽らざる気持を述べたものと思う」と記しているが、今度は軍勢数についての記述がない。

これらの四書を通じて見えてくるのは、一九六〇年代半ばでは、『吾妻鏡』の記事が『平家物語』に依拠したものという共通理解はなく、同書転載の宗盛返書に関しては本物と認めつつも、後白河院の意図的策謀説には疑問の声が一部にあった、という学界の状況である。上横手氏の発言も、この流れに沿うものだったのであろう。

しかし、それ以前の一九五八年十一月発行「歴史評論」九九号に掲載された石母田正論文「一谷合戦の史料について――吾妻鏡の本文批判の試みの一環として――」が、冷静な分析に基づき、『吾妻鏡』の『平家物語』依拠説を立証していた。その論証が正鵠を射ていることは間違いない。石母田は、ちょうど一年前の十一月に、岩波新書の『平家物語』を著しているから、その後の研究成果であったのであろう。それゆえか、岩波新書の影響が大きかった割には、この新説はほとんど顧みられることがなかったらしく、少なくとも六十年代半ばまでは、等閑視されていたことになる。

それが、十九年後の一九七七年三月に、右論文を収録した『戦後歴史学の思想』が法政大学出版局より出されたことで、広く認知されるに至ったものと思われる。その二年後の三月に出版された『國史大辭典』（吉川弘文館）の「いちのたにのたたかい」の項（石田祐一執筆）では、付記されている「参考文献」の論文・著書二点の内の一つが「歴史評論」掲載の論であった。前記の『延慶本平家物語全注釈』で紹介されていた平田俊春説も、石母田説を踏まえたものであった。私をはじめとして『平家物語』研究の側、いや歴史研究の側すらも、石母田論文に無知であり過ぎたようである。

なお、当該論文では、鵯越に向かった義経の軍勢数を、『平家』が「三千余騎」とするのに対し『吾妻鏡』には「勇士七十余騎」とあることに着目、「平家以外の独自の資料または伝承があったとみられる唯一の点」としているが、前掲の平田著書は、「三千余騎」とするのは覚一本等で、延慶本・長門本・四部本には「七千余騎」とあるから、「七千」を「七十」と誤読したのであろうと推定している。『吾妻鏡』で以後に展開する合戦譚は『平家』のそれと合致しており、軍勢数もそうだとする平田の主張は妥当と考えられる。となると、冒頭で述べた、『吾妻鏡』は古態の『平家物語』の記事を採用したとする理解の正しさが、いっそう明瞭となろう。

『國史大辭典』の「参考文献」に掲げられているもう一点は、大森金五郎著『武家時代の研究』第二巻（冨山房・一九二九年刊）である。一の谷の合戦の経緯を分析する過程で、「後白河法皇と一谷の戦」の項が設けられ、そこで『吾妻鏡』掲載の宗盛返書の全文を引用、当初は惨敗した平氏が「対面をつくろはんとしたものであらうと、軽く看過」していたが、『玉葉』の文と対照してみて、「此文が決して浮文ではなくて、法皇が奇謀をめぐらさせ給ひ、以て平氏の心を緩めて置き、一方には範頼義経等をして急に平氏を追討せしめられたといふ事を知つた」という。

実はこの大森説が初めて世に示されたのは、一九一〇年（明治四十三年）四月発行の日本歴史地理学会編「歴史地理」誌上でのことであった。やはり当初は宗盛返書を見過ごしてきたと言い、結局、後白河院の「秘計」に「平氏はマンマと」「乗せられた」のだとする。この七年前にも、同誌に一の谷の戦いについての一文を載せているが、そこでは同返書を取りあげていないから、これが最初だったわけである。

四　宗盛返書の読解

以上、一の谷合戦の軍勢数と院によるだまし討ちの問題についての研究史をたどってみれば、私が今さら声高に自説を開陳するまでもなかったという感がする。とはいえ、宗盛返書の読み解きをめぐっては、なお、補っておかなければならない点があり、最後にそれを述べよう。

前記したように、和平の使者として二日後に自ら平氏のもとへ向かうよしを書いてきた人物の役職名が「修理権大夫」とあることに関し、元木氏は「修理大夫親信か」、「おそらくは修理大夫藤原親信」などと疑問なきにしもあらずという形で記し、高橋氏は「実名はわからない」として、親信なら「彼は平家追討の急先鋒の一人だから、まさか和平使には立たないだろう」と否定的であった。実は、古く「歴史地理」掲載の大森論文の段階からして、「修理権大夫（親信歟）」と疑問符がついていた。ここに、私なりの一考を加えることにしたい。まず問題の一文を示す。

去六日修理権大夫送書状云、依可有和平之儀、来八日出京、為御使可下向、奉勅答不帰参之以前、不可有狼藉之由、被仰関東武士等畢、又以此旨早可令仰含官軍等者、

「云」として始まり、「者」で結ばれている書状の文面は、後白河院に対してだましたのではないかと問い詰める唯一の証文であるからには、原文に忠実な引用であったと見て誤りあるまい。となると、平氏軍を「官軍」と言い、廃帝となったはずの安徳帝の返事を「勅答」と記しているところに、身を引いて、相手に敬意を表そうとする姿勢が読み取れよう。もっとも宗盛自身、返書の中で自分たちを「官軍」、安徳帝を「主上」と表記しているから、ここも宗盛の言葉と解されなくもないが、「和平」の使者として出向く人物の立場を考えれば、相手に敬意をもって対することが交渉の第一歩であり、やはり、原文にあった表現と見るのが順当であろう。かつて一年前の九月に、宗盛が後白河院に「和親」の意を伝えるべく送った書状では、安徳帝を「旧主」、院の意向を「勅定」としたためていたが（『玉葉』寿永二年十一月十四日条）、それも「和」を申し出た側に働く同じ心理の投影であったに相違ない。

「修理権大夫」は、書状の書き手の自称と思われる。仮に修理大夫である親信自らが「権」の一字を書き加えたとすれば、その理由が想像されなくはない。というのは、平家が都落ちをする時点での修理大夫は清盛の弟の経盛（『公卿補任』）、安徳帝がまだ在位中という前提のもとでは、その地位は変わっていないはず、その修理大夫のいるところへ修理大夫が「和平」の使者として赴くというのでは、相手側として受け入れがたかろう、そう計算した上で、「権大夫」の偽称を名乗ることにしたものと考えられるのである。

『平家物語』の巻九には、一の谷の合戦の三日前に当たる二月四日に福原で清盛忌日の仏事を修し、次いで叙位除目も行った記事がある。延慶本は、「三種神祇（器）ヲ帯シテ、君カクテ渡セ給ヘバ、是コソ都ナレトテ、叙位除目、僧モ俗モ官被成ケリ」として、具体的に三人の人事を記し、覚一本等にもあるが、このうち、門脇中納言教盛を正二

位大納言に任じようとしたところ、歌一首を詠んでことわった話など、よく知られている。叙位除目が事実かどうかは不明ながら、彼ら一族は、仲間内では互いに、「中納言殿」などと、その役職名で呼び合っていたことであろう。それは、心理的な慰め合いとも評しうる。親信はそうしたことをも察知していて、偽称を用いて対応するのが良策と判断するに至ったのではなかったか。

高橋氏は、親信は「平家追討の急先鋒の一人だから」、和平の使者にはなるまいと述べていた。しかし、最終的な勝利のためなら、相手をおとしいれることも辞さず、むしろ偽の和平使に自ら手を挙げた可能性の方が高かろう。主戦派の「急先鋒」だから逆に、である。更に、名前不祥の実在した「修理権大夫」が問題の書状を書いたとしたら、それを指示した人物として自然に上司たる親信の存在が想起され、背後には後白河院の姿が隠見されてこよう。

高橋氏はまた、「かりに停戦命令が事実だとしても、鎌倉方は聞く耳を持たなかった」とも記していた。果たして「聞く耳を持たな」いほど、鎌倉勢は勇躍勇んでいたのであろうか。『玉葉』の二月二日条には、平氏軍の多さに「下向之武士、殊不好合戦云々」とあり、六日条には、平氏軍が二万騎で、官軍はわずかに二三千騎、「仍、可被加勢之由、申上云々」とあった。彼らは、負け戦に臨む気は毛頭なかったのである。

六日条に、「加勢」を求めてきたとあるのが示唆的である。実際に加勢を要求してきたのは、おそらく前日あたりであろう。が、即座にその要請に応じて大量の軍勢を送り込むことなど不可能だったに違いなく、そこで、敵をだますしか方法がないという院の最後の決断が下され、六日付で書状が作成されることになったと推測される。七日が合戦当日であった。数日前に加勢を求めてきたほどの劣勢な少軍勢でありながら、ここぞとばかり攻撃に転じたのは、内々の策略を承知していたからに他なるまい。

『玉葉』の記すところによれば、後白河院が静賢法印に和平使として平氏のもとに出向くよう命じたのは、平氏追討の宣旨を下したのと同日の一月二十六日、再度下命したのは、追討軍が都から発向した当日の二十九日であった。院の脳中には、その時点からして、相手を油断させる、だましの作戦があったのであろう。

宗盛の返書が『吾妻鏡』に転載されるに至った経緯やその他、すでに論じた事柄については、再論を控えた。後白河院とその側近の策謀は意図的なものであったと、やはり私は考えるのである。

（新稿）

八　金刀比羅本系統『保元物語』の特質

――物語としての達成――

『保元物語』諸本の中で写本が多く伝わり、「古くは最も流布した類(1)」と考えられているのが、金刀比羅本系統の伝本である。形態的には、作品の結末部で、源為朝の捕縛から配流に至る経緯の叙述量をふやすと同時に、伊豆大島流罪後の鬼ヶ島渡島譚等の後日談を完全に削除、崇徳院の崩御にまつわる話を最後に集中させ、乱の終結を言祝《ほ》ぐ言葉で全体を結んでいるところに明瞭な特徴がある。また、古態本の半井本と比較した場合、上巻末尾は、等しく開戦を前にした天皇方軍勢の紹介記事で閉じながら、中巻は、古態本が、院方についた源為義の子息達の先陣争いから始めて、左大臣藤原頼長の横死を哀惜する記事で終えるのに対し、軍議の席における為義の勇ましい発言から始め、その為義の処刑と五人の子息達の斬首とを語って終えている点にも、つまり源氏一族の命運を語る対照的な記事を、巻首と巻尾に配置している点にも、作品の煮つめられ方の一端が現われているやに思われる(2)。ともあれ、金刀比羅本段階の『保元物語』の特質は那辺にあるのか、順次、検討を加えてみよう。

一　御国争い物語の固定化

「中比《ごろ》、帝王ましく〳〵き。御名をば鳥羽禅定法皇とぞ申《す》。天照太神四十六世の御末、神武天皇より七十四代にあたり給へる御門《みかど》也」と、おごそかに語り出される物語は、鳥羽院の出自と閲歴とを記しつつ、在位十六年間の「海内しづかにして天下をだやかな」る有様や、院政開始後の「徳仁あまねくうるほして、人民、悉《こと〳〵く》穏《やか》」なる世情をつづっていく。やがて美福門院腹の近衛帝の誕生と、それに伴う崇徳院の退位とが語られ、「是に依て、一院《（鳥羽院）》・新院《（崇徳院）》父子、御中互《ひ》に御不快にならせ給ふ」と、乱の原因が提示されるに至る。ところが、古態本の場合はそこから更に、「誠ニ心ナラズ御位ヲサラセ給《ひ》シカバ」再び自分が位につくか、子の重仁親王を即位させようとお考えになっているのか、「御心中難ㇾ知」と、直接的に崇徳院の叛意形成に焦点を絞っていくのであるが、金刀比羅本はそこまで語らず、弱冠十七歳で早逝する近衛帝の薄幸の方へと筆を運ぶ。即ち古態本が、「久寿二年七月廿三日、ハカラザルニ近衛院カクレサセ給ヌ。御歳十七、惜《し》カルベキ事也」と短く記し、すぐさま「新院、此ヲリヲヱテ」と続けるところを、崩御記事を大きくふくらませ、人の寿命のはかなさをことさら語って聞かせるのである。

　文面は、久寿二年（一一五五）の春の頃より天皇は病に臥していたが、八月十五日、「しかるべき御事」であったのか、「今夜しも」気分がよく、名月のもとで臨時の詩歌の御会が催され、御自ら、「虫の音のよはるのみかは過《ぐ》る秋をおしむわが身ぞまづ消《え》ぬべき」と詠み、あくる十六日の夜、御詠の予感の通り崩御なさったのだとある。歌の前には、「いまはの道かねておぼしめししられ給《ひ》けるにや、あはれに忝《かたじけなく》覚《え》し」の一句も挿入され、賢く優雅な天皇の人柄をしのばせる文脈を形作っており、以後、突然の崩御に嘆き悲しむ宮中の様子や、愛子を失った鳥羽院の、国王とて「無常のあらし」からのがれられない現実を痛感させられて「なぐさみたまはぬ」姿を、縷々語る。「虫の音の」の歌は、『今鏡』「すべらぎの下・虫の音」に、いつの詠ともなく、「世を心細くや思し召しけむ」として載るもので、自作であることは疑いないが、八月十六日とある崩御の月日は明らかな虚構。正しくは、古態本の記述（前記）の方であった。金刀比羅本が、記録的事実をこえて、作品を文学的に再構成した段階（3）にあることは確かであろう。

では、なぜそのようなもくろみをしたのであろうか。世に伝えられた「虫の音の」の御詠に、単に触発されたに過ぎなかったのかどうか。右の記事は、皇位が崇徳院の期待を裏切って弟の後白河帝に譲られた経緯を短く挟んで、同年の冬、熊野参詣した鳥羽法皇が、神の託宣により自身の死を知らされる話へと接続する。それは白河院のことを鳥羽院のことに作り変えたもので、すでに古態本の段階から存した話であったが、増幅された近衛帝崩御記事との新たな連携によって、作中の意義はより深みを増したように見える。院が手の平を何度も裏返すという夢告を得て占わせた結果は、翌年の自らの崩御とそれに続く世の動乱の告知、神詠の歌は、「手にむすぶ水にやどれる月かげの有《る》かなきかの世にもすむかな」であった。近衛帝の死を仲秋の名月をめでた翌日に設定してあったのは、この月を詠み込んだ歌からの連想が働いたからかと憶測させもする。法皇は泣く泣く厄難救済を訴えたが、神の返答は「定業かぎりある事には神力にをよばず」であったという。それは取りも直さず、帝の死に対して言っているにも等しい。が、何はさておき、天皇崩御記事を物語的にふくらませ、法皇の死と対等の位置にまで高めて語り出した最大の効果は、戦乱が起こる前の世の安泰を、享受者達に印象づけることにあった。換言すれば、国家の中枢にいた二人の相継ぐ死によって世の中が一変、戦いが勃発したとする構図を、一層明確に打ち出す結果になっているのである。

物語の導入に上述のごとき工夫を加えた金刀比羅本段階の作者は、物語の幕を閉じるに際しても、当然、それにふさわしい文面を用意していた。「抑《そも〳〵》、人皇七十七代の間、公私合戦、数をしらずといへ共」と切り出し、今度の合戦は父子兄弟が敵味方に分かれ、「皇居・仙洞に軍陣を張《り》、王城を戦場とし、宮門に血を流」すたぐいまれな戦いではあったが、「逆徒悉《こと〳〵く》退散し、王臣身をあはす。希代不思議の義兵也」と結ぶ。ある評言を借りれば、「王朝を中心に、その安泰と恢復とを乱の結末にすえている」[4]ということになろう。平穏な世から国家存亡の危機に瀕し、再び平穏に帰すという作品全体の結構の鮮明化が意図されていることは、間違いあるまい。

保元の乱は、崇徳上皇と後白河天皇との戦いという形態をとった。いわゆる御国《みくに》争いである。新院の不満がたかまっていった過程を叙した金刀比羅本は、古態本になかった「君と君との御中かくのごとし。臣と臣との中も又ふくはひ《（不快）》」の文言を加えた後、摂関家の忠通・頼長兄弟の対立に言及する。新院と頼長との結託が成り立ち、挙兵の決意が固まったことを叙した後には、「それよりこのかた、内裏・仙洞にこうずる《（候）》源兵両家の兵ども、或《い》は親父の命をそむき、或は兄弟の孝をわすれ、……みなもつて各別す。日本国大略二《つ》にわかれて」云々という新たな一節を設ける。要するに、主上と上皇とを二つの頂点に仰ぎ、諸勢力が結集していった様が、強調して語られているのである。

それと連動するかのように、宣旨と院宣の語が、武士の言葉戦いの中に繰り返し登場してくるのは看過しがたい。最初は、諸戦となった平基盛と宇野親治との戦闘場面で、「宣旨の御使《ひ》」として大和路に派遣された基盛が、親治一党に遭遇、「所詮、宣旨によつて御上洛候か、院宣に随つてまいらせ給《ひ》候か」と問いかけ、「院へまひり候」の返答に、「おなじくは一天の君の宣旨にこそしたがひ給はめ、下居《をりゐ》の御門の院宣にしたがひ給はむや」と非難、親治の方は、「院宣につゐてまいる親治が、宣旨なればとて、今更ひるがへすべきやは」と応じて戦いが始まる。次は義朝と為朝との兄弟対決の場面で、義朝が「宣旨を蒙《り》て向《ひ》候はいかに」と声をかけると、為朝は「院宣を承つて固《め》て候」と答える。兄が「宣旨によつて向《ふ》たりといはゞ、急《ぎ》引《き》退《き》候へかし」と命ずれば、弟は「院宣と宣旨といづれ甲乙か候」と負けてはいない。古態の半井本にこうしたやりとりがないことは、すでに報告されているところであった(5)。

為朝の夜討ち進言に対し、頼長が「さすがに主上・上皇のくにあらそひに、夜うちなんどしかるべからず」と一蹴し、その為に院方敗北が不可避となったとする記述は古態本の段階から存し、よく知られているが、金刀比羅本では、院方への参陣を逡巡する為義を、藤原教長が説得する場面でも、「国あらそひ」が前面に押し出されている。過去の昇進不満を口にする為義に、「主上・上皇の国あらそひに御方として忠をいたされ候はゞ、たとひ卿相の位に昇《る》とも堅かるべしや」と言い、「天下の乱をしづめ給はむずる人の身にて、これほどの大事をよそにみ給はむ事、しかるべからず」と諭す。

御国争いの決着は、上に立つ者が下の者の意見を汲み取ったか否かによって定まったとするのが、金刀比羅本段階作者の最も主張したいところであったらしい。無論、それは原作の構想の段階からあった見取り図に違いないが、同本では乱後の紙面に、「今度の合戦の体、内裏には信西が計ひに随はせおはしまし、信西ハ（盤）義朝が計《はかりこと》に随ひける間、首尾相応して、終《に》泰平をいたしき」と記し、かつ、院方は頼長が為朝の献策を退けた故に滅亡したのだとした上で、「されば、上下相逢《ふ》て天下を治《む》べしとみえたり」と述べる。この箇所が、先に紹介した物語末尾の「逆徒悉《く》退散し、王臣身をあはす」という、国王と臣下とが一体となって安泰に帰したことを喜ぶ文辞と、章段を隔ててはるかに呼応させられていることは、充分に了解できよう。

金刀比羅本が物語の最後を崇徳院関係の記事で埋めつくしたのには、それなりの必然性があったように思われる。古態本と比べれば、出家した重仁親王が父院の崩御に際し歌を詠じた記事の増補と、後日、西行が院の墓に詣でた話の大幅な拡大とが、特に目を引く。この二条の流れを直接受けて物語の結語が記されている点からしても、注目される必要があろう。ともに、昔と変り果てた今への感慨が文脈の基調となっており、ことに作者は西行の口を借りて、「天照太神四十七世の御末、太上法皇の第一の王子、御裳濯《みもすそ》河の御流《れ》、かたじけなく御座《ましく》て、世を治め国を治《め》させ給《ふ》事十九年、一天雲晴《れ》、万人穏《やか》也」とかつての治政をたたえ、前世の果報ゆえに辺境の土となり、怨念を残すこととなった悲しむべき宿執のほどを語る。おごそかに一人の国王の紹介に始まった物語は、悲運に終ったその子の国王の死を悼みつつ、世の安寧を祝して幕を下ろす。作品の導入と終局とに国王のことを語るのは、御国争いの物語にとって必須のことと、金刀比羅本段階の作者には思われたのであろう。近衛帝崩御記事の増幅とこの部分の増幅とは、高貴な情趣を添える点において共通する。かくして首尾相応し、作品の外枠は御国争い物語として固定化されるに至っているとと認められるのである。(6)

二　源氏悲劇の深化

古態本の中巻末で語られる、我が子の左大臣頼長を失った入道殿下忠実の悲嘆は深刻であった。矢傷を負い重態の身で会いに来た息子を、「余《り》ノ心ウサ」ゆえに「何トテカ、入道ヲモ見《む》共思《ふ》ベキ。入道モ見エン共思《は》ヌヲ」と拒絶し、追い返しはしたが、やがてその死を知らされるや、「何《いか》ニヤ死ニケルナ。云《ひ》置ク事ハ無《か》リケルカ」とまずは問いかけ、「サテハ死ニケル事ヨ。我《が》膝ノ上ニテ死スベカリケルニ、只今死ニケル者ニ合《は》デ、入道ガ口説事ヲシケルクヤシサヨ」と、認めたくない事実を自己確認しつつ、自分の処置を悔やむ。「哀《れ》、取《り》替《ふ》ル物ナラバ、入道ガ命ニ左府ガ命ヲ替《へ》テマシ」とも言い、「是程、老《いの》心ヲ悩《ま》スベシトヤ思《ひ》シ」(7)とも述懐する。実は、上に引用した言葉は、金刀比羅本ですべて消失しているものである。つまり、忠実の懊悩を描くことに関しては、弱まっていると言わざるを得ない。巻末に据えられていたのが、巻の途中に位置を変えていること自体、示唆的である。こうした現象と反比例するかのように、用意周倒にクローズ・アップされてくるのが、源氏一族の悲劇であった。はじめに述べたが、中巻を為義の記事で始め、その子息達の処刑で終る形に改作していることが、また示唆的であったわけである。

(1)　為義の新たな造型

源氏悲劇の軸となっているのが、我が子の義朝によって殺害される為義であることは、論を俟たない。その初登場の場面を見てみれば、古態本より工夫がこらされているのは明らかである。まず、院方への参向を促す為に派遣された藤原教長と為義との問答が、古態本では一度であったものが二度に増加、為義の弁明中では、自分の名代として送り込もうとする為朝の武勇の披露に四割強を割いていたのが、わずか数行に減らされ、自らの参戦に逡巡する気持ちが名実ともに中心となっている。

為義へは天皇方からも声が掛けられていたよしの新たな一条が、「内裏よりもめされけれ共、いまだ何方《いづかた》へもまいらず、世間のやうをうかゞひ引《ひき》こもり」いたと、短いながら初めに挿入されており、それは義朝と行動を共にすることもできたことを示唆している点、見過ごし難い。為朝の武勇披露を数行で切り上げた代りには、教長が、為義の辞退をそのまま報告しようと言いつつ、「但《し》、子息義朝内裏へまいりたらんによるべからず。御辺、院へまいらん事、何のくるしく候べき。今度はみな親は親、子は子にてこそ候へ」と説得にかかり、たとえ子息を代理に送り込むとしても自ら同伴すべきであると説く言葉を入れる。「親は親、子は子」という、後日の悲劇を象徴するごとき一語を、ここで出しておきたかったのであろう。それに対し為義は、将軍就任の希望も聞き届けられず、伊予守・陸奥守の任官も拒否されてきた不満を口にし、その所望を達成させる為には「いづかたにつけても」奉公すべきではあるが、重代相伝の多くの鎧が四方に散るという不吉な夢まで見たので、「いづかたへもさしいでじ」と考えているのだと述べる。昇進への不満は、古態本が為義降参のくだりで語っていたのをここに移動させたものであり、「いづかたにつけても」や「いづかたへも」の言い回しは、内裏からも声が掛かっていたとする新設定に合わせたものであった。

再度、教長は説得を試み、昇進の望みは今度の合戦に忠節を尽くせばかなえられるであろうと言い、前引したように、「主上・上皇の国争い」の意義を強調して、「天下の乱をしづめ給はんずる人の身」で傍観が許されるはずはなく、「御辺ほどの大将軍の夢物語こそおめたる儀にて候へ。ひろうにつけて、はゞかりあり」と叱咤もする。古態本における教長の説得はただ一度、しかも、「夢ニハヒシト見タレ共、覚《め》テモワビシキ事ヤハアル」、「居ナガラ宣旨ノ御返事被レ申事、如何アルベキ」の二点を説くに過ぎない。それに従う為義の心境も「誠ニ恐《れ》アルベキ」と単純な記述。金刀比羅本は、「ちからなくしてりやうじやうし、このうへはのがれどころなしとて」と、致し方なく領掌し、領掌したからにはと決意を新たにする心理の推移を描く。院御所に現われた場面では、「御所中ざゝめきあひ、上下、力つきてぞみえし」と、為義の参陣がいかに期待されていたかを印象づける表現を加える。

登場の場面全体に言えることは、為義の決断に対する迷いが色濃くなっていることと、武門の重鎮としての格付けが明確になっていることであろう。前者については、どちらの陣営にも参加できた状況を設定、任官の目的の為には参戦すべきと考えながらも不吉な夢に躊躇する姿を描き、教長の二度にわたる「教訓」によって、「親は親、子は子」とやむなく別れる結果になった事情を起伏に富む応答で跡づける方法を通じて、形作られている。後者は、教長の二度目の説得の言葉や、為義を迎え入れた院御所の情景描写に明らかである。

策戦を問われ、為朝を推挙して自らは退く院御所でのふるまいにも、重厚な風格がそなわっている。古態本は、「先度、教長ニ申《し》ツル如ク申《し》テ、為朝冠者ニ可レ被二召問一之由、申《し》テ立《ち》ニケリ」と簡略であるが、金刀比羅本は、「ちやうけん《（長絹）》のひたゝれに黒糸威の鎧きて、白髪糟尾《かすお》にすぎ、ようぎ《（容儀）》・ことがら《（事柄）》おとなしやかにて、大将軍也とぞみえし」と描写し、彼がかしこまって、自分は「いまだ合戦に練せざるもの」ゆえ、「為朝冠者をめされておほせふくめらるべく候」と言上、「父、是ほど挙し申《す》あひだ、やうあるべし」ということで、為朝が召し出されたとする。両本の相違は、多言を要するまでもあるまい。

上巻中に納まっていた軍議の席における為義の勇言を、中巻の冒頭に移した場合にも大きな相違がある。左府頼長から意見を求められた結果、「御所ノ兵ヲ以テ、ナドカコラエズ候ベキ」云々と応じていたのに対し、「為義、既《に》老骨を振《るっ》て参候の上（は）、所存の旨を争《いかでか》一言申さで候べき」と、自ら進んで発言した形に変え、かつ、「仮令《けりやう》案じ候に、内裏に参《り》集《る》兵共、其《の》数候といふとも、思ふにさこそ候らめ」と、さも全体を把握しているかのごとき言葉の後に初めて、御所防衛への自信と、それが不可能な場合は東国へという、古態本の段階からあった言動へつなげていく。鼓舞激励する頼長の言葉を挟んで、「『さては善悪、為義まづ命を捨《て》てさう《（左右）》有《る》べきなり』とて罷立《りっ》。誠《に》たのもしく聞える」と賛嘆して結ぶが、古くは「誠ニ為義ガ申《し》状、左府ノ仰《せ》事、スキ無《く》ゾキコヘシ」と、半ば皮肉を含んでいるとも取れる表現であった。

敗北し、出家した後は、親子の情が集中的に描き込まれていく。比叡の山中で六人の子息に、義朝のもとへの出頭意志を伝えた時の心境吐露は、終始一貫、参戦したことも、自首を決意したことも、我が子を思うが故であるというもの。為朝が東国に下っての捲土重来を説くのに答えて、衰老の身に大きな希望は持てぬと言った後、「殿原を世にあらせむと思ひつる故にこそ、かく道狭《せば》き身ともなりぬれ」と語る。つまり、参戦の目的が老齢の我が身の為に非ず、息子達の将来の為であったと本心を告げるわけで、いくら何でも義朝は父一人を助けないことはあるまいという期待感の表明に続けては、「我だにも助りなば、殿原をもたすくる道もあらんずれば、只出《で》んと思ふはいかに」と、最後の決断も、お前達の助命の方途を探ってみる為にしたのだと言う。古態本でもこうした思いは記されているのではあるが、それは、義朝のもとへ出頭の意向が伝えられ、いよいよ父子の最後の別れになる場面においてのことであった。金刀比羅本の場合は、その場面でも再び、「わ殿原の事をも試みんずるぞよ」とか、「今度の合戦の大将軍を承りしも、……只子共の行末を思ひつる故也。又、只今頸をのべ恥を捨《て》、出《で》んとするも誰ゆへぞ。和殿原の為ぞとよ」と繰り返す。自己犠牲を惜しまぬ親心が、一連の言葉を通して伝えられているのである。

子供に対する愛情が濃厚となっている事情は、右の同じ場面で、九郎為仲について、まだ十五、六の少年ゆえ、弓の本末も武略の道も知るまいからと為朝に託し、「且《つ》は我が形見ともみよ、(8)且《つ》は子共とも思《ふ》べし」とする、古態本に全く見えない一条が加わっていることにも現われている。そもそも自首を選択したのは、一方で、我が子の義朝を信頼したからでもあったが、父を迎えた義朝は、自ら「出《で》あひ対面して、涙を流し悦《び》て、しつらふたる所へ入《れ》奉《り》、女房二三人付《け》奉《り》」と、古態本にはなかった具体的対応が記され、その流れを受けて、「後はしらず、入道殿、いかばかりか嬉しく思はれけん」と期待を裏切られなかった父親の喜びが、含みのある一句を添えて語られる。遂には子供の背信にあう父親を描くのであってみれば、それ以前に子への愛を濃密に語っておく必要があったということであろう。言わば、悲劇作出の常道に従っての加筆がなされていると言っていい。

　死罪決定の評議は、古態本が為義に限らず、敗者側人物一般を対象とした論議の形態となっているのに対し、金刀比羅本は、天皇の諮問からして、「抑《そもく》、六条判官為義、出家して義朝が許に来《た》れるよし聞召《し》す。罪科の事、如何あるべき」であったし、返答の口上もまず、「彼《の》為義と申《す》は、武勇の家の正統として、今度の合戦の大将軍、誠に其《の》罪遁《れ》がたしといへ共、齢《よはひ》六十にあまり、重病を得、出家入道して手を合《せ》まいりたらんをば、助《け》られたらんはしかるべし」と始められる。それに反対し、死刑を主張する信西の言中にも、「大将軍をなだめられなば」の語が挿入され、評議の内実は為義の罪科をめぐるものに変えられていた。焦点を為義に合わせて叙述は進められるのであり、その過程で「大将軍」が強調されていることも、前述した重厚な性格づけと気脈を通じ、見落してはならぬところであろう。なお、右の助命の主張は、頼長子息配流記事の後にあった世評の一つを、ここに移したものであった。

　我が子の口から助命嘆願がかなえられたと聞かされた時の喜びは、ことのほか大きく取りあげられている。涙を流しつつ、「あはれ、人間の宝には子に過《ぎ》たる物こそなかりけれ。子ならざらん者、たれかは身にかへて助《く》べき。生々《しやう》世々にも此恩、忘れまじきぞよ」と手を合わせて喜んだとある。ここは、古態本に鎌田正清が為義をだましたことになっていたのを、義朝自身が直接、父に対面し、涙をかくしながらだますストーリーに変えていた。悲劇作者は、しばしば明から暗への急転をもくろむ。この場面では、義朝の苦悩を描くと共に、為義の心理にそれを持ち込もうとしたものと判断されよう。

処刑直前に真実を知らされた為義は、「あはれ親の子を思ふやうに、子は親をおもはざりけるよ」と、冷酷な現実に打ちのめされつつなお、「但《し》、かくはあれ共、我《が》子のわろかれとはおもはぬ也」と語って義朝の逆罪救済を神仏に祈る。子の背信行為にもかかわらず、子への思いを捨て切れぬ親の情一般が、彼の口を介して語られているに等しい。それは為義像の核となる言葉として、初めに創作されたものを継承しているに過ぎないのであるが、金刀比羅本段階では、親の情の、より一層の表出を意図したのであろう、彼は後に斬られる四人の幼い子供達に特に言及する。「六条堀川の当腹の四人のをさなき者共、殊更不敏に覚《ゆ》る也。相構而《へて》、此等をば義朝に申助《しけ》て、善《く》は子ともおもへ、悪《し》くは切ても捨《て》よ。弓矢取《る》者は、親しきに過《ぎ》たる方人なし。彼等四人生立《そだち》たらば、能《き》郎等百人にはかへまじき也。能々《よくく》義朝に云《ふ》べし」である。もっとも後半は、明らかに非業の死を遂げる義朝の将来に符節を合わせている。ねらいはむしろ、こちらの方であったのかも知れない。

処刑場面では更に、古態本が頼長子息配流記事の後に記していた世人の評を、為義の言動の一部に取り入れ、「父を切《る》子、子に切《ら》るゝ父、切《る》も切らるゝも、宿執の拙《つたなき》事、恥《づ》べし〳〵、恨《む》むべし〳〵」と、因果を悟った心境として利用、「あはれ老《い》のはては、興ある事にも会《ひ》にける物かな」で始まる一種の達観した境地の独白に深みを添える。また、鎌田に命じられた郎等が切り損じたところでは、「など政清《(正)》は仕《つ》らぬぞ」の一言を発せさせる。最後まで取り乱すことなく、堂々と死んでいった武門の総帥こそ、描きたかった為義の姿であったのだろう。

如上、為義像は、金刀比羅本の段階に至って、様々な側面で彫りを深くしている。それは一言で言えば、不幸な末路に向かって用意周倒に、鋭意、彫琢が施こされた結果であったと言って差し支えあるまい。

(2)　義朝の新たな造型

不幸であったのは殺される側のみではなく、殺さざるを得ない側に立たされた者もまたそうであった。しかも義朝は、因果応報の例証を世に示すがごとく、三年後に腹心の部下によって暗殺される。金刀比羅本の義朝像は、そうした彼の後半生との連鎖を強く意識した上に成り立っている。

初登場の場は、為義の場合以上に趣向が凝らされ、構成が大胆に組み変えられる。古態本は、ⓐ義朝は内裏で紅の扇を開き、晴れの合戦に出会えた喜びを語る、ⓑ策略を信西に問われて夜討ちを進言、信西、賛同、ⓒ昇殿の聴許を要請、内裏の階段を昇る、の順であったが、まずⓐとⓒとを入れ換える。かつ、戦果をあげる以前の昇殿要請の理由として、「死《ぬる》は案の内の事、生《きる》は存の外のこと也」「骸《かばね》を戦場にさらさん事、只今也」「天運に任せんずるより外は頼《み》すくなき命也」などと、義朝は自分の命の不確かさを盛んに口にする。信西は躊躇したものの聴許の宣旨が下り、「兵具を帯《し》ながら、きざはしをなから計《り》のぼ」ったという。「なから計《り》」でとどめたところに、礼儀作法を相応にわきまえた姿がある。程遠くない自らの死を予感しているかのような物言いと慎重な物腰は、知的な武将像を形作っているが、それは、古態本の、「合戦ノ庭ニ罷《り》向《ひ》テ、命ヲ全《う》セン事ヲ不レ存レバ、死シテ後ハ何《な》ニカセン。只今ユルサレザラン昇殿ハ、ヰツヲ可レ期ゾ」と単刀直入に言うまま「押《し》テ階ヲノボリ」、信西をして「コハイカニ、狼藉也」と叱責せしめた野蛮な行動力に満ちた武将像から、全く変貌を遂げたものであった(9)。

夜討ち進言の後には、またしても自らの死を口にする場面を取り込む。本陣に帰った義朝は、八龍の鎧を着用、馬の鞍に手をかけたが、「いかゞ思ひけん。手に貫《ぬき》入《れ》たる鞭を抜《き》出《し》て、車宿に立《て》たる車のたてぶち(10)に是をとぢつけさ」

せた。不審がる部下に向かって、「下野守義朝は日来の昇殿ゆるされたるぞ。陣頭にかばねをさらさむこと只今也。されば誰かはかゝることあるとも披露すべき。若《もし》、子共の中にいきのこる者あらば、『我父は早、昇殿許されける。是みよかし』と思《ひ》、わすれがたみにこそ」と話したので、人々は鎧の袖をぬらしたというのである。そして、これに続けてⓐが置かれ、悲壮な決意から高揚した気分での出陣へと、雰囲気が盛りあげられていくことになる。

前掲の「死《ぬる》は案の内の事」云々の一句は、実は為朝に挑戦した山田小三郎是行の言葉、「死《ぬる》ハ勿論也、生《き》テ帰《る》コソ不思議ナレ」を転用したものであった。同様に、戦場に臨もうとする義朝が「抑《そもそも》、今日十一日、寅剋《の》也。東はさしあたりたる塞《り》の方也。其上《の》、朝日に向《つ》て弓ひかんこと便なかるべし。聊《いささか》、方をちかへべし」と方角を変えて進軍したとするのは、そっくり清盛のとった行動を横取りしたもの。また、敵のこもる白河北殿への放火を請う彼の申し状には、「官軍等、勅命を重《ん》じ命を軽《む》じて責戦事《めふ》、数剋に及《ぶ》といへども」とか、「義朝、頻《りに》戦士をいさむといへ共、一陣にすゝまず、……責《め》落しがたし」とか、古態本になかったくだりが添えられ、最後を「重《ね》て勅定をかうむるべき」と結ぶ。忠実な朝廷の臣下としての、配慮の行き届いた申し状が完成させられている。このように多様な方法を用いて、義朝の内面性の充実がはかられているのである。

構成の変更は、乱後の恩賞記事周辺にも見出せる。古態本では、ⓐ天皇方勝利は日吉山王の加護によるもの、ⓑ崇徳院の出家、ⓒ忠実、南都にて兵を集む、ⓓ清盛、義朝に朝廷よりねぎらいの言葉、ⓔ忠通の復権、ⓕ武士に恩賞、義朝は不服を申し立てて左馬頭となる、の順に記述するが、金刀比羅本はそれを、ⓓⓕⓐ・ⓒⓔ・ⓑと変える。まず武士関係の記事をまとめた上で、天皇方の勝利を神仏の加護によるものと総括し、次に摂関家の動勢を語り、続いてひそかに出家を遂げた上皇の有様をつづる。この後は、両本とも頼長の末路に筆を転ずるが、金刀比羅本が上記のごとく記事配列を変えたことにより、武家に比重を置いた構成となっている様が見て取れよう。つまり、武家関連事項を集約し戦いの決着を明記して、叙述に一つの区切りをつけたと認められる。そして⓪に①が連接した結果、義朝に対する当初の恩賞、右馬権助から同権頭への転任が、いかにも不当なものとして響く効果をもたらしている。⓪中の朝廷からの慰労では「恩禄、子孫に及《ぶ》べし」などと褒めあげられているのであるから、その直後に権助から権頭への決定と続けば、過小評価の観はぬぐえなくなり、義朝の不満が充分に納得のいくところとなるわけである。

処刑される父の為義を、だまして我が家から送り出す場面は、義朝を襲った不幸を語るのに欠かせぬ箇所であった。古態本の場合は、だまし役を鎌田とした為にその不幸は影を見せないが、金刀比羅本はあえてそれを義朝の役回りとし、彼の苦悩を深刻に描く。斬首の勅命には「再三辞し申」し、勲功の賞と父の命を交換したい旨「歎《き》申」すも容れられず、「宣旨、頻《り》になりしかば」、致し方なく鎌田に相談、その勧めに従って内々に討つこととする。話の導入部からして同情的な筆致であるが、更に鎌田の言葉を聞いては「ともかくも物もいはず、涙をはら〳〵と流し」たり、父との対面に際しては、「流るゝ涙を押拭《しい》、さらぬ体にもてなし」たりする姿が描写される。助命嘆願がかなったので東山の庵室へと誘う虚言に、「あはれ、人間の宝には子に過《ぎ》たる物こそなかりけれ」とぬか喜びする父を目前にすれば、「心中に、むざんの御事かな、只今切られ給はんずる事をもしり給はず、かうの給ふぞよ」と思い、再び「涙のすゝむをさらぬ体にもてな」す。自らの意志に反して悪事をなさねばならぬ人間の、心理的葛藤が中心となっていることは明らかであろう。殺される側も殺す側も、共にこの世の犠牲者と明瞭に意識していたのが、金刀比羅本段階の作者であった。

義朝は後に父の首を拝領し、「心の及」ぶ限り供養したというが、物語は「魂うけずや思ひけん」と記して、不穏な余韻を話末に残す。三年後に彼を襲う因果応報の非業の死を暗示しているのであろう。より明確な予言の形でそれを示唆するのが、為義に続いて切られた五人の子息達の中の頼仲の最後の言葉である。「あはれ義朝は、心狭《く》も我一人世にあらんとし給《ふ》ものかな。自然の事もあらん時は、後悔し給はむずる物を。一期のうちもおぼつかなし。子孫繁昌不実也」というものであった。新たに添加されたのはこれのみにあらず、為義が最期に臨んで生かしておくようにと義朝に遺言した「六条堀川の当腹の四人のをさなき者」のうち、亀若にも、舟岡山での処刑場面で、「たゞ今、後悔し給はむずる物を。能々《よく》はからひ給はで」と言わせている。再度にわたって、義朝はやがて後悔するであろうと述べられているわけで、それは、本作と姉妹篇的性格を有するに至る『平治物語』の金刀比羅本において、義朝が我が子の朝長をやむなく殺害する際、三年前のことを思い起こして涙にむせぶ後悔の、伏線的意味をもつ。

その時、彼の想起したのは、具体的には乙若の方の言葉であった。古態本の段階からしてすでに、「哀《れ》、下野守（義朝）ハ悪《し》クスル物哉。是ハ清盛ガ讒奏ニテコソ有《る》ラメ。親ヲ失ヒ、弟ヲ失ヒ終《て》テ、身一《つ》ニ成《り》テ、只今源氏ノ胤ノ失《せ》ナンズルコソ不便ナレ。二年三年ヲヨモ出《で》ジ」と見えるのではあるが、金刀比羅本では、処刑場面の前半にあったそれを、三人の弟達が殺された後、自分の死を目前にして、処刑人に向かい、「扨《さて》も義通よ、下野殿に申さんずる様はよな」と改めて切り出した形に作り変えている。要するに、兄に対する遺言という意図をはっきりさせているのであり、言葉の最後でも、「其《の》時、乙若は少《おさな》けれ共、能《よく》云《ひ》けりと思《ひ》合《は》せ給はんずるぞ。遠《く》は七年、近《く》は三年の中《うち》をば過《ぐ》し給はじと、慥《たしかに》申《す》べし」と、伝言を命ずる。言ってみれば、これからの義朝は、このように様々な形で死を予告された中を歩むことになる。のがれられない予定された運命の道を、知らず知らず、しかも前向きに自己の意志として歩む。それは運命悲劇[11]の主人公と言うにふさわしい。

そもそも皮肉な運命の始まりは、この乱で親子が別々の陣営に参じざるを得なくなった時点にあったと、金刀比羅本段階の物語作者達は考えていたのであろう、それ故、為義の参戦への逡巡を、あれほど濃密に語る必要があった。義朝には、悲劇を生きぬく克己的精神が求められた。だからこそ、初登場の場面からして悲壮である。彼の性格は、そのまま『平治物語』の金刀比羅本中のありように通ずる。(12)『保元』『平治』両物語によって、義朝の生涯は語られているに等しいのであり、二つの作品の同一作者説がかつてまかり通ってきたのは、決して故なしとしない。源氏悲劇の深化は、乙若らの処刑場面や、為義北の方の入水場面でも、当然、意図され成果をあげているのではあるが、その中核となったのは、上述してきたごとき、為義と義朝との新たな人物造型だったのである。

三　為朝像の後退

為朝の名が初めて紙面に登場するのは、為義の推挙の口上においてである。自分の代りに彼を院御所へ参仕させようとした口上であったが、古態本では、為朝の武勇のほどを語る部分が全体の四割強を占めていた。九州で成長し弓箭に巧みで、今年十七、八歳、「タケウヰサメル者ニテ」兄の義朝にも劣るまいとの評判、弓手は四寸長く、長大な弓矢を使い、豊後国を本居地として十三歳の十月から十五歳の三月まで大事の合戦二十余度、足かけ三年で九国《くこく》を席巻し、「我ト鎮西ノ惣追補使」を名のり、その挙句、自分は解官させられたのだという。言葉をつくしての説明であったわけであるが、金刀比羅本ではそれが、「はるかの末子為朝冠者こそ、鎮西にてそだちたるものにて候が、弓矢をとりてもおそらくは父祖にもこえ、うちものとつてもたつしやに候。合戦のみちも能《よく》々心得たる奴にて候」とあるに過ぎない。

院御所における軍議の場に読み進むと、彼に関する記事がみごとに整理されていることに気づく。まず古態本の方を紹介しておけば、ⓐ大炊御門の西門を為朝一人で守ることについて、自分の手柄か他人の手柄かをはっきりさせる為に自ら望んだのだとし、にもかかわらず手勢が二十八騎と少ないのは、長く勘当の身であったことを配慮して多く九国に残して来た為と説明した上、彼らの名前を列挙する。ⓑ院方の人々の武装姿を記した後、改めて、「只一人」で「大事ノ門」を守る所以を語る。「武勇ノ道、天下ニユルサル者」で、「兄弟ニモ所ヲモヲカズ、ヲソロシキ者」、親から追放された先の九州を席巻し、惣追捕使となって為義が解官の憂き目に会ったこと等の前歴が、再び紹介される。ⓒ身の丈七尺、弓手が四寸長く、持つ弓矢は長大として、特異な矢の作り様から始めて、「手鉾ヲ打《ち》チガエタル如」き大雁股の矢尻等々、具体的に武具を詳述。ⓓ父の退出した後に堂々と登場、夜討ちを進言する。

さて、金刀比羅本の場合は、ⓓから始めるが、父に代って召されたとある直後にⓒを移入し、尋常ではない体軀と特異な武具を詳述してから夜討ち進言の話へと進む。次に、頼長による夜討ち策排除の結果を受けて、ⓑの九州での前歴を紹介、引き続きⓐにあった九国からつき従ってきた連中のことを持ち出す。古態本では、門を一人で守る意味がⓐⓑで重複して強調されていたり、勘当の身であったことも繰り返される。前歴紹介は、先の為義の言中のものと重なった。更に、ⓒの特異な弓矢の形状の描写は、後出の大庭景能を射る場面でもなされ、「手鉾ヲ二打《つ》違《ち》ヘタル様ナル物」と、前引したところと類似する表現まで見られる。金刀比羅本は、これらの重複叙述をすべて整理解消し、この場面の二箇所に集約してしまっている。古態本が言わば先走りして、彼の武勇歴やら一人で門を守る所以やら、その並外れた体軀と武具すらも語った後に、衆目の中へ彼を登場させるのに対し、金刀比羅本は彼を登場させてから、過去のことにも遡る。調整された形態へ押し進められていることは確かであろう(13)。

結果的に失ったものは、為朝像に潜在していたエネルギーであったように思われる。先走りして語り、重複をいとわず語るのは、それだけ表現意欲が強かった証拠であろう。ある種の伝承に支えられているとはいえ、壮快な英雄像は、作者の強い表現意欲なくしては生まれてこなかったはずである。それが高じて、本来は、源氏一族に訪れる悲劇の予感を口にすることが構想上の主眼であったろう為義の言動中に、彼の前歴紹介が過大な比重を占めるに至っていた。そうした不自然さを、私はかつて志向の〝割れ〟として捉えたのでもあった(14)。表面上、それらの現象が塗装されたことにより、物語の枠をも踏み破ろうとするかのような為朝像の勢いは、半ば減殺されているやに感得されるのである。

為朝像の持っていた明るさは、合戦場面にふんだんに盛り込まれた笑いと無縁とは思われない。為朝への挑戦を義朝から命じられた武蔵・相模の若党は、「スワ〳〵我等ヲスカシ合《は》セ、殺サントシ給《ふ》ハ」とささやき、築地ぎわに立った片切景重は、「軍《いくさ》モセデ休」むと味方に見せかけ、敵方の楯を奪い取って投げ渡す。旅中の宿取りで鎌田に負けたことのある波多野義通は、為朝の力に怖じ気づき戦場に出ぬ鎌田を、この時とばかり揶揄して仲間と笑う。得意芸を渾名とする「三町ツブテノ紀平次大夫」は、利き腕の「妻手ノ肩ヲ切《ら》レテ、一ツブテモ打タデ逃」げ、「大矢《の》新三郎」は、逆に「弓手ノウデヲ切《ら》レテ、一矢モ射ズシテ」退く。風で門の扉が開いたのを敵襲と勘違いした仲間を、「臆病ノ殿原哉」と笑った男が、為朝の弓勢を目にするや馬腹を射られたと偽って「蚑《はふ》ゝ」引き返す。これら、作者が楽しみつつ書き込んだと思われる記事は、金刀比羅本では全て消える(15)。それは、破天荒な英雄像に抑制が加えられたのと軌を一にする流れのように推察される。

為朝の捕縛・配流記事の増幅と引き替えに、鬼ヶ島渡島譚等の後日談は削除されていた。近江国に潜伏した彼は、義朝を射殺さずして親の敵としたことを後悔し、九国へ帰って捲土重来、兄を討って親の供養に手向け、院の御世となし、自ら日本国の惣追捕使になろうと考える。親孝行の側面は、自首しようとする為義を、「世間のならひ、かならず一准ならず。高き所を行《く》時もあり、ひきゝ《(低)》所をゆく時もあるべし」などと言ってじゅんじゅんと説きさとす条の増補によっても強まっているが、そのことは同時に野放図さの影が薄まったことを意味しよう。湯屋で捕まる時の大暴れは、三人を絞め殺し、二人の頭を打ち合わせて押しつぶし、一人の首をねじ切り、果は柱を引き抜いて振り回す、と活写される。罪科の決定にわざわざ公卿僉議が催され、配流の際には兵士によって護送されるのを「誠《に》面目にあらずや」と豪語、輿の中で「ゑいや」と言って腰を落しすえると輿は動かなくなり、また「ゑいや」と言って身を振ると二十余人の輿かき連中が投げ飛ばされたという。こうした新趣向は確かに面白みを加えてはいるが、鬼の住む島まで支配し、官軍をただ一人で迎え撃ち、一矢で舟を沈めたなどと語られていたのに比べれば、やはり全体のイメージが縮小された感は否めない。

為朝像の後退は、物語の全体的結構が整えられたあかしであると解釈できよう。作品の大枠を御国争いの物語として固定化し、その中に源氏一族の悲劇を丹念に折り込んでいく手法を採った結果、肥大化していた為朝像は刈り込まざるを得なかったと言える。必然的に作品の色調は、相対的に明るさよりやや暗さを増し、心情の叙述がこまやかとなった。『保元物語』は、金刀比羅本の段階において、骨肉相克の戦いがもたらした悲劇の方に重点を移し、陰影に富む物語としての一つの達成を示していると考えられるのである。

注

（1）『日本古典文学大系・保元物語 平治物語』（岩波書店・一九六一年刊）の永積安明解説。そこでは十二本の伝本が掲出されているが、その後、著書『中世文学の成立』（同・一九六三年刊）で九州大学国文学研究室蔵本三巻三冊を追加、私の管見に及んだものとしては外に、尊経閣文庫蔵本（伝積善院尊雅筆）三巻三冊、東京国立博物館蔵本三巻三冊、中京大学図書館蔵本二巻二冊、早稲田大学図書館蔵本三巻三冊、國學院大學図書館蔵本上巻一冊があり、計十八本となる。

（2）二巻形態の陽明文庫蔵宝徳本などは別。

（3）注1大系本の補注六。

（4）注1大系本の解説。

（5）須藤敬「『保元物語』半井本から金刀比羅本へ――後白河帝を機軸として――」（「藝文研究52」一九八八年一月）。
（6）従来、怨霊化した崇徳院重視の論が多いが、物語全体の結構に占める位置や比重を考える時、再考を要するように思う。
（7）『新日本古典文学大系・保元物語 平治物語 承久記』（岩波書店・一九九二年刊）では、主語を左府と考え「トヤ思《は》ジ」とするが、私は主語を忠実自身と考えた。
（8）金刀比羅本の表記は「みえ」とあるも、宝徳本等の同類本の表記に従う。
（9）詳しくは拙稿「『平治物語』の達成・その一――『保元物語』の展開と『平治物語』」（「岩手大学教育学部研究年報34」一九七四年一二月）。拙著『平治物語の成立と展開』（汲古書院・一九九七年刊）所収。
（10）物見窓の縦のふちであろう。金刀比羅本の表記は「竪鞭」とあるが意が通じず、鎌倉本・京図本・東博本（金刀比羅本系）・杉原本の表記に従った。
（11）主人公の性格が悲劇を引き起こすところの性格悲劇に対して。
（12）拙稿「金刀比羅本『平治物語』の構造」（「国文学研究59」一九七六年六月）。注9拙著所収。
（13）安藤淑江「金刀比羅本保元物語における年代記的記述――編年体的なものに対する指向について――」（「軍記と語り物25」一九八九年三月）は、日付の整理に関し検証している。
（14）拙稿「保元物語の方法」（「国文学 解釈と鑑賞別冊・講座日本文学 平家物語上」一九七八年三月）。注9拙著所収。この箇所の解析は栃木孝惟「半井本『保元物語』に関する試論――為義像を中心として――」（東京大学中世文学研究会編『中世文学の研究――現代文学との関連を中心に――』明治書院・一九六八年刊）に詳しく、氏は「モチーフの交錯と衝突」として捉えられる。同氏著『軍記物語形成史序説』（岩波書店・二〇〇二年刊）所収。
（15）栃木孝惟「半井本保元物語に関する試論㈠㈡――笑話の考察を通じての接近――」（「日本文学」一九六二年一一月、一九六三年一一月）。同右。

＊物語本文は、新旧の日本古典文学大系本による。

（『軍記文学研究叢書3・保元物語の形成』汲古書院・一九九七年七月刊）

〈以下四稿、『平治物語の成立と展開』続稿〉

九　『平治物語』諸テクストの作者像

本稿で言う作者像とは、あくまでも作品の読みを通してイメージされるそれを意味する。従って、具体的人物を追尋するものではないことを、前もって断わっておかなければならない。とはいえ、過去における作者追求の試みを、まず紹介しておく必要があろう。

作者伝承の中で最も古いのは、隆源（一三四二～一四二六）著とされる『醍醐雑抄』の記す、葉室《はむろ》家支流の藤原時長（中山顕時孫、盛隆子）である。『平家物語』の作者として紹介する中で触れられているもので、『保元物語』や『将門記』までも同人作としており、信憑性は乏しい。ただ、葉室家周辺の人物である点、『平家物語』の複数の作者伝承がそうであるのと関わって、注目されるところであった。次に元文二年（一七三七）刊『新続古事談』に言う、多武峯の公喩（源喩とも）僧正説があるが、何に拠るのか、判然としない。

近代に入り、本格的な作者探求に手を染めたのは、高橋貞一であった(1)（一九五七年）。知識教養のレベルから、葉室長方を原作者に擬したのであったが、今では後出本と位置づけられている金刀比羅本をもとに、かつ、『保元物語』との同一作者説を前提として立論した為に、自ずから限界があった。今日、『保元』『平治』の原作者を同一視する論者は、まずいまい。続いて角川源義が、作中で賞讃されている藤原信西の子孫を取りあげたが、論の立脚点が高橋説と等しく、これも限界があった(2)（一九六四年）。新たに古態本と認定された陽明文庫本・学習院（九条家旧蔵）本系の本文を踏まえ、新説を提示されたのが安部元雄である(3)（一九六六年）。信西の妻の紀二位と子息の成範《しげのり》に関して特に筆が割かれている現象から、成範の弟の高野山の住僧勝賢を中心とする紀二位腹系の信西子息達を原作者群として捉えた。が、作品全体に仏教色が希薄であることを考えれば、安部説にも問題が残る。また、信西と親交のあった清原頼業を、作品の母体となった仮想「平治記」の作者と見る山本清の発言もあるが(4)（一九八一年）、作中にそれを示唆する徴証は見出し難いようである。

私は、藤原伊通《これみち》の特異な形象のされ方や、葉室家の人々を取り立てる描き方、更には反乱に対する否定的筆致を通して認められる王朝体制帰属意識の強さ等から、作者圏を伊通子孫の貴族社会に想定してみた(5)（一九八七年）。伊通家は葉室家と長く縁戚関係にあり、信西の子の成範との結びつきもある。物語の成立時点は、表現分析により、ほぼ一二三〇年前後以降、一二三〇年代が最も濃厚と私は見ているが(6)、当時は平氏の血筋をひく天皇が位にあり（後堀河・四条）、反乱軍を追討した平氏に肩入れしているような表現を含む物語の実態も、時代との関連で納得がいく。伊通家の当主は曾孫の大納言経通で、葉室家が承久の乱後の新体制下で不遇をかこつことになるのとは異なり、それなりの社会的立場を保持していたらしい。他の諸要素をも勘案すると、彼の周辺が作者圏である蓋然性は、存外に高いように思われるのである。

なお、古態本の本文を多く取り込んでいる流布本の作者について、早く釜田喜三郎が、伊通への関心が深い『平治』と、そうではない『保元』とでは、作者が異なると提唱していたことも(7)（一九五二年）、忘れてはなるまい。

一　原作者（起筆作者）像

現存古態本には、増補部分が含まれていることを疑えないものと思う。三巻構成のうちの下巻の後半ほぼ六割がそうと考えられ、中巻からある常葉の話なども、物語が一旦成立した後に持ち込まれた可能性を否定できない。原作は、上下二巻構成であったろうと推測されるところであった(8)。そこで、そうした増補部分の作者については、次項で改めて考えることとし、ここでは起筆作者とも呼びうる原作者の性格に関し、一考を加えてみたい。

前述したように、私は作者圏をおおよそ一二三〇年代の貴族社会の一部に想定しているのであるが、それは例えば、治政における文武二道の不可欠性から説き起こし、なかんずく末代では武の力が必要と主張しつつ、王者が兵士に恩情を示して忠誠をかちえた実例を紹介する序文のあり方とも矛盾しない。つまり、国王による国家統治が念頭にある書き出しなのであり、天皇を国の中枢と仰ぐ意識が根底にあると見てよかろう。であるが故に、反乱の主謀者藤原信頼を徹底的におとしめると共に、それに与した人々を否定的に、反乱を崩壊に導いた人々を肯定的に描くという、敬語使用の有無にも現れている分かりやすい構図が出来上がっていた。伊通は第三者的立場から常に反乱に批判的言辞を弄しており、清盛が後出本の姿とは全く異質で、朝廷に忠誠をつくす様が描き込まれていることなど、特記すべき事柄であった(9)。

平治の乱そのものが国家への反乱とその鎮圧という形態をとっていたから、右のような構図が容易にできたのは確かであろう。しかし、『保元物語』で、源為朝を強大に描こうとした余り、天皇の乗る輿にまで矢を射かけ、皇位を我が意のままに取り仕切ろうとしたとものがたられている事実等に照らし合わせれば、『平治』がいかに朝廷の権威を重視する立場から構想されたかが、自ずから浮かび上がってくることになる。[10] また、一二三〇年代に同様に成立したと目される慈光寺本『承久記』には、力強い現実主義が横溢しており、朝廷の権威も武家との関係で、完全に相対化されて意識されている。[11] そうした他作品との比較を通しても、『平治物語』の独自性が理解できるのではあるが、何よりも前述した作品の骨格や、繰り返される作中人物の朝廷第一主義的言動が、乱の性格に加味して、作者の価値観の強く投影していることを思わせるのであり、そこに王朝体制への帰属意識を私は見たのであった。

『平治』作者が貴族社会に詳しいことは、意外なところに現れている。信西が少納言の地位を願い出た時、後白河上皇は、「此《の》官を摂禄の臣もなりなどして、くだされざる官なり。いかゞあるべからん」と躊躇したが、懇請されて許したとあるくだり。少納言が「摂禄の臣」つまり摂政関白にも将来なろうという人が就く官とは、ふつう考えないのではあるまいか。当時の状況を探れば、摂関に至った人で少納言を経た人物はおらず、侍従として初任官し、次いで少将になるというコースを常道としている。おそらく固定化していたのであろう。ところが、時代を遡ってみると、後の摂政藤原道長が、寛和二年（九八六）八月十五日から同年十一月十八日まで少納言の地位にあり、父の摂政兼家も天暦十年（九五六）九月十一日に同職に就いたことが判明する（『公卿補任』）。二人は摂関家の大もと、殊に道長が経た官ともなれば、後世、名誉ある職として語り継がれていた可能性は大であろう。『平治』作者が、その事実を知っていたからこそ、先のごとき表現は生まれたに違いないと推察されるのである。[12]

同様な例は、葉室家の藤原光頼が、緒戦で勝利を収めた信頼に、大胆にも会議の席で大恥をかかせた場面、その物怖じせぬ振る舞いに感嘆した武士達が、「あはれ、此《の》人を大将として合戦をせばや。何計《いかばかり》たのもしからん。むかしの頼光をうちかへして光頼となのり給へば、かやうにおはするか」と言い、また、「などさらば、頼光のおとゝに頼信をうちかへし、信頼となのり給《ふ》信頼卿は、あれほどおくびやうなるぞ」と言いあって、「しのび笑い」をしたという場面にも、うかがえそうである。即ち、光頼の曾祖母は源頼光の孫に当っており、信頼の母は光頼の姉で、彼にも源氏の血が流れ込んでいた。この血筋を知っていたが故に、右の笑話を案出できたのではなかろうかと思われるわけである。武家の世となり、武家の血筋がどう伝わっていたかが話題となっていたであろう時代状況が思い合わされる。しかも興味深いことに、信頼を揶揄した男を、古態本系本文に属する二本（国文学研究資料館本・尊経閣文庫本）が「資長の弁の雑色」とするが、その「資長の弁」は、当時、右大弁だった後の権中納言藤原資長と考えられ、実は彼の孫娘と光頼の孫宗行（猶子。承久の乱で処刑。実父行隆）とが結婚していた。こうした関係も、作者の脳中にはあったのではなかろうか。左に関係図を示しておこう（『公卿補任』『尊卑文脈』による）。

もちろん作者は、貴族社会に詳しいだけではなく、武家社会にも精通した者であったに相違ない。敗北した源義朝に関する逸話の類を入手できたらしいことが、そのことをものがたっていたが[13]、合戦描写においては表現に一つの性向が見え、以て武士に対する関心の高さが分かる。それは、鎧の色を巧みに描きあげ、視覚に訴える手法を取っていることである。代表的なのは、著名な待賢門合戦の悪源太義平と平重盛との騎馬戦で、五百騎の重盛軍にわずか十七騎で挑む義平が、ねらうのは重盛のみと下知し、「櫨《はじ》の匂ひの鎧きて、鴾《つき》毛なる馬にのりたるは、平氏嫡〳〵、こんにちの大将左衛門佐重盛ぞ」と叫んで急追する一連の場面である。門外に一旦退却し休息する重盛を描写しては、

「赤地の錦の直垂に、櫨の匂ひの介《よろひ》に、蝶の裾金物《すそかなもの》をぞうちたりける。鴾毛なる馬のはなはだたくましきが八寸《やき》あまりなるに、金覆輪の鞍を《（お）》きてぞのりたりける」と記し、再び門内に突入した彼を迎え討つ義平には、「櫨の匂ひの介に、鴾毛なる馬は重盛ぞ」、「櫨の匂ひの鎧に組め。鴾毛なる馬にを《（お）》しならべよ」と、再三、同じ言葉を言わせる。「櫨の匂ひ」とは、黄赤色で袖や草摺の末端が次第に薄く黄色くなっているもの。「鴾毛」は赤みを帯びた白馬に、黒や褐色のさし毛のあるもの。その四度くり返される表現が、印象的効果をみごとに高めている。

六波羅へ引く平氏勢を追って、後藤実基と平山季重とが各々敵一騎ずつを倒した場面でも、色が効果的に使われる。二人の目に入ったのは「赤じるし」をつけた平氏の武者二騎、一騎は「緋縅の介きて栗毛なる馬」に乗り、もう一騎は、「黒糸縅の介きて鴾毛なる馬」に乗る。まず、追いつめられた「緋縅介」の男が馬を取って返し、後藤に挑むが地面に組み伏せられてしまう。それを見て平山は、「黒糸介」に目をかけて急追、相手の馬を射倒して辻堂の中へ追い込む。一対一の対決を制し、首を持って待つところに、後藤も「緋縅の主」と覚しき首を持って現われる。二人は両人の首を在地の者に預けて、更に六波羅へと向かった、というもので、平氏の武者の名は全く記されず、鎧の色によってのみ表現されている。しかも、緋色と黒、馬の色まで「栗色」と「鴾毛」というふうに、実に対照的な組合わせで描いているのである。

『愚管抄』に「ヒタ黒ニサウゾキ《（装束）》テ」とあった平清盛の装束描写も、詳細にして鮮明である。「飾磨《しかま》の褐《かち》の直垂に、黒糸綴《おどし》の鎧、塗り篦《の》に黒保呂《ほろ》はぎたる矢」、「黒漆の太刀に、熊の皮のつらぬき」、「黒《き》馬」に「黒鞍」と記した後、「下より上までおとなしやかに、真《ま》黒にこそ装束《しやうぞい》たれ。冑《かぶと》ばかりは、銀《しろかね》をもッて大鍬形《くわがた》をうちたりければ、白く耀《かゝやい》て人にかはり、あはれ大将やと見えし」と結ぶ。最後に黒と白の対比を浮かび上がらせるあたり、誠に鮮やかと言わざるをえまい。この印象的な描写の後に、彼の戦闘参加がものがたられることになる。

都落ちする義朝を守る為、平氏勢を迎え討つべく取って返す平賀義信の姿も、集団の中から抜け出して来る様を絵画的に捉えるところから描き始める。即ち、「義朝の勢の中より、紺地の錦の直垂に、萌黄匂の鎧、うす紅の縨《ほろ》かけて、白葦毛なる馬に乗たる武者、たゞ一騎、とッて返して称《なの》けるは」とある。直垂・鎧・縨・馬、それぞれの色の紹介と共に一人物を紙面に登場させ、具体的な行動はその後に語るという、清盛の例に通ずる、意識的な叙述法が採られていると見られよう。

義朝の叔父義隆を討った比叡山の僧兵も、先の平氏の二武者と等しく名前は記されず、「黒皮威《おどし》の大腹巻の、同毛《じ》の袖付《け》たる」と、装束描写によってのみ人物が描き出される。物語を遡って、天皇を宮中から救出する場面、御車に供奉した平氏の武士について、「伊藤武者景綱は、黒糸縅の腹巻の上に雑色の装束し」とか、「館太郎貞保は、黒革縅の腹巻に、打《うち》刀、腰にさして、その上に牛飼の装束して」と、鎧の色に言及していた。また、出陣を前にした謀叛軍を紹介する場面では、信頼は、「赤地の錦の直垂に、紫裾濃《すそご》の鎧に、鍬形うちたる白星の甲の緒をしめ、金《こがね》作りの太刀をはき」、「黒き馬」に「金覆輪の鞍」を置いていたと語り、越後中将成親は、「紺地の錦の直垂に、萌黄匂の介に、鴛鴦《をし》の丸を裾金物《すそかなもの》にうち」、「白葦毛なる馬に、白覆輪の鞍」、義朝は、「赤地の錦の直垂に、黒糸縅の介に、鍬形打ッたる五枚甲」、「黒馬に黒鞍」と、三者三様、色彩を極立たせる叙述がなされていた。特に馬と鞍の色の組合わせに注意していただきたい。思うに、『平治』作者は、かなり色にこだわる人物であったのだろう。

『保元物語』の場合と比較すると、その差は歴然としている感がある。古態本の半井本をひもといてみれば、合戦前の記事では、左大臣藤原頼長の「白綾ノ狩衣ニ糸火威ノ鎧」姿と、義朝の「赤地ノ錦ノ直垂」を着用した小具足姿が簡略に記されているのみで、『平治』の丹念な叙述の比ではない。合戦場面では、為朝に鎧の胸板を射通される伊藤六の、「萌黄匂ノ腹巻ニ」「染《そめ》羽ノ矢負《ひ》」「鹿毛ナル馬ニ貝鞍置《き》テ乗」った姿、為朝に挑戦する山田是行の、「黒糸威ノ冑《よろひ》」に「鍬形ノ甲」、「クロホロノ矢」を負い、「鹿毛ナル馬ニ、黒鞍置《き》テ」乗った姿、そして為朝自身の、「白地ノ錦ノ直垂ニ、唐綾威ノ冑」、「長服輪《ながふく》ノ太刀ハキ」、「白葦毛ノ馬」に「金服輪ノ鞍置《き》テ」乗った姿が見出される。為朝の「辰頭《たつがしら》ノ甲」が朝日に「キラメ」いていたとするあたり、視覚的効果がねらわれてはいるものの、『平治物語』における平氏の二武者・清盛・平賀義信の例に見られたような、当該人物の装束描写から入ってその行動を追うという、色彩に重点を置いた手法は採られていない。あとは、乙若ら四人の幼子を切る波多野義通の落涙する様を比喩的に、「赤革威ノ鎧ノ袖ハ、洗《あらひ》革ニヤ成ヌラン」と語るところに、鎧の色への言及が認められる程度である。

『平治物語』でも後出の金刀比羅本や流布本に至ると、色へのこだわりは、明らかに後退する。平氏の二人の武者は、具体的に個人の姓名が記入される代りに装束描写が消え、平賀や、義隆を討った山法師の場合も消えてしまう。宮中から脱出する天皇の御車に供奉した平氏の武士に関しては、金刀比羅本で消え、その部分、古態本本文を採用した流布本では復活する。新たに、清盛らが熊野路で反乱勃発の報を受けて都へ取って返す場面、ひそかに武具を用意していた平家貞を特記する文中に、「重目結《しげめゆい》の直垂に、洗革の鎧着て」と書き加え、出陣を前にした謀叛側軍勢の紹介文にも、義朝子息の義平・朝長・頼朝のいでたちを増補してはいるが、義平と重盛との騎馬戦における色彩表現の繰り返しは、半分の二度に減らされている。色に対する特別な意識の働きは、どうやら、『平治』原作者固有のものであったらしいのである。

こうした実態は、合戦を表現することへの関心と意欲をものがたるもの以外の何物でもあるまい。そしてその意欲は、みごとな成果をかちえていると言えよう。貴族社会に関する知識があり、王朝中心的発想の持ち主ながら、合戦場面を生き生きと創出する能力にたけ、また、貴族にあやつられ敗れ去った武士、即ち義朝にも素直な同情心を抱き、(14)諧謔に富む笑いに共鳴する、(15)そんなところに私は原作者の像を結びたく思っている。なお、合戦の絵画化は、この作品が書かれるほぼ半世紀前の承安四年（一一七四）に「後三年絵」の絵巻が作られ（『吉記』同年三月十七日条）、元久元年（一二〇四）には「将門合戦絵」の、承元四年（一二一〇）には「奥州十二年合戦絵」の制作記録（『吾妻鏡』各々同年十一月二十六日、二月十五日条）、建暦二年（一二一二）には「将軍三郎合戦絵」の鑑賞記録が残っており（『醍醐寺新要録』同年二月十五日条）、当時、技術的にも相当な段階に達していたものと推される。物語の作者が視覚に訴える手法に意を用いている背景として、合戦絵巻の享受が考慮されなければならないであろう。

二　増補作者像

現存古態本のどの部分から、あるいはどの部分が、増補作者の手になるものなのかは、必ずしも明確ではない。常葉の話は独立した語り物であったと考えられるが、[16] それを作中に取り込んだのは、果して原作者だったのか、増補作者だったのか、常葉に義朝の死の一部始終を知らせる形で語られる金王丸の長大な報告談はどうなのか、といったところが微妙なのである。しかし、源氏関係の記事をふやすという、増補の方向性だけは確かであった。

増補の時期は、一まず、『十訓抄』の成立した建長四年（一二五二）十月以降という目安が成り立つ。同書には、難波三郎経房の雷死事件の記述が含まれるが、『平治物語』の改変増補部分と判断される、[17] 悪源太が死後に怨霊となって切手であった彼を雷死させたという話が、全く影を落していないからである。更に、鎌倉最末期の一三〇〇年代前半成立と目される烏丸光広奥書[18]『平治物語絵巻』にも、同話は描かれておらず、常葉の六波羅出頭と頼朝の流罪とを語って閉じているところを見ると、追補されたのはそれ以降かと考えられる。また、右の絵巻にすでに摂取されているところを見れば、常葉譚は、原作者の手による補入という可能性が残ることになろう。あるいは、改変増補は、一次、二次というふうに数次にわたってなされたものかも知れない。その最後が一三〇〇年代に入ってからとすれば、当然、原作者とは異なる書き手を、ここに想定せざるを得なくなるわけである。村上学氏から口頭で御教示を得たことであるが、悪源太が切られる時に言う言葉に、「馬鹿」という南北朝時代から使われ始めたとされる一語がある。これも、増補の時期を示唆するものとなろう。

悪源太が処刑される際の、死後に雷となることを予言する言中には、武家に教訓を垂れる一節がある。保元の乱の時に為朝が夜討を進言して却下され、今度は自分が熊野路にある平氏追撃を進言したのに退けられた、「去《さんぬる》保元にも今度も、勇士のはかりことを捨《て》られて、京家の者共・筆とりが儀にしたがはんに、いかでかよかるべき。……これらの道理、汝等が心にあり」というものである。公家貴族や文筆を宗とする役人に合戦のことなど分かるはずはなく、これからは彼らの指図に従うな、武家の実力を自覚せよと言っているに等しい。明瞭な武家優位の主張は、王朝体制の側に比重をおく原作者とは、やはり一線を画していよう。武家時代の進行に伴う時代思潮の変化が、しかるべくして顔を出しているように思われるのである。

頼朝の将来を夢合せする纐纈源五盛康の話にしても、継ぎ足しの痕跡を明らかに残していた(19)。この話で気になるのは、牛若奥州下り以降の後日譚部に含まれている、盛康が頼朝から充分な恩返しの恩賞をもらえなかった事情を語る箇所での、彼の描かれ方である。頼朝は、全国平定後、「朝夕心にかけて大事に思うもの、二人」の内の一人、自分の命を助けてくれた池禅尼の息、平頼盛には恩返しをしたが、もう一人の、出家を思いとどまらせてくれた盛康に恩返しをしていないのが気がかりだと語り、その言葉に斎院次官親能が、「盛康は双六の上手にて、常に院御所へ召《さ》る、者」と答えると、では個人的に鎌倉へ召し下すわけにはいかぬということで、沙汰やみとなる。そこで、親能が頼朝の内意を伝えてやったものの、彼は「昼夜、双六にうち入《れ》て下向」しなかったという。自分の趣味に浸って満足し、周囲への配慮を欠いている風である。

頼朝は、上洛した際に召し寄せ、「馬・物具・絹・小袖、数をつくしてたび」たけれども、「鎌倉へ参らざりける故に」、彼に領地の「御恩」はなかったと記される。やがて院が崩御したので鎌倉に参上すると、「とく参りたらば、国をも庄をも、申《(し)》沙汰してたぶべきに、今までまいらねば、力を《(お)》よばず」というお言葉、それでも美濃国の多芸《たき》の庄の半分と、上の中村を頂戴する。建久九年（一一九八）十二月に再び参向したところ、明年の正月十五日すぎに来れば、多芸の庄の全部を与えようと言われたが、不運にも、当日の十五日に頼朝は死去してしまう。かつて盛康が見た夢は、石清水八幡の神が頼朝に、日本の国の数と同じ六十六本の熨斗鮑《のしあわび》を与え、その食べ残しの細い所を自らも頂戴して懐に入れたというものであった。彼がそのことを持ち出し、「故大将殿の、世をとらせ給ふべき夢想をば、盛康が見て候し」と語ると、例の親能が、「其《の》鮑の尾を給ッて、食《ふ》とだに見たらましかば、大御恩をかうむるべきに、懐中すと見ける間、御恩はなかりけるぞ」と応じたので、「はづかしさに音もさぜりけり」であったと、彼の赤面したであろう表情を想像させて、話は結ばれる。

右のごとく叙述をたどってみれば、盛康がわずかな恩賞しかもらえなかったのは、鎌倉に対する不誠実さ故で自業自得、といった評価が自ずと見えてこよう。物語内では、一方、四人の頼朝に温情を示した丹波藤三なる男が鎌倉に推参して多大な恩恵に預り、落伍の身の頼朝を救った近江国浅井《あざい》北郡の老夫婦も、上洛途次の頼朝を訪ねて恩恵をこうむったと記される。彼らとの比較の中で、盛康の無神経さが浮かび上がる構造となっており、内々に便宜をはかってやった親能に、皮肉な一言をあびせられて、彼が返す言葉もなかったのは当然という文脈の流れが、形成されている。そしてそれは、武家の倫理観に裏打ちされたものに外ならず、しかも、院御所などに昼夜伺候するより、早く鎌倉へ下って敬意を表すべきだったと言外に示唆している点に、いかにも武家社会に浸潤した視座からの発想と看取できる。増補作者は、王朝体制よりも、はるかに武家体制への帰属意識の方を強く持っていたものと判断せざるを得ない。

が、後述する流布本段階作者に比べれば、彼にはまだ一種の大らかさが残っているように見うけられる。配流される頼朝に供奉して夢想のことを告げる盛康は、誠に忠実な男に描かれるが、後日譚部の盛康像は、右に見たようにそれと相容れない。にもかかわらず、作者にはその分裂を統一しようとする姿勢が希薄である。そもそも、平治の乱によって逆境に追い込まれた源氏が、雌伏二十年余りにして宿敵を滅ぼし、天下を掌握するに至った、そのことに後日譚の主眼があるのであれば、最後に頼朝を賛美して全巻を閉じてよさそうなものを、おそらく判官びいきの心情に流されたのであろう、義経のことに言及してから締めくくられる。即ち、盛康の記事に続けて、「九郎判官は二歳のとし、母のふところにいだかれてありしをば、太政入道、わが子孫をほろぼさるべしとは思はでこそ、たすけをかるら《お》ん。今は、かれが為に、累代の家をうしなひぬ。……末絶《え》まじきは、かくのごとくの事をや」と記して結ぶ。このようなところから、全体の整合性など余り気にせず、自らの関心を優先させて語るタイプとして、増補作者はイメージされてくることになる。

後日譚内部においても、つじつまの合わぬ記述がまま見られた(20)。複数の伝承を集成した結果と思われ、内容的にも、遠い過去の話題となったが為に付随することとなったに違いない楽天的荒唐性が認められる。源氏関係記事のみを集中して増補していった意識が、武家時代の関心に根ざすものであることは言うまでもない。原作に手を加えた作者は、武家体制の中に身を置き、言わば悠然と、紙面を埋めていったかの印象を抱かせるのである。

三　金刀比羅本段階作者像

金刀比羅本段階諸本(21)の成立期については、室町期をめぐって模索が続いている。姉妹篇的相貌を深めた『保元物語』の同本系諸本との同時代性を踏まえつつ、永積安明は、常葉都落ちの一節「宇治の河瀬の水車、何とうき世をめぐるらん」が、当時盛行していた歌謡と全く等しいことに注目した(22)。近年では谷口耕一が、作中の表現面で、鎌倉中・後期から諸書に見られ始める常套句と一致する例が多いことを指摘、更に御伽草子の語り口に通じているとして、「御伽草子の世界と交流しながら成立した」と論じている(23)。ただし、あげられている例は、軍記物語の表現の方が先行し、やがて人口に膾炙《かいしや》して室町文芸でパターン化されたとも考えられるものであり、今一つの絞り込みが必要であろう(24)。

一方、一二〇〇年代後半と一三〇〇年代前半の成立と目される『平治物語絵巻』二作品には、それぞれ詞書の中に金刀比羅本的要素が混入していた(25)。また、永仁五年（一二九七）の序文を有する『普通唱導集』や、『花園天皇宸記』元亨元年（一三二一）四月十六日条から、十四世紀前後、琵琶法師が、『平家物語』『保元物語』と共にこの作品を語っていたことは明らかで、人物形象において、例えば重盛像や清盛像など、『平家』と相容れない要素をもつ古態本(26)が、いつまでも享受されていたとは考え難い。十三世紀後期には、金刀比羅本的形態への胎動が始まっていたのではなかろうか。そして、古態本より権威をもって広く流布するに至ったのは、先の絵巻成立後の十四世紀中期以降かと思われる。

本文上では、貴族的知識の後退が指摘できる。清涼殿にある見参の板を「紫宸殿の上」とし（光頼参内の条）、天皇を内裏から救出する場面では、藻壁門と上東門の位置把握が見当違い、内裏にこもる反乱軍が「梅坪・桐坪・竹の坪・

籬《まかき》が坪の内」に「ひしと並居たり」とするのも、梅壺・桐壺が凝花舎と淑景舎の異名で、梅や桐の植えてある庭もそれほど広くないという事実を知らず、まして実体のない「竹の坪・籬が坪」などは、無知ゆえに書き加えられた代物としか思われない。悪源太と重盛とが戦った大庭を紫宸殿の南庭と誤解し、左近の桜・右近の橘以外に椋《むく》の木までがあったというのも、知識の雑駁さを示す。(27)これらはすでに指摘されてきたことであるが、更に、権中納言右衛門督であった信頼が「大臣の大将」という両職兼務を所望、上皇がそのことを信西に相談して反対されたものの、緒戦に勝った彼は両職を手中に収めたとあるくだりには、官位に対する認識不足が現れている。権中納言たる者が大納言を飛び超えて大臣を所望したり、またそうした人事を検討対象としたりすること自体、ありえまい。古態本では、あくまでも大将の地位のみが問題とされており、かつ、緒戦後に大将になったとも記していない。『愚管抄』や『公卿補任』を検すれば、武家達に論功行賞の人事は行なったものの、彼自身は何ら昇進しなかったらしい。(28)それを、ありうべくもない大臣の大将になったと一律に語るのが、金刀比羅本段階の諸本であった。

貴族的知識の後退と反比例して、武家的関心に基づく叙述が増えてくる。源平の重代の鎧の名が、楯無《たてなし》・八龍・澤瀉《おもだか》・産衣《うぶぎぬ》（以上源氏）・唐皮《からかわ》（平氏）と新たに紹介され、太刀の名も、古態本にある鬚切《ひげきり》（源氏）・抜丸《ぬけ》（平氏）に加え、薄緑・石切（源氏）・小烏《こがらす》（平氏）と書き足されたり、鞍の手形は、平治の合戦に悪源太が鎌田正清に命じて作らせたのが始まりだとする記述など、顕著な例であろう。が何より、作品の主題を、源氏の悲劇と再興への伏線を語るところに確立した点に、変質の実態が明示されていた。(29)

主題の確立は、熊野路にある清盛一行の追撃を申し立てた悪源太義平の献策が一蹴されて、源氏の運命は極まったという、『保元』の為朝建議の場に似せた一場の追加や、開戦を前に、義平・朝長・頼朝三兄弟のいでたちを描出、なかんずく頼朝には、攻撃の先手を取ろうという勇ましい発言までさせていること等によって、容易に理解できる。

特に、古態本では金王丸の長い報告談に押し込められていた義朝の逃避行から死に至る過程は、金刀比羅本段階作者にとっては、報告談の枠を取りはずし、自らの意向にそって創造力を発揮できる最高の箇所であった。頼朝の二度にわたる落伍では、初めに在地の武士を切り捨てた彼の武勇のほどが大きく取りあげられ、続いて完全に脱落したことを知った父義朝の、自害に及ぼうとするまでのアブノーマルな彼への執着心・愛情がものがたられる。負傷した朝長を己れの手にかけざるを得なくなった義朝を語る時には、三年前の保元の乱に殺害した幼い弟達の一人が今日の日を予言していたことを想起して落涙する様を描く。皮肉な運命の定めを思い知った姿が、意図されたのであろう、逃避行途次の様々な危難が増幅されて語られ、暗殺される場面では、主君の最後の絶叫を聞いた乳母子の鎌田が「御ともに参《り》候」という言葉と共に討たれ、その妻も後を追って自害するという劇的展開が案出されてもいった。

頼朝落伍の事実を知っただけで、義朝が悲嘆の余り自害を口にするといった条に認められるような、悲劇的情念の表出が金刀比羅本の世界を特徴づけている。頼朝の異腹の妹夜叉御前は、兄が捕縛されたのを悲しんで川に身を投じ、父の自害決意を聞いた義平と朝長は、あの世の供に参じようと言う。情の強調は、古態本にあっては揶揄嘲笑の対象でしかなかった信頼にも、最後は温情の記述を添えることになる。即ち、上皇も重盛も彼の命を救おうと努力したと語り、その死骸を打擲《ちょうちゃく》した入道には人々の非難を浴びせさせ、乱後に信西の子息を配流したのは、信頼の怨念を晴らす為だったと説明する。謀叛・反謀叛の基準によって人物を描き分ける意識は消え、死者を等しなみに慈しむ思いが作品の底流に流れている。こうした情への傾斜は、作者が大衆的基盤の上に立っていたことを意味しはしまいか。それは、民間の竜神信仰が色濃く投影している実状[30]とも表裏するものであろう。

この段階のテクストが琵琶語りを連想させる表現を獲得していることは、様々な側面から類推可能なのであるが[31]、殊に古態本の六例から二十五例へと急増する「さるほどに」という接続詞の機能を分析した岡田安代の論[32]は貴重である。琵琶の語り本たる覚一本『平家』でも一〇〇例と頻用されるこの語は、同氏によれば、「話題の転換あるいは新しい物語の語り出しの記号」として機能させられており、前の事柄を「さ」で受け、「（あ）るほどに」と続けて時間的経過を提示する本来の使用法とは異なっているという。言わば、ストーリーの流れに少々の空白と飛躍をもたらし、更なる話題の進展を促す契機となる言葉と言えよう。

文脈の飛躍ということに関しては、天皇を内裏から救出する場面で、謀叛側から寝返り警備の武士をだまして事を成就させた別当惟方について、「返り忠」をしたので世人が「忠小別当」と評して笑ったと記した後、「雲上に飛鳥《ぶ》は高けれ共射つべし。海底にすむ魚は深けれ共釣すべし。枕をならべても只謀《はかり》がたきは人の心也。昨日はふかく契れども、今日はかはるぞ情なき」と、人の心の不確かさを悲嘆調にうたいあげ、すぐに一転して、「黄石公が一巻の書を取《り》て張良にあたへ、綺里季が漢恵を助《け》しはかりこともかくやとぞ覚えける」と、今度は惟方らの策略を評価する一文を続けている箇所が気になる。一つの行為に対する相反する如き評言が、並存しているわけである。源氏の悲運を考えれば裏切りは嘆かわしいこと、玉体安穏を思えば、逆に喜ばしいこと、その二つの感情が交錯して、飛躍のある文面が出来上がったのであろう。そして、こうした飛躍は、概して理を追う筆述表現よりも、情に訴えかける口頭表現から生じやすいもののように思われる。『平家物語』中の都落ちを締めくくる一句「寿永二年七月廿五日に平家都を落《ち》はてぬ」は、都出立後の「日かず」を経た叙述を積み重ねておきながら、時間を一気に巻き戻し、都落ち当日の日付を大きくクローズ・アップして結ぶものであった。ここにも、理を越えた飛躍がある。この表現形態は語り本にのみ継承されており、『平治』の例に通底する。矛盾するような文面が連続している『平治』の場合など、そこに語りの曲節の転調（例えば、初重から白声へ）を想定してみれば、納得いくことになりはしまいか。かたがた、語りを前提とした表現として捕捉できるやに推察されるのである。

金刀比羅本段階の作者は、貴族社会からはすでに遠い。たとえ貴顕の前で、琵琶の語りにのって物語が演奏されることがあったにしても、その情に訴えかける表現は、間違いなく一般大衆社会を地盤としている。作者が物語の伝達対象として考えていたのは、決して貴族達ではなかったであろう。また、次の流布本段階に照らしてみれば、ことさら武家を意識しているわけでもない。より広い民衆の中に自ら立脚地を置いているのが、この段階の作者であったろう。

四　流布本段階作者像

流布本段階諸本[33]は、文安三年（一四四六）成立の『壒嚢鈔《あいのう》』、及び『太平記』の影響があるところから、右の年代以降の成立と目される。[34]ただし、諸本相互に異同が多く、以下では流布本を中心に考察する。

流布本が古態本系と金刀比羅本系の両本文を折中して成り立っていることは、例えば、頼朝捕縛の一件と彼の所持していた名刀鬚切の行方を記す記事から明らかとなる。頼朝が生捕られた地は、古態本に関ヶ原、金刀比羅本に青墓とあるが、流布本では、尾張より上洛する弥平兵衛宗清が関ヶ原で彼を捕縛、続いて青墓の遊女大炊のもとに宿し、朝長の首を発見して都に持参したと記す（下巻）。しかし、青墓は関ヶ原より東で尾張に近く、旅の行程としては逆でなければならない。これに先立つ記事では、頼朝は青墓の大炊の宿にたどり着き、鬚切を彼女に預けて東国へ旅立ったとあるから（中巻）、作者は関ヶ原を青墓より東と考えているらしい。後日譚部に入り、後白河院のもとにあった鬚切が頼朝に返却されたことを語る箇所では、関ヶ原で捕えられた時に所持していたのが清盛から院へと渡っていたとする説と、それは青墓の大炊より清盛に差し出された偽物であったとする説とを並記する。前者は古態本系の、後者は金刀比羅本系の記述に基づくもので、三箇所の記事を勘案すれば、結局、地理にうとい作者が、眼前の二系列テクストの話を接合して採り入れようと企て、混乱をきたしてしまったものと判断されるのである。[35]

この段階の作者が軍略や戦術に言及する度合いが多いことは、すでに論じた。[36] 悪源太が合戦の帰趨をうかがっていた同族の頼政を攻撃、結果的に敵側につかせてしまった戦略上の非を殊更に批評したりする所、等々にそれは顕著であったが、義朝一行を襲った僧兵を「武芸のためにも瑕瑾なり」と難じ、主君を謀殺した長田父子に関し、「武の道に、血気の勇者、仁義の勇者」があり、彼らは後者ではなかったと論評する姿勢には、作者の最大の関心事が武のあり方にあったことが示されている。落伍した頼朝が在地の武士を二人まで切ったと新たに一人追加し、負傷した朝長が自ら死を願い出て父から「誠に義朝が子なりけり」とたたえられた一条を添え、義朝暗殺の場面では、「心得たりとて取ッて引《き》よせ、をしふせ給ふ」と彼の最後の奮闘を描写、悪源太処刑場面では、「殊更、頸たからかにさしあげ」、切手に対し「ようきれとて見かへりて、にらまれける」と、武人的面貌を強化しているのも、武の視点が基本にあるからであろう。死に際に嘆きもだえて「搔頸《き》」にされた信頼を、「身ぐるしかりし有様なり」と、先行本文にない一文を加えて酷評しているのにしても、朝廷への反逆者ゆえではなく、いさぎよさに欠けた、つまり武人からみれば唾棄すべき振舞いだったゆえに相違ない。金刀比羅本で色調を濃くしていた死者を慈しむ思いは、必然的に影が薄い。武の価値基準が全体を統括しているといって、過言ではなかろう。

金刀比羅本で文脈に飛躍のある例として示した「雲上に飛《ぶ》鳥は……」の部分、流布本は完全に削除し、『白氏文集』に拠っていた右の一節のみ拡大して、長田の裏切りに対する批評的文として別途利用する。飛躍は解消され、合理的な行文に仕立てあげられていることになる。古態本の増補箇所に見られた盛康像の分裂については、忠臣としての統一が図られる。即ち、鎌倉への不参に関し、「院中の参入を思《ひ》出とや存じけん」と好意的推察を加え、上洛した頼朝に呼び出された場面には、「私ならぬ儀とは申《し》ながら、不義のいたり」という弁明を用意、三度目の鎌倉下向の途次で頼朝の死を知ったが、「わざとも下るべき身なれば」下ったと記す。もちろん、親能の皮肉な言葉を受けて返答に窮した条などはない。また、義経に偏していた結尾部分も是正され、頼朝を最後に称揚して全巻を閉じる。要するに、先出本で不合理、あるいは不整合に見える点が、ことごとく正されている感があるのである。それは詮ずる所、目で読まれることを前提としているが為に、更に言えば、反復される読書行為に耐えるよう、施された修正であるように思われる。語りに頻用される「さるほどに」の語が、金刀比羅本の二十五例から十例へ激減している事実も、すでに語りとは縁のないことをものがたっていよう。

後白河院への不敬事件で死罪と決定された経宗・惟方を、前関白忠通が遠流に減刑した条では、筆述ならではの加筆が認められる。忠通の遠流主張の論拠は、我が国の死罪が、嵯峨天皇の時の藤原仲成の乱以降、保元の乱まで、長く中断されていたという点にあったが、流布本作者はその期間を「御門廿五代、年記三百四十七年」と具体的に記入、のみならず、流罪決定後の紙面に「官外記の記録には」仲成を射殺させたとあるから、「まさしく頸をはねられけん事は、猶ひさしくやなりぬらん」と書き加える。いわゆる考証を行なっているわけで、前述したごとく、鬚切について「此太刀に付《き》てあまたの説あり」としてあえて二説を紹介したり、戦略にこだわり続けて論評したりするのも、書く行為に導かれたものであったろう。考証や論述は、口頭より筆述に向いている。

次に、金刀比羅本でふくらんでいたアブノーマルなまでの愛情表現が、大きく後退していることが注目されなければならない。頼朝の落伍を悲しむあまり、義朝が自害しようとし、義平と朝長もその父の後を追おうとするくだりはなくなり、頼朝の初陣ぶりを見た義朝の心中を思いやる「いかにいとおしくおもはれけん」の一句も消える。頼朝助命を申し込んで清盛から一旦拒否された池禅尼が、「さらば千死《ひじに》にせむ」と言って湯水を断ったとするところは、「湯水も心よくのまれねば、をのづからひさしかるべしともおぼえ侍らず」と、穏便な表現に作り変えられている。義朝を舟に乗せて運ぶ玄光が敵に怪しまれ、共に自害して果てようとする場面もまた、ない。感情の激した表現は回避され、相対的に冷めた叙述に転じているのである。

それは、批評性の増幅と反比例する物語性の後退をも、意味しよう。悪源太による熊野路の平氏追撃案が拒否された時、金刀比羅本は「偏《へ》に運の極めにてぞ有《り》ける」と、そのことが後にもたらす結果に焦点を合わせて、やや詠嘆的口調で語るが、流布本は、「ひとへに運のつきけるゆへにこそ」と、事態の原因を説明しようと試みる。重代の家宝たる産衣《うぶぎぬ》の鎧と鬚切の太刀が頼朝に与えられたことを記して、金刀比羅本が義朝の心中を忖度《そんたく》し「末代大将ぞとみ給ひけるにや」と、含みのある語り方をするのに対し、流布本は、「つゐに源氏の大将となり給ふべきしるし也」と、やはり説明的である。説明的と言えば、源氏の頼政・光泰・光基が最終的に義朝を裏切ることを暗示する上巻末尾で、彼らの行為は「朝敵と成《り》なん事をかなし」んだ故であったと解説、その上、「されば頼政」と文調を改めて、彼が義朝から裏切りを非難された時、「累代弓矢の芸をうしなはじと十善の君につき奉る」と反論したのだと補足説明を加えているところなど、代表的なものであった。義朝と頼政の応酬は、本来、古態本の六波羅合戦記事中にあった一場面、それをここに流用したのであるが、結果的に、金刀比羅本段階で丹念に仕上げられていた、源氏一族を襲う悲運を前もって暗示し、後半への余韻を残すという物語効果が、余計な文面の付加により、無惨にも減殺されている。

かくして、流布本段階の作者は、冷静な知的操作を行なう人物であったと言っていい。物語的興趣を楽しむよりも理を好むタイプで、軍略への関心が高いことも疑えない。その点、軍事的方面への興味を特別に示さぬ『保元物語』流布本の作者とは、全く異質であった[37]。叙述の端々にのぞく武家的価値観は、読者対象が武士であったことを思わせる。結局、作者像として結び合わされてくるのは、武家社会に生きていた、合理的現実主義者の顔をもつ一知識人の姿なのである。

注

（1）「古本『保元・平治物語』の作者と著作年代」（「文学」一九五七年三月）。

（2）「平治物語の成立」（『日本絵巻物全集・平治物語絵巻』解説、角川書店・一九六四年刊）。同氏著『語り物文芸の発生』（東京堂出版・一九七五年刊）所収。

（3）「一類本『平治物語』の成立の母体――紀二位と『平治の日記』――」（「茨城キリスト教学園短大紀要」一九六六年三月）。「一類本『平治物語』成立についての試論」（「軍記と語り物4」一九六六年一二月）。同氏著『軍記物の原像とその展開』（桜楓社・一九七六年刊）所収。

（4）「一類本平治物語の成立――『平治記』とその作者――」（「論究日本文学44」一九八一年五月）。

（5）「『平治物語』作者圏推考・基礎編」（国東文磨編『中世説話とその周辺』明治書院・一九八七年刊）。拙著『平治物語の成立と展開』（汲古書院・一九九七年刊。以下、拙著）の前篇・第五章「成立期と作者圏」。

（6）前注拙著。

（7）「流布本保元平治物語の成立」（「語文7」一九五二年一一月）。

（8）『新日本古典文学大系・保元物語　平治物語　承久記』（岩波書店・一九九二年刊）の「平治物語」日下解説。拙著前篇・第四章「改変増補の過程」。『看聞御記』紙背文書の、応永二十七年（一四二〇）十一月十三日作成の「物語目録」に「平治物語　二帖上下椎野本」とあるのも、示唆的である。

（9）詳細は、拙著前篇・第二章「物語の基本的性格」。

（10）詳細は、拙著前篇・第六章「『保元物語』と『平治物語』」。

（11）拙稿「軍記物語の生成と展開」（『岩波講座・日本文学史5』岩波書店・一九九五年刊）の『承久記』の項。→拙者『平家物語の誕生』結部。

(12) 松尾葦江は、「作者を宮廷貴族だとすると不可解な誤りもある」として、正しくは藤原宗輔であった太政大臣を「師方」「師資」と誤記している例を示す（同氏著『軍記物語論究』〈若草書房・一九九六年刊〉七五頁。初出一九九五年六月）。しかし、新日本古典文学大系本の脚注に示したように（一五八、一七六頁）、古態本には正確に「宗輔」と記すものが存し、新大系の底本としたテクストの誤写かと考えられるのであり、氏の指摘は妥当性を欠く。

(13) 拙著前篇・第二章第三節「義朝像形象の問題」。

(14) 同前注。

(15) 拙著前篇・第二章第二節「笑いの考察」。

(16) 同右、第三章「常葉譚の摂取」。

(17) 同右、第四章第一節「悪源太雷化話の作出」。

(18) 『続日本絵巻大成・前九年合戦絵詞　平治物語絵巻　結城合戦絵詞』（中央公論社・一九八三年刊）の村重寧解説。

(19) 拙著前篇・第四章第二節「盛康夢合せ譚の増補」。

(20) 同右、第三節「後日譚部の性格」。

(21) 永積安明が『日本古典文学大系・保元物語　平治物語』（岩波書店・一九六一年刊）で分類した第三類から第八類までの諸本で、半井・金刀比羅・京師・京図・元和・八行の各本をいう。

(22) 右書の解説。

(23) 「四類本平治物語の文章と室町文芸」（『語文論叢23』一九九六年一月）。

(24) 例えば、「うしろにまはるとぞ見えし、御頸は前に落にけり」という室町文芸と共通して認められる定型表現は、掲出されている金刀比羅本『平治』の悪源太処刑記事のみならず、金刀比羅本『保元』の乙若らの処刑記事、覚一本『平家』の宗盛処刑記事でも用いられており、軍記物語の流動展開過程を通して練り上げられた表現が、室町文芸の中へ流れ込んだと考える方が穏当であろう。

(25) 拙著後篇・第一章第二節「『平治物語絵巻』と『平治物語』」、第三節「烏丸光広奥書『平治物語絵巻』・東北大学附属図書館蔵模本──翻刻並びに考証──」。
(26) 同右、前篇・第一章「古態本の確認」。
(27) 大庭は、谷口耕一「平治物語の虚構と物語──『待賢門の軍の事』の章段をめぐって──」(「語文論叢22」一九九四年一一月)で明らかにされているように、内裏の外、建礼門の前の広場が正しい。新日本古典文学大系の脚注や解説における私の説明は、誤っている。
(28) 『愚管抄』巻五に、義朝の四位・播磨守への昇進、『公卿補任』文治元年の項に、頼朝の右兵衛権佐への昇進が記されているが、信頼に関しては何ら記述がない。
(29) 拙著後篇・第三章「文学的変貌」。
(30) 同右、第四章第一節「竜神信仰の視点から」。
(31) 同右、第二節「琵琶語りとの関連」。
(32) 「『平治物語』第四類本の方法──「さるほどに」の機能──」(「日本文学」一九八五年一二月)。論中、古態本の例は五例とあるが、校訂本文たる新日本古典文学大系本により六例と改めた。なお、拙著五七〇頁の数値は誤り。
(33) 永積分類(注21)にいう第九類から第十一類までの、平治記(京大国文)・杉原・流布の各本を指す。
(34) 釜田喜三郎「更に流布本保元平治物語の成立に就いて補説す」(「神戸商船大学紀要」一九五三年三月)、高橋貞一「塵嚢抄と流布本保元平治物語の成立」(「國語國文」一九五三年六月)。
(35) 弘安三年(一二八〇)の日記『はるのみやまぢ』の十一月十六日条に、青墓について、「むかし其名たかきさとなれど、今は家もすくなう」とあり、早くさびれた為に、正確な知識がなかったのであろう。
(36) 拙著後篇・第五章第一節「漢籍と中国故事の摂取に見る流布本段階作者の関心」。
(37) 同前注。

(『軍記文学研究叢書4・平治物語の成立』汲古書院・一九九八年一二月刊)

一〇　『平治物語』の内部構造

『平治物語』の内部構造の一特質を古態本（陽明本・学習院本系）についてあげるならば、物語の前半世界と後半世界とで、質的に無視しがたい違和の認められる点があげられよう。物語の叙述は、当初、反乱に批判的立場から進められるが、後半に至ると徐々に、反乱に加担した源氏一族への親近感を強め、遂には頼朝による平氏追討にまで筆を進めてしまうところに問題が内在する。後出本と異なって古態本では、謀叛側と反謀叛側の人物を峻別する意識が強く、乱を鎮圧した平氏には好意的筆致が目立つ一方、源氏を追う筆には一種の抑制が働いており、登場人物を介した批判も含まれる。それがいつしか、物語の末尾では、全面的に源氏に身を寄せて語っているのである。私は、別稿「保元物語と平治物語の位相」(1)において、『平治』の叙述構造が、『保元』の多層性に対して、王朝体制帰属意識を基盤とした単一志向性――終始、反謀叛の側に座を占め、反乱鎮圧の経緯に主眼を置いて語り進める――を、保持し続けようとするものであると論じた。その単一志向性は、主として増補という外在的要素によって屈折を余儀なくされ、作品中に違和感を生じさせるに至ったと思われる。ここでは、そうした叙述構造の乱れを取りあげようと思うが、その前に、単一志向性を支えた意識を再確認する為に、序文の典拠について一考しておきたい。

一　序文の典拠

『平治』の序文は、治政における文武の不可欠性を説き、更に末代という時代相ゆえに武士の登用を主張するものであるが、文武不可欠論は唐の太宗の著『帝範』に、武士登用の主張は藤原伊通著『大槐秘抄』に、その淵源が求められるように思う(2)。

まず、問題となる『帝範』の文面は、閲武篇・崇文篇の二つを統括して、「斯二者、逓《たがひに》為二国用一。……文武二途、捨レ一不可。与レ時優劣、各有二其宜一。武士儒人、焉《いづくんぞ》可レ廃也」と記すくだりである。『平治』の冒頭は「いにしへより今に至るまで、王者の人臣を賞ずるは、和漢両朝をとぶらふに、文武二道を先とせり。……たとえば人の二の手の如し。一も欠けてはあるべからず」(陽明本。適宜、漢字を宛つ)と記され、両者間に発想の気脈が通ずる。しかも『平治』作者は、序の後半に、唐の太宗が戦士に手厚い温情を示した逸話を書き加えて、文武不可欠論が彼の著書によったことを、自ら暴露している如くである。序を大幅に増補した後世の流布本作者も、『帝範』を原拠と看破したのであろう、増補した本文の大部分は、同書の審官篇・求賢篇・去讒篇の各文章を、ほぼ忠実に引用したものであった。

『帝範』は、帝王の模範とすべき事柄を、太宗が子の太子に書き与えた書であるが、『大槐秘抄』の方は、帝王の日常的心得などを認《したた》めて、伊通が二条天皇の許に提出した意見書である。その中に、「世はことの外に久しくなりては、非常の心ある者、いでまうでき候ぬれば、きはめたるよしなき候事にて候也。……さも候はむ武者一人は、頼みて、もたせおはしますべき也」と、武士登用の進言が見られ、更に忠盛を重用した白河院の「武者をたてて、おほよそたゆませおはしまさゞりし」姿を、理想的実例として掲げる。それが、『平治』序の結論的一節、「なかんづく末代の流れに及びて、人おごつて朝威をいるがせにし、民はたけくして野心をさしはさむ。よく用意をいたし、せん〳〵（「専ら」の誤写か）抽賞せらるべきは勇悍《ようかん》のともがらなり」と、相通ずるのである。彼の主張は著名だったと見え、『古今著聞集』第九「武勇」の第二話として、文面が整理された形で採られている。第一話は、武の効用を説く「武に七徳有り、名を万代に貽《のこ》すは此道なる事」であるから、彼の主張も、武の有用性を説く代表的見解という認識の下に採られたのであったろう。伊通は『平治物語』の中で特異な形象を得ており、その子孫に作者圏との深い関わりが想定できるのであるが、そうした関連からも、両書の主張の類似が注目されるのである。(3)

『帝範』と『大槐秘抄』とは、共に帝王への教訓書である。『平治』作者が同じ性格の書物に連想を働かせることは、充分に考えられよう。そして、帝王教訓書に思想的範を求めたということは、王朝秩序を最大限に重んずる意識、即ち、王朝体制帰属意識を色濃く持った作者であったことを、改めて印象づける結果になるのである。叙述構造の単一志向性は、この意識の濃さ（深度）と因果関係にあったに違いない。

二　源氏話柄への消極性

叙述構造の乱れは、戦乱発生部・合戦部・結末部と分けた場合の結末部、つまり、合戦終了後の話が主となる中巻半ば以降、より厳密に言えばその後半に、顕在化していく。以下、結末部における源氏一族の描かれ方を追い、検証することにする。

最初に、金王丸が主君義朝の都落ちを常葉母子に伝える場面を見てみると、今若が同道を申し出て、「我はすでに七になる。親の敵うつべき年のほどにあらずや」（学習院本。適宜、漢字を宛つ）と言っている言葉が目につく。復讐を口にしているところが、後日の一族による平家追討と呼応させられた文言と受けとれるからである。そもそも、この言葉以前には、源氏の将来を展望せしめるような、または、それと照応するような記述は皆無であった。頼朝にしてから、名前のみ、わずかに三度記される存在に過ぎなかったのである。が、将来を暗示する初めての言葉が含まれたこの場面、実は旧稿(4)で指摘した如く、後補の可能性が極めて高い箇所であった。そのことを念頭に置いて、先に進もう。

信西子息の流罪記事を挟んだ後には、金王丸が再び登場、義朝の死を常葉に語る、例の長い報告談が紙面を埋める。そこで注目すべきは、報告談を子細に読んでみると、頼朝の二度にわたる落伍話が長文を形成しているにもかかわらず、文中に彼の将来を見通したようなフレーズを見出し難いことである。一度目の落伍で危機を切り抜けて来た頼朝を迎える義朝の言動は、「頭殿、真《まこと》にいとおしげにて、『いしうしたり。大人もよからん者こそ、かうはふるまはんずれ。まして小冠者が身にはようしたり』と、ほめまいらせ給ひ候き」と語られるばかりで、後出本にある「あつぱれ末代の大将かな」（金刀比羅本）といった未来の姿につながる賞讃の言辞などはない。二度目の落伍の場合も、「『あなむざんやな。早さがりにけり。人にや生捕られやすらん』と、御泪《なみだ》をはら〳〵と落とさせ給ひ候し時、人々、袖をこそしぼり候しか」と簡略である。冷静に読みとくならば、ここに現われているのは、弱冠十二歳にして立派な少年の悲しい落伍を、その父君の心中を忖度して憐れむ純粋な情であり、やがて征夷大将軍となる彼の非凡な人格を語ろうとする計算づくの思いなどではないのである。

金王丸の報告談は、種々憶測されているように、独自の原話が存在し、それを生に近い形で導入したものと考えるのが穏当であろう。その原話そのものに、頼朝の未来に関わる言及がなく、『平治』作者も、敢えて書き加えることをしなかったのに相違ない。おおよそ、頼朝の落伍をはじめ、朝長の死や義朝の死すら、一従者の口を介して語らせるという形態自体、源氏を襲った悲運の文学的形象化に積極的でなかった作者を想像させる。

続いて義朝の首がさらされたよしを綴る筆も、決して好意的とは言えない。「下野はきのかみにこそなりにけれよしとも見えぬあげつかさかな」という皮肉な狂歌が添えられ、保元に父を切った彼の所行に触れて、「逆罪の因果、今生にむくふにて心えぬ、来世無間《むけん》の苦は疑《ひ》なしと、群集する貴賤上下、半《ば》は謗《り》、半《ば》は哀《れ》みたり」と結ばれる。また、義朝の死が報告談という形で伝えられたのと形態的に等しく、悪源太義平捕縛の事情も、彼自身が尋問に答えて長々と説明する形をとる。ここでも作者に、文学的形象化への意欲は薄い。ただ、「平家のしかるべき人一人もねらひてこそ、世をこそは取らざらめ、本意はとげんずれ」と思ったというくだりが、或いは、後に世を取る源氏を連想せしめるべく意図的に用意された一節であると、言えば言えるかも知れない。彼の処刑場面に関しては、死後に雷となることを自ら予告したり、献策を拒否された保元の為朝の例を持ちだして平家の武士を教訓したりするなど、後日の補筆と考えられる要素が多いのであるが[5]、源平交替劇への展望の方は、明確に打ち出されてはいない。そのことの明示は、この後の、主君義朝を暗殺した長田父子を非難する、「もし向後《ゆくすえ》に源氏世に出る事あらば、忠宗・景宗、いかなる目をか見んずらむと、憎まぬ者なし」という一文まで、待たなければならないのである。

こう見て来ると、古態本の『平治物語』においては、源氏の末路を語るのに、また、その将来に言及することにも、非常に禁欲的であると言わざるを得まい。増補以前の段階では、なお一層、そうであったろう。源氏の天下掌握までを語り切る意図が当初からあったとは、到底、考え難いのである。そして、今までのところ、源氏に対する作者の禁欲的な叙述姿勢が保たれていることによって、叙述構造は、まがりなりにも単一志向性を維持しえているように見える。ところが、次の頼朝と常葉の話とを交互に展開させるあたりから、次第に様相は一変する。

三　叙述姿勢の屈折

初めに、頼朝捕縛の一件であるが、その事実経緯は、義朝や義平の場合と同様、過去に遡って解き明かされる。異なるのは、人の口を介して間接的に伝えられるのではなく、直接的に地の文で語られる点であるが、これと同じ遡行話の形態をとる信西の死の場面（上巻）と比較するならば、全く平板で、単なる経緯説明に終っている感を免れない。〝談〟という枠から外れていても、積極的な作者の表現意欲に欠ける内実は、先の二例と同然である。義平と頼朝の逮捕に至るいきさつは、実際に連行し、尋問に関与した平家の郎等達から伝わった話柄を、素朴なまま取り込んだものであったろうか。表現の淡白さがそれを暗示しているようであり、想定される作者圏(6)との関わりにおいても、その話柄の入手は十分に可能なことであった。

次に、常葉の都落ち、頼朝の助命、常葉の六波羅出頭と筋は展開するが、常葉の話は、元来独立した語り物だった作品を、分割して採録したものと思われる(7)。本文もほとんど元のままなのであろう。牛若ら三人の子供は、平家追討に立ち上る後日の勇ましさとは無縁に、涙を誘うがんぜない幼児として描かれており、基本的にはそこに、源氏の将来を展望する視線はない(8)。

下巻に移り、頼朝の助命話に転ずると、いよいよ物語は新たな色調を帯びてくる。頼朝は、「立居《たちゐ》につけての振舞、常の少者《おさなきもの》にも似ず、をとなしやかなる」非凡な少年として語られ、助命嘆願を受けた清盛をして、「彼《かの》頼朝は、六孫王の末葉《ばつあふ》には専《もはら》正嫡也。父義朝の名将も見る所ありけるにや、官途昇進も数輩の兄に超越せり。合戦の場にても、はしたなき振舞をしけるとこそ聞《け》。遠国に流し置かるべき者とは覚えず」と言わしめる。無論、以前の文中には、特別な官途昇進への言及や、戦場での「はしたなき振舞」の描写は、全く見出しえないところであった。処刑の遅延を喜ぶ彼の心境を、「兵衛佐、心に思けるは、『八幡大菩薩はおはしましけり。命だに助りたらば、などか本意をとげざらん』と、いつしか思けるぞ恐ろしき」と記し、更に、会稽山の故事を引いて隠された彼の復讐心を推測する世人の評すら持ち込む。今までの流れから逸脱し、既述部分との矛盾を冒してまでも、源氏再興への脈絡形成が目論まれるに至るわけである。こうして、源氏関連記事に禁欲的だった姿勢は完全に崩壊し、単一志向性を身上としてきた叙述構造は、混乱し屈折していく。

常葉の六波羅出頭の条では、その最後に、常葉譚を採録した作者の意図が明白に示される。即ち、平家の郎等に、三人の男児を救った場合の不安を口にさせ、また常葉が「清水の観音の御助なり」と喜ぶのに対して、頼朝が「是、直《たゞ》事にあらず、八幡大菩薩の御はからひなり」と信仰を新たにする様を描く。言わば神と仏の冥助によって源氏の血筋は守られ、後日の再興は果されるのだという見通しを述べる為に、頼朝と常葉母子の話とを交互に語るという方法をも取ったのであった。今、この形態が原作者の手で作り出されたものか、後の増補作者のさかしらによるのか、にわかには判じかねるものの、後者の可能性を考慮しておくことが、『平治物語』の創出と変容を過不足なく捕捉するのには有効であろう。縷縷述べてきた如く、源氏再興への伏線を語ることは、物語前半世界のあり方からは予想できぬ、余りにも懸隔した発想だからである。

下巻の中では、この後にある、経宗・惟方の流罪事件記事が、最も原作当初の文面を温存しているやに思われる。清盛の忠臣的性格づけ、紀二位への特別な配慮、伊通の辛辣な揶揄など、正に前半世界と契合するのである。そして頼朝遠流記事に進むと、増補の痕跡が再び顕著となる。頼朝の将来を夢合せする盛康なる人物を導入すべく、池禅尼との別れの場面を強引に分割した跡が、うまく塗装しきれぬまま残っているのであった（注1の稿、注18）。以後、義平の雷となる事、牛若の奥州下り、頼朝の平家退治と続くが、いずれも後補されたものと考えるべきであろう。(9)最終的増補の時期は、盛康導入の時と同じかと一応の想像ができるが、ここまでくれば、もはや原作者とは異質な増補作者を想定せざるをえないように思う。

以上、『平治物語』古態本の内部構造について、物語の後半で顕現する叙述構造の混乱・屈折を検証してきた。それは、幾たびかの改変増補が誘引した結果と判断され、この作品全体の文学性も、そのことを充分に踏まえた上で考えられなければなるまい。(10)序に象徴される王朝体制への帰属意識は、新たな時代の進展の中で、実体を弱めていかざるをえなかったであろう。源氏関係記事の改変増補は、半ば時代の要請だったのであり、古態本の『平治物語』は自らの内部に、古代的感覚と新時代の雰囲気とを、丸ごと抱え込んだ構造体をなしているのである。

注

（1）副題「『平治』から『保元』へ」（日本文学協会編『講座日本文学4・物語小説Ⅰ』〈大修館書店・一九八七年刊〉所収）。↓拙著『平治物語の成立と展開』前篇・第六章第三節。

（2）『帝範』典拠説の最初は、御橋悳言の遺著『平治物語注解』（続群書類従完成会・一九八一年刊）。遠藤光正「保元・平治物語と漢語の章句」（「かながわ高校国語の研究6」一九八〇年五月）、杤尾武「『保元・平治物語』と漢籍について」（『鑑賞日本古典文学　保元物語・平治物語』〈角川書店・一九七六年刊〉所収）も同見解。『大槐秘抄』については、従来の私見。

（3）拙稿「『平治物語』作者圏推考・基礎篇」（国東文麿編『中世説話とその周辺』〈明治書院・一九八七年刊〉所収）。↓前掲拙著、前篇・第五章第二節。

（4）「『平治物語』常葉譚考」（「国文学研究80」一九八三年六月）。↓同、前篇・第三章第一節。

（5）拙稿「『平治物語』における悪源太雷化話の作出と『保元物語』『平家物語』」（「国文学研究67」一九七九年三月）。↓同、前篇・第四章第一節。

（6）注3同。

（7）注4同。

（8）拙稿「常葉譚の読み――山下宏明氏の『平治物語』の読みに対して――」（「文学」一九八四年一一月）。↓同、前篇・第三章第二節。

（9）注5同。

（10）松尾葦江「歴史語りの系譜――保元物語・平治物語を中心として――」（「文学」一九八八年三月）は、「武家の一方の棟梁たるべき一族の行末を展望している」ところに作品の「特色」を見ているが、増補的要素をもって特色とする点、疑問が残る。

（「国文学　解釈と鑑賞・特集「軍語り」の世界」一九八八年一二月）

一一 『平治物語』――男の世界、女の世界――

いくさの物語の中心となるのは、必然的に男たちであるが、戦いのもたらした現実を伝えようとすれば、おのずから彼らにつながる女性たちをも描くことになる。『平治物語』の場合、男と女はどう語られているのか。幾つかの場面に、分け入ってみよう。

一 正義に命をかける男たち

平治の乱を起こしたのは、分不相応な野心を抱いた右衛門督《うえもんのかみ》藤原信頼で、それを鎮圧したのが平清盛に率いられた平氏軍団であった。

清盛が反乱勃発の第一報を受けたのは熊野参詣の途次、都からは一八〇キロも離れた、紀伊国の海沿いの地点だったという。早馬の使者が言うには、信頼が源義朝と組んで後白河院の御所を襲って放火し、院も天皇も所在不明、政敵の藤原信西一族はみな焼け死んだといい、平氏の命運もいかがかとのうわさが立っているとのことであった。

事の次第を知った清盛、ここまで来たとはいえ、朝廷の「御大事」、都に取って返す以外にないながら武具がない、と言えば、古参の郎等が、少しの用意はあると応ずる。なんと長櫃《ながびつ》五十箱の中に五十の鎧《よろい》、それを担ぐ竹の棒の中には五十張の弓。万一に備えた用意に、清盛の嫡男重盛は賛嘆の声を発する。

やがて紀伊在住の武士たちが馳せ参じたものの、百騎ばかりに過ぎない。そこに、義朝の嫡子悪源太義平が、途中で一行を待ち構えているとの新情報が入る。多勢の中へ突っ込んで犬死するのは、分別ある勇士にあらずとするのが清盛の主張。ここから四国へ渡って九州の勢をも召集し、そののち都に攻め上り、「逆臣をほろぼし、君の御いきどほりを」お静めしよう、と彼は言う。それを聞いた重盛は理を認めつつも反対し、院も天皇も敵の手中にあるからには、我々はいずれ朝敵の烙印《らくいん》を押される身、それからでは兵も集まらない、「君の御事《おんこと》」といい、都の平氏一門の状況といい、公私ともども一刻の猶予も許されぬ、いかがか、と、例の古参の郎等に問いかければ、感動の余り落涙し、他の武士たちも賛同して馬を都の方角に向ける。清盛も、彼らの心意気に感じて、それに従った。

死をも辞さぬ覚悟をうながす重盛の言葉に、人々は先を争うように馬を早め、都までほぼ半分の距離に達した時、路傍に武士がひとり、居住まいを正して待っていた。六波羅からの使者で、その報告によれば、大きな変化はないながら、逃げ込んで来た信西の息子の身柄は差し出さざるを得なかったという。重盛は残念がりつつ、これから先の道の状況を問うと、意外にも味方の軍勢が、今は四、五百騎にも膨らんで待っているはずとの答え。悪源太待機の態勢とは、これを誤ったものと知り、皆、大いに安堵したのであった。

この場合、一言で言えば、難関を乗り越え、乗り越えしていく集団の力強さを表現しようとしたものと言えよう。率先して行動する重盛の姿が印象的であるが、実はこのとき一緒にいたかは疑わしい。当時の歴史書『愚管抄』に従えば、同行していたのは彼の弟二人に郎等十五人のみ。地元の武士が、彼らに三十七騎の兵を援助し、別人が七領の鎧に弓矢を添えて提供、それで都に帰ることができたのが事実らしい。物語は、反乱追討軍にふさわしい、知と武を兼ね備えた一団を描きあげるべく、虚構をろうしたものと見える。

これを受けて、宮中で謀反人たちを完膚《かんぷ》なきまでにはずかしめ、裏切りを誘発させた豪胆な貴族、藤原光頼を登場させる。参内《さんだい》の当初より侍《さぶらい》に太刀をしのび持たせ、万一のときには「我をば汝が手にかけよ」と命じてあった。目指すは信頼が招集した会議の場、行ってみれば当然のごとく彼が最上席に座を占めている。やつは右衛門督、自分は左衛門督、こちらが上、と判断するや、その上座の狭い空間に割り込み、相手にのしかかるように座れば、信頼は顔色を失ってうつむくだけ。しかも、さて今日の議題は、といやみな一言を口にすれば、誰も答える者とていない。

悠然とその場を立ち去った光頼は、謀反に与《くみ》していた弟の惟方《これかた》を見つけて呼び寄せる。そもそも自分は死罪に決定されたひとりとか、それは却って名誉なことと切り出し、貴殿は検非違使庁の長官という重職にありながら信頼と同車して、信西の首実検の場に臨んだよし、恥でもあり、首実検とは穏やかでない、としかれば、惟方は天皇のご意向だったのでと弁解して、赤面する。

たとえそうであっても、自らの意見は具申《ぐしん》すべきもの、と、見え透いたうその弁解など許さない。我が家は一度も悪事に関わったことなく、十一代も続くそれなりの名家、お前が初めて家名をおとしめることになるのは口惜しい、清盛は帰京してすぐさま攻撃してこようが、そうなれば天皇の御身《おんみ》が危ない、考えるべきは玉体の安全、で、今、天皇はどこにいらっしゃるか、と詰問すれば、内裏《だいり》内の一室、上皇はと問えば、内裏外の役所の建物の中、天皇の位に付随する三種の宝物（三種の神器《じんき》）は、幸い、本来の場所に、とのことであった。さらに、天皇の食事部屋に人がいるらしいが、といぶかれば、こともあろうに信頼が寝起きしているという。それを耳にして光頼は涙を流しつつ宮中を退出したが、まさにその日の夕刻、清盛一行は神社で勝利を祈願し、六波羅に到着したのであった。

『愚管抄』には、光頼の働きなどいっさい記されていないから、ここも創作された場面であったろう。要は、朝廷の危機を救うべく、正義感に厚い武士と貴族とが、期せずして共に命を賭した行動に出たことを、いかにも劇的に語

ろうとしたものに相違あるまい

二　五百余騎を圧倒する十七騎

『平治物語』で有名なのは、悪源太義平が活躍する待賢門の合戦であった。反乱軍は天皇にも上皇にも逃げられた状況で、大内裏に立てこもる。攻撃陣は平家軍の三千余騎、そのうちの千余騎を託された重盛は、まず五百余騎を率いて、謀反の首謀者信頼が守る大内裏の待賢門をなんなく打ち破り、四〇〇メートル余も中に入った内裏の建礼門の外の広場、大庭《おおにわ》の大木のもとに到達する。それを目撃したのが待賢門より二五〇メートル余り南の郁芳門《いくほうもん》を守っていた義朝、息子の悪源太にあれを追い出せと命ずる。

が、義平の従えるのは、ただの十七騎に過ぎない。とはいえ、名乗りは堂々たるもの、我こそは義朝の嫡子十九歳、十五の年に叔父を討ってよりこのかた、不覚を取ったことはない、「櫨《はじ》の匂ひの鎧着て、鴾毛《つきげ》なる馬」に乗ったのが今日の大将、平家の嫡男重盛だ、「おし並べて組みとれ、討ちとれ、者ども」と全員に指図すれば、十七騎はいっせいに重盛目がけて馬を駆る。悪源太は少勢ながらも勇猛果敢な一人当千《いちにんとうぜん》の彼らを率い、隊列を組んで激しく打ってかかれば、敵勢五百余騎は混乱状態におちいり、ついに待賢門の外へ「ばつと」と引き退く。息子の戦いに父は満足し、使者を差し向け賞賛の言葉を贈る。

「櫨の匂ひ」とは、鎧の袖や草摺《くさず》りが赤みのさした黄色で、末端に行くに従い淡い黄色や白に変ずるもの。「鴾毛」とは、赤みを帯びた白馬にして、黒や褐色の差し毛のあるもの。いずれも目立つ色合いであった。

大路《おおじ》に立ち戻った重盛は、しばし人馬に息を入れさせる。そこでも、「櫨の匂ひの鎧」着て「鴾毛なる馬」に乗った姿をあらためて紹介、年二十三、「あはれ大将軍《たいしやうぐん》かな」と見える武人ぶりが描き出される。その重盛の発言、敵をだまして退却せよと命じられている身ながら、わずかな勢に負けたとなっては面目を失ったも同然、もう一度攻め込んで、そののち、策戦に従おうと言って、新手《あらて》の五百余騎を伴い、再び門内へとなだれ込む。

迎え撃つ側は、悪源太を筆頭に、「（鎧の）色も変はらぬ十七騎、本の陣にぞひかへたる」と、余裕すら覚えさせる表現。敵勢を見渡しての悪源太の下知は、武者は新手と思われるが、大将は同じ重盛、他人に目を向けるな、ねらうは「櫨の匂ひの鎧に、鴾毛なる馬」、「おし並べて組み落とせ、駆け並べて討ちとれ、者ども」という、先刻の言葉の繰り返し。今度は重盛の手勢五十余騎が主君を真ん中に立てて奮戦するも、悪源太は大声で、敵の馬にひまを与えるな、「櫨の鎧に組め。鴾毛なる馬におし並べよ」と叫んで馳せめぐる。肉薄してくるその声におびやかされたかのように、またしても五百余騎は門外へ「さつと」引き上げてしまったのであった。

五百余騎対十七騎の二回にわたる対決は、生き生きとした表現を得て圧巻である。四度も語られる鎧と馬の色は、享受者に色彩のインパクトを与えようとしたものであることは明らかであろう。なんといっても十七騎が五百余騎を撃退するというのは痛快、そこに人々は、劣勢に立つ者を勇気づけるメッセージを感じとり、心躍らせることになる。

しかし、ここも実際にはありえない話。義朝のいた場所からは、建物にさえぎられ、重盛や義平の行動が逐一見えたはずもなく、重盛が大庭から門外へ「ばつと」や「さつと」と瞬時に退出できたはずもない。もっともそれは乱当時のこと、乱から七十年ほど経た一二三〇年前後から大内裏の中は広野と化し、武士たちの馬事訓練の場ともなっていた。そうした状況下で、男の覇気を明るく鼓舞するこの名場面は、案出されたのである。

三　煩悶する母

義朝の若い妻常葉《ときわ》は、八歳の今若、六歳の乙若、二歳の、つまり去年生まれたばかりの牛若を連れ、都落ちをする。時に二十三歳。夫はすでに暗殺され、男の子三人の身にも危険が及ぼうとしていたからであった。

夜の闇にまぎれて我が家をあとにし、足の赴くままにたどり着いたところは、日ごろ深く信仰していた千手観音を本尊とする清水寺、一晩、寝ずに通夜《つや》をし、翌朝、優しい僧に慰留されたにもかかわらず、雪の降りしきる中を旅立つ。雪道に慣れぬ二人の子は、寒い冷たいと泣き叫ぶが、ふところに赤子を抱く母には、どうしようもない。彼女の胸中を占めていたのは、他人への猜疑心《さいぎしん》。家を出る時も、「頼みがたきは人の心」と思い、年老いた母にも、召し使う女たちにも黙って出てきていたので、路上で通りすがりの人が、まあ、なんとと、同情して声をかけてくれば、下心があるのでは、とおびえおののく。泣きやまぬ子供に耐えかね、人目を忍びつつしかると、さすがに八つ子は、声だけはこらえようとする。しかし、六つ子は泣きわめくばかり。いたし方なくまたその手をとり、歩み続けるよりほかなかった。

はかどらぬ旅路、夕方にやっと行き着いたのは伏見の里であったが、宿を借りる当てもない。道の傍らの人目に立たぬやぶ陰に身を寄せれば、心に浮かぶのは亡き夫への恨み、つらみの情。ひどい人の子供の母親になって、今、こんなつらい思いをしている——。でも、その感情はすぐに打ち消される——「おろかなる心かな」、共に愛し合ったからこそ子供もできた、あの人ひとりの罪にするとは、と。

夜もふけゆき、風、雪が強まって、子供の命があやうい。彼女は意を決し、一軒の貧家の戸をたたく。出てきた老婆の問いかけに、夫婦喧嘩のはてに家出して道に迷ったと懸命なうそをついたものの、すぐに見破られる。が、幸いにも相手は心やさしき老婆、一夜をそこで過ごすことになる。

その夜、父と母のことを思って眠れぬ八つ子の耳もとで、常葉は涙ながらにささやく。世間には幸せな人がいて、たくさんの子を育てあげたのち、夫婦で共に長生きし、子供に見送られてあの世に旅立つ例もある。三人のうちのせめてひとりでも、一緒に生きながらえて欲しいが、明日はどんな目にあうことか、守ってあげられるのも、しょせん夜の明けるまで、と。八つ子は、「われ死なば、母は何となるべきぞや」と逆に問いかけてくる。母が、お前たちに先立たれては、とても生きてはいられないだろうから「もろともにこそ、死なんずらめ」と答えれば、「母にだにも添ひてあらば、命、惜しからず」と言い、母と子は顔に顔を寄せあい、手に手を取りくんで共に泣き明かす。

翌朝早く、常葉は老婆に黙って旅立とうとするが、見つけられて説得され、もう一晩、宿泊することになる。考えてみれば、彼女は二晩続けて眠ってはいなかった。物語の作り手は、心身を休めるための一日を用意したのである。

その夜も明け、今度は懇切に礼を述べて旅立つ。老婆の無償の愛が常葉の心をほぐしたのであろう、道行く人が子供を背負ってくれたり、馬に乗せてくれたりする好意をありがたく受け容れる。人を信ずる気持ちに変わったのであった。やがて、大和国の親戚に身を寄せ、ひとまずは落ち着く。ゆれ動く心情が、連続してみごとに描き出されている。

さて都では、年老いた母が捕らわれ、拷問を受ける。孫・娘の行方など知らず、たとえ知っていても言うつもりはないと答えていると聞いた常葉、自分が我が子を愛するように、母も私を愛していたのだと、あらためて気づかされる。この子らは罰を受けても仕方のない罪人の子、咎《とが》なき母を見捨てるわけにはいかない、今後、子が欲しければ、義朝様の血につながる子をもらえばいいと、我が心に言い聞かせ、都へと出て行く。

もと仕えていたのは、近衛天皇の后だった九条女院《にょういん》。そこに出向き、母か子かの二者択一を迫られた苦衷を告白し、最後のいとまごいをする。老婆を救うために我が子を犠牲にしようとするその心根に、女房たちはもらい泣きをし、女院は、親子四人、新しい装束に着替えさせ、牛車《ぎっしゃ》を用立てて送り出してやった。

平家の郎等の屋敷に出頭した常葉、子らを具して来たゆえ、母を許して欲しいと懇願する。姿を現した老母は慟哭して、「うらめしの心遣ひや」、われは年老いた身、「わざとも身にかへて」孫たちを助けたかったのにと訴え、娘と母は共に泣き沈む。

清盛の面前に、常葉は呼び出される。八つ子と六つ子を左右に侍《はべ》らせ、胸には赤子を抱いて、彼女は心中を吐露する。罪深き人の子を助けて欲しいと頼むのなら、それは道理を知らぬ身と責められもしようが、そうではない、子供たちが殺される前に、我が身を殺して欲しいと頼むために、先立った夫に恥をかかせるようなありさまで、ここに参上したまで、と言う。それは、以前、養子をもらえばいいと考えたことと全く矛盾するもの。かつての思いつきは、自身を納得させるための自己欺瞞《ぎまん》にすぎなかった。

事態をよく飲み込めぬ六つ子は、泣く泣く訴える母を「たのもしげに見上げて」、泣かないでよくよく頼んでちょうだいと言う。その幼いさかしらな言葉に、清盛も落涙し、やがて刑の執行も延び延びとなり、清水の観音の力が働いたのか、親子四人とも命を助けられたのであったとして、話は結ばれる。

この内実の豊かな母子の物語は、本来は独立した盲女の語り物であったろうと推測される（拙著『平治物語の成立と展開』汲古書院・一九九七年刊）。それを作品内部に取り込んで、『平治物語』は、男たちの勇姿のみならず、戦いに悲惨な体験を強いられた女たちの姿をも鮮明に浮かび上がらせ、文学としての幅と深さを自らのものとしたのであった。比喩的に言えば、男女を描くことは、いくさの表裏を語ることでもあったのである。

（小林保治編『中世文学の回廊』勉誠出版・二〇〇八年三月刊）

一二　山岸文庫蔵『平治物語』解題

ここに紹介する実践女子大学の山岸徳平文庫蔵『平治物語』は、高野辰之（斑山）旧蔵の明治三年（一八七〇）書写本を更に写した新写本ではあるが、原本に記されていた天文十五年（一五四六）九月入手の経緯を伝える本奥書は、戦国乱世における一地域の合戦の帰趨とも関わって、実に興味深い。

その奥書は、「此保元平治両部、十市山城落居之刻、不慮持来、令二買得一了」（読点・返り点、筆者）というもので、「十市山城」は奈良県天理市の竜王山頂にあった十市《とおいち》氏の居城、「落居之刻」とは、筒井順慶の父順昭が、同城を手中に収めた時を意味する。それは、天文十五年の九月二十日のことで、前夜から明け方にかけて籠城勢の中心人物がひそかに退散、残りの軍勢が降参した結果であった（『二条寺主家記抜萃』『多聞院日記』）。当時の大和国は、他国同様、諸勢力の抗争が続いていたが、この時、筒井氏が一気に覇権を拡大、「一国悉以帰伏了、筒井ノ家始テヨリ如レ比例ナシ」と評されるまでに至る（『多聞院日記』十月十日条）。そうした記念すべき時期に、『保元』『平治』一対の書籍が、筒井一族の誰かによって買い求められたのであった。なお、当時の十市氏当主は、前年没した著名な武家歌人遠忠の息遠勝である。

右の奥書の前に認められている所蔵もとの「成身院」は、筒井氏出自の寺。もともと同氏は、興福寺一乗院の衆徒で、その一乗院に属する成身院から家を起こした。奈良市中ノ川町の柳生街道沿いにあった寺院で、後日、順慶もそこで出家得度している（『多聞院日記』永禄九年〈一五六六〉九月二十八日条）。一時代前の文明十二、三年（一四八〇、八一）ころには、「成身院順盛」なる人物の活躍が見られ（『大乗院寺社雑事記』文明十三年七月十九日条等）、代々「順」の字を名前に用いているのが筒井家であるから、彼も同族であったに違いない。買い求められた書籍は、最終的に、一族の寺に納められるところとなったのであろう。

明治三年の書写奥書によれば、原本は「上中下三冊」で、「やまととじ本にて見事成仕立也」とあり、相当に豪華な本であったかと推察される。箱の上書きには、「轉法輪殿實香公御筆」と記されていたという（1オ）。転法輪実香つまり三条実香は、当時の同時代人で、文明元年（一四六九）に生まれ、永禄二年（一五五九）に没した。『公卿補任』に閲歴をたどれば、長享元年（一四八七）に十九歳で従三位の非参議となり、二年後の延徳元年に権中納言、同二年に権大納言へと進み、永正四年（一五〇七）、三十九歳で内大臣に昇進、同十二年右大臣、同十五年に左大臣に転じて、同十八年（大永元年）、五十三歳にて職を辞す。が、十五年後の天文四年（一五三五）には太政大臣に任じられ、翌年上表、同六年、六十九歳で出家し、法名を諦空と称した。彼は公家社会の重鎮だったわけで、まちがいなく彼の直筆であったとすれば、「見事成仕立」の豪華本であったのも首肯できよう。それがなぜ、本人の生存中に売却ルートに乗ってしまったのか。戦国期の公家の困窮と関連あるやも知れぬとの想像を生むが、定かではない。

同じ書写奥書に言う明治期の原本所蔵者たる三山氏、書写者の小川達道については、調査を試みたが、いまだ解明しえていない。識者の御教示を請う。

さて、山岸徳平先生が所持されていたこの山岸文庫本は、原本も明治書写本も所在不明となっている現在、もとの姿を伝える唯一の貴重な存在と言えるものである。明治写本は、第二次世界大戦前、高橋貞一氏が高野辰之博士（一九四七没）のもとにあるのを御覧になっている。昭和十八年（一九四三）刊の同氏著『平家物語諸本の研究』「附録第二章・平治物語諸本の研究」で、乙類本として分類した彰考館蔵元和本を紹介するなか、同本の下巻末に追補されている「一松本」なるテキスト（一松拙忠蔵本・散逸）の本文が、高野博士所蔵の異本と「同種のものでないかと思ふ」と言及されているからである。所在不明となったのは、その後ということになろう。

山岸文庫本そのものの書写経緯を伝える識語はなく、いつどのようにして写されたものか判然としない。山岸先生の管轄下で書写された本には識語があるのが一般であるから、これはそうではないらしい。表紙の右上部に先生の字で、「高野本（乙系）」と記されており、少なくともそれは、前掲の高橋氏著書が刊行された後の記入ということになる。書写姿勢に一貫性を欠く傾向が見られ、「27ウ」までは、行頭に二字分ほどの余白を残して書かれていたのに、「28オ」からは頭より詰めて書かれている。全体に一筆らしいが、上巻は行書体で、中巻に入ると楷書体が中心となり、下巻では再び行書体になるという不統一性もある。また、該本以前の段落で落丁があったものか、「7ウ」の冒頭「被《キ》行《キテ》」の後に、緒戦勝利後の謀反軍による除目記事、悪源太義平の上洛記事、藤原伊通の特異な性格を語る出だしの記述の、ほぼ二丁分の内容がない。

山岸文庫本の本文の特徴については、すでに、『早稲田大学蔵資料影印叢書17・軍記物語集』（早稲田大学出版部・一九九〇年刊）の『平治物語』解説で、未紹介であった早大本と比較しつつ、論じたところである（同稿は、拙著『平治物語の成立と展開』〈汲古書院・一九九七年刊〉に収録）。早大本は京図本（京都大学附属図書館本）と同系に属する伝本で、永積安明氏が『日本古典文学大系・保元物語　平治物語』（岩波書店・一九六一年刊）の解説で第六類に分類された系統のものであったが、山岸本もそこでは、京図本と同類として扱われていた。しかし、山岸・京図両本で同じなのは、下巻のみであり、上・中巻は別種。特に山岸本の上巻は、他本にない独自本文を持ち、それはほぼ、先に言及した元和本の上巻本文に異本注記として書き添えられている一松本と、一致するものであった。ただし、巻の区切り方に相違がある。それに対し京図本の上巻は、屋代本系と判断できるもので独自色がない。中巻どうしは、山岸本が半井本系、京図本が金刀比羅本段階のもの（本文的に合致する他本はない）で、両者は異なる。一松本は、中巻が欠巻だったのか、元和本に注記がないが、下巻に入ると、再び山岸本、つまりは京図本との一致が認められることとなる。とはいえ、中・下巻の区分けがちがい、山岸本と一松本の下巻は、金王丸が尾張から馳せ上る記事以降、京図本は、それより前の、義朝の青墓到着記事以降である。これらの関係を分かりやすく表示すれば、次のごとくなる。一松本と京図本の欄に記入した○△印の○は、山岸本との内容の一致、△は巻分けのみの相違を意味する。

	山岸本	一松本	京図本
上巻	独自本文	△	屋代本系
中巻	半井本系	欠	金刀本段階
下巻	独自本文	○	△

山岸本と一松本との上巻における齟齬は、一松本が、他本に多い、開戦直前の源氏軍の様子を伝える「源氏勢汰《(そろ)》への事」で上巻を結んでいるのに対し、山岸本は、古態本（陽明・学習院本）と等しく、合戦叙述の途中、待賢門合戦から六波羅合戦へ転ずる箇所で巻を区切っている点にあった。そのことは、古態本より後出なることは争えぬものの、その他の諸本より先出である可能性を示唆しており、左にあげるような事例が、それを補強するものと考えられた。今、かつて解説で例示したところを整理し、上・下巻の嘱目すべき事項のみまとめて、示すことにする。

(1)　緒戦となった三条殿夜討の後の京中騒動について、「保元以後ハ世モ静マッテ甲冑ヲ鎧弓箭ヲ帯スル事ヲ忘《ワスレ》シニコソ何ニ成ヌル事ソヤトテ京中ノ上下騒逢《サワキアヘル》事不斜」（7オ）と、古態本以外の他本に比較して簡略であること。因みに金刀比羅本は、「保元以後は世も鎮に治て、甲冑をよろひ弓箭をたいする者なかりき。自持て行しも馬に負せ、車に積て人目をこそ忍しに、今は物具したる兵ども京中に充満せり。『こはいかに成ぬる事どもぞや』とさはぎあへり。」（日本古典文学大系本より）と、ふくらみを見せる。右の文の「自持て……充満せり」の文面が、のちに増補された可能性があろう。以下、他本と記す場合、古態本を除く全諸本をいう。

（2）信西が来朝した唐僧と問答した条項のうち、半井本以外の他本に等しくある、瓠波・鈴宗・太宗という三人の人物に関するやりとりがないこと（「12オ」の「道心ヲ催ト云々」の「云々」に相当）。これは誤脱かも知れないが、他本の増補と考える余地が充分にある。一本松も同様。半井本にだけは、問答の具体的なやりとり自体がない。

（3）信西が比叡山の宝物をことごとく言い当てたくだりで、宇佐の神より賜わった袈裟について、「行教和尚ヲ御使ニテ一夏行ヒ宇佐ノ宮ヨリ取伝へ給シ紫ノ袈裟ニハ光明赫奕トシテ新ニ座ス」（13オ〜ウ）とあり、他本の、「其外弘仁五年の春、大師九州宇佐宮に詣て法華の真文を講し給しかば、大菩薩自、斉殿を排て、手づから大師に授給し紫の袈裟には、光明赫奕として新に御座す」（金刀本）とは大異していること。ここで注目されるのは、袈裟を拝領した人物が前者では、「行教和尚」、後者では「大師」こと伝教大師最澄となっている点である。行教は、宇佐八幡宮に参詣して一夏九旬の間、修業した末、神託を受けて石清水八幡宮を造立した著名な僧で、宇佐の神から袈裟を賜わる人物としては、こちらの方がふさわしく、前者の文面が本来的であった可能性が高い。それを後者は、大師から伝わる宝物を列挙してきた文脈に乗せて、あるいは「行教」を「伝教」と誤解して、当該人物を「大師」に変えてしまったものと推察される。この点は、旧稿で見落としていた。

（4）光頼が参内して、謀反の張本人信頼の上座にすわり、相手に恥辱を与えた場面で、「左袖ノ上ニ居懸ラレ」（17オ）とあるのは、他本の「右の袖」とするより、席順から見て妥当と考えられること。一松本も「左袖」。

(5) 光頼が弟の惟方を諫言する言中で触れる許由の故事が、「潁川耳ヲ《異国ノ許由カエイ》洗シ跡モ今ノ床敷コソ覚ノアル」（18ウ）と簡略であること。他本は大きく許由説話をふくらませており、古態本の「むかしの許由は、悪事を聞て潁川に耳をこそあらいしか」（新日本古典文学大系本より）の方に近い。

(6) 信西子息の遠流決定記事で、半井本以外の他本が、俊憲・澄憲・明遍三人の才能を賛美する文面を有するのに対し、俊憲賛美のくだりがなく、代りに「何レモ文才博覧ノ誉レ有シ人々ナルニ何ナル前業所感ニテ沈ミ憂名箱（ママ）覧ト人皆流涙ヲケリ」（19オ）とあること。もとは、澄憲と明遍二人の法験を対にしてたたえる文面のみであったかと思われる。一松本も同様。半井本は、子息の才能賛美の条自体がない。

(7) 重盛が堀川で窮地に陥った場面で、他本が等しく、落馬した彼が弓の先端で鎌田の肉迫するのを防ぎつつ素早く甲を着たと語るのに対し、そのくだりがないこと（30ウ）。他本が潤色したものであろう。以上、上巻。

(8) 下巻に入り、義朝一行を舟に乗せて逃避行を助けた法師の名を、『吾妻鏡』建久元年十月二十九日条や古態本と等しく「源光」（62オ）と表記し、他本の「玄光」と一線を画すること。「源光」とするのが、おそらく正しい。なお、この本の中巻は半井本系に属するため、そこでは「玄光」（57オ等）と書かれており、中・下巻の異質性を端的に表徴するものであった。また、京図本の場合は、下巻が山岸本より早く、義朝の青墓下着記事より始まっているところから、終始、「源光」表記で一貫しており、この系統の伝本では元来そう書かれていたと分かる。

(9) 悪源太義平の処刑場面で、平氏の運命がやがて尽きることを予言するような、義平の傲慢な言動を受けて、「清盛宣ヒケルハ義平程ノ大事ノ敵ヲ暫モ置テハ〔あしかるへし＝京図本〕悪源太ヲ疾々切レヤト宣ヘケリ」（66オ）とあること。他本は、処刑を督促するこの言を清盛のものとせず、義平自身が刑の執行を求めた言葉としており、それに比べ、これの方が無理のない構成に見える。のちに、義平の剛気さを強調するための改変が行われたのであろう。

⑽　常葉の都落ちの叙述で、「前途程遠シ馳思於鴈山之暮ノ雲ニ後会期遥ナリ霑《ウルヲス》纓於鴻臚之暁ノ涙」（74オ）とあるのは、典拠の『和漢朗詠集・下』「餞別」の詩句そのままで、他本の「前途ほど遠きおもひ、大和なる宇多のこほりに籠、後会期はるか也。たもとは暁の故郷の涙にしほれつゝ」（金刀本）といった工夫をこらした表現より、当初の素朴な引用という印象を与えること。

⑾　義平処刑の祟りで雷死する難波三郎の、竜宮より持ち帰った仏舎利を納めた寺について、「西岡山ノ辺神足《カウタリ》ト云フ寺」（79ウ）と記しているのが、正しいと考えられること。伝本によっては「講谷〈かうこく〉寺」（金刀本等五本）、「せうこくし」（八行本等二本）、「かうせんし」（屋代本）とあるが、まず「講谷」は、「神足」を「かうたに」（京図本ルビ）とも読むところから、誤った当て字に始まる名称と推量され、「せうこく」は、「講」の草書体を「稱」に、「かうせん」は、「足」を「泉」に、おのおの誤認した結果かと思われる。「神足ト云フ寺」は、乙訓郡神足郷（現・京都府長岡京市）の勝竜寺に比定され、「西岡山」という所在地の地名とも照応するものであった。話の背景に竜神信仰を想定すれば、竜宮の仏舎利を納める寺として勝竜寺はまさに打って付けなわけで、従来、不明とされてきた寺院の実体が明らかとなったのであった（前掲拙著、第四章・第一節の補説⑤参照）。

如上、十一点、上巻と中巻の分け方の問題も含めれば十二点にわたって、山岸本に代表される伝本の系統が、他本より先出である蓋然性の大なることを指摘してきた。なかでも、⑶⑷⑻⑾の示唆するところは大きい。私は、『平治物語』の諸本展開の実相を、古態本段階から金刀比羅本段階へ、更に流布本段階へと、文学的変質に焦点を当てて巨視的に捉えているが、この山岸本系統は、おそらく金刀比羅本段階の初期に位置づけて誤りないものと思う。同段階諸本は、永積分類に言う第三類（半井本）から第八類（八行本）までを含む。現存本の中で、その先頭群に入る伝本となれば、重要性は自ずから明らかであろう。中巻の欠落を他系統本で補っているのが惜しまれる点で、今後の新発見を期待したい。

最後に、山岸先生にまつわるいささかの思い出に紙面を割くことを、お許しいただきたい。

私が先生の研究室を初めて訪れたのは、昭和四十四年（一九六九）の夏休み前であったかと思う。大学院の指導教授であった故伊地知鐵男先生の御紹介で、この『平治物語』の写真を撮らせていただくべく、うかがったのであった。先生は「伊地知君の弟子なら大丈夫だ」などとおっしゃり、陸上部でマラソンを走っていた若き日の話をひとしきりされ、私が佐渡の羽茂《はもち》出身と知るや、同じ新潟県人であった先生は、「あそこの一宮神社には、『源氏物語』の写本があったはずだ。調べてみたらいい」と、おすすめ下さった。夏に帰郷、早速に同社を訪ねたが、残念ながら、前宮司が東京から来た古書店に売却してしまったらしい、ということであった。今、その本がどうなっているかは、知るよしもない。

私は先生の気さくなお人柄に感激してもいたし、ことの次第を報告しなければと考え、佐渡の産として知られる無名異焼《むみょうい》の湯呑みをお土産に、再度、研究室を訪問した。が、楽しい会話をした後の帰りの電車の中で、私は頬のほてる思いに襲われ、まさに穴があったら入りたい気持ちになってしまった。若気の賢しら、せずもがなのに、お土産の包み紙に「租品」と誤字を書いてお渡ししたことに、はたと気づいたのである。先生は分かっておられながら黙ってお受け取りになられたかと思うと、居ても立っても居られない気分であった。爾来、漢字への苦手意識が一層つのった。

次にお会いしたのは、昭和五十二年（一九七七）七月のこと。私が日本古典文学会賞を受賞した際、会長をしておられた先生から、直接、賞状を手渡されたのである。「日本古典文学会々報」に載ったその時の写真は、私の宝物の一つである。御生前に三度、親しく先生の謦咳に接することができたのは、誠に幸せと言う以外にない。本稿を、謹んで山岸徳平先生の御霊前に捧げさせていただく。

二〇〇一年十一月十三日記

（「実践女子大学文芸資料研究所・別冊年報Ⅵ」二〇〇二年三月。本解題は、当時の大学院生諸氏と共に行なった原文翻刻の冒頭に付したもの）

追記　その後、小助川元太氏より所在を教えられた長崎県立対馬歴史民俗資料館蔵の古写本が、該本と同類のものと分かった。該本の欠落部分を補えるもので、詳しい紹介が待たれる。

一三　前田家本『承久記』本文の位相

従来、『承久記』の諸本を紹介する際、前田家本は、最古態本たる慈光寺本の次、江戸期の出版に供された流布本の前に掲げられるのが一般であった。(1)そのことによって、諸本展開上に占めるこの本の高い評価が、研究者間の共通認識となっていたことが知られる。それゆえに、『承久記』に関する今後の研究課題として、「前田家本系本文の提供とそれへの加注」が「切望される」といった発言(2)をも生んできたのであった。

該本を初めて翻刻紹介したのは、大正六年（一九一七）刊の矢野太郎編『国史叢書・承久記』で、今日までそれが唯一の翻刻本文であった。同書には、慈光寺本・流布本・『承久軍物語《いくさ》』（「絵所」指示本）も同時に収録されているが、前田家本についての解題は、「内容及び記事の順序は刊本承久記（流布本）とほゞ同じけれども、（中略）他に見えざるもの尠からず。（中略）刊本承久記とその源を一にせるものならん」とある。前田家本と流布本とは同一祖本から派生したとする、のちの説(3)の淵源である。なお、『承久軍物語』に関しては、流布本の古活字版『承久記』と版本『吾妻鏡』とによって作成されたもので、江戸期、寛永以降の成立なることが、早くに明らかにされている。(4)また、『続群書類従』と『史籍集覧』に『承久兵乱記』として、『国民文庫』の『平家物語』には「附承久記」として収められているテキストは、前田家本と同系統ながら、『吾妻鏡』を用いて再編集したものと判明している。(5)

該本の成立年代は、足利氏に「殿」の敬称が使われ、足利びいきが顕著なところから、室町幕府開設前後以降と推測されているが、(6)それ以上の定説を見てはいない。流布本との先後出問題も不明瞭にして充分に検証されないまま、同本より先出とする受け止め方が、漠然と流通してきたように思われる。

こうした状況下で、西島三千代氏は、平成十一年(一九九九)二月に早稲田大学大学院文学研究科に提出した修士論文「『承久記』の研究」において、前田家本には、流布本の記述を前提としなければ理解しがたい文面が、数か所にわたってあることを指摘し、該本後出の可能性を強く示唆した。本書(汲古書院刊『前田家本 承久記』)後掲の同氏の論稿(「『承久記』研究における発見のいくつか」)は、それを改めてまとめてもらったものである。前田家本をめぐる詳細な研究史は、氏の記述を参照されたい。

本書(前同)の翻刻は、大学院に籍を置く学生たちによる共同作業の賜であるが、注釈をも念頭に置いて進めた作業過程を通じ、西島氏の見通しの正しさが次第に明白となった。私が最初に前田家本の後出性に思い至ったのは、流布本が地名としている「関の太郎」を、人名と誤解して本文を作っている箇所に出会った時であったかと思う。以後、その目で見れば、随所に後出性を示す事例が発見できた。本稿は、翻刻終了後の再調査に基づいて執筆するものであるが、中には学生たちの指摘によるものも含まれていることを断わっておかねばならない。

一　不審な叙述——冒頭より——

前田家本を冒頭から読み進めていくと、つじつまの合わない記述に出会う。それを順次列挙する形で論を進めよう。

①　後鳥羽院の紹介文で、「芸能、二《ふたつ》を学びます」(前掲汲古書院刊本の翻刻本文二一七頁・上巻1オ。以下同。読点・句点・送り仮名等は私に補う)とありながら、その「二《ふたつ》」が具体的に何を意味するか不明瞭である。天皇退位後のふる

まいを語る、「あやしの民ニ御肩をならべ、いやしき下女を近づけ給ふ御事もあり。賢王聖主の道をも御学《まなび》ありけり。又、弓取《つ》てよき兵《つはもの》をも召《めし》つかはゞやと叡慮をめぐらし……（中略）……はやわざ水練に至《いたる》まで淵源をきはめまします」という一節がそれに対応するかと思われるが、列挙の助詞「も」が三つも使われ、鮮明さに欠ける。

この部分の典拠は、『六代勝事記』の「芸能二をまなぶなかに、文章に疎にして弓馬に長じ給へり」と考えられる(7)が、流布本の方は、「芸能二《つ》を学び給へるに、歌撰の花も開き、文章の実もなりぬべし」（『新撰日本古典文庫・承久記』より）として一旦、文を切ったのち、退位後の「いやしき身に御肩を双《ならべ》、御膝をくみまし〱て、后妃・采女《うねめ》の無《やん》二止事《ごとなき》一をば、指《さし》をかせ給ひて、あやしの賤《しづ》に近付せ給ふ。賢王・聖主の直《すなほ》なる御政《まつりごと》に背き、横しまに武芸を好ませ給ふ」というふるまいに言及して、最後は、「呉王、剣革を好《み》しかば、宮中に疵を蒙らざる者なく、楚王、細腰を好《み》しかば、天下に餓死多かりけり。上の好《み》に、下したがふ習《ならひ》なれば、国の危《あやふか》らん事をのみぞ奇《あやし》みける」と結ぶ。こちらの方が、「文章」の道を捨て、「弓馬」の道に励んだとする『六代勝事記』の文面に近い。

そもそも、前田家本の「いやしき下女を近づけ給ふ御事もあり」の一文は、流布本のように、「楚王、細腰を好《み》しかば」といった後続文を伴って初めて有効に機能するもの。それがないために、浮き上ってしまっている。かたがた、流布本の内容を要約して書き直そうとし、失敗している観があるのである。

② 後鳥羽院が、皇位を第一子の土御門から承元四年（一二一〇）に第二子の順徳へ、更に承久三年（一二二一）にその子の仲恭へと移譲させたことに関し、「……順徳院、是なり。是は当腹御寵愛ニよて也。其後十一年を経て、承久三年四月廿日、又、御位を下し奉《たてまつり》て、新院の御子《みこ》ニ譲リ給ふ。依レ之、新院とも法皇の御中、御不快也」（二一七〜二一八頁・2オ〜）と、「新院」すなわち順徳と「法皇」後鳥羽との不仲を語る不可解さ。流布本は、順徳に譲位後の土御門をまず「新院」と呼び、「新院、御恨《み》も深けれども、力及ばせ不レ給《たまはず》」と記した上、「又十一箇年を経て、承久三

年四月廿日、御位を下《し》奉りて、新院の御子をつけ進《まゐら》せ給ふ。懸《かかり》しかば、一院・本院、御中不レ善《よからず》」と、順徳を「新院」に、土御門を「一院」に、後鳥羽を「本院」と呼びかえて、土御門と後鳥羽との不仲を語る。この方が明らかに理にかなっており、前田家本は、「新院」の表記を誤解した結果、混乱をきたしていると考えられよう。

③　実朝の官位昇進記事、「従五位下、十三にて元服、右兵衛ノ権ノ佐実朝とぞ申《(し)》き。従四位上、三位中将〔元如〕、従二位、建保四年、御とし廿四にて権中納言ニ補《ふ》す」（二一八頁・3ウ）は、どう見ても飛躍が甚だしい。流布本には、元服後、「明る年、従五位上。元久二年、正五位下、右中将に任じ、加賀介を兼ず。建永元年、従四位下。同二年、従四位上。承元二年、正四位下。同三年、従三位、右中将に（復）任。同五年、正三位、美作《みまさか》権《の》守を兼ず。建暦二年、従二位。同三年、正二位。建保四年、廿四にて権中納言、中将もとの如し。……」と、順を追って記されており、前田家本は、そこから適当に、四位、三位、二位と抜き書きしたものかと思われる。

④　実朝の任右大臣の大饗と鶴岡八幡宮拝賀の記事にも混乱がある（二一九～二二〇頁・3ウ～）。まず、建保七年（一二一九）の「正月廿六日」に行なわれる大饗のために、坊門大納言忠信が京から鎌倉へ下向することに対する都での反対論と容認論が記されたのち、「同正月廿七日、忠信卿・右衛門ノ督実氏卿」と、以下、名前が列挙されていくが、彼ら公卿に続けて「殿上人十人」「随身八人」「前駆廿人」「随兵十人」「調度懸」の各人物名が、遂次あげられているのを見れば、どうやら実朝に随行する一隊の人々の名と推測されてこよう。当日は、実朝の暗殺された鶴岡八幡宮社参の日であったから、その社参の行列を記したことになり、日付の右脇の異本注記にある「正月廿四日、忠信卿鎌倉下着」という本文が誤脱したため、理解にとまどう文面になったものと判断される。

ところが、人名列挙のあとに、再び「同廿七日、若宮にて御拝賀あらん時」と、同じ日付で八幡社参のことが記されており、重複することになって整合性に欠ける。あげられている人名の数でも、「随身八人」とありながら二名不足、「前駆廿人」も二名、「随兵十人」は六名不足している。流布本と比較すれば、両本で名前に若干の相違はあるものの、ほぼ流布本と同類の本文から人名を誤脱させたのであろうと思われてくる。

⑤　後鳥羽院から召集のかかった在京の鎌倉御家人、大江親広入道が、京都守護職の伊賀判官光季にそのことを知らせ、自分は「三井寺の騒動しづめん為とて」（二二七頁・15ウ）呼び出されたと言っている言葉に照応する記述が、前文にないのもおかしい。流布本には、前もって、捕縛される直前の西園寺公経が同じ光季に言い送った言葉として、城南寺の流鏑馬のための武士召集とはいうものの、「其《(の)》儀無《(く)》て、寺の大衆、可レ被レ静《め》とも聞ゆ」というくだりがあり、前田家本はそれに依ったかと思われる。

該本の場合、公経のその言葉は、三井寺攻撃とは逆の内容で、「三井寺の悪僧実明等《ら》を召サレ、其《(の)》外、南都北嶺、熊野の者ども多く催さる」（二二六頁・14オ）とある。あるいは、親広入道の知らせとあえて齟齬する形を創りあげ、光季に警戒心を抱かせる効果をねらったものかも知れない。

二　流布本改変の痕跡・上巻の続き

ひとまず作品の冒頭から、不審な叙述の背景に流布本があるらしいことを探ってきたが、引き続き以下同様に、順次、上巻から問題箇所を摘出していこう。

⑥　伊賀光季邸を襲った院方武士を紹介するのに、「一番には平九郎判官、手の者、進めよとて時を作ル。信濃国住人、志賀五郎右衛門、門のうちへ……」（二三〇頁・19ウ）と語り出し、続く文面に、二番手は誰、三番手は誰という記述が来ることを予測させながら、それがない。流布本を見れば、「二番に同《じ》手《の》者、岩崎右馬允……、三番に同《じ》手《の》者、

岩崎弥清太……、四番に、一門成《り》ける高井兵衛太郎……」と、平仄の合う整った記述形態をとる。前田家本は、それを崩してしまった可能性が高い。

⑦　光季追討後、後鳥羽院は、北条氏に対する東国武士の忠誠心の浅深を知りたく、「義時が為ニ命をすつる者、東国にいかほどか有《り》なんずか。朝敵と成《り》て後、何ほどの事、有《る》べき」と、庭上の武士に問うたところ、「推量《をしはかり》候ニ幾《いくば》クか候べき」（二三二頁・23オ〜）という返事が返ってきたとある部分、院がわざわざ問いかけていながら、自ら同じ言中で「朝敵と成《り》て後、何ほどの……」と高をくくった言い方をしているのは、分からなくはないが自己矛盾にも見え、何かしっくりしない。流布本では、院の問いかけに応じた三浦胤義が、「朝敵となり候ては、誰かは一人も相随《ひ》可レ候。推量仕《りふ》候に、千人計《り》には過《ぎ》候はじ」と答えたとある。どうやら、胤義の返事の前半分を、院の言葉に、後ろ半分を庭上の武士の言葉に振り分けた結果の不自然さと想像がつく。見通しの甘さという、胤義像に付与されたマイナスイメージを削除しようとして、改変したのではなかったろうか。

⑧　右のやりとりに続き、「城四郎兵衛なにがしと云《ふ》者」が進み出て、関東の状況を甘く見た仲間の言葉を否定、「……此《の》人々（北条一族）の為ニ命を捨ル者、二三万人は候はんずらむ。家定《ていか(ママ)》も東国にだに候はゞ、義時が恩を見たる者にて候へば死なんずるにこそ」（二三二〜二三三頁・23ウ〜）と言ったという。そもそも地の文では、名前を「なにがしと云《ふ》者」とぼかした表現にしてあるのに、本人の言中では「家定《ていか》」と自ら名乗らせているのはおかしい。流布本で胤義の言葉を否定するのは「児玉の庄四郎兵衛尉」なる人物で、『武蔵七党系図』によれば、名は家定。父は庄三郎忠家で、役職は左兵衛尉と確認できる。本人の言中でも「家定」と自称しており、こちらには齟齬がない。前田家本は、「庄」を「城」に、「尉」を「某」に取り違えたのであろう。

⑨　上洛する東国軍のうち、東山道を行く軍勢を紹介するのに、初めは「一陣、小笠原次郎長清。二陣、武田五郎

信光。三陣、遠山左衛門長村。四陣、伊具《いく》右馬ノ允入道」（二三九頁・33オ）としながら、直後の発向場面では、「大将軍ニは武田五郎父子八人、小笠原次郎父子七人、遠山左衛門尉、諏方《すは》小太郎、伊具右馬允入道、軍《いくさ》の検見《けんみ》ニさしそへられたり」（二四一頁・35ウ）と、小笠原と武田の順位が入れ替わり、伊具右馬允の役割も異なる記述となっている。更に、木曾川の大炊の渡りにおける合戦場面では、「小笠原次郎長清父子八人、武田五郎信光父子七人、……」（二四七頁・44オ）と、再び順位が逆転、にもかかわらず、「父子八人」「父子七人」の位置はそのままなため、両家の家族構成が、先の記述と完全に矛盾する破目に陥っている。

　武田五郎を二陣と意識していることは、先頭を切って川を渡そうとする彼の行動を、「二陣の手が進《すゝみ》ければ、前陣後陣、いかでかひかふべきとて馳行《はせゆく》」（二四七頁・45オ）と描写している点でも、明らかである。が、また別に奇妙なことは、武田軍が川を渡り切ると、「小笠原次郎長清、遠山左衛門、是を見て、鞭を上《（げ）》て馳《はせ》つく」（二四九頁・46ウ〜）と記す点である。すなわち、小笠原が「一陣」、遠山が「三陣」と前記されていたからには、先の、武田軍を追って「前陣後陣……馳行《はせゆく》」という叙述で、すでに両者の行動は描き取られていたはずなのに、それと矛盾する形で、再度、彼らの動きが説明されているのである。

　こうした実態が、どうして生じたのか。作者自らがそれなりに想念を練って創りあげた作品なら、このようなずさんさは考えられまい。流布本は、まず東山道軍の紹介で、「大将軍には武田五郎父子八人・小笠原次郎父子七人・遠山左衛門尉・諏訪小太郎。伊具右馬允入道、軍の検見に被二指添《へ》一たり」と記し、大炊の渡りの場面でも、「武田五郎父子八人・小笠原次郎親子七人・遠山左衛門尉・諏訪小太郎・伊具右馬入道……」とあって、符節が合う。武田軍の渡河に関しても、武田五郎が「小笠原の人共に不レ被レ知して抜出て」先陣すべく密命を下して敢行、それを知り、「小笠原次郎、被二出抜《だしぬか》一けるぞと安からず思て、打立てぞ渡しける」と語られていて、矛盾はない。

推察するに、前田家本の混乱は、流布本を下敷きにしつつ、武田五郎を二陣に移し変え、第二陣であったにもかかわらず、率先して戦いに臨んだ姿を描こうとしたところに、派生したものではなかったか。東山道軍の二番目の紹介文が流布本と一致し、武田軍渡河後に小笠原勢らが行動を起こしたとする点も一致する。前田家本作者は、流布本を改作しておきながら、流布本の本文や記述内容を抹消しそこない、自家撞着に陥っていると見られる。武田父子と小笠原父子の人数がすれ違っているのも、武田と小笠原を安易に入れ替え、調整し忘れたのであろう。

⑩　京方軍勢の北陸道への派遣をめぐる記述（二四二～二四三頁）の問題性は、前述紹介の西島論文に譲る。

⑪　木曾川を挟んでの戦いは、東海道を進んだ武蔵守北条泰時が大豆戸《まめど》（渡）から攻撃し、小笠原・武田の東山道軍は大炊の渡りから攻めたことになっているが、その東山道軍の動きを、「山道の手、関《せき》太郎と云《(ふ)》者、敵ありと聞て、三手が一ツに成て馳向《はせむかふ》」（二四七頁・44オ）と記している点、理解に苦しむ。「関《せき》太郎」なる人物の登場箇所はここのみであり、「三手」を「一ツ」に束ねるほどの勢力があった東国武士とはとうてい考えがたく、単なる情報入手者の紹介のつもりで書いたのであろうか。流布本を検すれば、五万余騎の東山道軍が、「各《おのおの》、関の太郎を馳越《せ》て陣をとる」と、地名になっている。更に、東国軍が木曾川を越え、軍勢を再配分する際、北陸道へ援軍として赴くよう頼まれた小笠原が、「山道の悪所に懸《つ》て馳上《せり》候つる間、関太良にて、馬共、乗《り》疲らかし」と、一旦、断わる言中でも、明らかに地名である。前田家本は、その同じ小笠原の言を、「関山《ひがしやま》にて、馬共、多く馳ころし」（二五四頁・下巻6オ）としており、「関太良（郎）」と書くのを回避したらしい記述に見える。地名への無知から、人名と解した同本作者が、理解に苦しむ文面を作り出してしまったのであろう。

また、「三手が一ツに成て」という叙述も、四陣で発向したはずの山道の手が三手に分かれた旨の記事など、これ以前に全くなく、唐突にすぎる。右に連続する「一河原《いちかはら》」で陣取った場面でも、「三が一手ニより合て、軍《いくさ》の評定《へうでう》す」

（二四七頁・44ウ）とあるから、山道勢が三隊に分かれて進軍したと書こうとしたことは、確かである。では、なぜそう企図したかと言えば、例の武田軍に対する特別な配慮が働いているように思われてならない。というのは、評定場面にすぐ続いて、武田五郎が率先して行動を起こし、「二陣の手が進《すゝみ》ければ、前陣後陣、いかでかひかふべきとて馳《はせ》行《ゆく》」という前引の一文につながっているからで、「二陣の手」に「前陣後陣」を合わせれば「三手」となる。唐突に山道勢を「三手」と書き出したのも、武田を特化しようとする姿勢ゆえであったのだろう。場当たり的な構想と評してよいのかも知れない。

⑫　大炊の渡りの合戦場面では、流布本にあった記事を脱落させたかと思われるふしが、一部にある。京方の武将、信濃国諏訪党の大妻太郎兼澄が、自ら名を名乗り、川を渡して来る東国勢の氏素姓を問うと、「同国ノ住人、川上左近、千野弥六」（二四八頁・45ウ）という返答。そこで、「さては一家なれば、千野弥六をば大明神（諏訪明神）ニ許し奉る。左近允をば申請《（し）こふ》」と言って馬を川に打ち入れる。千野が激しく攻めたてると、兼澄は、「主をこそ明神に免《ゆる》し奉れ。馬をば申請《（し）うけ》ん」と言って馬を射、落馬した千野は討たれてしまう。この一連の描写では、兼澄が最初に命をねらったはずの「左近允」がどうなったのか、皆目、分からない。ところが流布本は、兼澄がまず「能引《よつぴい》て丁《ちよう》と射る」や、「左近が引合《ひきあはせ》を篦深《のぶか》に射させて、倒《さかしま》に落て流れ」たと、千野の馬を射る以前に語っていた。その一節を、前田家本は誤脱か省略か、してしまったものと考えられる。

⑬　京方武士で、大炊の渡りで討たれたとある「帯刀左衛門」（二四九頁・47オ）は、軍勢配備の先行記事では「鵜《う》留《る》間《ま》の渡《わたり》」（二四三頁・39オ）に派遣されたことになっている。流布本でも、「鵜沼（鵜留間）の渡」へ差し向けられたとし、かつ、同地で奮戦したものの、「終《つひ》には可レ叶《ふ》にも無ければ引《（き）》退」いたと記す。慈光寺本に、「大井戸（大炊渡）」で討たれた人物として「帯刀左衛門」の名が見えるから、前田家本内の不一致の因は、作者が流布本と慈光寺本とを

共に目にしていたところに求められるのかも知れない。このことについては、後述する。

三　流布本改変の痕跡・下巻

上巻に認められた流布本改変の痕跡は、下巻にも等しく見出せる。以下、同様に列挙し、検証していく。

⑭　木曾川を越えた東国軍が、改めて軍勢を手分けする場面、三浦義村の手分け案に賛同する武蔵守北条泰時の言葉を取り込みつつ、「武蔵守殿、『今ニはじめぬ事ながら此《(の)》義ニ過《すぐ》べからず』とて、西路《にしぢ》へ、小笠原次郎、筑後太郎左衛門、上田太郎を初《はじめ》として、甲斐源氏、信濃国ノ住人をさしそへらる」（二五四頁・下巻6オ）と語る箇所は、飛躍があって分かりづらい。原因は、「西路《にしぢ》」なる道が、前後の文脈から特定できない点にある。武蔵守が賛同した義村の提案とは、勢多へ相模守北条時房、供御《くご》瀬に武田五郎らの甲斐信濃勢、宇治へは武蔵守泰時、一口《いもあらい》に毛利《もり》蔵人入道、淀は義村自らというもので、「西路」への言及は全くない。手分けが行なわれたのは、不破の関の手前の関が原。そこから西と言えば、進軍していく方向にすぎない。前引の文面と義村提案とを突き合わせれば、甲斐信濃の軍勢は二分されることになるはずであるが、それへの配慮もない。

流布本は、泰時が義村に賛意を表明したのち、「但《し》、式部丞（北条朝時）、北陸道へ向ひ候しが、道遠く極《め》たる難所にて、未《だ》着たり共、聞へ候はず。……小笠原次郎殿、北陸道へ向はせ給へ」と、小笠原長清に援軍となるよう要請、長清が自軍の疲弊を理由に断わろうとすると、筑後太郎左衛門を含む勢一万余騎を新たに差し添えたので、彼らは、「小関《(こぜき)》に懸りて伊吹山の腰を過《ぎ》、湖の頭を経て西近江、北陸道へぞ向《ひ》ける」と記す。「小関」は不破の関の北方、「湖の頭」は琵琶湖の北端であるから、小笠原軍は湖北を巡って「西近江」へ出、北国に向かったわけで、こちらは理にかなっている。「西近江」は、言うまでもなく攻めのぼる北陸道軍が通るはずの地、その「西近江」を「西地」と表記し、しかも、北陸道軍への援軍派遣であることすら省略してしまったために、前田家本はわけの分からぬ文脈となったものと考えられる。

⑮　東国軍を迎え撃った山門と南都の僧兵の配置も、奇妙である。北陸道軍に備えて、比叡山の僧兵観玄が西近江の「水尾ヵ崎（三尾崎）」へ派遣され、東海・東山道軍に対応するべく、「瀬多《の》橋」へは山田次郎重忠が比叡山の「三塔の大衆」の加勢を得て向かったとあるが、その直後の、南都大衆召集の宣旨には、「山門の大衆をば宇治ニさし向（け）、南都の大衆をば勢多へ可レ被レ向由、已《すで》ニ治定《ぢてう》」（二五七頁・10オ～）と見える。勢多へはもはや山門の大衆が行っているはずだし、それを遠隔地の宇治へ配置転換しようというのであろうか。奈良の大衆を近距離の宇治ではなく、遠い瀬多までわざわざ動かそうとするのもおかしい。にもかかわらず、以後、勢多では南都の大衆、宇治では山門の大衆の活躍が描かれていく（二五八頁～）。

流布本では、観玄（賢）が水尾崎へ、山法師を従えた山田次郎が瀬多へのまま、ストーリーは自然に展開しており、南都召集の宣旨などない。前田家本の同宣旨以降は、どうやら独自に手が加えられた箇所らしいのである。目的は、三浦泰村と足利義氏が勝手に始めた宇治橋をめぐる山門大衆との攻防戦で劣勢に立ち、加勢を求められた北条泰時が、「後《うしろ》より奈良法師《ならぼうし》、吉野十津川《よしのとづ》の者ども、夜打《ようち》ニかけんと覚《おぼゆ》る也」（二六一頁・16オ～）と言う、挟み撃ちを警戒するその言葉を使いたかったからではなかったか。奈良の大衆は、宣旨による召集を受けたものの、五百余人しか出陣しなかったとあり、大多数が残っている設定ともなっていた。武田軍を第二陣に移し変えた⑨の発想と同じものが、ここには感じられる。戦略に関心があり、戦場をおもしろく描きたい作者だったのだろう。

⑯　勢多橋における熊谷小次郎の挙動（二五八～二五九頁）の不自然さについては、⑩同様、西島論文に譲る。

⑰　同場面の宇都宮の描写に関しても同前。

⑱　宇治と淀と、東国軍が田原の地で二手に分かれる箇所、淀に向かう三浦義村が、北条泰時に従って宇治へ行く息子の次郎泰村に自分と同道するよう求めたところ、「鎌倉より武蔵守殿（泰時）ニ付《(き)》て候が、唯今、御供仕《(り)》候はねば、親子の中とは申ながら、無下ニ情なきやうに覚え候。三郎、付《き》奉り候へば、心安《く》思《ひ》奉り候」（二六〇頁・14オ）という答えが返ってきたというが、なぜ親子で同道できないのか、理由が示されていない。流布本では、息子の方からまず父に対し、鎌倉出立の際、泰時の父義時に「武蔵守殿《(の)》御供仕《り》候はん」と約束したゆえにここで別れると言い、父が子としての非を責めると、更に、自分も同道したいとは思うが、「大夫殿（義時）の御前にて申《(し)》て候事の空事《そらごと》に成《り》候はんずるは、家の為、身の為、悪《(し)》く候なん。御供には三郎光村も候へば、心安《く》存《じ》候」と答えたことになっている。こちらの方が明瞭で、前田家本は、要約・省略して、意が通らなくなってしまったのであろう。

⑲　宇治橋の合戦で、右の眼を射られた秦野（波多野）五郎は、大将の北条泰時から、「杭瀬川の額の疵《きず》だにも神《しん》妙《びやう》なるに、誠ニ有難し。鎌倉権五郎、再誕か」（二六三頁・18オ）と賞賛されているが、「杭瀬川の額の疵《きず》」に関する記事がどこにもない。同じ場面、流布本は彼の活躍を描いて、「是は、去六日、杭瀬川の合戦に、尻もなき矢にて額を被レ射たり。左《さ》有《あ》ればとて只有《る》べきに非ざれば、進《(み)》出《で》名乗る」と語り出し、橋上で右目を射られて後ろ向きに退き、郎等に助けられて矢を抜いてもらった話へと続く。しかし、泰時の賛辞はない。前田家本の作者は、その賛辞を作中に持ち込みたいために改変し、不注意にも「額の疵《きず》」の説明を落としてしまったかと思われる。

⑳　宇治川の浅瀬を探るべく、瀬踏みの役を買って出た芝田兼吉が、「いかゞ思ひけん、『検見《けんみ》を給《(り)》て瀬ぶみを仕らん』」（二六四頁・20オ）と申し出て、検見役の人物をわざわざ同道しながら、同道の目的が判然としない。流布本では、「検見の見る前にては、浅《き》所も深《き》様にもてなし、早《き》所をも長閑《のどか》なる様に振舞て」と、自らが先陣を果たすために、味

方を裏切る目的であったことが明瞭である。前田家本は、内容を短縮した結果、不鮮明となったのであろう。

㉑　宇治川の先陣を争ったのは、その芝田兼吉と佐々木信綱の他に、「安東兵衛も心得、打《(ち)》双《なら》べ、佐々木ニつれて打《(ち)》出《(つ)》る」（二六四頁・20ウ）とし、二人が川に馬を打ち入れるや、「是を見て安東兵衛も打《(ち)》入《(れ)》けり」（二六五頁・21オ）と語るが、続く文面には、その記述と矛盾するにもかかわらず、「安東兵衛、渡《り》瀬ニ臨《ん》で見けるが、味方は多くわたしけり。下り頭《かしら》にて渡り瀬も遠し。二段ばかり下《(しも)》、少《(し)》せばみにさしのぞき、爰《こゝ》のせばみ渡スならば、直《すぐ》にてよかりなんと、三十騎ばかり打《(ち)》入《(れ)》けるが、一目もみえず失《うせ》にけり」（同・21ウ〜）とある。流布本には、川幅の狭い所を渡そうとして、一族皆、「一騎も不レ見、沈《み》けり」というくだりはあるが、芝田・佐々木と先陣争いをしようとした条はない。前田家本の矛盾は、新たに改変しようとして挫折した様を、露呈しているかに見える。

㉒　記事を短縮したために分かりづらくなっている例に、川を渡そうとする北条泰時の馬に取りついて制止した、春日刑部三郎に関する紹介文もあげうる。それは、「子ども二人は前に流《れ》て死ぬ。我身も失《す》べかりつるを、弓をさし出したるに取《り》付《き》て助《か》り、二人のことを思て泣《き》ゐたりけるが」（二六七頁・23ウ）と書かれていて、弓を差し出して彼を助けたのは誰か不明。ところが流布本には、「郎等、未岳《だをか》に有けるが、弓のはずを入て捜しける程に、無ニ左右一取付て」と、郎等だったことが、その具体的行動と共に明記されていた。

㉓　京方の貴族、右衛門佐藤原朝俊の討死について、「仕出したる事はなけれども、申《(し)》詞《ことば》ひるがへさずして打死しけるこそ哀《れ》なれ」（二六九頁・26ウ）と記しているものの、「申《(し)》詞《ことば》」がいかなるものであったのか、記述がない。流布本では、自ら名乗りをあげた言葉の中に、「御所を被ニ罷出一ける時、……御方、負色に見へ候はゞ、討死すべく候也と申《(し)》切て向ふたり」というふうに、含まれていたものであった。

㉔　敗北した京方の三浦胤義が、太秦にいる幼い子に会おうとして行く途中、敵の目を避け、「此島と云《(ふ)》社《やしろ》の内ニ

かくれゐて、車の傍《かたはら》に立て、女車のよしにて木造《もくぞう》の人丸《ひとまる》をそのせたりける」（二七四頁・34ウ）とするのは、おかしい。そもそも、「社の内ニかくれゐて」と「車の傍《かたはら》に立て」とは、矛盾する行為ではないか。「木造《もくぞう》の人丸《ひとまる》」は、三重県久《ひさ》居《い》市に木造《こつくり》の地名があるから、振り仮名が誤っているのかも知れないが、たとえ人名としても、ここに突如、名前が出てくるだけなので、どういう人物か分からない。

流布本の胤義は、東山に住んでいた人丸なる女性のもとに息子ともども身を寄せ、自らの髪を切って母や妻子への形見として託してから、息子と人丸と三人で女車に乗り、太秦へと向かったが、木島《このしま》神社まで来たところで敵が満ち満ちていると聞き、「社の中に」隠れ、「人丸をば車に乗《(せ)》て置ぬ」と、詳しく語られている。前田家本の悪文は、記事省略のもたらしたものに違いない。

㉕　右に続く場面、胤義は、かつて郎等であった藤四郎入道が通りがかったのを呼びとめ、その説得によって自害するが、「さらば太郎衛門、先《(まづ)》自害せよ」（二七五頁・35ウ）と息子を先に死なせ、「胤義も追つかんとて、形見共、送り」、藤四郎入道に改めて遺言したとある。前田家本内では、息子の「太郎衛門」も、「形見」も、ここで初めて唐突に持ち出される。ここにも、流布本をもとに書き変えた実態が、露出していよう。

㉖　後鳥羽院の近臣たちのそれぞれの末路を語り、「六人の公卿の跡の歎き、いふも中々をろか也」（二八一頁・43オ）と全体をしめくくりながら、按察中納言藤原光親の処刑話を誤脱させたため、五人のことしか書かれていない。所引の一句は、流布本の「偖《さて》も六人の公卿の跡の嘆《き》共、申《す》も中々踈《おろか》也」に通じており、個々の話も類似する。光親の処刑話を落としてしまったのは、あるいは、坊門大納言忠信が助命されたのを、「按察ノ大納言」が祝福したとする記事に続け、「大納言は越後国ヘ流され給ぬ」（二八〇頁・41ウ）と書き、坊門忠信を指すその「大納言」を、「按察大納言」光親と勘違いしたからかも知れない。光親は正しくは中納言で、流布本もそうあるが、前田家本は大納言と誤っ

ており、全ての誤りは、そこに始まった可能性がある。
㉗　土御門院が土佐へ流される記事中、鎌倉へ申し送った院の言葉に、「承元四年のうらみは、ふかしといへども」（二八七頁・51オ）という、順徳への譲位に不満を抱いていた心境を伝える一節があるが、②で指摘したように、前田家本は、順徳と後鳥羽との不仲を語る一方、流布本にあった土御門の恨みには、一切、言及していなかった。右の言葉は流布本にもあり、同本は首尾相応した叙述内容となっているのに対し、前田家本は形を崩してしまっているのである。

四　慈光寺本の影

前田家本が流布本を改作したものであることは、上述の指摘で充分に論証できたと思うが、⑬で触れたように、慈光寺本に影響を受けたと考えられる要素もなくはない。それを列挙してみよう。

㋐　最初の攻撃対象となった京都守護の伊賀光季邸で、主君のために踏みとどまった人物十名の名があげられているが（二一八～二一九頁・上巻17ウ～）、そのうち二名は、慈光寺本とのみ付合する。順次、対応関係を示しておく。「飯渕《いゝふち》三郎」＝(慈)(流)なし。「新枝《ニエタ》与三郎」＝(慈)「仁江田ノ三郎父子」、(流)「贄田三郎・同四郎・同右近」。「つゝみ五郎」＝(慈)(流)なし。「大隅進士《おほすみしんじ》」＝(慈)(流)なし。「山村《やまむら》次郎」＝(慈)「山村三郎」。「河内太郎」＝(慈)同。「治部次郎」＝(慈)(流)同。「園手《そので》次郎」＝(慈)「園平次」、(流)「園平次郎」。「犬村《いぬむら》又太郎」＝(慈)(流)なし。「金王丸」＝(慈)(流)なし。

㋑　光季が真野（間野）左衛門時連を射倒す場面は、流布本より慈光寺本を踏まえたかと思われる。時連が前線に現われると、「内より判官（光季）是をみて、『日来《ひごろ》の詞《ことば》にも似ぬ物哉《かな》』と、ことばをかけられて、門の外よりかけ入《（り）》て馬より下《（り）》、太刀をぬき、縁のきはまでよせたり。簾《すだれ》の中より判官の射ける矢に、胸板、のぶかにいられ……」（二三〇～二三一頁・20ウ～）とあるが、時連の姿を見ただけで、光季が、「日来《ひごろ》の詞《ことば》にも似ぬ物哉《かな》」と揶揄するのは、文脈上、浮き上っている感が否めない。慈光寺本によれば、間野は当初、「門南腋《みなみわき》ニゾ打立タル」（『新日本古典文学大系・保元物語 平治物語 承久記』より）と記され、それを見た光季が、「門ノ南腋ニ」いるのは間野かと声をかけて、「ソニテマシマサバ、日来《ひごろ》ノ詞《ことば》ニモ似ヌ者哉《かな》。間近《まぢか》ク押寄《おしよせ》候へ」と挑発するのであり、同じ文言が身を隠した相手の動きを見て発せられたものと分かり、つじつまの合う形で文脈に収まっている。

更に、時連の行動描写で「馬より下《（り）》、太刀をぬき」とある点は、慈光寺本の「剣計《つるぎばかり》ヲ抜《ぬき》テ」に通じ、「縁のきは」まで攻め寄せた点も等しい。また、「簾《すだれ》の中より」射られたのは、「出居《でゐ》ノ内ヨリ」とするのに通ずる。それに対し、流布本がいかに異質であるかは、右に引用するところで明らかであろう。

間野左衛門時連と名乗て、相近《ちかづ》く。「如何に伊賀判官、軍場《いくさば》へは見へぬぞ」。光季、「爰《ここ》に有《り》、近寄て問ぬか。よるは敵か」とて相《か》近に指《し》寄《せ》たる。判官よつ引て放矢《つ》に、時連が引合せ、篦深《のぶか》に射させて退にけり。

㋒ 光季邸に踏みとどまった郎等として先に掲出した十名のうちにいない「政所《まんどころ》太郎」なる人物が、光季父子のために最後まで戦い自害したとあるが（二三一頁・22オ）、流布本では人名列挙中にあるのみで、特別な活躍は描かれていない。慈光寺本は、彼を光季の「後見《うしろみ》」とし、主君の意向を体して働く姿を詳細に伝え、最後は、主従「手ヲ取チガヘテ」、火中に飛び込んだと語る。その活躍を、前田家本作者は無視できなかったのではあるまいか。

㋓ 西園寺公経父子を死罪にせよとの後鳥羽院下命に反対した徳大寺公継の言中、「胤義・広綱が讒ニより」（二三三頁・24ウ）院が決起を思い立ったのはいかがかとする一節があるが、三浦胤義の北条氏への恨みは記されているものの、「広綱」すなわち佐々木広綱の讒言に相当する記述は、どこにも見出せず、流布本にもない。慈光寺本でも讒言自体はないが、光季邸攻撃の前夜、広綱が彼と同僚であったゆえに、その事実をそれとなく伝える場面が設けられている。あるいは、そこからの誤解、またはイメージの誤った拡大とでも言えるものがあったのではなかろうか。

㋔　右の徳大寺公継発言を受けて、「さてこそ、鎌倉にも伝聞《へき》て、近衛入道殿・徳大寺右大臣殿両所をば、忝《かたじけなき》事ニ申されけれ」（二三三頁・24ウ〜）とあるが、「近衛入道殿」つまり藤原基通まで、なぜ賛嘆されるのか、理由が明らかでない。この前後に、賛嘆に価する彼の言動など全くなく、突如、ここで称揚されているのである。慈光寺本を見れば、近衛基通は、後鳥羽院に北条義時を武力ではなく言葉で説得するよう勧め、かつ、討幕の朝議には参加しなかったとある。流布本にない同本独自の記事であり、前田家本はそれを取り込もうとして調整を怠ったのであろう。

㋕　北条義時と三浦義村とが討幕計画を知って二位殿政子のもとへ参上した場面、「大名八人、参りこみたり。庭にも間《ま》なくぞみえし」（二三六頁・28ウ）と描写しているのは、「大名八人」の表記と、「参りこみたり」以下の表現とがいささか不釣合いな感じがする。慈光寺本で、幕府への忠誠を誓う武田信光の言動中に繰り返される「四十八人ノ大名・高家」の、「四十八人」を誤ったのではないか。

㋖　前記⑬の項参照。

㋗　京方の山田次郎重忠は、六月十四日、勢多合戦の大将として描かれていながら（二五八頁・下巻11ウ、二五九頁・13ウ）、同日夜の宇治平等院をめぐる攻防戦にも登場し、「兵共、少々向《むかひ》へわたし、敵打《(ち)》はらひ、平等院ニ陣をとるならば、志ある者共、などか御方《みかた》ニ参らざるべき」（二六二頁・17ウ）という部下の主張を容れ、そう下知したものの、仲間の賛同が得られなかったと語られている。明らかな矛盾であるが、部下の主張内容は、慈光寺本で木曾川の洲俣《すのまた》にいた山田次郎が河を渡して進軍すべしと主張したそれに類似し、共に受け容れられなかった点も共通する。その記事にヒントを得たものではなかったかと、推察される。

㋘　流布本にはない章段「関東ヘ早馬ニテ軍《いくさ》ノ次第注進之事」（二七七頁・38オ）は、慈光寺本の幕府への勝利報告記事を改変したものかも知れない。北条泰時が、書状で鎌倉方の死傷者を父義時に知らせ、皇族の処遇や公卿らの罪科を問うているところが等しい。

以上、前田家本に認められる慈光寺本からの影響らしきものを列挙した。流布本改変の痕跡と合わせて見れば、改作の仕方がいかに雑駁であったか、自ずから知られよう。該本は、慈光寺本・流布本の下位に位置づけられる、あまり質の良くない改作本と考えざるを得ないのである。

最後に、この本の文学的性格についても、言及しておこう。

五　悲話の縮小と泰時像の拡大

前田家本全体を改めて俯瞰してみると、合戦場面に種々工夫を凝らそうとした様相がうかがえるのに対し、悲劇的な話が減らされていることに気づく。

まず、伊賀光季邸の攻防戦で、光季の十四歳の子息寿王が、攻め込んできた烏帽子親の佐々木高重に矢を射かけた箇所、流布本では、寿王が高重に臆せず声をかけて矢を放ち、高重は鎧に立ったその矢を人々に見せて、殊勝な少年のふるまいに落涙した文面となっている。慈光寺本でも、涙までは描かないものの、「是ヲ見玉へ、殿原」と、矢を見せている（ただし、当該人物を佐々木広綱とす）。一方、前田家本は、単に「高重、引返《き》す」（二三一頁・上巻21ウ）とだけしか書かない。情緒に訴える表現は、一切、ないのである。

その寿王が、火中に飛び入って死のうとするも死にきれず、最後は、父の光季が息子を呼び寄せ、子への愛情を口にしつつ殺害する悲痛な場面が、慈光寺本にも流布本にもある。しかし、前田家本は、「判官、よびよせて膝ニすへ、目をふさぎ、腹をかききり、火の中へなげ入《（れ）》て」（二三二頁・22ウ）と、単純淡白である。

木曾川の大炊の渡りで、武田・小笠原軍と戦った京方の武将大妻太郎兼澄が重傷を受け、自害覚悟で落ちる際、同僚に大手軍への戦況報告を依頼すると共に、幼い我が子への勲功の仲介をも頼む一言、「君、軍《（いくさ）》に勝《（た）》せ給《は》ば、京に二つになる男子を持たり、是に勲功申《（し）》宛《あて》給へ」が、流布本にはあるが、前田家本にはその部分だけそっくり欠けている（二四九頁・47ウ）。概して、親子の情を語ろうとする意欲に乏しいと言える。

右のくだりは慈光寺本にないのであるが、同様に、流布本と前田家本との共通記事で、敗北した三浦胤義が、㈠東山の人丸なる女性のもとを訪れて出家し、髪の毛を母親と妻子に形見として託し、㈡太秦にいる妻子を今一度見ようと赴く途次、遭遇したかつての部下、藤四郎入道のすすめで自害、㈢その首は、藤四郎によって女房のもとに届けられ、妻は悲嘆にくれたが、㈣やがて、兄三浦義村の手に渡され、兄も涙にくれたとする話、前田家本は㈠と㈢とを削除している（二七四頁・下巻34オ、二七五頁・35ウ）。そのため、㉔㉕で指摘したような不都合が生じていたのであった。

『承久記』の中で、同情をさそう逸話として知られる佐々木広綱の子の勢多伽丸の処刑話も、「勢多伽」の名すら記されない（二八五頁～・48ウ～）。費やされた字数は三四六字。慈光寺本の一七〇〇余、流布本の一四〇〇余、に比べれば、あまりに少ない。その話にすぐ続けて、鎌倉に残していた三浦胤義の遺児たちの処刑話が語られるが（二八六頁～・49ウ～）、こちらは三七八字。慈光寺本にはない話ながら、流布本は六〇〇余、これも縮小されている。京・鎌倉と、等量に悲話を振り分けたつもりなのであろうが、感興がそぎ落とされている観は否めない。

前田家本作者が表現したかったものは、そうした悲劇的話柄よりも、武士が戦場でどうふるまい、どう行動したかという問題であったように思われる。⑨と⑪で指摘した武田軍の動きを故意に書き変えたことや、⑮の、比叡山と南都の僧兵の奇妙な配置、㉑の、安東兵衛を宇治川先陣争いの一員に加えようとしたらしい痕跡などから、作者の関心のありようが想像できる。次に述べる北条泰時像の拡大も、それと表裏するものであろう。

最初に紹介したように、足利氏に「殿」の敬称が付され、足利びいきが認められる前田家本ではあるが、流布本と比べた場合、執権政治を定着させた泰時の姿に様々な手が加えられ、特別視されている事実も見落とせない。まず、鎌倉で策戦会議が開かれた際、流布本では、泰時が軍勢の集まるまで二、三日、出陣を待つべきだと発言し、父の義時がそれに激怒、即刻上洛と決したとあるが、前田家本では、慎重論を口にした人物を三浦義村に作り変えている（二三九頁・上巻32ウ）。泰時の負の側面を払拭しようとしたのであろう。なお、慈光寺本には、このやりとり自体がない。

義時の弟の相模守時房を総大将とする東海道軍が遠江の橋本まで来た時、京方についた主君のもとに向かうべく、ひそかに東国勢の中から抜け出した一団が追撃され、討たれてしまった話がある。慈光寺本と流布本の紙面には時房しか登場しないが、前田家本は武蔵守泰時を時房に連ねて出し（二四四頁・40ウ）、討たれた連中の勇気をたたえる言葉を、共に発したとする（二四六頁・42ウ）。

一行は尾張の一の宮に到着後、手分けが行なわれる。流布本は「大豆《まめ》の渡（木曾川）へは相模守時房、墨俣《すのまた》（長良川）へは武蔵守・駿河守（三浦義村）殿、被レ向ける」と簡略に記すが、前田家本は配置替えをし、「大豆戸《まめと》は大手なりとて武蔵守・駿河守、伊豆・駿河両国の勢、馳加《はせくはゝり》て弥《いよ〳〵》雲霞のごとくニ成にけり。墨俣ニハ相模守・城ノ入道等、遠江国の勢、十島《としま》・足立《あだち》・江戸・川越の輩《ともから》、相具してむかひたり」（二四六頁・42ウ〜）とする。以後、大豆戸が大手と位置づけされ、泰時の活躍が書かれていく。要するに、時房と泰時の立場が逆転させられている印象を受けるのである。

この部分、慈光寺本は脱文があるらしく不明瞭であるが、泰時は大豆戸に向かった記述となっており、前田家本はそれに依ったのかも知れない。しかし、同本にある以下の泰時の言動は、全く独自の増補かと考えられる。すなわち、手分けの時に、泰時が、「軍《いくさ》は山道の手をまちて、所々の矢合《やあはせ》たるべし」と下知したにもかかわらず、大豆戸の部隊が「大将のゆるしなきに」川を渡して合戦を始める、「武蔵守、是をみて大にしかりて、……返々《かえすがえす》慮外也との給ければ」、その場は治まった。陣中に京方から十四束二伏の矢が射込まれるや、「泰時、此《の》矢を大ニ笑て」ばかにし、泰村が自分が射返そうと言うと、それまでにも及ばぬとして、別人に命じて射返させたという（二四六〜二四七頁・43オ〜44オ）。

木曾川を挟んでの戦いは、東山道の手勢にまかされた大炊の渡りで始まり、武田軍の活躍で京方は大敗、死んだ馬が上流から流れてくるのを見て大豆戸でも東国勢が大挙渡河するが、全軍が渡河する契機を作ったのは、二番手に渡った泰時の息時氏であったと語られる。――「二番ニ武蔵太郎時氏、打《ち》入《れ》たまふ。是をみて十万八百余騎、一度に打わたしけり。時氏、三十余騎にて敵の屋形の内へおめいて蒐《かけ》入けり」（二五〇頁・49オ）――この一節も、慈光寺・流布両本にはないゆえ、独自の増補なのであろう。

下巻の冒頭、泰時が木曾川の「気《いき》が瀬」の攻撃隊であった足利に使者を差し向け、「唯今、大豆戸をわたり候也。同《ク》御急《いそぎ》候べし」（二五一頁・下巻1オ）と渡河を催促したとするのも独自文で、泰時を総指揮者として描こうとする意図が見える。そうした意識は、東国軍が再結集した関ヶ原で、再度手分けが行なわれる場面でも、泰時が前面に出て、三浦義村に手分けの案を求めるという形で現われている（二五三頁・4ウ）。これまた、両本にないところであった。⑲で指摘した秦野五郎への賛辞導入も、同様に解すべきであろう。

泰時・時氏親子の描出で生彩を放ち、成功するに至っているのは、宇治川渡河の場面である。まずは、渡河を試みて次々と流されていく味方の軍勢を目にした泰時が、自ら川を渡そうとし、春日刑部に力づくで止められた箇所、流布本は、泰時の行動を「河端へ被レ進けるを」と表現し、休んでいた春日刑部が止めに入る姿は、「立揚《ち》り、七寸《みづつき》につよく取《り》付《き》て」と淡白に記す。ところが前田家本は、前者を「手綱《たづな》かいくり、馳入《はせいれ》んとし給《ふ》」（二六六頁・23ウ）と表現し、後者に関しては、人の目に写った光景を取り入れ、「武蔵守殿、既《すで》ニ河に打《(ち)》入《(れ)》給ふと見て、あな心うやとて走《はしり》より、轡《くつばみ》ニ取付《とりつき》て」と語る。前田家本の方が劇的な叙述方法を意識的に取っていることは明らかで、春日刑部の説得するこのあとの言葉も、七割ほど増やされている。

次に、時氏が制止する郎等を鞭で打ちすえ、父の代わりに強引に川に入る箇所、流布本は、「(郎等が)馬の七寸《みづつき》に取《(り)》付《(き)》けるに、『只放せ』とて、策《むち》にて臂《ひぢ》を健《したた》かに被レ打ければ、『左有《さら》ば』とて放しける。其時、武蔵太郎、颯《さつ》と落す」と書く。この部分の前には、渡河を阻止された泰時が、同じく渡そうとする三浦義村を自ら制し、傍らに控えさせる一話があるが、前田家本はそれを削除、父の阻まれたのを見た時氏が即座に行動を起こし、佐久目《さくめ》家盛に轡を取り押さえられるくだりを、次のようにふくらませて語る。

大力の者なれば、馬も主《ぬし》も動《か》さず。「大夫殿（義時）、人こそ多《おほく》候へども、見はなち申《(す)》など仰《(せ)》候《(ひ)》し」と申《(し)》ければ、太郎殿、腹をたて、「何条《なんでう》、去《さる》事有《(る)》べき。親のひかへ給へるだに口おしきに、二人、此《(の)》川をわたさずは、坂東の者、誰を見て渡すべきぞ。にくい奴かな」とて、鞭を以て佐久目《さくめ》がつら、取付《とりつき》たるうでを打《(ち)》給ひけり。家盛、「さかしき殿の気色かな。ゆるすまじき」とて、指《さし》つめたり。弥《いよ〳〵》腹を立《たて》、打《(ち)》給へば、家盛、「わ殿のことを思《(ひ)》奉《(り)》てこそすれ。さらばいかに成《(り)》はて給はん共、心よ」とて、馬の尻をはたとうつ。何かたまるべき、河に打《(ち)》入《(れ)》けり。

（二六七〜二六八頁・24ウ〜）

このあとすぐに佐久目らがあとに続き、泰時が「太郎うたすな、武蔵・相模の者共はなきか〳〵」と声をあげると、「廿万六千余騎」が一斉に川を渡した、と、文面は展開する。父子の姿が緊密に結びつけられているわけで、表現の上でも前田家本の方が優れていることは、多言を要するまでもなかろう。

合戦終了後に後鳥羽院が出したという京方武士追討を命ずる院宣が、前田家本のみにあるが、そのあて先も時房ではなく泰時であり、うやうやしくそれを受け取る様も描き込まれている（二七四頁・34オ）。総じて、時房の姿は、相対的に後退させられているわけである。泰時を特別視する作者の姿勢は、従来、言われてきた足利氏に対するそれより顕著に見える。一方は、成立した時代の要請から生まれたもの、他方は、物語をおもしろくしたいという熱意から生まれたものであるからであろう。

本稿では、第一に、前田家本の『承久記』が流布本の改作であることを論証し、次いで慈光寺本からの影響も一部に認められる点を指摘、最後に、合戦の悲劇的側面よりも、戦いそのものの方に関心が傾斜していたらしい作者の精神構造をのぞき見た。そもそも、このようなテキストが創り出される必然性は何であったのか、成立時点や成立圏の問題も含めて、なお考えるべき課題は多く残されている。

注

（1）『新撰日本古典文庫・承久記』（現代思潮社・一九七四年刊）の松林靖明執筆「解説」。『日本古典文学大辞典』（岩波書店・一九八四年刊）の同氏執筆「承久記」の項。「国文学　解釈と鑑賞691・特集「軍語り」の世界」（一九八八年一二月）の村上光徳論文「承久記――構想の拡散性――」。『新日本古典文学大系・保元物語　平治物語　承久記』（岩波書店・一九九二年刊）の久保田淳執筆「承久記　解説」等。

（2）久保田淳「『承久記』研究史の考察と課題」（『軍記文学研究叢書10・承久記・後期軍記の世界』汲古書院・一九九九年刊）。

（3）冨倉徳次郎「慈光寺本承久記の意味――承久記の成立――」（『國語國文』一九四三年八月）。

（4）龍粛「承久軍物語考」（『史学雑誌』一九一八年一二月。『鎌倉時代・上』〈春秋社・一九五七年刊〉所収）。

（5）五十嵐梅三郎「承久兵乱記の成立に就いて」（『史学雑誌』一九四〇年六月）。

（6）原井曄「前田家本承久記の作者の立場と成立年代」（『歴史教育』一九六七年一二月）。

（7）『新撰日本古典文庫・承久記』（注1）の補注二。

（『前田家本　承久記』汲古書院・二〇〇四年一〇月刊）

一四　心象としての鎌倉

――前期軍記物語の世界から――

一　都からの距離

一二三〇年代に成立したと考えられる慈光寺本の『承久記』には、三人の急使が都から鎌倉へと下った話がある。後鳥羽上皇が北条氏追討を決断、京都守護職の地位にあった伊賀判官光季を討たせた承久三年（一二二一）五月十五日のこと、まず伊賀判官の下人が、主君の悲報を知らせるべく、同夜「戌刻《いぬのこく》」（午後八時と前後各一時間）に出発する。また、上皇方にくみした平判官三浦胤義が、鎌倉にいる兄の駿河守義村を味方に抱き込むべく、全く同じ時刻に、密書を託した使者を下したと記す。三人目は、関東の武士に北条義時追討の院宣を伝える役目を仰せつかった押松《おしまつ》なる院の下部《しもべ》で、都を出たのは半日遅れの「十六日ノ寅時《とらの》」（午前四時と前後各一時間）とある。

鎌倉に一番に到着したのは、最後の押松。彼は、「下《り》コソ急《ぐ》トモ、上リニハ大名、高家《こうけ》ノ手ヨリ引手物《ひきでもの》得テ上ランズレバ、宮仕《みやづかへ》ノ冥加《みやうが》、此《ここ》ニ在《あり》」と思い、喜び勇んで「十九日ノ申《さる》ノ刻」（午後四時と前後各一時間）には着いてしまったという。所要日数は、三日と半日である。あとの二人は、ともに二時間後の「酉《とり》ノ時」に着いたとあるから、ほぼ四日ということになろう。押松には、「己《おのれ》ガ様ニ足早カラン下部」といった評語が付されているから、馬ではなく、走って下ったことが前提となっている。京と鎌倉の間は約百二十余里、四八〇キロ余りで、『海道記』『東関紀行』『十六夜日記』の各作者は、それぞれ十四日、十二日、十三日を要しているから、彼の速さが自ずと理解できよう。結局、押松は鎌倉で捕えられ、都へ追い返されることになるが、「今度ハ急ガズトモ」と思ったものの、「鎌倉ヲ出《いで》テ五日ト云《いひ》シ酉ノ時ニハ」都に着く。やはり相当なものである。

当時の飛脚で速い例を求めれば、後白河院の崩御した建久三年（一一九二）三月の場合、十三日の寅の刻崩御の知らせが、十六日未《ひつじ》の刻（午後二時と前後各一時間）に届いたと『吾妻鏡』にあり、三日半である。仁治三年（一二四二）五月、北条泰時が死の前月に出家した時の急使は、「九日寅剋、飛脚出二鎌倉一、十二日子《ねの》剋、馳二著武家一」いたといい（『大日本史料五―十四』所引『故一品記』）、これも三日半余り。それに先立つ同年の正月九日、十二歳の四条帝が、三日前の転倒が原因で重態となり遂に崩御した際には、危篤状態となった丑《うし》の刻（午前二時と前後各一時間。『後中記』）に飛脚が関東へ立てられたらしく（『百練抄』）、十六日に「申二上御祈事一之使」が上洛する（『平戸記《へいこき》』）。情報の往復は七日でできたわけで、片道三日半となる。次の天皇を誰にするか、幕府の意向の伝えられるのを、『平戸記』の筆者は翌日の十七日、十八日と焦燥感に駆られつつ待ち続けているが、それも情報の交換は七日あれば充分と考えていたからに外なるまい。ただし、馬を使用することが暗黙の前提ではあったろう。当時の公の飛脚は、道中の駅ごとにもうけられていた馬を乗りついだという（新城常三著『鎌倉時代の交通』吉川弘文館・一九六七年刊）。

『承久記』に押松が三日半で鎌倉に到着とするのは、彼が馬と同じ速さで走ったと言いたかったのに違いない。日本の在来種の馬は、今日、目にするものより一回り小さく、背丈はせいぜい一四〇センチ前後だったことが知られている。速度も劣っていたであろう。『平治物語』には、「馬武者を八町がうちにて追《をつ》つめとらへ」るほど足が速かった為、「八町二郎」とあだ名をつけられた男が登場するが（金刀比羅本等。一町は約一〇九メートル）、思いつきとして充分にありえたことと思われる。『平家物語』で、頼朝に挙兵をすすめる文覚が、新都の福原（神戸市）に幽閉されている後白河院から、平氏追討の院宣をもらう為に、伊豆より三日で上り、また三日で帰って来たとするのも（覚一本等）、先の諸例を勘案すれば、現実的に考えられる最少所要日数であったことになる。要するに、鎌倉は、速ければ三日と半日で都から行ける所と認識されていたのであり、それが軍記作品にも具体的表現となって示されているのである。

二　「引出物」――東国の豊かさ――

押松は、鎌倉に着いたら「大名・高家ヨリ引出物《ひきでもの》得テ上ラン」と皮算用していたよし語られていたが、追放された時には、その当てがはずれて悔やんだと、再び「引出物」に言及している。鎌倉に出向けば、多大な褒美の品がもらえるというイメージが、どうやら出来上っていたらしい。

『平治物語』の古態本（陽明・学習院本系）の最後に付加されている後日譚部には、平家滅亡後、かつて囚われの身であった少年の頼朝に温情を施した人物が、鎌倉に推参した話がある。その一人が丹波藤三頼兼《とうぞうよりかね》なる人物で、頼朝の命を救った清盛の継母池禅尼に仕え、父を供養する卒塔婆が欲しいという頼朝の願いをかなえてやった男であった。彼が鎌倉へ下り自ら名乗ると、即座に頼朝は思い出し、「此仁《このじん》は、往事、忘《わす》れがたく、芳志身にあまる人」で、「旁《かたがた》、大事に存ずる客人也。引出物せばや」と言い、それに応じた近習の人々が「納殿《おさめどの》より、豹・虎の皮・鷲の羽・鷹の羽・絹・小袖・めん〳〵にいだき出し」、「頼兼が前後に積《み》をかれたれば、其人《の》は見えぬほど」であったという。更に、他人に横領された土地のことを訴えると、それも保証してやり、引出物の「種々の宝」は、「宿続《しゆくつぎ》にをくれ」との下命が出て、「都まで」送り届けられたとある。

もう一人は、頼朝が伊豆へ配流《はいる》される際、将来、天下を掌握するという夢を見たと告げた纐纈《こうけつ》源五盛康《もりやす》である。彼の場合、当初、頼朝が下向を待っていたにもかかわらず、「双六の上手」ゆえに後白河院御所に常々召され、鎌倉の意向を伝えられながら、推参しなかったという。やがて院が崩御した後に参向したが、「とく参りたらば、国をも庄をも、申《まうし》沙汰してたぶべきに、今までまいらねば、力をよばず」との返辞。それでも「小所《こどころ》」とはいえ土地を与えられ、更に再度下向した際には、明春に来ればという約束を得たものの、その約束の日を前に頼朝が死去してしまい、「恩をかうぶるにをよばず」して終る。いずれの話も、鎌倉の主《ぬし》頼朝が、言わば宝の山の持ち主として意識されているとでも言えようか。

頼朝が昔の恩に報いた話は、池禅尼の息の池大納言平頼盛の場合が、『平家物語』（巻十）を通じてよく知られている。物語によれば、頼朝が下向を待ち望んでいたのは、頼盛よりもむしろその郎等の平宗清の方であった。宗清は頼朝の身柄を預り温情を施した人物であったが、当時はまだ平氏一門は屋島に籠っており、それに気兼ねをして主君と行動を共にしなかった。そこで、頼朝は大いに落胆する。古態本の延慶《えんぎょう》本は、「所領賜《たまは》ントテ、下文《くだしぶみ》、数《あま》タナシ儲《まうけ》テ、馬・鞍・諸《もろもろ》ノ引出物ナムドタバン」としたが無駄となり、「可ㇾ然《しかるべき》大名共」も「馬弘《ひか》ム（与えよう）」と待ち構えていたが「本意《ほい》ナキ事」になったと記す。

無論、頼盛には、帰洛の時に膨大な贈り物があった。もとの所領が安堵されたのみならず、新たな土地も「数《あま》タ」与えられ、「馬・鞍・長持《ながもち》・羽金《はがね》ナムド多ク」用意され、頼朝の意を汲んだ「大名小名」たちまで「我モ〳〵ト」競いあい、「馬モ二三百疋ニ及」んだ。話末は、「命ノ生《いき》タルノミニ非ズ、得付《とくつき》テゾ登《のぼり》ケル」と結ばれる。

その時のことは、『吾妻鏡』元暦元年（一一八四）六月一日条と五日条に載る。前者では、帰洛を控えて宴会が催され、頼朝からの「御引出物」として「金作《こがねづくり》剣一腰」「砂金一裹《つつみ》」「鞍馬十疋」が与えられたとあり、下向しなかった宗清に関する記述も含む。後者は帰洛当日の記事。頼盛が鎌倉に逗留していた間、連日宴会が開かれ、「金銀盡《つくし》レ数、錦繡《きんしう》重レ色」ねたと伝えている。物語が記すほどではなかったにしても、都で話題となってもおかしくないくらいの引出物が用意されたのは、確かなのであろう。

鎌倉へ下った人物がたくさんの引出物をもらって帰って来た間違いのない実例は、『玉葉《ぎょくよう》』寿永二年（一一八三）十月一日条に認められる。「先日所レ遣二頼朝許一之院庁官、此両三日以前帰参、与《あづかる》二巨多之引出物一云々」というもので、文中の「院庁官」は、十三日条まで読み進むと、「院庁官々史生《ししやう》泰貞先日為二御使一向二頼朝許一、去比帰洛重為二御使一可レ赴二坂東一云々」とあることによって、『平家物語』には「中原康定」あるいは「泰定」と記されて登場する人物と判明する。この時、彼が関東からもたらしたものは、「合戦注文」（報告書）と三か条の申請をしたためた「折紙」。三か条の一つは、神仏の力によって平家は都落ちしたのであるから、神社仏寺に賞を与えてほしいという内容。二つは、平家が押領していた王侯や卿相の領地を、もとの領主に返却するように、三つは、投降してきた平家の郎従については、即座に斬罪に処することのないように、という内容であった（四日条記載）。それに対し朝廷側は、重ねて坂東に派遣した彼に託し、都を占拠している木曽義仲と頼朝との「和平」を要請、その一方で、申し状に従い、東海東山両道の荘園・国領の領主を旧に復する宣旨を下すが、北陸道に関しては、義仲をはばかり沙汰なしとした（閏十月十三日条記載）。いわゆる十月宣旨である。

『平家物語』は、この十月宣旨を、頼朝に対する征夷大将軍任命の宣旨に、意図的にすりかえたらしい。宣旨を帯した康定の鎌倉下着を、延慶本は九月とし、後出本は十月、また宣旨を院宣と表記するなどの相違はあるが、将軍任命の事実を九年も早めて、平家都落ち直後の時点にあえて設定していることに変わりはない（巻八）。引出物の類はどう書かれているかと言えば、まず、鶴岡八幡宮で行なわれた宣旨伝達の時に、宣旨を入れてきた覧箱《らんばこ》の蓋《ふた》に「砂金百両」と「馬」、宿舎では「厚絹二領、小袖十重《かさね》」に「上品《じやうぼん》ノ絹百疋」「白布百端、紺藍摺《こんあゐずり》百端」、そして「馬十三疋」のうち三疋には鞍が置かれていたとある。翌日、頼朝の館に出向き、対面して帰ってくると、「追様《おひさま》ニ、荷懸駄《にかけだ》卅疋」、次の日、帰洛のあいさつに行くと、「金ツバノ太刀」と九本の矢を指した箙《えびら》「一腰《ひとこし》」を与えられる。その上、鎌倉を出てから「鏡ノ宿」に至るまでの宿場ごとに、「米ヲ五石ヅヽ」置いてあったという（延慶本）。鏡の宿から都までは一日行程であるから、泊まる所すべてに準備されていたことになる。

総じて東国は、たいそう豊かな所と考えられていたのであろう。延慶本には、このほか、法住寺合戦（後白河院と義仲との戦い）を引き起こした鼓判官知康が弁明の為に下向した話があり、彼が「ヒフ」つまりお手玉のうまいのを知っていた頼朝が、幼い頼家を喜ばせてやろうと、「砂金十二両」を渡し、それでお手玉をさせようとしたよしを記す。知康は、「砂金ハ吾朝ノ重宝」だからと言い、代りに庭の石を拾って得意芸を披露して見せる。こうした話にも、一般的にそう思われていた東国の豊かさが、自ずと顔を出していよう。押松が「引出物」を期待して鎌倉へとひた走ったと『承久記』の作者が書いたのは、頼朝による開幕以来、恵まれた土地という理解が一貫して維持されていたからと思われる。

三　都人の見た鎌倉

『玉葉』によると、都に帰ったくだんの泰貞は、ある人物のところに来て、「語二頼朝仔細一」ったが、「不レ遑《いとまあらず》レ記」だったといい（十月十三日条）、また、『吉記』の筆者吉田経房のもとにも現われて、「語二関東事一」っている（十一月十六日条）。彼の伝えた鎌倉の情報は人々の熱い関心をよび、「記」しておきたい要求をもかき立てたことであろう。

その点、延慶本『平家』が、院の御所に参じた彼自身の「委《くは》シク」奏上した言葉として、長々と千五百字余りを費して記しているのは興味深い。報告談の中味は、『吾妻鏡』が正しく九年後の建久三年（一一九二）七月二十六日から二十九日にかけて書き留めている征夷大将軍宣旨拝領の記事と、後出本に比べれば相対的に近い。かつ、同本は、頼朝の請文《うけぶみ》として、先に紹介した三か条の申請を要約してそっくり記載しており、将軍任命の記事を、寿永二年のかの十月宣旨宣下の歴史的経緯の中に持ち込んだ初期の段階を想像させる叙述となっている（同じく古態本に属する源平闘諍録も、報告談の形態をとるが、右の三か条の記事はない）。

『吾妻鏡』に相対的に近いとしたのは、一つには、宣旨を受け取る場所に定めた鶴岡八幡宮に、頼朝自身が出向き自ら受け取ったか否かの差である。後出本（屋代本・覚一本等）は、都の使者から三浦義澄の手を経て八幡宮の若宮で頼朝に差し出されたことになっているが、延慶本にはその場に頼朝の姿がなく（源平闘諍録も）、『吾妻鏡』を検すれば、彼は自分の館の「西廊」で、八幡宮より帰参した義澄より献じられているのである。延慶本の方が、より事実を反映しているのであろう。また、翌日、除目《じもく》の聞書《ききがき》が到来し、それを見た頼朝が、以前に藤原秀衡を陸奥守にしたこと等を思い出して不満を述べたとするくだりも、『吾妻鏡』に実際の除目の内容が写し取られており、聞書に一切言及しない後出本よりは事実に通ずる性格を持つ。

もっとも全体を九年も早めたのであるから、報告談中に虚構が混じっていることは疑いもない。八幡宮で宣旨を受け取ることにしたのは、頼朝が「勅勘《ちよつかん》ノ身ニテ直ニ宣旨ヲ奉二請取一事、其恐《そのおそれ》アリ」と言ったゆえだというが、建久三年の段階では、流罪の身はとうに解かれ、権大納言・右大将の地位まで極めていたから、それは寿永二年にまで繰りあげた為に、新たに付け加えられた理由と見られる。義仲や叔父の十郎蔵人行家のふるまいに対する憤りを口にし、秀衡らの人事に不満を述べる頼朝の姿も、寿永二年の状況を前提とした形象であろう。しかし、こちらの方は、本当にこの年、康定が都に伝えた頼朝の言動の真相を、そのまま受け継いでいる側面があるのかも知れない。ともあれ、彼の報告談は、虚実折りまぜて出来上っている。そして、こうした、鎌倉での見聞を詳細に申し述べる場面を創出することによって、闇の中にあった当時の東国の、実は驚くべき充実ぶりを、表現したかったものと思われる。その一端が、あまたの引出物の紹介でもあったわけである。

さて、報告談では、鶴岡八幡宮のことが次のように語られている。

若宮ト申《し》候ハ、鶴岡ト申所ニ八幡ヲ移《す》シ奉リテ候ガ、地形《ぢぎやう》、石清水ニ相似テ候。其ニ宿院《しゆくゐん》アリ。四面ノ廻廊有《り》。造道《り》、十余丁、見下《し》タリ。

神社の草創は、康平六年（一〇六三）に源頼義が石清水八幡の分霊を由比浜に勧請し、由比若宮と称したのに始まるが、頼朝はそれを治承四年（一一八〇）十月に現在地に遷座、養和二年（一一八二）三月には政子懐妊による安産祈願のため、由比浜から社頭までの参道（段葛・若宮大路）を造った。右の文面にある「造道《り》」はこの参道を指すが、気になるのは、「見下《し》タリ」という一節である。今、社殿は石段を登った山の中腹にあり、確かに見下す形になる。しかし、遷座の当初は山の麓にあったのであり、中腹に移されたのは建久二年（一一九一）十一月のこと。同年三月四日の鎌倉大火により灰燼と化し、それを契機に高地へ移すことに決定、四月二十六日に上棟、十一月二十一日に遷宮を完了したのであった。従って、物語の語る寿永二年（一一八三）九月当時、「造道《り》、十余丁、見下」すなどということは、ありえなかったはずである。ここは、実際に征夷大将軍の宣旨が伝達された建久三年七月当時の光景が写し取られていることになろう。「地形《ぢぎやう》、石清水ニ相似テ候」とあるのも、社殿が山の中腹にあってはじめて言えることであった。

では、康定は建久三年の時にも使者の一人として下向しているから（『吾妻鏡』）、右の文面は、その時の見聞に端を発しているかと言えば、それはあやしい。そもそも都人の中で定着するに至った鎌倉のイメージとは、鎌倉のシンボルのごとく鶴岡八幡宮が高台に鎮座するものであったろう。武家社会を統括する神は、一段高い所にまつられる方が、印象的にいかにもふさわしい。社殿が麓にあった時代は、半ば必然的に忘れ去られる運命にあったのだろう。そうして固定化されてしまった鎌倉のイメージが、ここでは語られているように思われる。

次に、頼朝の館はどのようであったか、その実状を述べている報告談の部分を引用してみよう。

明日《あくる》、佐《すけ》ノ館へ向《ひ》テ候シニ、内外ニ侍《さぶらひ》候。共ニ十六間ニテ候ニ、外侍《とさぶらひ》ニハ、国々ノ大名肩ヲ比《なら》ベ膝ヲクミテ列《つらなり》居タリ。内侍《うちさぶらひ》ニハ源氏上座シテ、末座ニハ、ヲト郎等共着シタリ。少シ引《き》ノケテ、紫縁《べり》ノ畳ヲ敷テ、康定ヲ居《すゑさ》セ候テ、良《やや》久《しく》有テ、兵衛佐ノ命ニ随テ、康定、寝殿へ向《ふ》。寝殿ニ高麗ノ畳一帖シキテ、簾《すだれ》ヲ揚ラレタリ。広庇《ひろびさし》ニ紫縁《べり》ノ畳一帖敷テ、康定ヲ居《すゑさ》セ候ヌ。サテ、兵衛佐、被二出合《で》一タリ

居館の内側と外側に武士の控え所である「侍」が設けられ、共に十六間の長さ（一間は柱と柱の間をいう）。「外侍」には諸国の大名ら。「内侍」の上座に源氏一党、下座に郎等たちが座す。康定は、用意されていた「紫縁《べり》ノ畳」の上で待たされ、やがて「寝殿」へと招かれる。そこでは簾が揚げられた奥に頼朝の座る「高麗ノ畳一帖」が敷かれており、手前の広い廂《ひさし》の間には、康定のためにまた「紫縁《べり》ノ畳一帖」が置かれていた。この部分、田舎とは思えぬ建物の堂々とした造作や、高麗縁《べり》の畳まであった驚きを伝えようとしたものであったに相違ない。

ついでに、建久二年十一月の八幡遷宮に都から招聘された楽人《がくじん》の多好方《おおのよしかた》が、帰洛に際し、多大な「餞別」を贈られた記録が『吾妻鏡』にあるので、紹介しておこう。同月二十二日条の記すところは、頼朝から馬十二疋、弟の範頼からも十疋、幕府政所よりは馬五疋と荷鞍馬五疋。荷の中味は、直垂十二具、上品《じょうぼん》の絹十疋、色々の布二十端、白布二百端、等々。彼の子息にも馬三疋、供人三人にも各々二疋。馬だけでも四十一頭に及び、「送夫」二十一人をつ

けられて、帰洛は大変な行列となったことであろう。鴨長明の書いた『発心集』巻八には、琵琶法師が生活の糧を求めて鎌倉に下る話があるが、そうした期待すら抱かせる土地が鎌倉だったのである。

四　再生の地

東国の地が、前九年・後三年の役を戦った源頼義・義家父子の時代から、源氏と深いきずなで結ばれるに至ったことは、今さら言うまでもない。その時代に、坂東武士は多く源氏の郎従となった。頼朝の父義朝は鎌倉の亀ヶ谷《やつ》に居宅を構えていたし（『吾妻鏡』治承四年十月七日）、長兄の義平は「鎌倉の悪源太」と呼ばれていた（『平治物語』等）。保元の乱の時、祖父為義は、崇徳院側について敗北の憂き目をみるが、戦いに先立つ軍議の場では、万一の場合、「関東へ御幸候テ、アシガラノ山キリフサギ候ナバ、……東国ハヨリヨシ・義家ガトキヨリ、為義ニシタガハヌモノ候ハズ」云々と、自信のほどを語ったよしが『愚管抄』巻四に見える。『保元物語』でも同様の言動を取り込み、例えば古態本たる半井本《なからい》などは、「東国へ下シ進《まゐら》セテ、相伝ノ家人共相催シテ、ナドカ都へ返シ入進《いれまゐら》セザラン」と記す。坂東の地は、源氏一族にとって、最後の拠り所となる土地であったと言っていい。

『平治物語』の場合、討死を覚悟で敵陣に馳せ向かおうとする義朝を説得する乳母子の鎌田兵衛正清の言葉に、「若《もし》又のびぬべくは、北陸道にかゝりて、東国へくだらせ給ひなば、東八ヶ国に、たれか御家人ならぬ人候」という一節が、古態本にある。事実、彼らは東国を頼って都落ちし、途中で暗殺されることになるのであるが、それを聞いた義朝の愛妾常葉《ときわ》は、「東《あづま》のかたをば頼もしき所とて」下ったのにと落胆し落涙する。『保元物語』の古態本では、息子の義朝のもとに自首してきた為義をだまして殺害しようとする鎌田は、東国へお連れして再起を期すのだと言ってだましてもいた。

為義の自首を思いとどまらせようとした八男為朝の言葉は、より具体的である。古態本の本文は次のごとくある。

坂東へ下ラセ給ヘカシ。今度ノ軍《いくさ》ニ上リ合ヌ義明《よしあきら》、畠山庄司重能《しげよし》、小山田別当有重《ありしげ》等ヲ、太政大臣、左右大臣、内大臣ニモ成シ、是等ガ子共ヲ、大納言、宰相、三位、四位、五位ノ殿上人ニ成シヲキ、将門《まさかど》ガシタリケル様ニ、我身ヲ親王ト号シテ、奥ノ基衡《もとひら》カタライテ、ネズノ関ヲ堅《かため》サセテ、奥大将軍ニハ、四郎左衛門（四男頼賢・筆者注）ヲ下申《しし》、海道ヲバ掃部権助《かもんごんのすけ》（五男頼仲）ニ堅《め》サセ申《し》、山道《せんだう》ヲバ七郎殿（七男為成）ニ固メサセ申テ、坂東ノ御後見、為朝シテ、世《の》中ナドカスギザルベキ。

承平の乱を起こしたかつての平将門は、自ら新星と号し、政府組織を作って諸職を任命した。為朝は、それにならって、東国に独立国家をうち立てようというのである。

そして、後出の金刀比羅本になると、この言中に鎌倉が加わってくる。すなわち、「鎌倉に都をたて、東八箇国の家人等、召寄《しせ》て」とか、「為朝、鎌倉の御後見にてあらんずる」といった句が挿入されてくる。東国の中心としての鎌倉が明瞭に意識されているわけで、当然それは、幕府創設以来、武家社会の核として機能してきた都市の姿が反映されたものであった。

このように物語世界では、鎌倉を含めた東国の地は、源氏一党の捲土重来を期すことのできる最後の拠り所として語られる場合が多い。頼朝が鎌倉に地盤をすえた後代の歴史が、一層そのことを助長したのであろう。言わば、源氏を再生させうる地、また現実に再生させた地としてのイメージが、しかるべくして鎌倉にはあったのである。

（「季刊・悠久70」一九九七年七月）

〈研究史〉

一五　『平家物語』と仏教

今成元昭氏執筆の「平家物語と仏教」を収載した『諸説一覧・平家物語』（明治書院）が刊行されたのは、昭和四十五年、一九七〇年六月のことであった。その中では、明治以来の研究史がたどられ、特に「今後の重要な研究課題」と位置づける唱導と『平家物語』との関係について一章、当時、学界をにぎわわせていた法然義論争の整理の為に一章、また、無常観が作品の文学的本質とどう関わっているか、あるいはいないかについての、対立する諸説紹介の為に一章が当てられている。本稿はそれを受けつぎ、一九七〇年以降、今日までの二十数年間にわたる研究動向を記すつもりであるが、まず全体を俯瞰《ふかん》して言えることは、今成氏が今後の課題とされた唱導との関係解明に研究の主流が向かい、後の二つの問題に関する発言がほとんど姿を消してしまうことである。法然義の有無を問う論争は、それ自体終息するゆえに当然として、作中の無常観をどう捉えるべきかという問題は、一まず脇に置かれ、過去の宗教界の実態把握に多くの研究者達の意識が集中していった観がある。

折しも、右の書が刊行された同じ月に、故渡辺貞麿氏の「平家物語における重盛の信仰――二百八十八人の時衆と四十八間の精舎――」（後掲著書に収録されているため、掲載誌名は省略。以下同）と、砂川博氏の「長門本平家物語の一考察」とが公になっている。渡辺氏はすでに幾つもの論文を発表されていたが、この論稿を境に、融通念仏の投影を作中に探査する作業が始まり、やがて大著『平家物語の思想』（法蔵館・一九八八年刊）に結実していく。砂川氏の論は、高野山とつながりを持つ厳島聖の唱導の影響を長門本に指摘するもので、氏の第一論文。これもまた、後に『平家物語新考』（東京美術・一九八二年刊）にまとめられることになる。今から振り返ってみれば、研究の動向が大きく変化していくことを暗示するような年と月であったように見える。以下、年代ごとに展望を試みよう。

一　一九七〇年代（以降、西暦の「一九」は省略）

七十年代でまず特筆すべきは、永井義憲氏が唱導作品『餓鹿《がろく》因縁』を紹介し、軍記と唱導との文体の近似性を具体的に証明、軍記の文体形成に寄与したであろう唱導の実態を明らかにされたことであった（「金沢文庫蔵『餓鹿因縁』のこと――説話と仏教の接点および戦記文芸の文体――」『大妻国文2』七一年三月）。軍記文学と唱導との近さを、みごとに浮かび上らせた記念碑的論文と言って過言ではあるまい。

この期に、前記渡辺氏の活躍が華々しい。大原を融通念仏盛行の土地と捉え直し、それとの関連を説く「平家物語と融通念仏――建礼門院の場合を中心に――」（七二年六月）をはじめ、融通念仏関係のものとして、「『平家』慈心房説話の背景――勧進と勧進の聖たち――」（七四年八月）、「『盛衰記』髑髏尼説話考――語りの場ということについて――」（七九年三月）などがあり、また一方、『盛衰記』本文に法然伝の中の『古徳伝』からの影響本文を指摘、同書の成立を一三〇一年以降と断じた「源平盛衰記の成立――法然伝とのかかわり――」（七七年三月）等、多くの論文を公表している。その遂一を紹介するのは控えるが、主要なものは、前掲の著書に収められるところとなる。

『平家』研究の全体は、水原一氏の延慶本古態説を契機に、七〇年代に同本を対象とする論文が急増していくが、この分野でもそれは同様であった。高橋俊夫氏は、延慶本と『宝物集』の共通話を抽出し、それらが唱導説経の場からそれぞれ別箇に採取されたものと説いた（「延慶本平家物語説話攷──宝物集との関係をめぐって（上）（中）」『國學院雑誌』七五年一一月、七六年七月）が、より積極的に唱導との交渉究明に挑戦したのが小林美和氏で、「延慶本平家物語の編纂意図とその形成圏」（七六年一月）、「延慶本平家物語の性格──寿祝と唱導の文芸──」（七七年七月）において、延慶本中に混入していた多くの安居院《あぐい》流唱導本文に初めて照明を当てた仕事は、刺激的なものであった。ただし、「延慶本平家物語の語り
とその位置」（七八年七月）で、唱導の語り手法を踏襲したものとして例示されている表現上の特徴は、説話の手法とも言えそうで、必ずしも説得力に富むとは言い難い。同じ頃、安居院の唱導資料との関係を論じたものに、高杉恵子氏「延慶本『平家物語』小考──その存在意義について──」（『大谷女子大国文6』七六年四月）もある。小林氏の諸論は、後日、『平家物語生成論』（三弥井書店・八六年刊）としてまとめられるに至る。

牧野和夫氏も、この時期に活動を開始する。第一論文は、高野山の伝法院方と金剛峯寺方との対立抗争が、前者に属する根来寺《ねごろ》で書写された延慶本に影を落しているとし、そこに十三世紀中後期の加筆を想定した「延慶本『平家物語』の一側面」（『藝文研究36』七七年三月）である。当時の宗教界の実情や人脈を凝視する研究姿勢は、以後一貫している。清盛を慈恵僧正の再誕とする『冥途蘇生記』が、『平家』に取り込まれる以前の段階で持っていた本来の意義を明らかにした「『冥途蘇生記』その側面の一面──『平家物語』以前を中心に──」（『東横国文学11』七九年三月）も、新鮮なものであった。

延慶本等にある「得長寿院供養事」の章段は、物語導入部にあり、かつ唱導世界との関わりを予測させるところから、諸氏の注目を集め、故渥美かをる氏「延慶本平家物語の特殊な性格──ぬきさしならぬ重要な説話の存在について──」（七四年三月。笠間書院・七九年刊『軍記物語と説話』収録）、水原一氏「得長寿院堂供養説話の考察（副題省略）」（七七年三月。加藤中道館・七九年刊『延慶本平家物語論考』収録）、山下宏明氏「『平家物語』構想論のために──「得長寿院供

養事」をめぐって――」(同上。明治書院・八四年刊『平家物語の生成』収録)と、議論の対象となった。同本の巻八にのみある「安楽寺由来事付霊験無双事」も、唱導との関係が横井孝氏「延慶本平家物語と天神縁起説話――付、登蓮法師の役割――」(『駒澤國文14』七七年三月)によって説かれたが、後に武久堅氏がそれに批判を加えている(桜楓社・八六年刊『平家物語成立過程考』第一編第二章)。

宗派との結びつきという点で、鎌倉期における真言宗の立場の反映を延慶本に指摘した水原氏「一行阿闍梨流罪説話の考察(副題省略)」(七七年三月。前掲著書収録)が、問題を提起した。時衆研究の立場から発言を続けていた金井清光氏は、廻国する善光寺聖が義仲説話を育成したとして、「平家物語と善光寺聖」(『文学』七七年一一月)を発表、後に続論(同、八〇年九月)も公にしたが、なお物語本文の側からの丹念な分析が不可欠と思われる。

唱導研究が活況を呈するに至った状況を踏まえ、武久氏は「延慶本平家物語の表白句・願文について――読み本系諸本の成立過程――」(七八年一二月。前掲著書収録)で、諸本に含まれる表白体詞章を全般的に抽出、先に小林氏が延慶本に見出した唱導句は、前後の文章に馴染まぬ同本独自のものゆえ、後世の加筆と断じ、かつ、旧延慶本時代の表白句や初出十二巻本時代からの表白句にまで遡って推察を及ぼしている。研究のレベルを、一歩前進させた論文と言ってよかろう。なお、これに先立ち、和文『粉河寺縁起』から延慶本への影響を説きつつ、唱導的表現様式の類型を指摘、かつ、同本の高野管理説に疑問を投げかける論もあった(七六年三月。同上)。

二　一九八〇年代

八〇年代に入っても渡辺氏の活躍は続き、文覚に融通念仏者としての顔が諸本展開の過程で加わってくることを論じた「『平家』文覚譚考――勧進聖と念仏聖――」（八〇年二月。前掲著書収録）、『盛衰記』が法然伝の中でも一三二二年以前成立の『九巻伝』に影響を与えているとして、その成立の下限を説いた「源平盛衰記と法然伝――甘糟往生譚の流伝を中心に――」（八三年一一月。同上）などを発表したが、後者の論稿で書承関係と認定した諸点には無理があり、後日、甘糟往生譚が両作品に取り込まれる以前に口承の段階があったであろうことに、解決の糸口を求めざるを得なくなる（「『盛衰記』甘糟往生譚の背景――骨で語られるはなし――」『伝承の古層――歴史・軍記・神話――』桜楓社・九一年五月刊）。他に、法然の仏者としての本質的あり方が諸本間で変遷していることを論じた二篇（八四年九月。八五年三月）、白拍子の職能を論じ、祇王らを融通念仏の徒と推断した論稿（八八年二月。いずれも著書収録）もある。

牧野氏の活動が、この期に本格化する。先に高野山の特殊な事情の投影を延慶本に指摘した氏は、今度は、同本の後白河院三井寺灌頂事件の叙述に叡山寄りの姿勢からなされた虚構を指摘（「延慶本平家物語の別の一側面――同一事件に対する二つの異なった姿勢――」『東横国文学12』八〇年三月）、天台宗の学問の場であった近江の阿弥陀寺と同本とのつながりを予想する（「孔子の頭の凹み具合と五㈥調子等を素材にした二三の問題」八三年三月。和泉書院・九一年刊『中世の説話と学問』収録）。更に、延慶本の原形に近いと推測する八帖本『平家』の所持者深賢のいた醍醐寺における唱導の実態や、信西一門につながる僧侶間の人脈を明らかにした（「『親快記』という窓から――中世初期の説教資料に関する一、二の問題――」『中世文学32』八七年五月）。また、『盛衰記』への関心も示し、南都の学問の投影を指摘した「『源平盛衰記』の「南都」的傾向について――覚書――」（『東横国文学15』八七年三月）や、天台宗黒谷の学問との関連を言う「「幽王始めて是を聞く」ということ――天台三大部注釈書と『源平盛衰記』の一話をめぐる覚書《メモ》――」（『實踐國文學34』八八年一〇月）なども、公にした。

佐伯真一氏は、「延慶本平家物語の清盛追悼話群――「唱導性」の一断面――」（『軍記と語り物16』八〇年三月）においいて、延慶本の「慈心房」「祈親持経」の両説話を唱導家による加筆と推測し、逆に『平家高野』『匡房卿申状』両書を、延慶本に依って作られた唱導書と捉えて、唱導との関わりの濃さと複雑さを説いたが、同じ頃、木下資一氏は、唱導資料に含まれていた玄奘渡天説話と仏跡荒廃説話とが『平家』（四部本と『盛衰記』の共通祖本）に取り込まれて融合させられ、『撰集抄』へと流れていった複雑な過程を推測している（「『撰集抄』と『平家物語』――その唱導的共通本文をめぐって――」『中世文学24』八〇年三月）。

唱導と延慶本との関連を追う小林氏は、源信の『出家授戒作法』と安居院流の『澄憲作文集』に依拠する本文を新たに摘出したが、それが本来的なものか、添加されたものかの検証には及んでいない（「『平家物語』の建礼門院説話――延慶本出家説話考――」八〇年五月。前掲著書収録）。「『平家物語』と唱導――延慶本巻二を中心に――」（八三年八月。同上）では、父子母子の恩愛譚が重層をなして展開しているところに、唱導者流の主題の設定を見、前掲著書の刊行（八六年五月）に際しては、文覚発心譚を渡辺党の唱導説話とする一篇を加えている（第三章中「文覚説話の展開――説話の変容――」）。

清盛の富貴由来譚が、清水坂の「坂の者」が管理した唱導に派生するとする砂川氏「長門本平家物語と「坂の者」」もあった（『文学』八〇年九月。前掲著書収録）。

延慶本の構想を探る生形貴重氏は、神仏や冥衆（怨霊）の意思の顕現として末法の世の諸相をモノガタリ化しようとしていると論じ、その「作者の方法」に慈円の冥顕和合の道理観の影響を想像した（「『平家物語』その叙述の基層――冥衆への視線とモノガタリの構造」八一年四月）が、それがどれだけ自覚的な方法だったか、議論の余地が残ろう。その後、竜神に注目した論稿（八三年四月）などを加え、『「平家物語」の基層と構造』（近代文藝社・八四年刊）を刊行した。

長門本末尾にある建礼門院を妙音菩薩の化身とする説が『法華経』妙音菩薩品の叙述から生まれた発想と説く榊泰純氏の論稿「建礼門院と妙音菩薩――長門本平家物語灌頂巻を手懸りとして――」(『仏教文学5』八一年三月)が出され、また、弘法大師の即身成仏説話と白河院の祈親上人再誕説話について、延慶本の古態を認めつつ、それが高野山の真言圏で古来の伝承や信仰の基盤を踏まえて創作され、布教にも供されたものだろうとする久保田実氏の論稿「平家物語における白河院高野御幸説話について」(『説話文学研究16』八一年六月)も出されている。

武久氏は、「「願立」説話の展開」(八二年九月。前掲著書収録)において、十三世紀末成立とされる『日吉山王利生記』に依拠した延慶本の最終加筆を論じ、同本の編著者を、天台教学を身につけ垂迹思想に染まった人物としたが、当時の複雑な信仰社会を掘り起こし、長大な論文「『平家物語』に現われる日吉神社関係説話の考察――中世日吉神社における宮籠りと樹下僧――」(『文藝言語研究・文藝篇9』八四年一二月)を著したのが名波弘彰氏であった。得長寿院説話・願立説話・日吉山王由来譚・頼豪説話について、その伝承の担い手は、日吉社にいた宮籠り僧と樹下僧であろうとするもので、多くの信仰書を博捜した上で立論されている。氏は更に、中世叡山における観音・弁財・竜神の重層的な信仰の実態を丹念に解析し、それとの関連を追究した「南都本『平家物語』経正竹生島詣と日吉社聖女宮の琵琶法師――叡山信仰圏における宇賀弁財天信仰をめぐって――」(『同11』八六年一月)を発表した。

今成元昭氏「「恵亮破脳・尊意振剣」の成句をめぐって(一)(二)」(『文学部論叢77・立正大学』八三年一二月。『人文科学研究所年報21・立正大学』八四年三月)は、『平家』等に見られる表題の二句が、真言・天台各宗内部の抗争を背景に成長した伝承の生み出したものであることを詳論する。岡田三津子氏「『平家物語』の虚構――安祥寺実厳平氏調伏をめぐって――」(『文学史研究25』八四年一二月)も、当時の宗教界の実情を詳細にたどった成果を示している点、同様であった。

畑中栄氏の「唱導と『平家物語』」(『古典の変容と新生』明治書院・八四年一一月刊)は、巨視的な視点から、物語の構想や表現面における唱導との類似性を指摘しているが、今井正之助氏は、「平家物語と宝物集――四部合戦状本・延慶本を中心に――」（『長崎大学教育学部人文科学研究報告34』八五年三月）において、両作品が唱導と別箇に交渉を持ったとする前記高橋説を退け、『平家』が数次にわたって『宝物集』を摂取したとする論を展開、安易に唱導世界へ直結させることに警告を発していると言ってよかろう。

松田宣史氏は、『源平盛衰記』本文に、慈円門流の青蓮院の立場からする書き換えを指摘、その背景には梶井門跡と青蓮院門跡との確執があったとし、その上で、『平家』は梶井門跡周辺で成立したのではないかという問題提起を行なった（「源平盛衰記の成立圏」『中世文学33』八八年六月）。以後、氏は「『源平盛衰記』と青蓮院門跡（副題略）」（『室町藝文論攷』三弥井書店・九一年一二月刊）、「頼豪説話の発生と成長㊤㊦」（『國學院雜誌』九三年八、九月）と、調査を拡大して同様な指摘をし、自説を補強し続けている。

名波氏と等しく研究集団「寺小屋教室」に属し、問題意識にも共通性が見られる山本ひろ子氏は、思想史研究の立場から叡山における竜女成仏の思想的足跡をたどり、竜宮に生まれた平氏一門の菩提を弔い、女院自ら竜女の例にならって成仏したと語られる『平家』灌頂巻の、その「灌頂」の由来譚がすでに竜神信仰を伴うものであったことを明らかにしたが、巻名の所以を解く一つの有力な鍵が新たに与えられたことになろう（「成仏のラディカリズム――『法華経』龍女成仏の中世的展開」八九年三月。春秋社・九三年刊『変成譜――中世神仏習合の世界』収録）。

三　一九九〇年代

まず注目を集めたのは、牧野氏著『新潮古典文学アルバム13・平家物語』（新潮社・九〇年五月刊）に「『平家物語』

生成場所」として掲載された、醍醐寺の深賢を中心とする人脈のネットワーク図であった。深賢は八帖本『平家』の所持者とされ、彼と信西子孫や高野山関係人物等との脈絡が、従来の人脈探査の成果を踏まえて、明瞭に図示されたのである。続稿の「深賢所持八帖本と延慶本『平家物語』をめぐる共通環境の一端について」（『延慶本平家物語考証 二』新典社・九二年五月刊）では、深賢書状中の人物（賢親）の解明を通じて、高野山伝法院方人物（頼瑜）との交流の実際を示し、交流の場として木幡の観音院を想定、以て八帖本と延慶本とのつながりをつけた。また、「軍記物語と寺院の〝学文（学問）〟周辺――延慶本『平家物語』などを例に――」（『和漢比較文学叢書15・軍記と漢文学』汲古書院・九三年四月刊）では、十二巻本『表白集』をもとに、『平家』以前に仁和寺周辺で重盛像が相応の熟成をみていたと論じ、十三世紀前半の宋からの律典籍舶来と延慶本の一文との関連性も説く。もっとも重盛像については、仁和寺周辺に限るものでないかも知れない。

黒田彰氏「祇園精舎覚書――注釈・唱導・説話集――」（『愛知県立大学文学部論集38』九〇年二月）は、唱導世界との関わりの深さを証すべく、該博な知識から序章に注釈を試みたもので、誠に貴重な報告である。阿部泰郎氏の「唱導と王権――得長寿院供養説話をめぐって――」（九一年五月。前掲『伝承の古層』）も、唱導界に生きていた同類話型の話を博捜して考察、後白河院自身の信仰の投影を指摘するなど、過去の研究から飛躍した到達点を示している。

比叡山修験の回峰行との関連から、延慶本の管理圏を東塔無道寺周辺に想定する久保勇氏「延慶本平家物語の山門記事」（『語文論叢19』九一年一〇月）の試論があるが、また一方、高野山における燈明信仰の唱導が、白河院の祈親上人再誕説を育くみ、それが『平家』に流入したことを、新資料を用いながら論じたものに、米山孝子氏「『平家物語』と高野山――延慶本「宗論」の周辺――」（『國語と國文學』九二年七月）があり、再誕説そのものは、それほど古くないこととも示唆する。中世叡山の思想的状況にこだわる名波氏は、「建礼門院説話群における龍畜成仏と灌頂をめぐって」

(『中世文学38』九三年六月)を通じ、妙音菩薩の化身とされる女院の法華修行の廻向によって、竜畜の身となった平氏一門が、即身成仏思想の思想的伸展を背景に、その身のままで成仏を遂げたとする発想が、『平家』諸本の表現の背後にあったのではないかとする新たな解釈の試みなどを行なっている。

最近の動向を端的に示しているのが、『平家物語の成立・あなたが読む平家物語1』(有精堂・九三年一一月刊)に収められている三篇の論文である。小林氏「延慶本平家物語の成立」は、牧野成立圏説を批判し、重要人物とされる頼瑜と延慶本との関係を明示する材料がないことや、醍醐寺成立の必然性が説かれていないこと等を指摘しつつ、従来の主張通り、同寺とも関わりが深く、物語でも活躍する信西一門の人々の成立関与説を展開する。名波氏「平家物語と比叡山」は、延慶本の巻十二にある、比叡山惣持院伝来の仏舎利を竜神が奪い去った話に仏法衰微を語る構想を捉え、その背後に想定される真言・天台両宗にわたる仏舎利相承縁起や、鎮護国家道場としての惣持院の特殊性を説きながら、法滅の時には経典が竜宮に納まるという口伝が、中世叡山に広まっていたこととの関連に説き及ぶ。そして、麻原美子氏「平家物語の形成と真言圏」は、天台圏の慈円周辺で作られた『治承物語』段階の原態「平家」が、信西の門流によって醍醐寺に運ばれて大きく成長し、それが高野の根来寺に入ったとする大胆な仮説を提示し、醍醐寺をめぐる人脈の中で信西の孫聖覚に注意を促す。なお、九三年十二月現在未刊ながら、このシリーズの第二巻『平家物語・説話と語り』には、牧野氏が唱導と、佐伯氏が勧進聖と関わる論題で執筆しており、新たな研究の進展が予測されることを申し添えておく。

さて、二十四年間にわたる研究史を振り返ってみると、唱導・延慶本・成立圏といったキーワードが浮かび上り、自ら研究動向の水脈も見えてくるのであるが、改めて「『平家物語』と仏教」というテーマに即して考えると、一つの疑念が湧いてこなくもない。主たる研究対象とされてきた延慶本や『盛衰記』を読んで、果して仏教的ひいては宗教的感動が与えられるかどうか、という問題である。少なくとも私には、語り本の表現の方に宗教的な深さと感動が秘められているように思われる。仮に延慶本的『平家』が仏教界から創出されたとして、未熟さゆえに宗教性が皮相に映るとしても、ストーリー展開や人物形象といったより根源的な作品の要素に、仏教思想がどのように関わっているのかいないのか、問うてみたいところである。法然の『七箇条制誡』の一節に「好㆓唱導㆒、不㆑知㆓正法㆒」とあるが、正法に対する作品の志向性いかんを問いただすことが、まずは求められるのではなかろうか。今後も唱導世界との交渉解明は、精力的に続けられることであろう。しかしその一方で、仏教が『平家物語』の文学性のどの位相とまじわっているのかという問題意識を、たえず持ち続ける必要があるように思われてくるのである。

（『仏教文学講座9』勉誠社・一九九四年八月刊）

一六　『平家物語』人物論

一　義経の二つの顔

義経の人気は、今日でも変らない。いわゆる判官びいきである。しかし、『平家物語』作者からして、そうであったのだろうか。だとしたら、どうしてあの衣川の高館での哀れな末路を語ろうとはしなかったのか。『平家』作者の目は、我われよりはるかに冷徹であったように、私には思われてならない。動乱の世に華やかに登場し、わずか二年弱にして都人の視界から消え去った歴史上の一人物が、どのような視座からとらえられ、どのように形象されているのか、改めて問うてみよう。

義経は、寿永二年（一一八三）、歴史の表舞台に登場した際、名前すら知られてはいなかった。平家追い落しに成功しながらも都を混乱におとし入れていた木曾義仲を追討すべく、彼は東国から上洛してくるのであるが、その情報を聞いた摂関家の九条兼実は、日記『玉葉《ぎょくよう》』に、「頼朝弟九郎実名を知らず大将軍として数万の軍兵を率し」とか、「九郎御曹司誰人か、尋ね聞くべしすでに上洛せしむと云々」とか記している（同年閏十月十七日、十一月二日各条）。率いる軍兵は、実は「数万」などではなく、後日、「僅《わづ》か五六百騎」（十一月七日条）、「僅か五百騎」（十二月一日条）、「僅か千余騎」（翌年一月十三日条）と訂正されていくが、その勢で彼は義仲を討ち（同二十日）、引き続き十六日後には、一の谷で平家軍を壊滅状態に追い込む（二月七日）。当時、一の谷に集結していた平家軍は「数万」とも「二万騎」あるいは「幾千万と知らず」とも伝えられ、他方、官軍は若干ふえたとはいえ、一手が「一二千騎に過ぎず」、合わせても「僅か二三千騎」（『玉葉』四日、六日条）、圧倒的不利という予測に反して、彼は勝利を手に入れたのであった。

後白河院の皇子で仁和寺に住した守覚法親王は、戦乱終結後、義経をひそかに招いて尋ね聞き、「合戦の軍旨」を記録したと書き残している（『左記《さき》』）。義経の話に感服したのであろう、「直《ただ》の勇士にあらざるなり。張良の三略、陳《ちん》平《べい》の六奇《りくき》、その芸を携へてその道を得る者か」と、策略・奇策にたけた中国の軍師になぞらえて、称賛の言葉を送った。元暦二年（一一八五）二月の屋島攻略は、十六日に出帆、十七日に阿波国（徳島県）着、十八日に国境を越えて讃岐国（香川県）屋島を襲うという、驚嘆に価する迅速な行動がもたらした勝利でもあった（『玉葉』三月四日条）。無名だった彼は、人びとの予想を裏切る戦いをたび重ね、衆目の的となっていったのである。『平家物語』は、それをどう語るか。

まず、せいぜい千余騎にすぎなかった東国からの上洛軍を六万余騎にふくらませ、義経の兄の蒲冠者《がまのかんじゃ》範頼が三万五千余、彼自身は二万五千余を率いたとする。正面攻撃の大手をまかされた範頼は瀬田から、迂廻《うかい》して背後を突く搦《から》手《めて》をまかされた義経は宇治から、それぞれ都に迫るのであったが、叙述はもっぱら搦手軍の戦いぶりを追う。今日、古態本として多くの研究者の支持を得ている延慶《えんぎょう》本では、宇治川を前にした義経が、様ざまな下知を下す姿が描きとられている。河端に大軍を集結させるために、民家を焼き払わせ、作らせた高矢倉《たかやぐら》に登り、硯を取り寄せつつ、勇敢な働きをした者は名前を記して頼朝殿の見参に入れるぞ、と言って全軍を鼓舞し、騒騒しさが収まらぬと見るや、太鼓を打たせて注意を喚起、その上で、水泳の得意な者は河に入って深さ浅さを探れ、その連中を敵の矢先から守るため、我と思わん者は橋桁《げた》を渡って敵陣に突っ込め、と命ずる。この下知に従って全軍は動き出すのであり、指揮官にふさわしい言動を描くことが意図されていると言ってよい。

他の軍記作品もそうであるが、ことに『平家物語』は次々と改作されて、多くの異本が残る。その中で、今日もっとも一般に親しまれ、文学的評価も高いのが、室町期の琵琶法師覚一《かくいち》の伝えた覚一本。延慶本に比べればはるかに簡潔で、右の場面も、水かさの増している川面を見渡した義経が、「人々のこゝろを見んとや思はれけん」、あえて、迂廻策をとるか水量の減るのを待つか、と口にし、それを聞いた若者が名乗り出て渡河戦をいどむという構成にすぎない。が、短い一節ながら、人心を掌握するすべを心得ている指揮官の姿は、巧みに語られており、それは延慶本に通ずる。

一の谷の合戦は、平家軍十万余騎に対し、大手の範頼軍五万六千余騎、搦手の義経軍一万余騎が挑戦する形をとり、ここでも事実との懸隔は甚だしい。義経は、前哨戦となった三草山の合戦では、部下の夜討ち進言をいれ、また、部隊の一部を一の谷の西の海岸へ送ったのち、山中へ分け入って鵯越《ひよどりごえ》に向かった際には、里人の意見を聞く、というように、下の者をあやつる巧みさが描かれ続けていく。無論、それだけではない。平家の陣地の背後は断崖絶壁と里人に言われて、「さて鹿などの通ふ事は無きか」と問い、あるという返事に「鹿の通ふ程の道、馬の通わ《は》ぬ事あるべからず」（延慶本・原文カタカナ）と即断するあたり、いかにも軍師に似つかわしい頭の回転の早さが表現されている。

いよいよ断崖の上に達するや、まず馬二頭をためしに追い落してみ、続いて全軍が一気呵成になだれを打って落す。延慶本では、途中の平らみで一息入れたところで、義経が「落せや、若党とて、先に落しければ、落ちとゞこほりたる七千余騎も、我を《お》とらじと皆を《お》とす」とあり、覚一本では、最初から「義経を手本にせよ」と「まつさきかけて」落したとある。率先して行動する果敢さが、ここでは表現されていることになる。要するに、人心掌握術・機転・行動力の三要素にたけている姿が強調されているのである。

軍勢の数が実際より大幅に増幅される傾向は、他の箇所でも一般的に認められるところであるが、そうした中で、義経には、範頼より少ない軍勢しか与えていない点に、常に予想外の勝利を収め、守覚法親王をも感服せしめた戦略家義経像を形象しようとした跡がうかがえよう。先の三要素は、天才的常勝将軍を描くのに不可欠と見た作者が、場面場面に注ぎ込んだものであった。どのような大将なら勝てるのかという問いへの、一つの答えが示されていると言ってよいのかも知れない。しかし、彼は最後に敗れ去っていく、その敗北のゆえんもまた示さねばならなかったはずであった。それは、屋島攻撃に出陣する場面で語られることになる。

前述したように、屋島の勝利は電撃的攻撃が功を奏したものであったが、淀川河口で船揃《ふなぞろ》えし、軍議を開いた場で問題が起こっていた。有名な、梶原景時による義経讒言の契機となった逆櫓《さかろ》論争である。梶原がまず船に逆櫓を立てようと提言、「逆櫓とはなんぞ」という判官義経の問いに、船の艫《とも》（後部）だけでなく舳先《へさき》にも櫓をそなえ、敵の攻撃に合わせて後退もしやすくしようとする案、と答える。すると、「判官、大きに咲《わら》ひて」、合戦というのは、一引きも引くまいと思って戦うべきもの、それでも時宜によって退却せざるをえないのが常、「まして、兼ねてより（前もって）逃げ支度《じたく》をしたらんには、なにかよかるべき」と一蹴する。それでも梶原は、我が身を全うして敵を滅ぼすのが「よき大将軍」、命の危険をも顧みず突き進むのは「猪《ゐのしし》武者」と反論、判官も負けず、いくさは一気に攻めて打ち勝つのが「心地はよき」もの、逆櫓を立てたい船は千挺《ちよう》でも万挺でも立てるがよい、自分は一挺も立てぬと応ずる。

ここまでは覚一本もほぼ等しいが、延慶本では更に、義経が「畠山殿いかに」と有力な東国武士の代表畠山重忠に同意を求め、畠山が恥を重んずる主君の言葉を高く評価しつつ、「梶原殿が支度の過ぎて申し候にこそ候める。な、との、梶原殿」とたしなめると、梶原も、「由《よし》なき事申し出だしてと思ひて、赤面してぞ有りける」と続く。論争に勝った判官は、「抑《そもそも》、梶原が義経を猪にたとへつるこそ奇怪《きつくわい》なれ。若党はなきか。景時取りて引き落せ」と命じ、郎等たちが前に進み出る。そこで梶原は、「軍《いくさ》の談義・評定《ひやうぢやう》の時、軍兵等《ら》、心々に存ずる所一義を申すは、兵《つはもの》の常の習ひ」で、自分の意見も、所詮、平家を滅ぼすためのもの、主君は一人鎌倉殿とのみ思っていたが、と言って腰刀に手をかけ、子供たちがそれを取り囲む。判官は「弥《いよい》よ腹を立てて、なぎなたを取ッて向」かおうとして抱き止められ、梶原親子も抱き止められる。両者に向かって人びとは、同士軍《どしいくさ》は無益なことといさめ、「何《いか》に況や、当座の言失《ごんしつ》、聞《きこ》し召しとがむるに与《あた》はず」とさとしたところ、「判官も由なしとや思ひ給ひけん」、落ち着いたという。

一連の展開において、義経の過剰な反応が目につかないだろうか。梶原の提案に対し、はじめから「大きに咲《わら》ひて」では、相手は傷つこう。「逃げ支度」という言葉も、皮肉が過ぎる。それに応じて、梶原の態度も言い負かされまいとかたくなになっていく。逆櫓を立てたければ千挺でも万挺でもも、言わずもがなの言葉。畠山のとりなしで、梶原が後悔し、その場が収まるかに見えたのに、義経は部下に命じて暴力を加えようとまでする。軍議の場で各人が意見を述べるのは当然とする梶原の主張の方が正論であるが、自分にとっての主君は頼朝様のみという言葉に、更にいきり立つ。そして、その場かぎりの失言を、ことさらとがめ立てしなくともと言われて、やっと冷静さを取り戻したのであった。

義経の言動には、相手への配慮がない。人心掌握術にたけていた以前の姿とは別と、言わざるをえまい。梶原の恨みを買ったとて致し方のないふるまいが、描き出されているのであり、義経が滅んだのは、結局、こうした性格ゆえであったと語っているに等しい。

覚一本は、畠山の登場以降がないのであるが、代りに、壇の浦の開戦を前に、義経と梶原とが先陣争いをする場面を設けている。梶原が先陣を願い出ると、義経は自分がすると言う。あなたは大将軍だからとんでもないと制すると、

「鎌倉殿こそ大将軍よ」と答えて譲らない。梶原はあきらめて、「天性《てんぜい》この殿は、侍《さぶらひ》の主《しゆう》にはなり難し」とつぶやき、それを耳にした義経が太刀に手をかけ、梶原も対決しようとする。梶原には息子たちが寄りそい、義経の腹心の部下がそれを取り囲んで一触即発の状態となるが、両人に武士たちが取りついて説得、その場は収まる、という内容である。延慶本の逆櫓論争の後半部から発展を遂げた形と見られよう。覚一本のこの場面でも、義経の性格的欠陥が明らかである。人の上に立つことができない人という梶原の評価は、下位の者と先陣争いをすること自体で証明されている。『平家物語』の作者は、一貫して、義経の負の側面をもあぶり出していたのである。

『吾妻鏡』には、壇の浦合戦後に頼朝のもとへ送った梶原景時の書状が載る（元暦二年四月二十一日条）。同書は後代の編纂物ゆえ、書状の真偽に問題が残るが、その中では義経の人望のなさを、「多勢、人ごとに判官殿を思はず」とか、「士卒の所存、皆、薄氷を踏む如くして、敢へて真実和順の志なし」とか記したのち、自分がいさめても却って「身の讎《あた》」となり刑罰をこうむりかねないから、早く帰参したいと最後を結ぶ。書状に続く地の文でも、義経は「自専の慮《おもんばか》りを挿《さしはさ》み……偏《ひとへ》に雅（我）意に任せて自由の張行を致すの間、人の恨みを成す、景時に限らず」とある。「自専」とは、自分一人で決めて事を行なうことを言い、彼は独断的性格の持ち主であったのだろう。『平家物語』は、『吾妻鏡』の伝えるごとき人格を、具体的場面を構築し、激しい人物相互の応酬を通して、描きあげていたことになる。

　義経の生涯を考えるならば、勝者と敗者の両面からとらえられねばならないのは当然であろう。なぜに勝者となり、またなぜに敗者となったのか、その答えを模索すれば、おのずから彼の二つの顔を表現することにならざるをえなかったものと思う。それは、人物像の分裂として従来から問題にされてきた木曾義仲の場合にも、当てはまりはしないか。賛美される武人義仲と、さげすまされる田舎人義仲。彼のあっけない敗死を語るためには、教養のない粗野な性格を前もってものがたる必要があったに相違ない。人物像の矛盾と言われる要素が、作品創出の当初から改作を重ねてもなお維持され続けてきた現象は、一人の人間の正と負、勝者と敗者の両側面を見すえたところに淵源があるやに思われる。

『平家物語』の作者は、決して単純な判官びいきなどではなかったのである。衣川における彼の最期を描くつもりは、毛頭なかったであろう。もっとも、そうした作者のあり方には、別の事情、すなわち作品の成立した時代状況も勘案されなければならないようである。

今日、歴史上に『平家物語』の存在が最初に確認できるのは一二四〇年、「治承物語六巻平家と号す」とある手紙の一節（『兵範記《ひょうはんき》』紙背文書）。『保元物語』や『平治物語』同様、もとは年号を頭に冠した作品名だったらしいのだが、当時の天皇は四条帝、実は平家の血を引く天皇であった。その父君後堀河帝は、清盛の異母弟頼盛の孫娘を母としていた。同帝は後鳥羽院の実兄後高倉院の子で、承久の乱により後鳥羽院の皇統が廃されたため、思いがけず十歳にして即位したのであった。後高倉院は、安徳帝と一歳ちがいの異母弟で、誕生と同時に清盛の四男知盛夫婦の邸宅で養育され、壇の浦まで平家一門と行動を共にし、安徳帝入水《じゅすい》後、知盛の未亡人に連れられて帰京、頼盛の娘の嫁ぎ先であった持明院《じみょういん》家で生活を送ることになる。頼盛の娘も、知盛の妻と等しく、彼の乳母だったからで、やがて成長し、その娘、つまり頼盛の孫娘と結ばれ、後堀河帝が生まれたのである。後堀河帝が即位した時、知盛の未亡人はいまだ健在で、再び脚光をあびる存在となり、娘も実力者、頼盛の子息も優遇され、宮中には平氏の血縁による人脈が復活していった（詳細は拙著『平家物語の誕生』岩波書店刊）。『平家物語』の成立は、宮中を中心に、平家一門のかつての栄華をなつかしみ、その滅亡を惜しむ社会的雰囲気のなかで、なしとげられたのであった。義経の悲劇的末路を半ば無視し、「治承物語」から「平家物語」へタイトルを変えていったことには、当時の社会状況が微妙な影を落しているように考えられるわけである。

そうした事情が一方であったにしろ、ともあれ、義経や義仲の、勝者としての側面と敗者としての側面とを、冷静に、同時にとらえているのが『平家』作者の目であった。それは、一個の人間存在の多面性を容認する視座を意味し、その根源は、心の常ならざることをも説く仏教の無常観にあるやも知れないと、自ずから思われてきたりするのである。

追記 守覚法親王が書いたという一文は、現在、仮託された偽文書とする説が有力になっている。

（「湘南文學16」二〇〇三年一月）

二　小宰相

『平家物語』に描かれた男女の愛は、ことごとく、人生の破局の相のなかで捉えられたものと言ってよいだろう。『平家』に限らず軍記物語の世界では、親子や主従の愛もまた同様である。つまり、日常の生活を支える愛ではなく、生別や死別という悲劇的な局面に立たされた時の愛のあり方が、様々な姿態をもって描き込まれているのである。平通盛に愛され、西国の地を転々とした末に、戦死した夫の後を追って身重の身を海に投じて果てた小宰相の話（巻九）も、その一つの典型である。彼女の死に至るまでの経緯は、おおよそ以下のようである。

――一の谷の合戦が平氏の敗北に終った寿永三年（一一八四）二月七日の夕刻、戦場の沖にたゆたう舟の中で、小宰相は夫の悲報に接した。その日から彼女は悲しみの床に伏せり、死の知らせが誤りであることを念じつつ、夫の生還を待ち続けるのであったが、ついに、明日は屋島に帰り着こうという十三日の深夜、ただ一人つき従っていた乳母に向って死の決意を語り出す。その告白は、合戦前夜に夫が死の予感を口にしたにもかかわらず、後世での再会を約束しなかったことの後悔や、身重の事実をうちあけられて歓喜した時の夫の有様の回想を経て、自分の将来を様々に想像する言葉となっていく。そして、今後どうあろうとも、夫の面影が我が身から離れそうもないゆえに、ここで死のうと思うと告げる。乳母は涙ながらに、戦いで夫を失った人は他にも多く、それぞれが悲しみに耐えていることや、愛する人とのあの世での再会を期待しても、後世には「六道四生」（六つの世界における四種の生まれ方）があって、会えるという保証は何もないことなどを説く。しかし、小宰相は、乳母をいつわって安心させ、相手の寝入ったわずかなすきに、念仏をとなえながら「あかで別れしいもせのなからへ、必ず一つはちすに迎え給へ」と祈念して海に身をおどらせた。――（覚一本による）

ところで、小宰相が入水した二月十三日は、改めて数えてみると通盛の初七日に当っている。作者はそれと明記していないものの、どうやら作意的にこの日を設定したらしい。一の谷から残留部隊のいる屋島までの航路は百キロ余り、当時の舟でも一昼夜ないし二日をみれば充分な距離と推され（『厳島御幸記』参照）、また天候も、都では十日まで晴天続きであったから（『玉葉』）、事実として、その航行に物語の記す如き日にちを要したとは考えがたいのである。或いは、通盛の首が都大路を渡されたのも十三日と後の紙面にあるから（これは史実通り）、それとの呼応も配慮されたかと思われる。そして、彼女にとって、その初七日は、夫の生還をひたすら待ち続けた緊張の限界の日という以上に、自らの生を変えて夫との後世での再会を期待しうる最良の日という意味合いを有していたように見える。

そもそも彼女の回想の中で語られる最大の悔恨は、この世での別れとなった夜、夫の口にした死の予感を自分が理解できず、そのために後世再会の約束をかわさなかったことであった。身ごもっていることをうちあけたのも、そうした自分を「心づよふ（気が強いと）思はれじ」としたためであったという。二人の間に生じた溝は、彼女が相手の普段に似合わぬ心細げな言動を、「いくさはいつもの事なれば」と軽く聞き流してしまったところに起因していた。それは、未知なる運命に常に生死をゆだねて戦わざるをえない男の不安を、戦いの日常化の中で、すでに我が身のものとすることができなくなっていた女の心をものがたっている。生の様式の相違が生む男と女の心の懸隔が、はからずも最後の逢瀬に顕現してしまったのである。夫の後を追おうとする彼女の行為は、夫とのかつての心の隔たりを埋め、後世再会の夢をはたそうとするものであったと言えよう。

ここで、乳母の行なった説得の内容が、重要さを増してくる。彼女は涙ながらに、今死ぬということは自分のこれまでの誠意を無にすることだと訴えたり、夫を亡くした同じような境遇の人のいることを思い起こさせて、「さればても、御身ひとつのこととおぼしめすべからず」とさとしたりするのであるが、中でも特に留意すべきは、たとえ身を投げても、あの世には「六道四生」がある故、愛する人と廻りあうことなどおぼつかなく、結局は「御身をなげてもよしなき事」なのだと断定的に言う言葉であろう。この一言には、小宰相の唯一の願望を打ち砕くような響きが添えられている。作者のねらいも、おそらくその響きにあった。

小宰相は乳母と対照的に涙を見せない。乳母が冷静さを取り戻させるために、彼女の目を「御身ひとつのこと」ではない世の有様に振り向けさせようとしたのにこたえたかの如く、彼女は、ちょっとしたことですら「身をなげんなんどいふ事はつねのならひ」であるから（私のことも心配ない）と、世の常態を語って相手を安心させる。「つねのならひ」を本人が口にすることによって、乳母の恐れているような、理性を失った状態ではないことが分かると共に、乳母の言うことを一つ一つ承知の上で、即ち、熟慮の末に死の決断がなされたことも理解される。彼女にしてみれば、「六道四生」のこともすでに胸の内にあったと言っていい。だから、その態度に動揺の色はない。作者の設定した初七日までの期間は、苦悶の中での熟慮を彼女にもたらす意味をも具有していたのであろう。愛する人とあの世で会えないかも知れない、それを充分に知った上で、「必ず一つはちすに」と最後は泣く泣く念じて海に身を沈めてゆく。彼女の行為は、文字通り、命を賭したかけだったのである。

小宰相の死は、確かに弱者の死であろうが、その心の底に、いかなる説得にも伏さない強靭な意志が存在していることを看過してはなるまい。無論、彼女の意志力は、夫のいない現世への断念を契機として生まれたものであり、従って、後世での夫との再会を目的としてのみ作用するものであった。煎じつめれば、意志というより情念であろう。彼女の愛の純粋さは、一蓮托生への一途な希求という情念の形をとり、あの世の闇に向って死の一線を越えた賭けをいどませたのである。ここに、愛と死の関係における普遍的なあり方の一つが提示されていると言っても、過言ではなかろう。

「六道四生」の壁を知りつつ後世で愛を実現しようとする形は、『保元物語』の為義北の方や『平治物語』の池禅尼にも見出せる。ということは、愛のために「六道四生」の後世の闇に身を投ずる行為が、いかに中世人の嗜好を反映したものであったかを示していよう。小宰相の入水を伝え聞いた建礼門院右京大夫は、「返す返す、ためしなかりける契りの深さも、いはんかたなし」と、その歌集に書きとどめている。

注　「あくれば十四日、八嶋へつかんずるよい」とある本文にひかれて、入水を十四日とする解釈がまま見られるが、『平家』諸本を点検すれば、十三日と解すべきことは明らかである。

（「國文學　解釈と教材の研究」一九八一年四月）

三　清盛と重盛

『平家物語』が人々の心を魅了する所以の一斑を、物語世界の劇的な展開の構造に求めうるとすれば、物語前半の劇的空間を主に担っているのが、一方は悪行者、他方はその悪行を掣肘《せいちゅう》する善人として、常に対立的、或いは対比的に描かれる清盛・重盛父子ということになろう。

巻一「殿下乗合」事件は、二人の人物造型に関わって必ず言及されるものである。重盛の次男資盛が摂政基房の車に礼を失して恥辱を受け、そのことに立腹した清盛が、後日、基房に復讐したと記す事件であるが、事実は重盛が復讐の首謀者であった。当時、重盛は、高倉帝の即位で威勢を増した異母弟宗盛の為に、精神的に鬱屈した状態に置かれていて、この事件をもひき起こしたものかと想像されるのであるが（拙稿「平家物語の一問題」〈国文学研究73〉↓拙著『平治物語の成立と展開』後篇・第二章第二節）、『愚管抄』の筆者慈円は、そうした彼の状況を理解できなかったのであろう、「イミジク心ウルハシ」かった重盛が、何故か「不可思議ノ事ヲ一ツ」したとして、事の顚末を伝えている（巻五）。慈円の目には、重盛の一般的評価からは到底考えられない愚挙と映ったのである。概して重盛の人物評が好ましいものであったろうことは、彼の病による出家を記す『山槐記』（中山忠親の日記）に、熊野参詣の時に後世の事を祈ったらしいという風評や、慰問に対して「年来素懐無レ障遂了、喜悦無レ極」と答えたよしが書きとめられていることからも推測される（治承三年五月二十五、二十六日条）。『平家』の作者は、「心ウルハシ」と思われていた重盛の一面を巧みに拡大し、悪評と共に世を去った清盛と対置させるべく、復讐事件の主役をすりかえたのであった。

また、物語では、同族の中にあって重盛のみが、清盛の行動を真正面から批判しえた人物となっているが、これも実際とは異なる。例えば、『玉葉』（九条兼実の日記）によれば、『平家』でふがいない人物とされる宗盛が、福原遷都の際、清盛に対して京への帰還を強硬に主張し、遂に口論に及んで人々を驚かせたとあり（治承四年十一月五日条）、それが大きな契機となったものか、七日後には還都の決定が下りている。物語作者は、清盛批判の役を重盛一人に負わせることによって、人物の対立関係を明確化し、劇的構造をつくりあげているのである。

清盛像についても同じ事情が考えられる。確かに彼の晩年、法皇幽閉事件以降の所行は多くの悪評をかうこととなったが、かつて重病を患った時に『玉葉』の筆者が「天下大事只在二此事一也。此人夭亡之後、弥《いよいよ》以衰弊歟」（仁安三年二月十一日条）と慨嘆したことや、彼の部下に対する細やかな思いやりを示す『十訓抄』巻七の逸話などは、物語における清盛像の虚構性を示すものとして、つとに知られてきた。更に、同じ軍記物語でも、『平治物語』の古態本たる陽明本・学習院本では清盛に好意的であることや（後出本は冷淡。拙稿「初期平治物語の一考察」〈「軍記と語り物7」〉等→前掲拙著、前篇・第二章第一節）、『保元物語』の古態本たる半井本が、朝日に向って弓をひくことを嫌って迂回したという、彼の殊勝な行動を伝え（後出本では義朝の行為）、『平家』の有力な古態本の一つ延慶本（巻三）が、そのことをもって若かりし日の信望を語る例証としていることも、注目されてよかろう。『平家』作者は、清盛晩年の蛮行を彼の性格決定の原点とする一方、上述の如き肯定的評価の側面を捨象して悪行者清盛像を造型し、善人重盛との間に緊張した相剋の構図をもくろんだのである。そして、延慶本を含め、『保元』『平治』にあった彼に関する肯定的表現が後出本で消えていくことは、時の流れの中で、この構図が不動のものとなっていった過程を暗示する。

清盛と重盛とのになう劇的空間は、単純な善悪の対立によって成り立ってはいない。そこに親子という肉親の絆を殊更に絡ませることで、複雑な葛藤が生じ、両者間の振幅が増大させられている。即ち、重盛の中には父を嫌悪しながら愛する情、清盛の中には息子を忌避しながら信頼する情が、それぞれ描き込まれ、互いに背離しつつも断絶できない自家撞着の関係が形成されており、それが時として物語の世界を白熱化させ、また陰影あるものとする。

鹿の谷事件における重盛の、父につくべきか法皇に従うべきかという有名な煩悶の告白が、その典型であることは言うまでもない（巻二・烽火之沙汰）。理想的人物に仕立てあげられている彼には、孝子としての面貌も用意されていて当然であった。他方、清盛の場合、彼の言中に見られる子息讃嘆の言葉は、重盛の理想像を強調したい為の造作と受けとられかねない（例えば、巻三・医師問答）。しかし、鹿の谷事件の時に彼に法皇幽閉を思いとどまらせた重盛の行為を、「たのみきつたる」子息の諫止として描き（烽火之沙汰）、また、重盛に先立たれた彼が落胆の余り閉門し、故人に対する朝廷の冷遇に激怒、悲嘆の中で自暴自棄的に「いかでも有なん」とクーデターを決意したと語る（巻三・法印問答）ところには、息子に寄せていた父の信頼の情が、如実に現わされている。殊に後者は、清盛が悪行にひた走ることとなった時の感情を語ったものであり、物語の大きな分岐点を構成する中枢となっている。表面的に対立しているかに見える清盛と重盛とは、実は肉親の情によって強く結びつけられており、しかも、それが清盛悪行の掛金を外させた力ともさせられ、物語に屈曲した局面を展開させているのである。

ところで、両者は平氏政権を支えた二大要素の象徴と考えられないだろうか。粗野な行動力にあふれる清盛と、沈着冷静な貴族好みの重盛――、その後者が欠けた時、平氏政権は必然的に崩壊の道程をたどる。正反対の性格を付与されながら不即不離の関係にある彼らは、『平家』作者が直感的に創造したところの、華やかであった集団の二つの分身であるかのように思われるのである。

（「国文学　解釈と鑑賞」一九八二年六月）

四　後白河院と高倉帝

作品中に点描されている後白河院は、充分な人物像を結んでいないという非難が聞かれるものの、それなりに或る種の確かな印象を読者に与えずにはおかない。その核にあるものは、裏のある陰の権勢者とでも言える姿であろう。物語が本格的な展開を始める以前、作者は底意の知れぬ院の行動に恐怖する清盛を描いている。叡山の僧兵が清水寺を焼討ちした時のことで、平家追討の院宣によって僧兵決起という流言の飛ぶ中、院自身が清盛の館に出向いたのであった（巻一・清水寺炎上）。院が平家追い落しを後日画策することになる伏線として置かれた話であろうが、ここでは、清盛の恐怖と警戒心を通して、院の不気味さを間接的に表現する役目をも果している。以後、鹿の谷の陰謀の後楯となり（一・鹿谷）、鵜川事件では西光の讒言に「逆鱗《げきりん》」して無実の明雲を流罪とし（二・座主流）、鹿の谷一味が一掃された後は清盛への「御憤《いきどほり》」をやめない（三・赦文）といった院の姿が点描されていく。更に、平家に対する院の冷遇が清盛の口から明らかにされ（三・法印問答）、自身は幽閉の身ながら平家追討の院宣を下し（五・福原院宣）、都落ちの時は事情を察知して密かに鞍馬に逃れる（七・主上都落）など、頼朝から「日本国第一之大天狗」（『玉葉』文治元年十一月二十六日条）と評された人物の一面が、簡略とはいえ、間違いなく伝えられているのである。

しかし、看過できないのは、作者が院の浅慮な性格を指弾めいた口調で語っていることの方であろう。軽薄な鼓判官の言にのって義仲追討を決定、しかも「しかるべき武士には仰せで」悪僧達を召集し（八・鼓判官）、当然の惨敗を喫する。その浅慮は、かつて鹿の谷事件の時、酒席で陰謀をうちあけ、静憲をして驚愕させたそれと大差はない（一・鹿谷）。また、先の明雲流罪の記述にも、冷静な判断力の欠如が示されており、院に対する作者の批判的なありようは、動かし難いもののように思われる。清盛や義仲の暴挙の前に無力な悲嘆をくり返す、おおよそ権勢者らしからぬ脆弱さも注目されてよいかも知れないが、それは、王法を破壊する悪行者を際立たせる手法でもあり、高貴な人物を描く場合の一般的な手法でもあったと解すべきだろう。後白河院の浅慮とは、即ち現実認識の甘さ、現実対処の甘さを意味する。所詮、新時代を牛耳れぬ古代的な専制君主にすぎなかった彼を、物語はこうした簡明な形で提示したと言えよう。

その子高倉帝は、「末代の賢王」と仰がれ、「内には十戒をたもち、外には五常をみだらず、礼儀をたゞしうせさせ給ひけり」と、ほとんど重盛の場合と同様な礼讃文が加えられている（六・新院崩御）。満二十歳で早逝した高倉帝は、事実、人々から哀惜されたらしく、定家の『明月記』には「文王巳《すでに》没、嗟乎《ああ》悲矣、倩《つらつら》思レ之、世運之盡歟」とあり、源通親は『高倉院升《しよう》遐《か》記』の中で遺徳をしのび、『六代勝《しよう》事《し》記』にも徳政をたたえる一文があって、『平家』本文への影響が指摘されている（同前）。定家が「文王」と記したのは、『古今著聞集』巻四に伝える漢詩への傾倒が顕著であったからだろう。この物語では、崩御記事の後に一連の追悼話群が設けられ、幼くして紅葉を愛し、漢詩をそらんじていた風雅心や、盗賊にあった女房に施しをたれた為政者としての仁徳（もとは堀河帝に関する逸話）、天皇の地位ゆえに愛人を遠ざけた潔癖な自制心、そして、清盛に仲をさかれた小督を思う一途な優しさと、理想的な人格がつづられていく。権勢者後白河院と人格者高倉帝という父子の組合せは、清盛と重盛との関係に相似する。そのことを作者がどれほど意識したかは定かでないが、高倉帝と重盛に同じような賛辞が加えられていることは興味深い。

高倉帝が不幸であったのは、清盛の妻の妹建春門院を母として生れ、清盛の娘徳子との間に世継ぎまで、もうけてしまったことであった。彼の苦悩が深刻化するのは、清盛による父法皇幽閉事件以降と思われるが、物語もまたその時点から、高倉帝の姿を具体的に描き始める。無論、そこにあるのは父のことに思い悩む姿である。病床に伏せり、出家の希望を法皇に伝える密書をしたため（三・法皇被流、城南離宮）、安徳帝に譲位後は、うわべは「平家に御同心」ながら真意は清盛の謀反心をおさめさせる「御祈念のため」とうわさされた厳島参詣に赴く（四・厳島御幸）。その出立の際、幽閉中の父君とひそかに対面する。――「両院の御座、ちかくしつらはれたり。御問答は人うけ給はるに及ばず。御前には尼ぜばかりぞ候はれける。やゝ久しう御物語せさせ給ふ」。この、あえて朧化した簡略な表現の奥から、しめやかなものとなったであろう父子の語らいが伝わってくる。二人の会話や有様を想像の空間にゆだねさせることで、ベールに包まれた高貴な世界をつくりあげ、同時に、余人には理解できぬ悲しみや複雑な思いが、その場に浸潤していたであろうことを思わせるものとなっている。父子の愛がこの表現において、最も結実した形を見せていると言えようか。

以後の厳島参詣の叙述は、淡々とめでたい御幸の様子を語っていくが、底流に高倉上皇の深い悲しみが陰々と流れていることを読みとるべきであろう。平家悪行の極めとされる福原遷都の後の、再度の厳島御幸の行為にも、いまだ許されぬ父法皇を思う情を汲みとらねばなるまい（五・富士川）。こともあろうに、上皇が不治の病床についたのは福原であったと作者は語る（五・都帰）。最後まで義父清盛の悪行にさいなまれ、心痛の中に死を迎える仁徳の孝子たる帝王として描き上げるのには、正にふさわしい土地であった。

法皇は、「現世後生、たのみおぼしめされつる新院」を失ない、悲嘆にくれたという（六・小督）。惜しまれつつ去った高倉帝と重盛を、末世の混乱を救いえたかも知れぬ、しかし、所詮濁世には生きられぬ人物として、作者は語りたかったのでもあったろうか。（同前）

五　建礼門院と安徳帝

安徳帝の生は、怨霊とのたたかいの中に始まる。非業の死を遂げた者、平家の手で殺された者、或いは流刑された者達の死霊生霊が、その誕生を妨害しようとしたという（巻三・赦文）。八歳で海の藻屑となった幼帝の生涯は、この世に生をうける以前から呪われたものであったことを、物語は伝えようとするのである。三歳の時に即位し、同年に福原遷都があった。更に三年後に都を落ちる。この両度にわたって、作者は、都を離れる幼帝が、さし出された輿に「いまだいとけなうましましければ（ませば）、なに心なうめされ」たと記している（五・都遷、七・主上都落）。二年間の放浪が、幼い天皇をどれほど成長させたかは知るすべもない。祖母の二位尼に抱かれて船端に立った最後の姿は、「御年の程よりはるかにねびさせ給ふ」ものではあったが、「尼ぜ、われをばいづちへぐしてゆかんとするぞ」という、この物語で唯一記される帝の言葉は、いまだにいとけない（十一・先帝身投）。「なに心なう」輿に乗せられ、「いづちへぐしてゆか」れるとも知らず終った短い一生、言わば、自分の意志を持つ以前に決定されていく呪われた人生を、まちがいなく歩んでしまった薄幸のいとけない帝こそ、作者の語りたかった安徳帝のイメージであったのだろう。

建礼門院が我が子と共に紙面に現われるのは、即位式の場面が最初である。新帝を抱いて玉座にのぼった彼女の姿は、「御ありさまめでたかりけり」と賛嘆されている（四・還御）。この母子にとって、将来はまだ暗くはない。しかし、福原遷都の時、作者は新帝乗輿《じょうよ》の様を記して、「主上おさなうわたらせ給時の御同輿には、母后こそまいらせ給ふに、是は其儀なし」と、何かわだかまりを感じさせる表現をとる。常例を破ったと記すことで、将来の不吉さを印象づけようとしたものであったろうか。後日の都落ちの際には「御同輿」であったというが、太宰府を追われる時は、主上は「腰輿《えうよ》」に、国母は「かちはだしにて」落ちたと語る（八・太宰府落）。栄花の極みから転落の底へと、母子の姿は要所要所に点描されていくのである。無論、その最後は壇の浦である。「御やき石、御硯、左右の御ふところにいれて」我が子の後を追った女院は、あえなく武士の手に救い上げられ、愛する者と永劫に離ればなれとなる。女院の入水は『愚管抄』にも記すが、『閑居の友』下の第八話（灌頂巻「大原御幸」の原話との関連が想像される）では入水したことになっておらず、ただ、女院の回想談に、焼き石と硯とを自身で懐中に入れたらしい語り口が認められる。様ざまな伝承の中で、『平家』作者は、おそらく一つならず入れたであろう焼き石と硯のことを、女院の悲壮な意志をものがたる表象として紙面に残したかったものと思われる。

灌頂巻に至るまでの女院は、二度ほど口を開くのみで誠に寡黙である。そうした彼女が寂光院を訪れた後白河法皇を前に、滔々と過去の体験を六道になぞらえて語り出すのであるが、その言葉の底には、亡き安徳帝への思いがこもっている。「いつの世にも忘《れ》がたきは先帝の御面影、忘れんとすれども忘られず、しのばんとすれどもしのばれず。たゞ恩愛の道ほどかなしかりける事はなし。されば彼菩提のために、あさゆふのつとめおこたる事さぶらはず。是もしかるべき善知識とこそ覚へさぶらへ」（六道之沙汰）——忘れ難い子への恩愛の情ゆえに朝夕の勤めをし、そのことをもって悟りをひらく為の機縁と受けとめているという。入水の時を回想しては、再び「海に沈《み》し御面影、目もくれ心も消えはてて、わすれんとすれども忘られず、忍ばんとすれどもしのばれず」と繰り返し、竜宮城にいる我が子の夢を見たとも語る。そして、法皇還御の後、自分の庵室に帰って祈る言葉は、「先帝聖霊、一門亡魂、成等正覚、頓証菩提」であった。

この物語の作者はよほど女院の心に我が子を思う情を描きたかったのであろう、右の他にも「先帝・二位殿の御面影、いかならん世までも忘《わすれ》がたく」（女院出家）とか、「先帝の御面影ひしと御身にそひて」（大原入）と、灌頂巻全体で四度までも、彼女の心から消え去らぬ亡き子の面影を語っている。その思いを現実の形として見せているのが、庵室に法皇の見出した「先帝の御影《みえい》」（絵像）であった。手に五色の糸をかけられた阿弥陀如来などの仏像の右側に、それは掛けられていたのである。そもそも女院は、出家の際、「いかならん世までも」手離すまいと思っていた唯一の遺品である「先帝の御直衣」を、戒師の布施として差し出していた。その代りの意味をも含めて、作者はここに「先帝の御影」を用意したのにちがいない。しかも、古本系の諸本（延慶・四部・屋代各本）や『閑居友』前掲話にはないところをみると、微妙な操作を施したのは後出本の作者であった。女院の心から決して去らぬ亡き子の面影と、子の冥福をひたすら祈念する思いとを共に暗示して、安徳帝の絵像は作品中に存立している。

仏教の本来の教えからいえば、子への恩愛の情は妄念として断ち切らねばならぬものである。しかし、女院は、前引の言葉にあったように、忘れ難い子への情念を悟りに到る機縁と見ていた。おそらく、極楽往生の瑞相が現われたその死の時まで、「先帝聖霊」の菩提を祈り続けたに相違ないと想像されてくる。ここには、断つことのできぬ恩愛の情を抱きつつ、極楽往生を遂げたいと願った中世の人々の願望が託されていよう。我が子の頭蓋骨を胸に入水して往生を遂げたという、長門本などにある髑髏《どくろ》尼の話と気脈を通じる。国母とまで仰がれた女性の中に、大衆と同じ願いを聞いた当時の聴衆は、心に「高きも卑しきも」という常用句をつぶやきながら、カタルシスを味わったことであろう。そしてまた、平家一門の栄光と没落と亡魂の救済と、全てを象徴したような幼帝の幻影が、彼らの脳裏に去来していたことでもあろう。

（同前）

一七　式子内親王の歌における鳥のメタファー

一　暗示性

式子内親王が数え年五十二歳の時、すなわち亡くなる四か月前の秋九月ころ、後鳥羽院の主催した『正治二年（一二〇〇）初度百首』のために詠進した、「鳥」を歌題とする歌に、次のような一首がある。

身の憂さを思ひくだけばしののめの　霧間にむせぶ鴫《しぎ》の羽がき

（『式子内親王集』294番歌・以下同）

白い霧に覆われた夜明けの薄明かりのなか、喉にまで忍びこむ霧で息をつまらせているような鴫の、くちばしで羽をしきりにしごく湿った低い音、それが、ままならぬ身のつらさにあれこれ悩んでいる、わが思いを象徴するかのように聞こえてくる、というのであろうか。従来の諸注釈書(1)はこのように、最後は聴覚に焦点を合わせるのであるが、私には、これが、むしろ視覚にうったえる歌のように思われる。

浅い水中にじっと立ち、閉じ込められた暗く白い世界のなかで、首を垂れ、長いくちばしで、ただひたすら羽づくろいをして飛び立とうともしない鴫の姿……。先の見えない人生に行き悩む人の姿と二重写しになる……。

この時より六年以上は先立つとされる歌の中に、「霧」と「むせぶ」の語を結びつけたものが、もう一首ある。

夕霧も心の底にむせびつつ　我が身一つの秋ぞふけゆく（46）

夕霧すらも心の底に深く降りてきて、それでなくてもつらいのに、そのせいで息がつまりそうな、そんな苦しい悩みを抱きつつ、他の人には分かりもしない自分一人の孤独な悲しい秋が更けてゆくことだ、という。先の歌と共通するのは、発散することのできない閉塞した心境の表現であろう。

この歌の本歌は、「月見れば千々にものこそ悲しけれ我が身一つの秋にはあらねど」（『古今和歌集』大江千里詠）であった。その本歌が「わが身一つの秋にはあらねど」と、他者の存在に想念を広げているのに対し、式子の歌は自身の心中にのみ沈潜していく。その詠嘆的口調が、数年かの時を経過するなかで後退し、内なる苦悩を飛び立てぬ鳥の客観的描写に重ねるという、鑑賞者の想像力に働きかける、より煮つめられた手法に展開していったのが先の歌のように見える。

「鴫の羽がき」を詠む先行歌としてよく知られているのは、『古今集』にある「恋」の歌、「暁の鴫の羽がき百羽がき君が来ぬ夜は我ぞ数かく」（詠み人知らず）であるが、式子の歌は、「恋」の部に入れられてはいない。「生」そのものの苦悩を見据えており、明らかに異質である。

「鴫」の次には、「鳰《にほ》」を取りあげた歌が配されている。

はかなしや風にただよふ波の上に　鳰の浮巣《うきす》のさても世にふる（295）

鳰は、小さな水鳥、カイツブリの古名。葦や水草、木の小枝で水上に巣を作る。その浮巣に、「さても世にふる」の句を添えて、頼りない、安らうことのない人生をなぞらえる。前歌の「鴫」に付与されていたのと等しい暗示性が、視覚にうったえる表現を伴って、ここにもある。鳥に対する少なからぬ思い入れがあったのではなかろうか。

二　冬の鴨

同じ正治二年百首歌の「冬」の部には、「鴨」を詠んだ歌がある。

葦鴨の払ひもあへぬ霜の上に　砕けてかかる薄氷かな（262）

幻想的な歌である。風もない静まり返った冬の夜、枯れた葦の間に身をひそめる動かない一羽の鴨を白い霜が覆いつくし、空からは砕けた薄氷までが次々と落ちてくる風景。もし音が聞こえるとしたら、それは空中で砕ける氷の、かすかな音かも知れない。そうした想像をも読者に掻き立てさせる。この歌には、「身の憂さを思ひくだけば」といった情緒をかもす言葉はないものの、「払ひもあへぬ」の一語に、鴨に託した、人の鬱積する心が表徴されていよう。が、あくまでも客観的な描写を通して、他から隔絶された非現実的な世界が描きあげられている。

「霜」は、当時よく月光の比喩として用いられている。式子自身、早くに、「鳰鳥の立ち居に払ふ翼にも落ちぬ霜をば月と知らずや」（61）と詠んでいた。そこでは、払っても落ちないと言い表していた霜を、ここでは、払うこともできないと言い、さらに動きを封ずるかのように、「薄氷」が砕けて降りかかっているとする。その「薄氷」もまた月光の比喩なのか、あるいは霰なのか。ともあれ、全体を包んでいるのは、ものごとすべてを氷らせてしまうごとく、深々と身に染みていく白い冷気である。

「霜」が、たとえ月の光を表したものであったにしても、読む側が最初に喚起させられるイメージは、霜そのものであろう。「薄氷」も同様で、実体としての月光やあるいは霰は、いわば二次的に生ずる理解の域を出ない。そこが重要と思われる。式子が表現したかったのは、霜の降りた翼の上に、さらに薄い氷塊が激しく降りかかり、一羽の葦鴨を身動きさせなくしてしまっている、そうした抽象化された光景であったろう。作者の胸中に浮かんだ心象風景であり、超自然的な映像である。

この時に詠進した俊成・定家・家隆の百首歌の「冬」の部にも、似たような歌が見出せる。順次、あげてみよう。

葦鴨の入江の床は氷りとぢ　羽がひの霜や払ひかぬらん　俊成

庭の松払ふ嵐に置く霜を　上毛《うはげ》わぶる鴛鴦《をし》のひとり寝　定家

霜の上に霰降る夜は葦鴨の　払ふ羽音のしげくもあるかな　家隆

「霜」と「払ふ」の語が、いずれの歌にも使われている。そのもとには、『後撰集』と『拾遺集』に重複して入集していた「詠み人知らず」の歌、「夜を寒み寝覚めて聞けば鴛鴦ぞ鳴く払ひもあへず霜や置くらん」があることは明らかで、式子詠の「払ひもあへぬ霜」は、ここから来ている。

これらに共通しているのは、冬の深夜、厳寒に見舞われて難渋している鳥の姿が詠まれていることである。三者のうち、俊成と家隆の場合、末の句が、「払ひかぬらん」「しげくもあるかな」と詠嘆に流れるのに対し、定家の歌は映像的で、式子にもっとも近い(2)。しかし、「砕けてかかる薄氷」といった、非現実的な言葉の選択はない。彼女の方が、レトリックにおいて一段上を行っている感がある。

彼女には、これ以前に、「葦鴨」「霜」「氷」という素材三つを等しくする歌がある。霜を月光と詠んだ先の歌の次にあるものである。

冬の池の汀《みぎは》に騒ぐ葦鴨の　結びもあへぬ霜も氷も　(62)

ここの鴨は、葦の間で翼をしきりに羽ばたかせ、自らを閉じ込めようとする霜や氷に、いわばあらがっている。前掲の「葦鴨の払ひもあへぬ」の歌は、もはやあらがえぬ姿が詠まれていた。両者を比較すれば、表現する世界が動から静へと変貌したことが看取できよう。「霧間にむせぶ鴨」も、動きを抑え込まれた姿であった。「薄氷」を浴びて身動きできぬ葦鴨と、「霧」に窒息している鴨と、イメージは結びつく。

二首の歌には、晩年を迎えた式子の表現したかったものが託されているのであろう。そこには彼女自身の姿が暗喩されていはしまいか。

三　氷

『式子内親王集』は、三つの百首歌に、勅撰集やその他の歌集に見出されるものを追加して構成されている。正治二年（一二〇〇）の百首歌に先立ってあるのが建久五年（一一九四）五月二日の日付を付す百首歌、さらにその前、集の最初に配された百首歌は、『千載集』への入集が認められないことから、それが成立した文治三、四年（一一八七、八八）以降、建久五年までの間にできたかとされる。(3) 前掲の（46）（61）（62）番の歌は、最初の百首歌に属しており、それらと正治二年詠との間に認められた質的相違は当然であったのだろう。

「葦鴨」の歌における「砕けてかかる薄氷」という表現が印象的であった。そこで、右の三つの百首歌の「冬」の部十五首中に、寒さの象徴でもある「氷」「霜」「霰」が出てくる回数を追ってみると、最初の百首歌では、「氷」三、「霜」三、建久五年詠では、「氷」一、「霜」四、「霰」一、正治二年詠では、「氷」五、「霜」三、「霰」二、となる。合計すれば、六、六、十となり、最後の百首歌で頻度が高くなったことが分かる。なかでも「氷」は、全体の三分の一の歌に詠み込まれていた。

『正治二年初度百首』には、二十三人の歌が収められているが、「氷」はせいぜい三首止まり、先にあげた俊成・定家・家隆の場合は、各一首に過ぎない。式子の特異性が、おのずから浮かび上がる。

最初の百首歌の「氷」三首の内の一つは、前掲の、氷にあらがう鴨の歌、それに続いて、「真柴《ましば》積む宇治の河舟寄せわびぬ竿《さを》のしづくもかつ氷りつつ」（63）がある。「宇治の河舟」には、世を憂しと思う人の姿が重ねられていよう(4)。岸に寄せようと漕いでいる舟の竿からしたたる水が、たちまちに氷るということは、現実的にありえない。この世における人生の困難さが暗示されている。前歌の「騒ぐ葦鴨」のせいで凍結できない池の風景との対照性が、意識されているのであろう。「冬の池」に「騒ぐ葦鴨」にも、困難な状況に立ち向かう生のありようがオーバーラップされている。

もう一首は「冬」の部の最後にある、「年波の重なることをおどろけば夜な夜な袖にそふ氷かな」（70）。推測されているこの百首歌の成立年に従えば、三十九歳から四十六歳のころに詠まれた歌となる。三十二歳の時に、二歳下の弟、以仁王を戦場で失っていた。「年波の重なる」という言句に、戦乱の世を生きてきたことへの思いが込められているように思われる。

建久五年百首歌の「氷」一首は、「とけて寝ぬ夜半の枕をおのづから氷に結ぶ鴛鴦ぞことゝふ」（164）である。横になっても心打ち解けていない男と女、その二人の枕元に池の中で冷たく氷りついた雌雄二羽の鴛鴦鳥の鳴く声が、まれまれ、おとずれて来る、というのであろう。「とけて寝ぬ」男女と「氷に結ぶ鴛鴦」とは、像が重なり、冷却化してしまった関係性の暗示がある(5)。「おのづから」を、既刊の注釈書は、「季節柄自然と」、あるいは「おのずから自然に」と解するが(6)、「たまに」「まれに」の意に取るべきところであろう。

正治二年の「氷」詠は五首、それを順次列挙してみよう。

見るままに冬は来にけり鴨のゐる　入江の汀薄氷りつつ　（259）

葦鴨の払ひもあへぬ霜の上に　砕けてかかる薄氷かな　(262)
群れてたつ空も雪げに冴え暮れて　氷の閨《ねや》に鴛鴦ぞ鳴くなる　(265)
天つ風氷をわたる冬の夜の　乙女の袖をみがく月かげ　(267)
わたの原深くや冬のなりぬらん　氷ぞつなぐ海人《あま》の釣り舟　(269)

初めの歌は、鴨の宿る水辺に薄い氷が張りつめていく、その速さを、「見るままに冬は来にけり」と詠う。鴨は、徐々に徐々に氷のために包囲される。動きを止めたその鴨を、さらに空から霜に加えて薄氷まで、冷たく襲いかかっているような光景が詠まれていた。二首目は、二つの歌は離れた位置にありながら、時系列を意識して配されている。三首目は、鴨の群れて飛び立つ空すら、雪もよいとなって冷えかえり、夕闇の迫るなか、あとに残った鴛鴦鳥の雌雄が、冷たく凍てついた池の臥所《ふしど》で鳴いているらしい、というもの。ここの「氷の閨」にいる鴛鴦は、建久五年詠の「氷に結ぶ鴛鴦」に通底する。鳴いている声は、寂しく聞こえるのであろう。二羽でいながら、寒い暗闇が降りてきて、孤独感が漂う。

「天つ風」の歌は、本歌が『古今集』の著名歌「天つ風雲の通ひ路吹きとぢよ乙女の姿しばしとどめむ」とされる。従って、「乙女」は十一月の新嘗会の祭に舞う五節の舞姫のこと。空からの風が氷の上を吹き渡る冬の夜、その舞姫の袖を月光が白く磨きあげているという。磨いているように見えるのは、袖が動いていないからに他なるまい。「氷」と「みがく」の語が響きあい、祭の雰囲気とは隔絶した、冷気に満ちた空間に、白い月光を浴びてたたずむ一人の乙女の姿が、絵画的に想像されてくる。

最後の歌は、最初の歌と対照的に、冬が深まった、しかも「入江」ではなく大海の風景。氷で固められているのは鴨や鴛鴦ではなく、幾つもの釣り舟、人はいない。厳寒の海を空想して、思い描いた風景である。

当然のことながら、共通して基調にあるのは厳しい寒さ、そして、歌の中心素材たる「鴨」「葦鴨」「鴛鴦」「乙女」「釣り舟」は、いずれも静止状態にある。それゆえ、一幅の絵にもなりえて、他から閉じられつつある、あるいは閉じられてしまっている世界が、寂寥感を伴って表現されている。それが式子の好むところであったのだろう。

これらの歌は、眼前の実景を詠んだものではあるまい。脳裏に浮かんだ光景であり、だからこそ、人生の厳しさ、寂しさが表象されている。それは、最初の百首歌にあった「冬の池の汀に騒ぐ葦鴨」(62)や「宇治の河舟寄せわびぬ」(63)に、すでに見出せた。式子には、象徴的にものごとを言い表す性癖、あるいは表現欲求があったのに相違なかろう。

なお、この時の百首歌には、「秋」の部にも「氷」の歌が一首、「萩の上に雁の涙を置く露は氷りにけりな月に結びて」(247)とある。「氷」に心惹かれる思いが、他の百首歌の時よりは強くなっていた様相が見て取れる。

四　述懐歌

鳥へのこだわりも、彼女にはあったらしい。夏を迎えると、五月に戦死した弟の以仁王をしのんで、ホトトギスの歌を盛んに詠んでいると指摘したのは、馬場あき子であった。(7)『正治二年初度百首』に収められている二十三人の百首歌のうち、歌題を「鳥」とする部以外のところから鳥の歌を抽出してみると、最多が十八首で一人、十五首が三人で式子はそこに含まれる。以下十三首と十二首が各三人、十一首が六人、十首が二人、八首以下が五人となる。

鳥を題材とする彼女の歌は、第一の百首歌には十四首、建久五年の第二の百首歌には十一首あるから、鳥への関心は一貫したものであったように思われる。自身の姿のメタファーであるごとき「霧間にむせぶ鴫」や、「葦鴨の払ひもあへぬ」の歌が作出されるに至る筋道は、必然的なものだったと理解されよう。
第一の百首歌の「雑」の部には、その鳥の歌二首にやがて収斂されていったに違いない、自らの心境を詠った一連の作品が並ぶ。

日に千たび心は谷に投げ果てて　あるにもあらず過ぐる我が身を　(93)
恨むとも嘆くとも世の覚えぬに　涙なれたる袖の上かな　(94)
別れにし昔をかくる度ごとに　返らぬ浪ぞ袖にくだくる　(95)
今日までもさすがにいかで過ぎぬらん　あらましかばと人を言ひつつ　(96)
見しことも見ぬ行く末もかりそめの　枕に浮かぶまぼろしの内　(97)
浮雲を風にまかする大空の　ゆくへも知らぬ果てぞ悲しき　(98)
はじめなき夢を夢とも知らずして　この終りにや覚め果てぬべき　(99)

三首目の「昔をかくる」の「かくる」は、心に懸ける意で「浪」の縁語。死に「別れ」た人は、次の歌の「あらましかば」と口にする人と同一かと類推され、弟の以仁王が想起されてくる。続く「見しことも見ぬ行く末も」の歌は、そうした過去のつらい体験も、これから訪れるかも知れない苦難も、「かりそめ」「まぼろし」と仮想することで、心を納得させようとしていると評することができようか。最後の歌の「夢を夢とも知らずして」は、それでもなお納得しきれていない自らを自戒している言葉である。
一首目の「日に千たび」の歌は、悩みの尽きない心を日々何度も放擲《ほうてき》し続け、生の実感のない身だけで日常を生きているというのであろう。それを受けて、二首目では、「恨む」心も「嘆く」心も捨てて無くなったはずなのに、涙で袖が濡れるのが常のならいとなっているという。六首目は、親しい人を失った悲しい過去を思い出しつつ、「浮雲」

に身をなぞらえ、世の流れに任せて生きるよりすべのない、先行き不安な我が身を思う。

激しさのある「日に千たび心は谷に投げ果てて」は、容赦なく葦鴨を襲う「砕けてかかる薄氷」を連想させ、一方、「あるにもあらず過ぐる」、「恨むとも嘆くとも世の覚えぬに」、「夢を夢とも知らずして」といった言葉の繰り返しは、「霧間にむせぶ鴫の羽がき」を思い出させる。悩む心理が、共に投影されているからである。

三首目では、涙を「浪」にたとえ、「浪ぞ袖にくだくる」と詠んでいるが、先の二首でも、「身の憂さを思ひくだけば」、「砕けてかかる薄氷」と、「くだく」の語を取り込んでいた。式子の頻用する語彙の一つで、十一例があり、その内、袖をくだくが三、心をくだくが三、身をくだくが二、その他が三、という。(8) 彼女の内面にひそむ激情が現れている一語と認めてよかろう。

建久五年の百首歌の「雑」の部に収められた述懐歌群の一部からも、同様に二首の歌につながる命脈が感得される。この二、三年前に彼女は出家していた。

今日はまた昨日にあらぬ世の中を　思へば袖も色変はりゆく　(194)

憂きことは巌《いはほ》のなかも聞こゆなり　いかなる道もありがたの世や　(195)

世の中に思ひ乱れぬ刈萱《かるかや》の　とてもかくても過ぐる月日を　(196)

あはれあはれ思へば悲しつひの果て　偲《しの》ぶべき人たれとなき身を　(197)

ささがにのいとど懸かれる夕露の　いつまでとのみ思ふものから　(198)

「世」のあり方に迷わされている自身の姿を内省しているのが初めの三首。一首目は、打って変わる今の世の転変の速さを思って嘆き、二首目では、避けきれない憂き現実の中で、いかようにしても生きづらい世を思い、三首目で、時はどうあろうとも過ぎてゆくのに、この世にあることで苦しみ悩んでいる我が身を詠う。

自らの終末を意識しながら詠じているのが後の二首。死後に自分を思い起こしてくれそうな人が誰もいない我が身を、「あはれあはれ」と思って悲しみ、また、はかない命がいつまであるかと思うものの、なお生きている自らの存在を思う。現世に生きてあることのつらさを見つめるこれらの歌は、閉塞状態にある心理を映像化したような鳥の歌二首に通じていよう。

『正治二年初度百首』には「雑」の部が設けられていない。[9] 鳥の歌二首は、そこに含まれるべきものであった。式子は、百首歌を詠進する前年の正治元年五月から、病気がちだったことが定家の日記『明月記』から知られる（五月一日条以降）。自らの終焉をも半ば意識しながらの詠進であったのだろう。「雑」の部がないゆえに、述懐の思いを、鳥の歌に託すことになったのではないかと憶測される。

五　隠喩

式子には、象徴的に、暗示的に心情を表出しようとする志向性とは逆方向の、自然の実景に触発されて生まれてきた歌がある。なかでも、庭を見つめて詠ったものの中に秀歌が多いように思われる。

桐の葉も踏み分けがたくなりにけり　必ず人を待つとなけれど　(255)

大きな桐の葉が庭一面に散り積もっている様を見ての詠。誰かを待っているわけではないものの、なぜか、ふと人恋しくなってしまった心境の素直なつぶやきである。

この詠は、正治二年の百首歌「秋」の部にあるが、他にも、

跡もなき庭の浅茅《あさぢ》にむすぼほれ　露の底なる松虫の声　(240)

しるきかな浅茅色づく庭の面に　人目離《か》るべき冬の近さは　(252)

と、ある。前者、人の足跡もない庭の浅茅に身をからめ取られたかのように、露の降りたその奥底からであろう、鳴く松虫の声が人を待つごとく聞こえてくるという。後者は、色の変わりつつある浅茅の生える庭に、人の行き来の遠ざかる冬の近さが明らかに見て取れるという。いずれの歌からも、人との交流の希薄な日常が想像され、彼女の内向的な性格がしのばれる。

「冬」の部にも、

梢には残る錦も止まりけり　庭にぞ秋の色は絶ちけり　(258)

しぐれつつ四方の紅葉は散りはてて　霰ぞ落つる庭の木の葉に　(260)

と、ある。前述したように、当時、彼女は病床にあることが多かったと考えられる。必然的に、目は庭に向けられていたことであろう。

もっとも、これに先立つ第一の百首歌にも、庭への視線から生まれたと思われる、「残りゆく有明の月の洩るかげにほのぼの落つる葉がくれの花」(17)、「ながむれば月は絶えゆく庭の面にはつかに残るほたるばかりぞ」(28)、「とどまらぬ秋をや送る眺むれば庭の木の葉の一かたへゆく」(55)といった秀歌がある。建久五年の百首歌からも、「春秋の色のほかなるあはれかな蛍ほのめく五月雨の宵」(128)、「吹きとむる落ち葉が下のきりぎりすここばかりにや秋のほのめく」(156)、「めぐりくる時雨のたびにこたへつつ庭に待ちとる楢の葉柏」(161)と、拾うことができる。

庭を見つめる姿勢は、日々のなかで習慣化していたに違いない。歌人の源家長が建久八年(一一九七)三月に式子邸の大炊殿を訪れ、その時の印象を書き残した日記の一節は、よく知られている。庭には桜の花が一面に散り積もり、持仏堂からは香の匂いがしてきて、世を背いた身の住みかとして誠にふさわしく、心惹かれる思いがしたとある。この時は、後鳥羽院の一行が蹴鞠をする場として、大炊殿を選び、そこで競技も行われたのであったが、そのにぎやかな遊びの最中にも、覗き見するような人影も見えず、家中はひっそりとして、夕方、建物の奥深くから鈴《れい》や打ち鳴らす鉦《かね》の音が細く尊く聞こえてきたと記す。正治二年はそれから三年後、先の歌たちはそうした静かな生活の中から生み出されてきたものと判断される。

庭を静観する歌とは反対に、「身の憂さを思ひくだけば」と「葦鴨の払ひもあへぬ」の歌には、家長日記から推測される穏やかな日常とは相容れない、内面的葛藤、抑圧された苦悩、あるいは不如意感の投影があった。「忍恋」の題詠「玉の緒よ絶えなば絶えね」で知られる激情の表白に通ずる表情を持つ。人の精神構造として、心情のベクトルが正反対に振れることはよくあることで、式子もそうした性格を持っていたのであろう。表裏一体、自らを内省するところに原点がある。

あらためて「葦鴨」の歌について考えてみれば、自らの死をも想念の内に秘めながら病床にあったであろう本人の内面が、ストレートに表現されているとは思われない。今さら「身の憂さ」を思いくだく心境でもなかったのであるまいか。歌の基底には、決して幸せではなかった自身の全人生をかえりみた時の感懐が、深く内在させられているように感じられる。それは、先の見えない暗さ、寒さ、静けさ、孤独といった一連の言葉と、親近感を持つものだったに違いない。

式子は、二度も奇妙な風評を立てられた。その一は、鳥羽院の皇女八条院暲子邸に、以仁王の姫君と共に同居していた時のこと、八条院領の相続をめぐって、式子が暲子と姫君を呪詛し、そのために暲子が病気になったというもので、結果的に同宿を解消、出家することになったという（『明月記』建仁二年〈一二〇二〉八月二十二日条）。その二は、建久七年（一一九六）ころかとされる事件で、後白河院の霊が橘兼仲なる人物の妻に取りつき、自らを祝うべく神社を作れとの託宣があったと夫婦で申し出たものの、謀計と判じられて二人は流罪となり、式子はそのことに同意したかどで洛中追放になりかねなかったと伝わる（『皇帝紀抄』『愚管抄』）。

「霧間にむせぶ鳴の羽がき」や「霜の上に砕けてかかる薄氷」といった言葉は、彼女を襲った過去の不幸な事件を思い起こさせる。もちろん、具体的事件と歌とを直結させるべきではない。それらを含めた実人生の隠喩が、意識的に凝縮されて鳥の歌には託されているように見える。しかも、映像にうったえる、現代詩にも通じるところの高度な手法を介してである。それは、情緒を排した後者の歌の方に、洗練されてみごとに結実している。本稿が指摘したかった究極のところは、その一点に尽きる。

注

（1）①『日本古典文学大系・80』（岩波書店・一九六四年刊）所収『式子内親王集』の久松潜一・國島章江校注、②小田剛著『式子内親王全歌注釈』（和泉書院・一九九五年刊）、③『和歌文学大系・23』（明治書院・二〇〇一年刊）所収『式子内親王集』の石川泰水脚注、④奥野陽子著『式子内親王全釈』（風間書院・同年刊）。

（2）『藤平春男著作集・第一巻・新古今歌風の形成』（笠間書院・一九九七年刊）第二章に、俊成が韻律性を重んじたのに対し、定家は「映像性」を求めたとある。

（3）注1の③の解説。

（4）平井啓子著『式子内親王の歌風』（翰林書房・二〇〇六年刊）の第一章「『源氏物語』摂取の冬の歌」は、「竿のしづく」の典拠として、宇治十帖「橋姫」の巻の薫の歌をあげる。

（5）同右著は、「とけて寝ぬ」男女の姿を、『源氏物語』「朝顔」の巻における光源氏と紫上との関係を踏まえているとする。

（6）注1の②④の注釈書。

（7）馬場あき子著、紀伊国屋新書『式子内親王』（紀伊国屋書店・一九六九年刊）。
（8）注4著、第二章「擣衣の歌の表現」。
（9）この百首に「述懐」の題がなく、「鳥」の題が設定されるに至った経緯については、山崎桂子著『正治百首の研究』（勉誠出版・二〇〇〇年刊）第二章・第三節「成立の背景」が、従来の研究史をまとめて詳しい。

（新稿）

一八 『とはずがたり』の鐘
――その寓意性をめぐって――

自分の数奇な生涯をかなり劇的に再構築しようとした形跡の窺える『とはずがたり』においては、作品中に隠々と流れる鐘の音にも、通常の意味を越えた寓意性が付与されているように思われる。

後深草院からの求愛を拒み切れず、遂に身体を許した二条は、その翌朝の心境を次のようにつづる。

折知り顔なる鳥の音もしきりにおどろかし顔なるに、観音堂の鐘の音《おと》、ただわが袖に響く心地して……

（新潮日本古典集成・巻一 21頁）

或る種の虚脱感の中で、自邸の近くにあった観音堂の鐘が、泣きぬらした袖を通して、己れの心に深く重くしみとおったというのであろう。引き続き、院の御所に連れられていく車の中では、「何となり行くにか」と将来への不安を思い見、

鐘の音《おと》におどろくとしもなき夢の
名残も悲し有明の空

（同22）

と詠じている。「おどろく」という言葉には、予想だにしなかった新しい人生の出発点に立たされた感慨が、「夢の名残」には、幸せだった日々の名残を悲しむ思いが、表面的な意味のかなたに揺曳させられていはしまいか。つらい道程の旅立ちを暗に表示する如き、この印象的な鐘の音を筆頭に、以後、愛欲篇とも称される巻三までの前篇を中心に、

しばしば意味ありげな鐘が重要な場面に現われる。

最も意図性の歴然としているのは、二条が雪の曙と有明の月との間に不倫の子を宿し、出産する記事の中に挿入されている鐘である。二条と曙は、密会を重ねていた一夜、彼女が銀の油壺を懐中に入れたという奇妙な夢を見る。それが懐妊の知らせであったのだが、夢から覚めた時、折しも「暁の鐘」が聞こえてきたという（同66）。しかも、後日、その罪の子の誕生したのが、「深き鐘の聞ゆる程」であった（同70）。院のすすめによって再び交際することを余儀なくされた有明との場合は、妊娠することになる夜、院に言われるままに彼女は彼のもとへと赴くが、その時刻が「深き鐘の声の後」であったと記され（巻三163頁）、同夜、銀の五鈷を懐中に入れたという彼女の夢を院が見ていたと語られる。そして、やがて生まれてきた子は、「明け行く鐘とともに」、この世に生を受けるのである（同187）。また、有明の遺児をはらんだ夜には、彼が鴛鴦になって彼女の体内に入るという夢告を得、「明け行く鐘に音を添へて」相手は帰って行く（同190）。夢告と一体化した鐘の響きは、身ごもった罪の子の宿命的暗さを表象するものであろう。同じパターンの繰り返しは、いかにもこの作品らしい一途さからくる表現の限界を感じさせはするが、それ故にかえって、作者の訴えたかったものが何であるかを、明瞭に浮かび上がらせている。

こうした事例から遡って見ると、二条と二人との関係が肉体関係へと深まっていく重要な段階で、やはり鐘の利用されていることに気づかされる。曙との結びつきは、父の死後、彼女の心を慰める文を送り届けていた彼が姿を見せ、互いに精神的きずなを確かめあった時を契機としていた。その場面は、

泣きみ笑ひみ、夜もすがら言ふほどに、明け行く鐘の声聞ゆるこそ、げに逢ふ人からの秋の夜は、言葉残りて鳥鳴きにけり。（巻一47頁）

とある。一方、有明の激しい求愛に負け、院の御所で契りを結ぶに至った最後の日は、

明け行く鐘に音を添へて、起き別れ給ふさま、いつ習ひ給ふ御言の葉にかと、いとあはれなる程に見え給ふ。（巻二110頁）

と記されている。いずれも、院との初夜に鳴っていた鐘と照応し、波乱に富んだ男性遍歴の、一つ一つの幕開けを告げるかのような効果を持っていよう。前掲の諸例と等しく、ここには、運命的予兆に満ちた鐘の響きがもくろまれている。

もう一つ、予兆、というよりも、作品の伏線的意味合いを有する箇所での鐘の使用がある。父の死は彼女の人生を大きく狂わせることになるが、その父が、死の間際、院との仲で問題が生じたらすべからく出家するように、という、あたかも彼女の将来を予感した如き遺言を残し、遺言の直後に「これや教への限りならんと悲しきに、明け行く鐘の声聞ゆるに」と、鐘を出すのである（巻一40頁）。遺言の持つ特殊な意味合いと連携したあり方は、かなり意識的なものであることを想像させる。

父の死に際しては、他に一回、鐘が使われる。臨終の報に、院が急遽訪れた場面で、「更けゆく鐘の声只今聞ゆる程に、『御幸』と言ふ」とあるもので（同36）、彼女に対する院の特別な優しさを物語る一連の叙述中に位置する。父にとっては、「この世の思ひ出」ともなる名誉な来訪であった。同じように、院の愛情を描く記事での使用として、父の他界後、醍醐の勝倶胝院に密かに籠った彼女を、院が気づかって来訪し、「今宵はことさら細やかに語らひ給ひつつ、明け行く鐘に催されて立ち出でさせおはします」と記すものがある（同58）。右の二例を、院との愛の交流をシンボリックに告げる鐘とすれば、院と曙との三角関係に苦悩する彼女が、不倫の恋の報いを受けたような皇子（我が子）の死去に遭遇した時、二人への複雑な思いを述べる次の記述中の鐘は、曙との愛の交流の指標とも言えよう。

（曙に）慣れ行けば、帰る朝は名残を慕ひて又寝の床に涙を流し、待つ宵には更け行く鐘に音を添へて、待ちつけて後は

また世にや聞えんと苦しみ、里に侍る折は君《院》の御面影を恋ひ……わが身にうとくなりまします事も悲しむ。（巻一72頁）

「更け行く鐘」「明け行く鐘」は、恋の世界では、恋情をかき立て別れを惜しむ、つまり愛する思いの、転移し、のり移っていく対象となる。その意味からも、これらの鐘を愛の表徴と捉え、それぞれが、院との、曙との関係の中で用いられている点に、改めて留意する必要を覚えるのである。

管絃の遊びの座席問題から御所を出奔し、出離への思いをつのらせて、再び醍醐の勝倶胝院に籠り、次いで即成院のある伏見の小林に身をひそめたところでは、有明の月と雪の曙とに関わる鐘が相継いで現われる。初めは、二条の招きに応じて来訪した叔父の隆顕が、一日交際を断った有明の月の情報をもたらす場面で、「寺々の初夜の鐘」がうち続いた後に、その情報が語り出される（巻二133頁）。隆顕自身、今は父との確執から出家を思う身にあったが、二人がかく憂いに沈む羽目になったのは、自分が二条と有明との仲をとりもった結果、有明のしたためるところとなった恐ろしい恋の起請文の「報い」であろうかと語り、彼女の出奔を知った彼が、「三界無安、猶如火宅」と涙ながらにつぶやいた様を伝える。それを聞いた二条は、「などあながちに、かうしも情なく申しけんと、悔しき心地さへ」するのであった。

次は、所在を突きとめて訪れた雪の曙と早朝に別れる場面である。「明け行く鐘の音も催し顔」なる中、彼の口ずさんだ歌に悲しみを新たにし、断ち切れぬえにしを思う。

世の憂さも思ひつきぬる鐘の音《おと》を
　月にかこちて有明の空

とやらん、口ずさみて出でぬる後も悲しくて、

鐘の音《おと》に憂さもつらさも立ち添へて
名残を残す有明の空
（同139）

今日は一筋に思ひ立ちぬる道も、また障り出で来ぬる心地するを……

「名残を残す」の句には、出家を「思ひ立ち」ながら、なお現世への「名残」を捨てられぬ複雑な心境が託されているのであろう。有明の月の言葉を伝え聞いても、出離への決意を固めるわけではなく、「情なく」もてなしたことへの後悔が先に立っていた。

三番目の鐘も、現世とのつながりを再認識させる事柄が述べられる直前に置かれている。即ち、後夜に鳴る「即成院の鐘の音」に目を覚まさせられ、自らも読経した日の昼頃、曙との間に生まれた女児の病いを知らせる文が届けられるのである（同140）。占い師によれば、病因は子供のことが自分の心を領しているからだという。その文面に接した彼女は、「これさへ今日は心にかかりつつ、いかが聞きなさんと悲し」と結ぶ。出奔事件の一連の叙述に現われる鐘は、出離を志しながらこの世への執着に傾斜していく微妙な心情の表白の中に点在させられ、悟りと迷いのあわいに鳴り響いているのである。

前篇の終結部近くには、上述してきた鐘の音を全て総括するような歌が、一首添えられている。御所を追放された直後の彼女は、祇園社に参籠して、「今はこの世には、残る思ひもあるべきにあらねば、『三界の家を出でて、解脱の門へ入れ給へ』」と祈念し、また、東山の聖のもとでは、有明の三回忌の為の法要を営むのであったが、命日に当る法要結願の日、鐘の音に昔を振り返り、感慨を歌に託す。

結願には、露消え給ひし日なれば、ことさらうち添ゆる鐘も、涙催す心地して、
折々の鐘の響に音《ね》を添へて

何と憂き世になほ残るらん　（巻三206頁）

出家への思いが強固になっている今、彼女は過去の「折々の鐘の響」を回想する。それは、有明と共にいて聞いた様々な折の鐘にとどまらず、院や曙との逢瀬の中で、あるいは父の枕辺で耳にした鐘の音、等々、全てを含むものであろう。時には運命的に、時には恋情をかき立てる如く、時には煩悩の根深さを想起させて耳に響いてきた鐘であった。それらの鐘が多分に意図性をもって配置されたものらしいことは、相互に照応する関係が認められたことや、文脈の流れを追う時に看取されてくる寓意性によって明らかかと思われる。そして、過去の一切を集約させている感のある右の一首の後に、作者は自らの出家を展望していたに相違ないのである。

前篇に見られる鐘は、取り上げた諸例の示すように、ほとんどが、院・曙・有明の三者に関連するものである。その三人との愛欲の懊悩が、前篇の世界を構成するものであってみれば、当然の帰結と言えよう。先に洩れたものとしては五例あるが、それについても、若干触れておこう。第一は、院の気にめさぬ浮気の相手である前斎宮が、「明け行く鐘に音を添へて」御所より退出したとするもの（巻一89頁）、第二・第三は、やはり院の浮気の相手である扇の女が、「初夜打つ程に」参上したにもかかわらず、「深き鐘だに打たぬさきに帰され」てしまったとするもの（巻二112・114頁）であり、第四は、後深草・亀山両院の嵯峨離宮での酒宴の席に、松籟と共に身近に聞こえてきた「浄金剛院の鐘」（巻三179頁）、第五は、北山准后の九十歳の賀宴における「誦経の鐘の響」（同211）である。これらは意図性の希薄なものと考えられるが、院の女性関係をめぐる三つの鐘は、単に刻限を示すという次元を超えて、男女の乱れた交わりを描く前篇の主題と表裏するものと解されよう。また、第四の場合は、亀山院との情事の推測される記事が続いて記されることと、何がしかの脈絡を保っているものかも知れない。ともあれ、前篇では、巻一に九箇所、巻二と三に各六箇所、計二十一箇所という非常に多くの場面に、様々なニュアンスを付与された鐘が認められるのであり、看過しがたいことなのである。

◯

それに対し、出家篇・行脚篇とも目される後篇には、二箇所しか見出せない。

初めは、巻四の旅立ちの冒頭近く、鏡の宿で遊女の生態を目にした感慨を語りつつ、

遊女ども契りを求めてありくさま、憂かりける世のならひかなとおぼえて、いと悲し。明け行く鐘の音《おと》にすすめられて出で立つも、あはれに悲しきに……（巻四228頁）

と記すもので、次いで到着した赤坂の宿でも、若い遊女の姉妹に心を寄せている。なかんづく、涙がちな姉には「身のたぐひにおぼえて目とどまる」心地がし、歌の応答までしたよしを書きとめる。これと呼応するように、巻五の冒頭近くにも、瀬戸内海に浮かぶ小島の遊女のことが記されており、男女の契りに悲喜を味わう女性への視点が、意識の根底に強くあったことを思わせる。無論、それは、我が身と引き比べての結果であった。「明け行く鐘の音にすすめられて」の「鐘の音」が、男女愛憎の世からの離脱をすすめる鐘の音という暗示性を帯びているかに見えるのは、私一人ではあるまい。

後深草院には、伏見の離宮で再会した後、この世で再びまみえることはなかったのであるが、最後の鐘は、その再会の時、院の言葉を「つくづくと」聞いていた耳に、鹿の鳴き声と共に伝わってきたものである。

音羽の山の鹿の音《ね》は、涙をすすめ顔に聞え、即成院の暁の鐘は、明け行く空を知らせ顔なり。

鹿の音にまたうち添へて鐘の音《おと》の
涙言問ふ暁の空（同276）

作品の中に流れる鐘の音は、院に身体を許した朝に鳴り始め、今生での別れとなる朝に鳴り止む。首尾相応したあり方は、またしても意図的なものを感じさせずにはおかない。そして、この時の鐘は、出家後の異性関係をただす院の詰問に対し、かつて有明の口にした「三界無安、猶如火宅」に始まる、我が身の潔白を誓うところの長大な言動を導き出す。過去とちがう己れの姿を作品に定着させようとした意志が濃厚に漂い、鐘の音も過去と異質な様相を呈して、予兆に満ちることなく、陰湿な響きを後々まで引きずることもない。

鐘の音は、迷える煩悩の世界を象徴し、同時に、その「火宅」から離脱と悟達への道に人々をいざなう、極めて宗教的な音である。主として作品の前篇に通奏低音の如く流れるそれは、後篇世界の位相と好対照をなす。前篇の宿命的に暗い愛欲の懊悩は、後篇の二条の生き方を俟って、初めて意味を有するものだろう。そこに鐘の音は象徴的に挿入され、作品全体を密かに支えているのである。

（「日本文学」一九八四年七月）

一九　五十嵐力博士の軍記研究・覚書

本稿は、名著『軍記物語研究』を主とする五十嵐力博士の軍記研究に関する私的な覚書である。本稿を依頼してきた平安朝文学研究誌のこの「並木の里」の同人であり、私の友人でもある某氏の言は、気楽なもので良いのだからというものだったので、結果的に私はその言葉に甘えさせていただいたことになったかも知れない。至らぬ点は前もって御寛恕願えればと思う。また、本稿で「博士」の称号を用いたのは五十嵐博士の場合のみで、他の方々については省略させていただいた。文脈の煩瑣を避ける為であり、他意はない。

一　著述の全体像

最初に博士の軍記研究の足跡をたどってみると、おおよそ次のようになる。

○明治四十五年（一九一二）、『新国文学史』を早大出版部より刊行、鎌倉時代の代表文学として軍記物語を論ずる。

○大正九年（一九二〇）、「平家物語の研究」を「早稲田文学」秋季特別号に掲載。同十二年、同稿を「早稲田文学」パンフレット・第二輯として刊行。

○同十三年、「軍記物語研究」を「文学講義」（早大出版部刊）に一年半にわたって連載。

○昭和六年（一九三一）、大正九年と同十三年の前二稿に筆を加え、『軍記物語研究』として早大出版部より刊行。
○同七年、『岩波講座・日本文学』の「軍記物語研究」を担当執筆。
○同八年、大正九年と昭和七年の前稿に筆を加え、『平家物語の新研究』として春秋社より刊行。
○同十二年、『平安朝文学史・上巻』（日本文学全史・第三巻）を東京堂より刊行、平安時代文学の中に「将門記」を位置づける。
○同十四年、『戦記文学』（日本文学大系・第九巻）を河出書房より刊行（本書の一部は、同十七年に刊行された『大日本古典の偉容』〈道統社〉に「〃太平記〃再読重愛の心緒を述ぶ」として収められているが、執筆年月日は本書刊行後の日付け。何かの雑誌に転載された事情によるか）。
○同十五年、「鎌倉の軍記に於ける新しき文体の創始及び完成」を「歴史と国文学」五月号に掲載。但し、自説の再論である。『大日本古典の偉容』所収。
○同年、「我流の読書振をそのままに〔源氏・平家・太平記〕」を「東京堂月報」十一月号に掲載。
○同十六年、『国語文化講座』（朝日新聞社刊）の「戦記文学」を担当執筆。但し、既発表の論を要約したもの。

博士の業績に対する現在の学界の評価は、軍記の文学的理解に先鞭をつけた点にもっぱら求められている。博士の研究は文学史的視点を保ちつつ個々の作品の文学性を論ずるものであった。『新国文学史』を刊行した明治四十五年という時期は軍記研究にとっては全くの草創期といっても過言ではなく、軍記作品が歴史書としてのみ読まれることからようやく脱皮を遂げた時期であった。西欧のエピックに触発された『平家物語』叙事詩論が博士の研究に先行していたとはいえ、五十嵐博士は、やはり、作品の本質に迫る、本格的な文学的研究のフロンティアであったと考えられる。因みに、『新国文学史』刊行の前年は、山田孝雄が『平家物語』の数多い諸異本を整理分類し『平家物語考』

として刊行した記憶すべき年であったが、研究方法を対照的にする博士と山田は共に軍記研究草創期の双璧と見なさなければならないであろう。

博士の軍記研究は『新国文学史』を嚆矢とするが、後代に大きな影響を残したのは、むしろ、「早稲田文学」掲載の「平家物語の研究」に始まる大正九年以後の論文、著書であった。勿論、『新国文学史』における、『平家物語』を哀感の文学として捉える見解の提示や、文体の分析等の中には、後の研究と重なる重要な指摘がすでに見られるのではあるが。以下、本稿では、ほぼ博士の研究を収約し、且つ代表させていると考えられる、『軍記物語研究』『平家物語の新研究』『戦記文学』の三著書をとりあげることにしたい。中でも、名著として知られる『軍記物語研究』が中心となる。

二 「創造批評」の摂取

まず『軍記物語研究』（昭和六年刊）についてであるが、この著書は、「前講・軍記物語研究」「後講・平家物語の新研究」の二部からなっており、前記したように、各々、前者は大正十三年「文学講義」に、後者は大正九年「早稲田文学」に載せた稿に加筆したものである。

本書の内容紹介に当たる序は、博士の研究の基本的あり方を示唆している。「前講」の本意が、作品の味わいを読者とわかちあうことにあり、あくまでも啓蒙的なものであった、と述べられている点は、それなりに博士の常に保持された態度（一般読者に文学の面白さを伝達しようとする）を示すものとして重要ではあるが、更に深い意味を含んでいると思われるのは、「後講」に関する説明である。それは、「後講」がレッシングらによって始められた「創造批評

(creative criticism)」の一体を試みようとした論述であるというものである。

博士は「創造批評」の定義を、「批評その物が、批評される創作と同じく一種の独立した芸術的創造となるもの」とされているが、目ざしたところは、「物語の意義趣味の核心ともいふべき代表思想を捉へて、それに此の小論の含むあらゆる要素を統べさせる事」であり、更に「該《そ》の根本の大義を摑んで読み進む中に」当時の時代相や武人の姿を「鮮やかに目に浮ぶやうにあらしめたいといふ事」、「知識本位の分析、判断、評価をなしつつも、其の言葉には常に情の生命の通ふやうにあらしめたいといふ事」であった。その上、博士は「かくの如くにして、〝平家〟の魂が、どうぞ此の小論の中に憑移《のりうつ》つて来てくれるやうに！」と記されている。

「創造批評」とは、カルローニとフィルーの共著『文芸批評』(1)によれば、作品の本質を直感や共感（両氏はこれを詩人的才能ともいう）によって理解し、且つ、理解しえたものを総合的に論者自身の中で再生（再構成）して読者に伝えようとするもののようである。そして、この批評においては、文芸批評、或いは文芸研究に常に付随する主観性と客観性のディレンマを克服して真理に接近する為に、直感や共感によって論者の主観を作品（作者）の主観に合成させようとする、換言すれば、論者の主観を自己放棄的に作品の中に没入させて本質を把握しようとするのである。

五十嵐博士が「創造批評」なるものをどのような認識のもとに受容されたかは私の知りうる範囲ではないが、作品の本質を、論者の主観にひきよせてではなく、作品の実体に即して直截に捉え、それを読者の脳裏にリアルに、「情の生命」を通わせて知的要素と情的要素を意識的に織り込みつつ、伝達しようとされた博士の姿勢は、いわゆる「創造批評」に示唆されたところのものと思われる。しかも、この姿勢は、軍記以外の研究にもほぼ一貫して保たれているように考えられ、いつ頃からどのようにして「創造批評」の影響を受けられたのかは興味深いところである（このことに関しては、本書収録の次稿を参照されたい）。古典文学の研究に文芸批評の精神をもって臨まれたことは、博士の文学を愛する心がなさしめたものであったろう。本書の序は、博士の研究姿勢を窺う上で、看過できないものなのである。

三　『軍記物語研究』「前講」

次に、前講の内容に移る。

前講は、軍記の史的展開を追って、『古事記』『日本書紀』及び『万葉集』中の戦争記述↓『将門記』『陸奥話記』↓『今昔物語集』巻二十五↓『保元物語』『平治物語』↓『平家物語』↓『太平記』という系譜を、初めて具体的に跡づけられた点、画期的なものであった。論述の形態は個々の作品の代表的章段を抄出して語釈、現代語釈、解説を付すというものであるが、鋭利な鑑賞眼に支えられた論述は、今日の批判にも充分に堪えうる。

冒頭の章では軍記の最初の作品と目される『保元物語』の為朝登場の場面をとりあげ、次章以下、『古事記』から説き起すこととなるのであるが、この為朝登場の場面で特に留意されている三点は、以後の論述に共通する博士の主要な着眼点を示している。即ち、文体（或いは文章）のあり方、描写並びに叙述のあり方、時代との関わり、の三点である。

文体の面では、武人を写すのに適した、王朝文学になかった男性的で骨のある文章ができあがっていると指摘するとともに、軍記作品に「活きた味はひ」を与えている所以は、俗語の活用ということにあり、例えば、「へろ〳〵矢」という俗の一語はいかなる雅語漢語にも置きかえられない妙味を含んでいると説かれている。後述の『将門記』から『保元物語』に至る階梯の解明が、こうした俗語まじりの男性的な軍記独特の文体が確立される過程を明らかにしたものであるところをみると、博士は意図的に論述の最初の部分で軍記の文体的特徴を示されたものと考えられる。為朝の勇姿の描写分析をしている部分では、博士の洞察力・鑑賞力が遺憾なく発揮されている。博士は、為朝の描写が彼の身体全体を写すことから始まり、次にその目、次いで鎧とか帯剣、弓矢、部下等に移り、最後にそれらを有機的に統一して再び全体の様を描いていると分析、この描写の順序が実際に人が他人を見た場合のあり方に一致するとして、「根幹の主要部から漸次に枝葉部に及ぼして、しかもよく全体を統一させた腕前は、実にえらい」と評価されているのである。

博士の研究は、こうした確かな洞察力・鑑賞力に支えられたものであった。本書中の発言に、「抑々文学研究に取つて最も大切な仕事は、作家や作に関する細かい附属事件を取調べる事ではなくして、自然や人事に対する作者の心持の微妙な影を、如何様に表現して居るかを知ることである」という一節があるが、作品自体の分析・批評・鑑賞を基本にすえ、且つ、文体に対する執拗な追求を見せる博士の研究方法は、この考え方に立ったものであったと見なければなるまい。博士は文学研究というものを自覚的に捉えておられたのである。

時代との関わりということについて、博士は『新国文学史』以来、軍記が当時の時代思潮を最も端的に現わしている文学であると強調し評価されるのであるが、この為朝登場の場面では、作者が公家の世から武家の世に移ろうとする消息を、「無意識の中に当時の武人を代表してゐた為朝」を描くことによって、力強く暗示していると述べられる。確かに、超人的な為朝の姿には潑剌とした新興武人の血潮が脈うっている。ただ、私に一つの危惧が残るのは、「無意識の中に云々」という表現の裏に、為朝の超人的な姿を実在したままの姿として素直に受け入れておられた点があったのではないかと推測されることである。博士には、『新国文学史』執筆当時から、軍記作者は実在したとおりの事実を大体そのまま写しとっている、という先入観があったように考えられる。本書の「前講」でも「競」や「先帝入水」の章段の解説等にその傾向が見られるし、「後講」では、『平家物語』が当時の時代相を見事に表現していると記した後、その時代相を説明するのに、『保元』『平治』『平家』の物語を以てするという、論理的におかしな結果に陥っている。軍記作品には事実と相違する虚構が文芸的意図を貫徹する為に巧みに仕込まれていることは、今日の常識であり、為朝像はその好例とすら言える。博士の研究が、軍記を歴史書として扱う段階をようやく脱皮した時点のものであったことを考えれば、この瑕瑾も致し方ないのであろうが。

○

為朝像紹介の後、著者の筆は軍記の萌芽を求めて、国書に存在する最初の戦争記事たる『古事記』中の「千五百《ちいほ》の黄泉軍《よもついくさ》」の章に及ぶ。また、『日本書紀』における壬申の乱等の記事、『万葉集』における人麿歌をもとりあげ、これらの戦争記述はいずれも、「断片的か、挿入的か、依他的か、外国文の模倣かで、其の上にまた大きな著作のホンの一部分を成すに過ぎぬものであつた」と断定、独立した軍記作品の先駆として十世紀半ばに成立した『将門記』に説き進む。

『将門記』に関する考察（本書以外での発言も含めた）については、古典遺産の会編『将門記・研究と資料』[2]の研究史の章で詳細に紹介されている。そこでは、博士の研究は文学的価値において『将門記』を見直した画期的なものであり、以後長く『将門記』に対する文学的評価の基調となったとして、大きく意義づけられている。

本書における考察は、文体を中心に文学史的視点から論じたものである。即ち、『将門記』の文体は、一見、漢文体でありながら、実は「一種の国文、若しくは準国文」と見なすべきもので、その文脈の間には鎌倉式の時代用語もあり、『吾妻鏡』や『平家物語』の文体に発展してゆく萌芽が見られるとする。『将門記』を国文による軍記ものの嚆矢と見なしたのは津田左右吉であったが、[3]博士は文体面の考察によってそこから一歩先に進まれたのである。

また、同時に、博士は『将門記』と院政期に成立した『今昔物語集』巻二十五の「平将門発二謀叛一被レ誅語」との比較をも試みられている。後者は前者を改変したものであるが、この両者の比較を通じて、『今昔物語集』における文体が、当時の読者に耳近くと考えられた為に、『将門記』の漢文を和化し俗化し、俗耳に遠い虚飾の文句や難語難句を除き去ったものとなっていることを明快に論じられている。両者の文体の相違に光を当てたのは、博士の創見であった。

『今昔物語集』という一作品に対する博士の見解は、その価値を平安朝文学と鎌倉文学との橋掛りをなし、新しい文学の産婆役をつとめた点に見出そうとするものであるが、特に、「時代の俗様を基本として、漢文を和文化し、和文を漢文化した点」が重視されている。そして、『将門記』に出発した軍記文学は、この、立派な平安朝文学から成り下り、まだ立派なものに成りきらぬ、半熟半化な物語を経ることによって飛躍的な発展を遂げたとされる。具体例としては、同書巻二十四の業平の話と『伊勢物語』中の原話とを比較して流麗な和文が俗化されてしまった例としてあげ、同じく巻二十五の合戦談の幾つかの部分を取り出して、「而る間」という接続詞が『平家物語』等における「さる程に」と脈絡を通じているものであること、大将が部下に命令を下す時のボツ切れの口調が『平家物語』中のものを連想させること、等々を示し、産婆役としての『今昔物語集』の位置を明らかにされているのである。

博士の指摘は『今昔物語集』の文体に鎌倉軍記の文体（いわゆる和漢混淆文）の前段階としての性格を認められたものだったのであるが、この考証は、戦後における永積安明の論稿「和漢混淆文の成立——文学史の課題として[4]」と重なる点が多い。博士が明確にされた、『将門記』から『今昔物語集』を経て中世軍記へという系譜は、その後、定説化され、現在に至っているのである。

『今昔物語集』に続いて俎上に載せられるのは『平治物語』である（「保元物語」については冒頭の章で論じた為に省略されている）。

○

『平治物語』に関する考察は、「光頼卿参内」と「待賢門の軍《いくさ》」との二章を、この物語の見どころとしてとりあげ、評釈を加えたものである。特に、「光頼卿参内」の評釈で、会話中の「候」という敬語が人物に応じて巧みに使いわけられているという指摘や、諫言する光頼と諫言される惟方との言葉のやりとりの妙味を分析されている点は、強い説得力がある。この二章が、その後、『平治物語』の代表的章段としての扱いを受けることになったのには、博士の評釈が大きく寄与したものと思われる。

○

次に、軍記の最高傑作とされる『平家物語』についてであるが、これには最も多くの紙数が費やされ、合計十箇の章段が抜粋されている。

序章「祇園精舎」を論じたところでは、この物語を無常観に基づく哀感の文学とみる博士の『平家』観が直截に語られる。即ち、序章と物語末尾の章「女院往生」（灌頂巻）とが見事な照応を示していると述べた後、「悲しい美しい哀音に始まつて、同じく悲しい美しい哀音に終はる。此の二つの哀の音《ね》の間に、花やかな栄華の夢と、勇ましい修羅剣戟の戦の場《には》との展開されている趣、これが平家物語の最も面白き味はひの一つであらう」と記されているのである。『平家物語』の基底に存在する悲哀感に対する博士の指摘は、『新国文学史』以来のことであるが、大正九年執筆の

「平家物語の研究」（本書の「後講」）の中で、はっきりとうちだされたものであった。『平家物語』における悲哀・哀傷の問題が、本質にかかわる重要なものであることは言うまでもない。

序章の部分では、更に『保元』『平治』『平家』三物語の本質的相違が、物語の首尾のあり方の比較を通して考えられている。まず、『平家物語』の味わい深き首尾照応ぶりに比べ、『保元物語』の冒頭は史実を機械的に書き並べたというにすぎず、結尾も無雑作に書き捨ててあり、作者が物語全体の統一や中心思想の遍布開展などということに対して特別の用意がなかったことを示しているとし、また、『平治物語』の冒頭では一種の政治道徳論を以て一篇の序説となし、中心思想の設定や組織統一上の手腕からいえば『保元物語』より成長したと言えるものの、結尾は見劣りがして竜頭蛇尾の嫌いがあるとされる。近年、栃木孝惟氏も博士と同様な視点から『平治物語』の序を軍記発達史の中に位置づけておられるが、(5)博士の指摘は『平治物語』の序に初めて注目された貴重なものであった。博士は各物語のこうした首尾の相違を明らかにした後、『保元物語』は戦争本位、『平治物語』は道義本位であるのに対し、『平家物語』は人生本位であって戦争や道義をも取り入れた一層高い意味の軍記となっていると説かれるのである。各作品の根本的性格に大胆に迫ろうとした発言と言えよう。

なお、後述の『戦記文学』では、『保元物語』と『平治物語』の相違について、より進展された論述がなされている。即ち、『平治物語』は『保元物語』に比較して、類話や七五調の挿入現象が増え、諸行無常の哀調が現われている等、『平家物語』により接近した性格であることを論じられているのであるが、その論拠とされた点は、今日、再考に価するものが含まれているように思われる。

序章に続き抜粋されている章段の評釈の中で、『平家物語』の本質を突いて鋭いのは、実盛の死を悼む一句、「朽ちもせぬ空しき名のみ留め置きて、骸《かばね》は越路の末の塵となるこそ悲しけれ」に対する評である。――「是れは平家物語の作者の悲観的な皮肉な人生観が面白く現はれたところで、真意は〝このはかない空《あだ》な世に、名も朽ちてしまえば結局さッぱりしてよいが、なまなか朽ちもせぬ空名だけを留めて、大事な身体《からだ》が（中略）越路の場末の塵あくたになるといふのは、何と気の毒なことではないか〟といふ事であらう。実にたまらない奥深い哀音が、文字の間から響いて来るやうに思はれる」と記され、また、この一句は西行の歌（朽ちもせぬその名ばかりをとどめおきて、枯野のすすきかたみとぞ見る）を踏まえたものかとしながらも、「時代思潮の影響で、西行も平家の作者も、同じ様にこんな事を考へてゐたのかも知れぬ」とされているのである。博士の透徹した慧眼をしのばせるものであろう。

その他の嘱目されるものとして、「殿上の闇討」の章における、公家の世から武家の世へ移る転換期の新旧勢力の心情をくみとった鑑賞、「足摺」の章における、同じ叙述を繰り返しているようでありながら、実は場面や人物の気持の変化に応じて巧みな相違が設けられているという指摘、「競」の章における、看過しがちな補助挿話も全体の構想のもとに巧妙に生かされているという指摘、等々、多くを数えあげることができる。

○

『平家物語』に比し、『太平記』に対する博士の評価ははるかに低い。「非文学的・非情味的」として下位にランクされるのである。『太平記』の特色としてあげられている諸点は、第一に、当時の国民が生死を賭して新しい理想に邁進した心持を書いた所、第二に、智謀奇計と誇張とを本位とする戦争の細かな描写、第三に、心を写さずして事を写そうとした所、の三点である。これらを、道義的・知識的・事件本位・文章本位とも言え換えておられる。「太平記は張肘で人生に向つた」と評された一句は、本質を鮮やかに捉えて妙と言える。そして、こうした『平家物語』より情味に乏しく文学的に後退した文学に『太平記』をなさしめたのは、当時の道徳的・知識的な社会風潮、戦乱に飽き理想を求めていた時代であったとし、以後、軍記は衰退の道をたどると俯瞰される。

本書に抄出された章段のうち、博士は正成兄弟の執念に燃えた最期を語った章を評して、「文学としての太平記の命は、此の積極的活動性、たるみなき緊張性の具現した所にある。倒れてやまざる執着力を現はす為に、層々累々の花やかな文を行《や》つた所にある」が、しかし、この積極的活動性云々ということは、「一時の爽快を感ぜしめるだけで、深く長い同情を惹《ひ》き難い」とされる。『太平記』の長所と短所を同時的に捉えた評価である。

なお、昭和十四年の刊になる『戦記文学』では、本書より詳細な検討を加えておられるが、『太平記』の特長として、国体を宣揚する壮烈な調子等をあげ、また、古態本から流布本への過程で国体擁護の姿勢が稀薄化していったことに文学的後退を見ておられるなど、純粋な文学観を侵した当時の世相の影響が認められるものとなっている。

四　『軍記物語研究』「後講」

「後講」の「平家物語の新研究」は、「前講」の四年前に執筆されたものであった。博士は、不純雑駁な欠点の多い『平家物語』がなぜ人々に愛誦されてき、且つ、博士自身この作に愛着を感ずるのか、という疑問に対する答えとして「此の半抒情の小論文」を執筆したと言われる。「半抒情」という表現には、前述した「創造批評」の影響を考える必要があろう。

博士が『平家物語』に愛着を感ずる第一の理由としてあげられている点は、徹底した悲哀感である。そして、栄華の絶頂時に衰滅の哀情を暗示した趣きを高く評価し、また、妓王、成親、俊寛等の栄枯盛衰の事例を下積みにして最後に平家一族滅亡の悲哀を歌った漸層の妙味を指摘、『平家物語』の重層的性格を新たに解明された。加えて「灌頂巻」の成立と「灌頂」の意味についても考察、この巻は初め平曲の師範職を授ける為の秘曲として成立し、密教で法を授ける時に言う「灌頂」の語を借りて「灌頂巻」と名づけたが、後には「祇園精舎」の冒頭と照応して全巻を総括するものとしての色彩を強め、「灌頂」の意味も、人々に無常を悟らせて仏縁を結ばしめるという「結縁灌頂」の意味が重くなってきたものと考えておられる。『平家物語』の流動変遷を考慮して、在来の二説を折衷、発展させたものであった。

『平家物語』に愛着を感ずる第二の理由は、時代の姿が美しく現われている点にあるとされる。時代の姿のその一は武力本位、その二は天下を得た武人が公卿《くげ》文明の模倣に滅びた回顧の悲劇、その三は戦争本位、と説明されているが、時代把握のしかたについて些か危惧の存することは既に述べたとおりである。

次に、この物語の組織について留意すべき発言が見られる。即ち、『平家物語』の組織が年代順に事実をコロコロ並べし、また、折角の真珠を藁切れでつないだような覚束ない文段組織であることを指摘し、それは説話集たる『今昔物語集』の系統をひくからであると説かれている点である。『平家物語』全体を説話の集合体と見て分析を試みた阪口玄章の著名な『平家物語の説話的考察』が出版されたのは昭和十八年であったが、その二十三年前に、博士は『平家物語』の説話的性格に言及されていたのである。おそらく、『平家物語』と説話との関連を筆にした最初のものであろう。

木曾義仲に対する敬語が、彼の行為や境遇によって用いられたり用いられなかったりすることに注目し、転変する同情の寄せ方を問題にしたのも、博士が最初であった。博士は、この事実を、作者が一つの主義や先入標準によって人物を是非するのではなく、「穏かな常識と、素直な心と、公平無私な、同時に変化自在なる同情とを以て、あらゆる事実に対した」故であろうと解釈される。義仲の他に成親や俊寛の場合における非難と哀惜の情との混在も例示されているが、清盛に対してすら非難と同時に彼の男らしい姿に共感する所がなくはなかった、と読みとっておられるのは、今日なお清盛を典型的な悪人とのみ捉える見方がまま見られる中で、傾聴すべき指摘であろう。

更に筆をついだ博士は作者の創作心理をも推論し、作者はまず平家の栄枯盛衰に心うたれて無常悲哀の世相をうたおうと志し、平家の栄枯を柱とした無駄のない結構を考えたものの、次第に枝葉の事柄にも興味を抱いて種々な要素を書き加えつつ、万事をおおむね同情の態度をもって温かく書いていったのだろうとされる。この同情の態度が、義仲の場合にも保たれていると考えておられるのである。敬語の使用法から人物形象のあり方へ、更に作者の創作心理へと深めた考証の方法は、緻密さと大胆さを兼ねたものであった。

『平家物語』の成立年代に関しては、建保の初年から承久までの間に成立し、その後、おもな異本が建長までの間にできたと考えられている。論拠とするところは、安徳帝を「先帝」と称していること、西行の歌を踏まえた一節があること、「方丈記」の文が引用されていること、の三点であった。山田孝雄の説(6)（原作の成立を承久の乱以前の実朝薨去前とし、増補部分は承久の乱後の仁治三年以後・建長四年以前とする）を一歩進めたものではあったが、後に後藤丹治によって論破されるところとなった(7)。

博士は異本における文章の相違にも目を向け、それがいかなる心理によって改められたのかを推測、「後講」の最後に、異本間の異文を整理統一して雑駁な要素を排し、『平家物語』を無疵の名作たらしめるべきではないかと記される。前者は、今日盛んな異本作者間の意識の相違に対する考察のさきがけと見てよいだろう。また、最後の提言には、ヨーロッパ文芸批評の影響がうかがわれる。ヨーロッパでは早く、文芸批評の役割の一つとして、作品をより豊かにする為の革新（「例えば、シェークスピアを一、二滴加味することで、ラシーヌをより完璧たらしめる」――『文芸批評』(8)より）をあげる考え方があり、「創造批評」の影響を受けられた博士がこうした考え方にも接していたであろうと思われるからである。

五　『平家物語の新研究』と『戦記文学』

次に、『平家物語の新研究』（昭和八年刊）と『戦記文学』（昭和十四年刊）の二著について略述する。『平家物語の新研究』の前篇は、前述した『軍記物語研究』の「後講」と同じものである。後篇は、『岩波講座・日本文学』（昭和七年刊）に「軍記物語研究」の題で執筆したものを、「平家物語の文学史的二大偉業」と改題して収録したものである。

その二大偉業の第一は、「盛者必衰といふ立派な統一原理を以て全篇を締め括つたこと」、第二は「短歌の調子を主なる基調の一つとして、之れを見事に使ひこなしたこと」とされるが、加うるに、その統一原理や文体の基調が、他の原理（思想）や文体をも包含する集大成的な性格であったことも強調されている。

第一の点については、『将門記』や『今昔物語集』の末尾に付された批評的言辞が、『平治物語』冒頭の政治道徳論を経て、『平家物語』における全篇を統率する原理としての無常観に発展した経過を開示しながら、この物語には人生の深い観照から結果した特別な趣味が徹頭徹尾しみわたっている（＝諸行無常の人生観が作品の随所に作用している）こと、つまり「人生観的趣味の統一」が達成されていることを説かれている。博士の「哀音」の論を自ら押し進められたのである。

第二の点については、短歌の調子（七五調）が、散文化されて隣接した他の文体に違和感を与えないように融け込み、或いは、文章のいたる所に完全に潜在化されてそれと気づかせずに作品を美化していること、を説かれた。そして、殊に、潜在化された七五調が光を包みつつ、一種の親しみのある空気を醸していることを讃美し、『平家物語』の面白みの一半がこの物言わぬ七五調に帰因すると看破されている。それまで見過ごされがちであった『平家物語』の文体におけるリズム感の問題を正面からとりあげられたのである。七五調由来の一因として当時の流行口調を思いあわせ、宴曲との関連に言及しておられるのも示唆に富むものであり、佐々木八郎氏は博士の説を受けて発展させられた。(9)

また、この稿では軍記文学の代表的章段として「木曾殿最期」を抜粋し、今日でも屈指と思われる論評が加えられているが、この論評は「木曾殿最期」という一章段の鑑賞に基本的な路線を敷いたものであった。例えば、義仲の手勢が七騎から一旦は三百余騎にふくれながら、徐々に手薄になる敵陣を駆け破って行く中で再び五騎に減り、最後は義仲・兼平主従のみが残されるという、巧みなよどみない構成、義仲・兼平の主従愛を象徴する「行方の覚束なさに」という句の繰り返しや、「七騎が中までも巴は討たれざりけり」「五騎が中までも巴は討たれざりけり」といった漸層的な句の積み重ねによって全体に緊張感がもたらされている妙、気弱になった義仲を諫める時の兼平の言葉と、清き自害をすすめる時の言葉との矛盾に現われている人情の機微、等々、現在一般的に言われていることは博士の論評を起点としているのである。

『戦記文学』は前二著をとりまとめて軍記の史的展開を跡づけたものであるが、新味を添えた主な点は、前述した『平治物語』と『太平記』に関するもの以外では、おおよそ次のような諸点であろうと思われる。

△『将門記』↓『陸奥話記』↓『今昔物語集』巻二十五という系譜を、武士階級の台頭、並びに武士倫理の形成という歴史社会的な観点から把握し、『陸奥話記』の位置づけを明確にすると共に、『今昔物語集』作者が巻二十五で武人説話のみを集めたのは、新興武人の心意気に特別な興味を感じた為であるとする。△『保元物語』は為朝一人の活

描写によって生命を得ているとと明言する一方、この物語の抒情的側面にも配慮を見せ、それにも価値を与えようとしている。△『平家物語』作者が最も意を用いた所は、世の無常をうたうことを除いては、武人の心意気と戦争との描写であったとし、その描写には王朝式の風雅と綽々《しゃくしゃく》たる余裕があると見る。△『承久記』『蒙古襲来絵詞』『竹崎五郎絵詞』等にも言及。△『太平記』以後の作品では『信長記』と『太閤記』を雄篇とする。△『曾我物語』や『義経記』は軍記と呼ばれるべきものではなく、舞の本やお伽草子の領分に近づいた作品と捉える。

その他、近年論ぜられている、『平家物語』非軍記説（他の軍記作品に比し余りに特異であるから）の立論可能なることも示唆し、「軍記物語」という称呼における「記」と「物語」の意味上の好ましからぬ重複も指摘しておられる。なお、西尾光雄氏は、「文体から見た軍記物語の流れ」の論稿[10]で本書をとりあげ、博士が軍記の文体的研究の先駆となられた由を記されている。但し、本書中の文体面の論は、『新国文学史』以来なされてきた諸論究の総括的なものと考えられる。

六　今日における評価

最後に、博士の『平家物語』に関する研究に対して向けられた現在の学界の評価を幾つか紹介してみよう。それらが、博士の研究全体の最終的評価にも関わると考えられるからである。

高木市之助氏は、博士の研究を「鑑賞的論評」と規定し、それが当時の読者に新鮮な感銘を与えたとしながらも、「彼の平家物語理解とその評価は他面文学論としての論理の必然性に欠け、せっかくの本文研究や成立論考も生かされることなく、とかく独断的主観的な印象批評に終るきらいがなくはなかった」と評される[11]。山下宏明氏も、「作品論としての論理がやや主観に陥る嫌いがあった」と述べられ[12]、共に否定的に受けとめておられる。

これに対し、梶原正昭氏は、主観的傾向がかなり強いことを認めつつ、「鋭い感受性と鑑賞眼とで、平家のもつ文学としてのおもしろさにじかに触れていこうとするその姿勢は、示唆するところが少なくない」と肯定的である[13]。更に山田昭全氏は、五十嵐博士と山田孝雄を『平家物語』研究史上の二幹であるとして、博士の「鋭敏な感覚」に基づく様々な指摘は意義深く、その文学的鑑賞は「一回限りの独断でなかった」と高く評価されている[14]。

要するに、博士自身も著書の中で認められた主観的傾向を有するという一点が、今日の評価に二つのあり方を生み出していると言えるだろう。高木、山下両氏は論理の薄弱さから主観的であるとして批判的姿勢を示され、一方、梶原、山田両氏の場合は、主観と表裏の関係にあり、しばしば論理を越えて働く感受性の偉大さを認めて、博士の研究に価値を与えておられるのである。今まで三冊の著書を紹介してきて明らかなように、そこで指摘されたところは、現在の研究に知らず知らず流入しているものが多い。博士の主観で捉えたものが、充分に客観的真実たりうるものだったからであろう。私は後者の考えに賛同せざるをえない。

軍記研究は、昔に比べて長足の進歩を遂げた。博士の論述の中に欠陥を見出すことは容易であろう。しかし、当時にあっては、博士の研究は先進性豊かな創意に満ちたものであった。殊に貴重な点は、文学研究のあり方を根元的に問いかけたところに生まれた研究だったということであろう。それは、或いは「創造批評」の試みという形をとり、或いは、文体・表現の味わいを通して作品を理解しようとする姿勢となり、また、作品の文学として成りたっている根本の所以を解明し、且つ、作品固有の面白さを如実に人々に伝えようとする姿勢ともなって現われている。主観的傾向を有するということも、研究の対象が文学であるという基本的自覚を強固に持った故であろう。文学研究には本来的に主観と客観の対峙と懊悩があるとするならば、博士は、日本の文学研究史上の早い時期に、その懊悩を味わった一人として振り返られることになるのではなかろうか。
　軍記の研究に実質的に貢献したところについては、縷々述べてきたとおりである。散漫な筆の運びとなったことを詫びて擱筆したい。

注

（1）「クセジュ文庫」（白水社・一九五六年刊）。
（2）新読書社・一九六三年刊。
（3）『文学に現われたる国民思想の研究』第一巻（岩波書店・一九一六年刊）。
（4）「文学」（一九五二年一二月）に掲載。『中世文学の展望』（東京大学出版会・一九五六年刊）所収。
（5）「平治物語序論」（「軍記と語り物7」一九七〇年四月）。
（6）『平家物語考』（宝文館・一九一一年刊）。
（7）『戦記物語の研究』（筑波書店・一九三六年刊）。
（8）注1の著書。
（9）『平家物語の研究』（早稲田大学出版部・一九四八年刊）。
（10）「國文學　解釈と教材の研究」（一九六四年一一月）掲載。
（11）『国語国文学研究史大成9・平家物語』（三省堂・一九六〇年刊）の「研究史通観」。
（12）東京大学中世文学会編『中世文学研究入門』（至文堂・一九六五年刊）の「平家物語」の項。
（13）『平家物語必携』（学燈社・一九六七年刊）の「研究史と研究の現状」。
（14）『諸説一覧・平家物語』（明治書院・一九七〇年刊）の「平家物語の作品評価にかかわる問題」。

（「並木の里10」一九七四年一一月）

二〇　明治期における古典学者　五十嵐力

――表現理論に支えられた修辞学――

一　再認識すべき功績

今日、我々は五十嵐力の学問的恩恵を受けていることに、余りにも無自覚でありすぎはしまいか。私の専門とする軍記文学に関して言えば、例の「木曾殿最期」の読解について、義仲と乳母子の今井四郎兼平とが互いの安否を気づかう気持を現わした「行方の覚束なさに」という句の繰り返しによって端的に示される主従愛、今井の気弱になった主君を諫める時の言葉と、大将軍にふさわしい自害をすすめる時の言葉との矛盾に現われている人情の機微、等、現在、高校の授業で必ず言及されるところは、多く五十嵐の指摘（昭和七年〈一九三二〉刊『岩波講座・日本文学』の「軍記物語研究」）に端を発している。軍記の先駆的作品として『将門記』を位置づけ、『今昔』巻二十五の武士説話を挟んで中世の諸軍記作品へ展開するという、今日では常識化されている軍記文学史の基本路線の設定（大正十三年〈一九二四〉「早稲田大学・文学講義」。昭和六年刊『軍記物語研究』収録）、『平治物語』の序文を、『保元』から『平家』への文学的成長の中間的性格を示すものとして捉える試み（同）、『保元物語』の為朝と頼長との応答を、新時代対旧時代の対決の象徴と見る見方（明治四十五年〈一九一二〉刊『新国文学史』）、『平家物語』全体の縮図が「祇王」の話に認められるという指摘（同）など、詳しくは梶原正昭「五十嵐力博士と軍記研究」（『国文学研究102』一九九〇年一〇月）、及び拙稿「五十嵐力博士の軍記研究・覚書」（『並木の里10』一九七四年一一月）を参照されたいが、知らず知らずのうちに恩恵に浴している事柄は他にも多い。

能楽研究についても、同じ事が言えそうである。『国語国文学研究史大成・謡曲狂言』（三省堂・一九六三年刊）の金井清光執筆「研究史通観」は、さすがに五十嵐の業績を正当に評価しているが、若い研究者がどれほどそれを知っているであろうか。例えば、吉田東伍による世阿弥の伝書類の発見が明治四十一年（一九〇八）、それらを『世阿弥十六部集』として刊行したのが翌年二月であったが、五十嵐は「早稲田文学」の同四十四年一月号に寄稿、世阿弥を「空前絶後の芸術哲学を創設した偉大なる文芸評論家」であるとし、その芸術哲学が「物真似」と「幽玄」の二語に集約されること、「幽玄」は用語例からみて、通常言われている神秘的という意味ではなく、「優美若しくは花やかといふ程の意味」なること、彼が身分の上下を越えた「衆人の愛敬」を得るようにと説いていることの重要さ、等の卓見を公にしていた。

この論稿を収めた同四十五年四月刊の『新国文学史』では、世阿弥の作能法をその著述に基づき文章面から分析、『弓八幡』『松風』『砧』の三曲について、世阿弥の言葉を引用しつつ作品論を展開するというオーソドックスなスタイルを早くも確立していた。『新国文学史』の謡曲に関する一章は、冷静な論述と説得力において、むしろ軍記物語の章より優れていると言っても過言ではなかろう。なお、同書では『吾妻鏡』の文学性にすらすでに言及しており、その進取の気象には驚かされる。

『源氏物語』をはじめとする中古文学の研究に果した役割は、昭和三十年代まで刊行されていた『平安朝文学史（上下）』（東京堂・昭和十二、十四年〈一九三七、三九〉初版）があり、今更云々するまでもなかろう。しかし、『源氏』

「蛍の巻」にある物語論の一節「日本紀などは唯だ片そばぞかし。是等（物語）にこそ道々しく精しき事はあらめ」を取り出し、「日本の自覚せる最初の文学者」とみごとに断じたのが五十嵐であったことを、どれだけの人が知っていようか（初出は早稲田大学出版部発行「高等国民教育」に明治四十一年より連載の「国文学新論」。後に『新国文学史』収録）。六条御息所の複雑な複合的性格が彼によって逸早く析出されていたことも、忘れられてはなるまい（同）。

五十嵐力の功績を一言で言えば、作品や作者に内在する文学性の発見であり、それは、作品と正面から純粋に対峙したことがもたらした成果であった。

二　文章表現理論の構築

五十嵐は明治七年（一八七四）、山形県米沢市に生まれた。古稀記念論文集『日本古典新攷』（昭和十九年〈一九四四〉）付載の略年譜によれば、中学校時代に漢詩・漢文を作ることに熱中、『太平記』『弓張月』『八犬伝』を耽読したという。十八歳にして上京、早稲田大学の前身、東京専門学校文学科に入学し、坪内逍遥と哲学者の大西祝《はじめ》に師事、上級生に島村抱月がいた。逍遥と共に大西への傾倒も、相当なものであったらしい。明治二十八年（一八九五）提出の卒業論文は「真善美を論じて詩歌の精神に及ぶ」であった。卒業後、一時「早稲田文学」の記者となり、宗教・美術の時評を担当、創作を発表してもいる。

同二十九年末からは、ウィルヘルム・シェーレル著『ドイツ文学史』の英訳本をもととした「近世独逸文学史」を「東京専門学校・文学講義録」に連載、同三十四年に完結させて出版した。わが国における独立したドイツ文学史の嚆矢とされる著書であるが、そこでは創造批評（creative criticism）を提唱したレッシングに多くの筆が費やされている。創造批評は、五十嵐が『軍記物語研究』の序で、「批評その物が、批評される創作と同じく一種の独立した芸術的創造となるもの」と定義づけ、自らそれを試みたとしてあげているものであり、本書では「一二学派の美学説若しくは美術論を根拠とし狭隘なる自家の成見を以て作物に臨むことを為さずして、作自身の性によりて其の価値を判ずる」もの、と記している。そもそも文芸批評には主観と客観的規準とのディレンマが常に付随するが、創造批評の場合、論者の主観を自己放棄的に対象作品に没入させて作者の主観と合致させ、論者自身の中で作品を総合的に再生（再創造）して読者に伝えるという方法によって、それを克服しようとしたのであった（カルローニ、フィルー共著『文芸批評』白水社・一九五六年刊）。あくまでも作品を主体とし、味読しつつその世界に分け入って面白さを再現しようとする彼の一貫した研究態度は、創造批評との、この出会いを通して形成されたのに相違ない。

右の著書を出版した同年、東京専門学校の講師となり、文章学の科目を担当、学生の作文指導に当ると共に文章理論の確立を目ざすことになる。それがまた、後の国文学研究の素地を作る契機ともなった。成果は名著『文章講話』として明治三十八年に早大出版部より刊行され、同四十二年には大幅に増補して『新文章講話』と改称、以後、好評裏に昭和に入ってまで版を重ねていく。本書を筆頭とする修辞学や作文指導に関する五十嵐の仕事が、わが国の修辞学の発展普及にいかに大きな足跡を残しているかは、速水博司の『近代日本修辞学史』（有朋堂・一九八八年刊）に詳述されており、原子朗はその学説が高田早苗、坪内逍遥、島村抱月と続く早稲田美辞学の学統の中で醸成されたと説く（「早稲田美辞学の系譜」〈「教養諸学研究88」一九九〇年三月、早稲田大学政治経済学部発行〉。「早稲田美辞学をめぐって」〈「国文学研究102」一九九〇年一〇月〉）。

『文章講話』の序文によれば、執筆の主眼は「文章上の諸現象を心理的に説明し、統一する事、日本文の特色を研究する事」の二点にあったという。自らの独創と自負する前者について見ると、まず、人を感ぜしめる為の「詞の文《あや》なし方」と定義する詞態（『新文章講話』以降、「詞姿」と改む）の原理を、八種に大別して説明する。第一の結体の原理は、抽象的な事柄を読者に理解し易いよう具体化して示すこと、第二の朧化の原理は、読者に不快感を与えないようぼかした表現をとること、第三の増義の原理は、伝える内容にふくらみを持たせ読者に印象づけること、第四の存余の原理は、全てを言いつくさず読者に想像の余地を残しおくこと、以下、割愛せざるを得ないが、第一と第二、第三と第四がそれぞれ表裏の関係に組み合わされ、いずれも伝達される側の心の作用に重点を置いた分類となっていることは明らかであろう。

　これらの原理のもとに、直喩法などの様々な修辞法が紹介されていくが、例えば第一原理の中では、過去や未来を現在時制で表現する方法を現写法と名づけ、「凡そ人間の性として、情を刺激する事物に対しては……眼前の活事実のやうに思ふのが常である」から、こうした表現方法も生み出されてくると、心理面からの説明を加える。そして要は、伝える内容に「相応なる文《あや》なし方を用ゐ」、「人の性情心理の働き工合」に「投合一致せしめる」ことだと言う。彼の表現理論の原点は、読者の心理を先取りすることにあったと言っていい。

　修辞学を究めたことが、作品分析に具体的に益したことは勿論である。『源氏』の文章の特色を朧写式・撚絡式、西鶴のそれを断叙式・連綿式と評しているのなども、その一端である（『新国文学史』）。が同時に、彼が文学の面白さを読者と共に「活かして」味わう為に、常に「創作」風の著述を志していたことも想起されねばならない（『新国文学史』『軍記物語研究』『平安朝文学史』等の序文）。つまり、自らの表現力をたかめるのにも益したと考えられ、実際にその鑑賞文は生彩に富む。五十嵐の功績として、一般読者に平易な鑑賞文を通して古典の世界を身近なものとさせた意義は大きい。

　『文章講話』における、日本文の特色を研究しようとする後者の目論見は、引用例に古典を多く採用すると共に、

「国文沿革の概容」なる一編を組む形で具体化されている。文章美学的見地から、まず、うぶながらに優美・荘厳美等を兼備したと見る『古事記』の文より説き起し、その中の優美さを鍛錬彫琢したのが『源氏物語』『枕草子』に代表される平安朝文学と位置づけ、軍記物語については『源氏』『枕』の足下にも及ばぬとしながら、「さすがに人を動かす所がある」と文章面以外の視点から寸評を加える。次に謡曲をとりあげ、惜しいことに補綴文学・切貼文学であったと論じ、徳川時代は元禄期と文化文政期とに大別して扱い、西鶴・芭蕉・近松の文を「日本文学の誇りとすべき絶品」と賞讃、馬琴・三馬は評価しつつも、文章の上で近松・西鶴に及ばなかったとする。実はこの論述の大筋は、後の『新国文学史』とほぼ一致しており、すでに文学史の構想の萌芽をここに認めることができる。更に、四年後の装いを新たにした『新文章講話』の中では、大幅に加筆して平安朝の文章美を詳述し、謡曲に関しては「武人の趣味を以て大宮人の趣味を摂取した」として評価を変えるなど、『新国文学史』執筆へ次第に構想が煮つまっていった様子がうかがえる。

三　国文学史の執筆

明治四十一年（一九〇八）から、五十嵐は「国文学新論」を早大出版部発行の「高等国民教育」に連載、『源氏物語』を本格的に論じ始める。折しも藤岡作太郎が、『国文学全史・平安朝篇』に続き『国文学史講話』を世に出した年であった。翌年、『新文章講話』刊行。そして同四十五年、『新国文学史』が「国文学新論」等を包摂した形で出版される。時に三十八歳。

その「はしがき」には、従来の知識偏重の文学史に抗し、「国文学の味はひを具体的に描くこと」が本書の第一の目的で、「原作者の導くまゝに作物の世界を自由にかけ廻つて受ける感じ、味はひ、印象を、毀さずに写さうと心掛けました」とあり、また、古典に対し「吾等は自分々々に特殊なる新しい心を以て新味を見出だし行くべきでありませう」と記す。そこに「新」の文字を書名に冠した意図も汲み取れよう。「特殊なる新しい心」を読者や研究者の個性、「新味」を文学性と置き換えてみれば、読む側の個性に基づく主体的な働きかけが、作品の真実の一つ一つの発見に結びつくと考えていたことは明らかである。加えて、文学なるものは、所詮、作品と読者との相対的な関係の中で初めて成立するという事をも感知していたらしいと押し量られる。

「はしがき」と共に第六篇中の「本居宣長の文学批評論」が示唆的である。五十嵐の『源氏物語』論は、そもそも宣長の『玉の小櫛』を起点とするのであるが、その文学評論を、近代につながる「主観的標準論」であったと絶賛する。主観的標準論とは、客観的な指標（勧善懲悪、アリストテレスの劇の法則、等）を立てて文学作品を裁断する客観的標準論と相対する批評のあり方を言い、読者の「主観的の印象を標準とするもの」という。客観的標準論は、結局「一人或は一時代の偏見を定規」にしたもので、「今では時代後れとなって、主観批評、印象批評」が主流となってきており、「真の批評は予《あらかじ》め何等の成見をも提げ（ママ）ずに、温かい情を以て公平に作を読んで得た心持」を現わすところにあると言い切る。言わば、客観なるものの危うさ、非絶対性を認識し、独断と偏見ではない純粋な主観の働きを信ずるところに成り立つ考えと言えよう。それは、前述した創造批評と気脈を通ずる。

こうした考え方の背景には、当時の文壇の主観重視の風潮を考慮する必要があろう。「早稲田文学」明治四十三年四月号には、金子筑水の「主観の悶《もだえ》」と片上天弦（伸）の「自然主義の主観的要素」の、各々、五十嵐の先後輩による二論説が載る。前者は脱自然主義の立場から、主観の充足をこそ生活の第一義にすべきだとする主張、後者は自然主義文学には根本要素として主観的要素があるとする説で、論争相手の安倍能成批判を意図したものであった。その安倍は「ホトトギス」の同月号に「自然主義に於ける主観の位置」を書いて反論、自然主義的人生観は「人間を自然化せんとする」ものであって、主観の占める位置は極めて小さく、自分には到底満足できないと論駁した。田山花袋を批判した岩野泡鳴の「破壊的主観」の主張もこの時期に重なり、一方、批判された花袋も「大自然の主観」を早くより唱えていた（和田謹吾著『描写の時代』北海道大学図書刊行会・一九七五年刊）。いずれも自然主義の主軸が客観性にあると認定した上で、それぞれ立場を異にしながら主観重視の姿勢は共通していたのである。

五十嵐の研究には主観的だとする批判がある（『国語国文学研究史大成９・平家物語』〈三省堂・一九六〇年刊〉の高木市之助執筆「研究史通観」、等）。しかし、我々は、五十嵐にとっての主観が客観を超えるものであったことを、熟知しておかねばならない。

『新国文学史』の斬新さは、第一篇の明治の文学と明治以前の文学との比較論から始めていることからして顕著であるが、更に、文学史をたどりながら、個々の作品論・作者論への志向性を堅持しているところに真骨頂があろう。形態的には、まず当該時代の文学概説を行って時代の思潮を把握し、次にそれを代表する作品・作家をとりあげて、具体的に作品の内容と本文を紹介しつつ、固有の文学性を明らかにしていくという形をとる。当時の文学史が作品や作家の周辺的知識の提供を旨とし、作品そのものについては概説的にすませるのが一般であったのに比べれば、正に画期的な著作であったことは疑いを入れない。文章面への丹念な考察が必ずなされているのも、『文章講話』の著者ならではのことで、他に類を見ないものであった。

今日の目から見れば、彼の文学観が自然主義に偏して主観的標準論の主張とも矛盾するものであり、また、時代相の忠実な反映を以て作品評価の軸としたが故に、軍記物語の虚構性への洞察を怠ったり、逍遥に痛罵された馬琴を、「時代相を最もよく現はしたもの」という消極的理由で弁護し、自らの馬琴愛着の思いを解消させてしまったりしているところに、限界を指摘するのは容易であろう。しかし、作品と真摯に向かい合うことを通して新たなる文学性を発掘し、享受者と共にそれを味わおうとした姿勢は、文学研究の本道とはどうあるべきかを、今になお問い続けているのである。

論中で触れられなかった必見すべき文献は、岡一男「明治における文学史研究――藤岡作太郎博士から五十嵐力博士へ――」（『國語と國文學』一九六五年一〇月）、三谷邦明「〈味わい〉の復権――『新国文学史』によせて」（『平安朝文学研究3―6』一九七四年一二月）。本稿の副題は編集子から与えられたものであるが、古典学者としての五十嵐力の仕事を評するのにそれが適当か否か、最後まで疑念が私の胸中に残ったことを申し添えたい。

（『国文学　解釈と鑑賞』一九九二年八月）

二二　軍記物語と能

一　『清経』『通盛』

能『清経』と『通盛』とは、共に『平家物語』に描かれた夫婦の愛に材を得た修羅能として知られる。前者は世阿弥の作、後者は井阿弥の原作に世阿弥が手を加えたものという（『申楽談儀』）。愛し合う者どうしは、その愛が強ければ強いほど、お互いの心のすれ違いが過大に意識され、憎しみや後悔の念に発展しやすいものであるが、この二曲はそうした感情が陰に陽に作用している作品とも言えそうであり、また、シテの性格に焦点を当ててみると、『平家』中の姿と対照的な、いかにも修羅物にふさわしい新たな造型がなされていることにも気づかされる。

ところで、清経の北の方の存在を知る人は余り多くはない。『平家物語』には数多くの諸本があるが、彼女のことを取りあげているのはごく一部の伝本で（延慶本・南都本・八坂本・中院本・源平盛衰記）、一般書店の棚に並ぶ『平家物語』には記されていないからである。能『清経』の文面は、その中で、八坂流という後世衰退していった琵琶の流派のテキスト（八坂本・中院本）に比較的近い要素を持つ。それによると、北の方は清経が都落ちの際に形見として残し置いた鬢《びん》の髪につらさがつのり、「見るたびに心づくしの髪なれば憂さにぞ返すもとのやしろへ」という歌と共に九州の夫の許へ送り届けたとある。しかも、清経は「かやうの事どもをおもひ」、死の覚悟を定めて海に身を投じたと続けられており、妻からの手紙が入水決意の一因となったらしい語り口になっている。伝本によっては彼女が思いの余り先立ったとするものもあり（南都本・中院本）、この場合は夫が妻の跡を追ったことになる。いずれにしても物語は、愛する妻の為にした行為が裏目となってしまったのを知った清経が、悔恨の情に迫られて自らの死期を早めたのだと語りたいのであろう。

能『清経』では、まず形見の髪の作中での扱いが異なる。北の方の許に届けられた髪は、入水直前に切り落されたものであり、彼女は先立った夫を恨み、その受け取りを拒むのである。しかし、愛情に基づく行為が相手の恨めしさを誘うという構図は一致しており、世阿弥の着眼点がそこにあったことを思わせる。清経の亡霊は、妻の怨念、つまりは思慕の情に導かれるように登場し、彼もまた恨みを口にする。妻のそれは、自分との約束を破って勝手に命を絶った夫への恨めしさであり（この約束は、軍記物語でよく語られる「一所」で死ぬ約束だったのだろう）、夫のそれは、自分の形見を受け取らぬ、かたくなな妻への憤りと言える。そして、互いの恨みを「かこち、かこたるる」掛ケ合の場が展開される。が、妻のつのる恨めしい思いはおさまらず、「恨みをおん晴れ候へ」と言って語り出した夫のいにしえ語りをも中断させ（第二の掛ケ合）、最後は、自らの死を語りおえた夫に対する「恨めしかりける契りかな」という独白に凝縮されていく。結局、妻の思いは晴れなかったわけであるが、舞台では、その女の愚痴を男の力で押さえ込むかのように、勇壮な舞が披露され、清経の成仏を確認しつつ一曲が閉じられる。

曲中における「恨み」「恨めし」の語の使用は実に十四度にも及ぶが、『平家』の方では、北の方の恨みが歌一首に託されているにすぎない。夫婦の間で生じてしまった心の不一致も、これほど対立的様相を帯びてはいない。世阿弥はそれを二人の葛藤にまで増幅拡大し、劇的空間を進行させる基軸としたのであった。ここの清経に、『平家』と同じ悔恨の情を読みとるのは難しい。夫は妻の行為に対して「形見を返すはこなたの恨み」と非難し、最後の彼女の独白にも「言ふな（らく）」と強く制止を加える。二人の対峙は鮮明なのであり、結末においてすら、救われるのは清経のみで、北の方の怨念はそのままこの世に残されてしまう。病める夫婦の魂を共に優しく抱え込む『平家』の抒情世界とは、もはや懸隔した世界である。それは男をシテとする修羅物として作劇された故の制約と、私の目には映る。修羅能『清経』は、一方で男のシテを凛凛しく仕立てると共に、一方で女の思いを演劇的感興の為に犠牲にすることによって、初めて成立したと言っても過言ではあるまい。

一の谷で戦死した通盛と、その跡を追って入水した小宰相の夫婦を扱う能『通盛』も、『平家物語』に依拠していることは疑いない。ただ、通盛を討った人物を『平家』の一般的伝本とは異なる「木村の源五重章」とするのが問題となるが、諸本中には「木村ノ源五業綱」と、それに近い記述を見せるものもあり（平松家本）、そう記すテキストがあったのであろうと類推される。

『清経』の場合と基本的に相違するのは、この能が原典を大幅に作りかえるのではなく、その物語世界を時間的に継承し、後世で二人がどうなったかを舞台で演じて見せるところである。通盛と小宰相の亡霊が同じ舟に乗って現われるという最初の設定自体が、それを示している。物語によれば、小宰相は夫と過ごした最後の夜に後世再会の約束を交さなかったことを悔い、乳母にあの世は六道《ろくどう》四生《ししょう》に分かれていて（六つの迷妄世界に対し、各々四つの生れ方があるとする）、愛する人と遭遇するのは困難と説得されたにもかかわらず、夫の跡を追ったのだという。多くの『平家』諸本は、自らの死を明日の戦いに予感しているような夫の気弱な言葉に接しながら、それを深く受けとめようともしなかった、かつての己れを責める小宰相を描く。夫との微妙な心のすれ違いが、後世の契りを交すことを遠のけ、その結果、二人の間に生じてしまった空隙を埋めようとするかの如く、彼女は急ぎあの世へと赴いたのであった。そして今、二人は同じ舟に乗って舞台の上に立つ。六道四生の隔てを乗り越えて再会を果したのである。が、どうやらそこは六道輪廻の迷える世界。それにふさわしく「暗濤《あんとう》（暗い波濤）、月を埋んで清光な」く、闇夜の雨が蕭蕭と降る。ワキの僧二人が「巌《いわお》の上」に座し、夫婦の舟が「岸（断崖）の蔭」にあって、読経の為に舟のかがり火を差し出すという情景も、救う者と救われる者との関係を暗示して象徴的である。六道の中でも、二人が会えたのは、「修羅道の苦を受くる」身となった通盛のいる、その修羅道に他なるまい。『平家』の小宰相は、阿弥陀に浄土での夫との一蓮托生を願い、念仏しつつ入水したが、その望みはかなえられなかったことになる。能『通盛』は、このような形で『平家』の物語を受けつぎ、最後は、ワキ僧の読誦する、女人往生を説く法華経の功徳により、「常住得脱の身となり行く」夫婦の後世救済をもって語りおさめる。

シテ通盛の性格に男らしさが大きく加味されている点は、『清経』の場合と等しい。通盛は「名を天下に上げ、武将たつし誉れを」得たと自ら語るところの、「大手の陣」に差し向けられた一門の「随一」たる人物。討死の様も勇壮である。しかし『平家』諸本中には、武名を轟かせたといった記述は全くなく、一門中の「随一」などという表現もない。派遣されたのは正面本隊たる「大手」に非ず「山の手」であり、かつ、それこそ武名を馳せた弟能登守教経につき従った形であった。最期の有様は、特に琵琶の語り本において、あっけない討死を印象づける文面となっている。『平家』の通盛は、弟教経と対照的な優男として形象されていく方向性を、本来的に持っていたのである。能はそれを、修羅物として仕立てる為の作能上の要請から、勇ましい武将に作り直したのであった。

『清経』にしても『通盛』にしても、『平家物語』の世界をそのまま再現したものではない。そこには、散文表現に近い語り物から演劇的要素の濃い芸能へ転じていった姿が認められる。両曲に使用される中将の面の、あの苦悩のうちに気性の激しさが伝わってくる表情は、すでに能独自の世界を表象していると言っていいのかも知れない。

（『国立能楽堂　第92号』一九八一年四月）

二　『俊寛』『知章』

人は誰しも命が惜しい。それは俊寛とても同じであった。「さすが命のかなしさに（いとおしさに）」、櫓櫂で打擲《ちょうちゃく》されようとした俊寛は、一旦渚に立ち帰り、出舟の艫《とも》綱に取りつく。そうした命への執着が、清盛への執り成しをほのめかす成経・康頼の「おん心強く待ち給へ」という、波上かすかな声に聞き耳を立てさせ、更には「これはまことか」「頼むぞよ」と、二人の言葉を信用させることにもなる。観衆はそれが空しい希望であることを知っている。

『平家物語』は他人に望みをかけてなお生きのびた俊寛を、「その瀬に身をもなげざりける心の程こそはかなけれ」（覚一本）、あるいは「うたてけれ」（八坂本）、「セメテノ罪ノ報《むくい》トハ見エシカ」（延慶本）などと評するが、この諸本による評語のゆれは、愚かにも人を信じてしまった俊寛に対する思いの複雑さを、そのまま示している。生への執着心ゆえに現実を見誤ったとして、人はどれほどそれを非難できようか。些か批判めいた語調の裏にも同情はある。一方、能『俊寛』は何の感懐も批評も加えない。最後はただ、舟影が視界から消え去ったことを伝えるのみである。生にこだわる哀れな主人公の姿に、「はかなけれ」「うたてけれ」「罪ノ報」、いずれの思いを抱こうと、それは観衆一人ひとりにゆだねられている。そこにこの曲のもつ余韻の秘密があろう。

実は、『俊寛』の曲中の「これはまことか」「なかなかに（もちろん）」「頼むぞよ」という、彼らが最後に交わす援助の約束は、どの『平家』諸本にもなく、従って将来に対する俊寛の強い期待感も表には出ていない。一人取り残された彼が成経の人柄を思い起し、淡い期待を抱き始めるというのが『平家』一般のあり方であって、その前の、波上かすかな声に「頼みを松蔭に、音《ね》を泣きさして聞き居たり」とするのもまた、能独自の構成である。どうやらこの曲は、生還への強い願望を、曲の終りに意図的に配置したらしい。

ひるがえって曲の始めの方より見てみると、まず、成経・康頼と俊寛との登場のさせ方が、誠に対照的であることに気づかされる。「神をいおお（硫黄・祝う）が島なれば」と語りつつ、神を信じ神に希望を託す姿で登場する二人と、「後の世を、待たで鬼界が島守りとなる身の果て」をただひたすら嘆きつつ現れる俊寛とでは、言わば明と暗の差がある。相前後して登場したその三人の会するのが、俊寛の携えて来た水桶を囲む場である。中の水を酒と偽ったことに驚く康頼に、「そもそも酒といふものは、もとこれ薬の水なれば、醽酒《れいしゅ》（美酒）にてなどなかるべき」と説く俊寛。納得した二人は俊寛と共に、「彭祖《ほうそ》（中国の仙人）が七百歳を経しも、心を汲み得し深谷《みたに》の水」を飲んだからだと謡い、更に「げにも薬と菊（聞く・利く）水の」という地謡に合わせて、酒に見立てた水を酌みかわす。そして、「われも千《ち》年《とせ》を経るここちする」という、谷水の効用に対する浮き立つ思いと、反対に島で経た長い生活に対する絶望感とを、おそらく共に託した一句を境として、暗い懐旧の念に転じていく。この構成もまた能独自のものである。

ここでは何が意図されているかと言えば、長寿への願望であろう。そもそも右に引用した語句は、長寿の霊水を主題とする能『養老』中のものと共通する点が多い。神への対応で生き方を異にする二人と一人が、長寿を望む思いでは一致し、虚構の酒盛りを演じて気をまぎらす、それがこの場面の眼目なのであろう。長寿を願うのは言うまでもない、生きて都へ帰る為であった。生に対する執着心が、典拠の『平家物語』と異なる構成の中に、一貫して強調されていたのである。

我が身の命惜しさは、ひとり俊寛だけではない。成経も康頼も、「よそ（他人）の嘆きをふり捨てて」舟に乗ろうとする。能『俊寛』ではわずかこの一句に表わされているに過ぎない二人のエゴイズムを、注目すべきことに、『平家』の有力な古態本である延慶本がかなり克明になぞっていた。救われると知った二人は、「今一時《とき》モトク（早く）」島を離れようとする。俊寛の泣訴する様に、成経は「誠ニサコソ」と同情を示しつつ、赦免の朗報を待つようにと一旦は説得するが、同道を強要されるや、「具シ上リナバ、マサルトガニモコソアタレ」と思い、「誠ニサコソ思食《おぼしめさ》ルラメ、ト計《ばか》リ」答える。二人は「恋路ニマヨフ人ダニモ、我身ニマサル物ヤアルト、互ニ云通《いひかよは》シツツ」帰洛を急ぎ、都の使者も「人ノ身ニ我身ヲバカヘヌ事ニテ」俊寛につれない。とはいえ、艫縄にすがる俊寛を前にしては、成経も「イカニスベシトモオボエズ、諸共《もろとも》ニ」泣くばかり。沖に出た舟に遠く聞こえる叫び声が、改めて二人の心に「誠ニサコソ思《おもふ》ラメ」という深い憐憫《れんびん》の情を呼び覚す。三度使われる「誠ニサコソ」という言葉は、相手に対する素直な同情から冷たい峻拒《しゅんきょ》の為の偽装の言葉に、そして内心忸怩《じくじ》たる思いの混じった憐憫の情へ、色彩を変えていく。こうした、置き去りにして行く側のエゴ意識の軌跡を、『平家』の後出本（特に語り本）は語ろうとせず、焦点を俊寛の懊悩《おうのう》する姿に絞り切ってしまう。そして能『俊寛』も、それと同じ路線の上に作られたと言える。

では、『平家』の後出本が、人間本有のエゴイスティックな側面を作品世界から全て消し去ったかというと、そうではなく、より凝縮した形で、息子の知章を見殺しにして逃げのびた父親知盛の姿に、それを表現している。彼は兄宗盛に向って苦悩のたけを告白した。子を犠牲にした親について、それが他人のことならさぞかし非難がましい気持になるだろうのに、我が身のことになってみれば、よくよく命は惜しいものと、今はじめて分った、人々が内心どう思っているか恥かしいと。弟の告白を聞いた兄は、知章と同い年の我が息子に目を移し涙ぐむ。つらい体験を通して知った、自分の中に内在するエゴイスティックな命への執着に思い沈む弟と、それよりも息子の死に今から思いを馳せる兄。ここは、両者の性格の相違をみごとに描き分けた場面でもある。

能『知章』は、この場面をそっくり取り込んだ。しかし、自己体験を通しての自己実体の発見という劇的な告白の構造が希薄な為であろう、『平家』ほどの深みを詞章からは看取できない。あるいはそこは、演者の技量に託された課題なのであろうか。

『知章』の曲は、シテの知章とワキの僧しか登場しない。「惜しとぞ思ふ我が父に、別れし舟影の跡白波も懐しや」と語り、「親にて候ふ新中納言、われ知章」と自らを位置づけて舞台に立つシテが、「命は惜しきものなり」という父の心中告白や、「若木（知章）は散りぬ、埋れ木（知盛）の、浮きて漂ふ舟人となりゆく果ぞ悲しき」という詞章の時、どう演ずるか、かなり難しかろう。もしツレに知盛を仕立ててここを演じさせたならば、今少し深みが増したのでは、と素人考えが浮かぶ。結局、『平家』のあの知盛の告白が、能作者には、ツレの採用を必然視させるまでのインパクトをもって迫ってはこなかったということなのであろう。

曲全体でも、右の部分は、海上を泳ぎ渡り知盛を舟まで送り届けた名馬の話と、知章が忠実な郎等と共に親ゆえに奮戦して果てた場面と、三者等しく鼎立《ていりつ》した形の中に収まってしまっている。曲のその三要素自体、『平家』中の話を無作為に踏襲した結果であった。ともあれ、知盛の言葉のもつリアリティは、能の中で充分に生かされているとは思えないのである。

命を惜しむ思いは、『俊寛』の曲中に確かに応分の比重をもって押し出されていた。しかし、自己の命への執着が容易に他者を切り捨て、我が子の命をも顧みぬほど、おぞましいまでに根深いものであるという、軍記物語作者が訴えた人間実存の悲しい実体を、能作者達がどれほど理解していたかは分らない。それを大きく取り扱った作品があってよさそうだと思いながら、能研究の専門家でない私は、いまだに探しあぐねている。

（「国立能楽堂　第93号」一九八一年五月）

三　『敦盛』『朝長』

『敦盛』と『朝長』は、「十六」という少年の面をよく使う。敦盛が十六歳で死んだことにちなむ名称と言われている。もっとも『平家物語』の語り本ではほとんどが十七歳としており、十六とする源平盛衰記など（延慶本・長門本・南都本）の享受と関連する名称かと思われる。源義朝の次男に当る朝長の方は、『平治物語』全諸本に十六とあり、歴史資料（『帝王編年記』）にもそうある。この二曲、前者が世阿弥の作、後者については、その子元雅の作とする説が近年有力であるらしい。仮に親子による制作で、かつ『敦盛』の方が先に成立していたとすれば、元雅は『朝長』を作る際、父の作品を意識せずにはおれなかったのではなかろうか。因みに『朝長』の方が作品名の初見は遅い（金春禅竹『歌舞髄脳記』）。また、元雅作ではないにしても、同じ年齢の若武者の薄幸を共に主題とするからには、何らかの影響があって不思議ではないように想像される。

こうした思いに駆られて両曲を見比べてみると、ワキの僧に、『敦盛』では蓮生こと熊谷次郎直実、『朝長』ではかつての彼の傅《めのと》（男性の養育係）と、いずれも故人に縁の深い人物が当てられ、その上、敦盛の霊は成仏得脱を念ずる蓮生を「法《のり》の友」（仏道を求めあう友）としてあがめ、朝長の霊は傅の僧と、彼の最期を見とり今に手厚く弔い続ける青墓の長者（遊女の長。前シテ）とを、「父」や「母」の如くに思っているという、何やら類似した構造が気になってくる。また、安寧であった昔日に言及して、世の無常を嘆く点も等しい。そして、敦盛の化身である草刈り男が「なにのゆゑとか夕波の、声を力に来たりたり」と名乗るのに対し、朝長の霊も「声を力にたより来るは」と語って姿を現す。

この「声を力に」亡魂が現れるという表現は、どうやら他の曲にはないようであり、試みに、手許にある日本古典文学大系『謡曲集上下』や日本名著全集『謡曲三百五十番集』等に当ってみたが、遂に見出せなかった。となると、やはり『朝長』は『敦盛』の影響下に作られたのではないかという思いが一際つのる。あるいは、観音懺法《せんぼう》によって亡者を回向する前者のあり方は、後者の称名念仏による亡者回向が念頭にあって、阿弥陀に観音を対置させるべく案出されたものかも知れない（『朝長』には「亡者の尊《たつと》み給ひし観音懺法」とあるが、『平治物語』の方にそうした記述はない）。同じ十六歳の若武者をシテとする能に、もう一曲、前回扱った『知章』があり、それとの間にはこれほどの類似性が見出し難いことも示唆的であろう。

さて、能『敦盛』において、かつての敵、熊谷蓮生を、敦盛が今は「法《のり》の友」として迎えいれようとするところに、構想上の一つの眼目があることは今更言うまでもあるまい。前シテ（草刈り男）の「われにも友のあるべきに」という孤独をかこつつぶやきが伏線の役目を果し、後場で「現《うつつ》の因果を晴らさんために」現れた亡魂は、蓮生の説得に「日頃は敵《かたき》、今はまた、まことに法の友なりけり」と悟り、「悪人の友をふり捨てて、善人の敵を招けとは、おん身のことか有難や」と感謝することにもなる。曲の最後でも、蓮生を討とうとして「敵にてはなかりけり」と目ざめる敦盛の姿が、再び演じられる。敵と思い友と目ざめるという敦盛の心情の振幅に、演劇的効果が企図されていると言えよう。そこでは敦盛と熊谷の関係は、「友」なる言葉に象徴されているように、言わば対等の関係にある。

が、ここで典拠の『平家』を思い起こしてみれば、両者の関係は決して対等ではなかった。組み伏せた敦盛を一旦は逃がそうとし、また首を討たざるを得ない状況に追い込まれた中でも、一貫して熊谷の胸中にあったものは、人の親としての思いである。組み伏せ甲《かぶと》を押し仰のけてみれば「我子の小次郎がよはい程」の相手、その我が子は早朝の戦いで負傷し自分は心を痛めている、まして「此殿《この》の父、うたれぬときいて、いかばかりかなげき給はんずらん」

と思う。諸本によっては、熊谷が手紙を添えて敦盛の首を父親の許に送り届けたともある（延慶本・百二十句本・源平盛衰記等）。シテとして敦盛を特立する故に、熊谷の姿は後退を余儀なくさせられるとはいえ、この「親」から「友」への彼の性格の変質は、敦盛の話が能として再生産される過程で、物語世界の不可欠な要素が、容赦なく捨て去られたことを明瞭にものがたっている。

『朝長』がもし元雅の作であったとすれば、父世阿弥が熊谷の性格から消し去った「親」を、傅《めのと》と青墓の長者の中に意識的に復活させたようにも見える。想像の域を出ないが、弥陀に観音を対置させた意識と脈絡を通ずるものであるやも知れない。詞章をたどってみよう。

朝長の墓所で遭遇したワキの傅と前シテの長者は互いに身分を明かし、傅は「げにいたはしやわれとても、もと主従のおん契り、これも三世のおん値遇」と語り、長者は「わらはも一樹の蔭の宿り（朝長が彼女のもとに宿泊したことをいう）、他生の縁と聞くときは、げにこれとても二世の契りの」と受けて、再び傅が「今日しも互にここに来て」と応ずる。当時、主従は三世、夫婦は二世、親子は一世の契りと言い慣らわされていたが、ここはそれを踏まえつつ、また別に、長者の宿に朝長宿泊→他生の縁→二世の契りとも連想を発展させ、最後を「二世の契りの」「今日しも互にここに来て」という、傅と長者との応答につなげることによって、あたかも二人が「二世の契り」を確認しあう夫婦であるかのような印象をすら与えようとする文章上の工夫が見てとれる。そのことは、後場に登場する朝長の霊が長者の供養に感謝し、「そもそもいつの世の契りぞや。一切の男子をば生々の父と頼み、万づの女人を生々の母と思へとは、今身の上に知られたり。さながら親子のごとくに、おん歎きあれば、弔ひもまことに深き志、請け喜び申すなり」と傅に語る部分が、ここと対応させられていると考えられることからも類推できよう。作者は、傅と長者に父と母のイメージをダブらせようとしたのに違いないのである。

しかし『朝長』の場合も、『平治物語』と比較した時、実の親たる義朝の存在が大きく後退していることは否めない。というより、両者の位置関係が逆転している。能では朝長が生き恥をさらすよりはと自害したことになっているが、物語では父義朝が苦悩のうちに我が子の首を討つ話となっており、主役は義朝だったからである。朝長は父から信濃へ下り味方を集めるよう命じられて赴くが、傷の重さに堪えかねて青墓に舞い戻り（古態本のみが能と同様にこの条がない）、義朝は涙ながらに息子を我が手にかける。殺したくもない子供を殺さざるを得ない父親の悲痛な心情こそ、物語の最も語りたいところであった。一方、十六歳の少年をシテとして立てるからには、能がそのけなげなさを強調するのは当然であろうし、従って自害の形に持っていくのもうなづける。物語より一層男らしさが増幅されている事情は、前々回に取りあげた『清経』『通盛』の場合と等しかろう。それにしても何故に、人の父たる熊谷や義朝の苦悩は、能の世界から遠ざけられてしまうのであろうか。何故、熊谷や義朝は能のシテたりえないのか。

前回の『知章』の曲でも、我が子を見殺しにして逃げた父知盛の懊悩《おうのう》は、『平家』の彫りの深さには及ばなかったし、シテはあくまでも知章であった。確かに幽玄を旨とする舞台芸術にとっては、悩める父より、はかなく散った十六歳の若武者の方が素材としての価値は高かろう。その哀れさを演出する為には、親達の苦悩はそぎ落す必要があったに違いない。結局、答えはそこに行きつくのであろうが、しかし、軍記物語と能を胎生させたそれぞれの時代の、悲劇的なるものに対する感性の相違が基盤にあることも、また確かであろうと思われる。

（「国立能楽堂　第94号」一九八一年六月）

二二　朝長の影を追う
――能『朝長』を契機として――

義朝の従者金王丸《こんおうまる》の伝える朝長の最期は、哀れであった。美濃の青墓《おおはか》（岐阜県大垣市青墓町）の宿《しゅく》まで落ちのびたものの、比叡山の僧兵から受けた膝の矢傷で歩行困難となり、自ら死を願い出る。父の義朝は、「こらへつべくは（耐えられるのなら）供せよかしと、世にあはれげに」声をかけるが、朝長は涙ながらに、それができるのならどうして「御《おん》手にかゝらんと申すべき」と答えて首を差し出す。父はそれを打ち落とし、遺体に着物をかぶせ、宿の者に、息子が足を病んでいる、面倒を見てやってくれと言い残して旅立ったという。短いやりとりの中に、やるせない父子の思いが秘められている。

この、事実を伝えたと思われる金王丸の話は、『平治物語』の古態本にのみ載る。一行が泊った宿は、大炊《おおい》という遊女の家、義朝は彼女との間に一女をもうけていた。『吾妻鏡』によれば、彼女の姉は義朝の父為義の愛人で、『保元物語』が、処刑された夫と四人の幼子のあとを追って桂川に身を投じたと語る女性である。弟は、その幼子の乳人《めのと》（養育係）、処刑の場でいとし子を慕い自害して果てた。朝廷からの下命とはいえ、死刑を執行したのは義朝。大炊の愛する相手は、姉と弟を死に至らしめた敵《かたき》でもあったのである。能『朝長』では、青墓の遊女の長《おさ》が前ジテとして登場するが、その遊女の元の姿をたどれば、複雑な内面の葛藤を余儀なくされたに違いない女性だったことになる。

朝長は義朝の次男で当時十六歳、兄に悪源太義平、弟に頼朝がいた。母は神奈川県秦野市土着の豪族波多野義通《よしみち》の妹、もしくは妻の妹。『吾妻鏡』の治承四年（一一八〇）十月十七日条に、義通の息子の「姨母《いぼ》」（母の姉妹）とも、義通の「妹公《ぎみ》」とも記すからである。更に彼女は典膳大夫《てんぜんたゆう》中原久経の養女になったともある。久経の素性は判然としないが、典膳は天皇の食事を管轄する役所内膳司《ないぜんし》の次官で従七位下相当、大夫は五位を意味するから位の方が役職より先行していたわけで、実力のある下級官人であったのだろう。彼は義朝に文筆をもって仕えて功があったといい、頼朝の時代にも、上京して朝廷との交渉役をこなす（『吾妻鏡』元暦元年〈一一八五〉二月五日条以降）。波多野氏に関係ある中原氏と言えば、頼朝挙兵時より都との間を往還して暗躍した斎院次官中原親能《ちかよし》がおり（大江広元の兄）、義通の姪《めい》と結婚していた。久経と親能との血縁関係は不明ながら、波多野氏が、都人との交流を重んずる一族だったらしいことは推察できる。

朝長は十三歳で左兵衛尉となり、十六歳の春に中宮少進、従五位下に昇進、中宮大夫進と呼ばれる地位を得ているが、そこには、母の養父中原久経の関与が想像されよう。同じ関東の豪族三浦氏の娘が母かという長兄の義平が、十九歳にして無官無位だったのに比べれば、その差は明らかである。波多野氏の土地には、「松田御亭」と言われる朝長の邸宅があったから（『吾妻鏡』）、彼に寄せる一族の期待は大きかったのであろう。しかし、義通は、保元の乱後、義朝と袂《たもと》を分かつ（同書）。

『保元物語』は、例の為義の四人の幼子を、不本意ながら義朝に命じられて切ったのは彼だったと伝えており、そのことが二人の間に亀裂を生んだかともされる。朝長の首を打ち落した義朝の脳裏に、自分に背いた義通の顔が、一瞬横切らなかったかどうか。

後日、義通の長男義常は、頼朝の命に服さず追討されるが、他の子や孫たちは幕府の要人となっていく。孫の一人が、道元を越前の永平寺に招いたとされる義重で、室町期には、その子孫が評定衆《ひょうじょうしゅう》として活躍する。義満・義持・

義教の将軍時代（一三六八〜一四四一）に評定衆であったのは、通郷《みちさと》・通春の親子であり、以降、通定・通直と同職を勤める（湯山学著『波多野氏と波多野庄』夢工房・一九九六年刊）。能『朝長』のワキは、都の嵯峨清涼寺の僧で、十年ほど前に朝長の乳人役を、事情あって辞した者という設定となっていた。都の住人らしい性格づけは、朝長の貴種性を出すのに必要だったのであろうが、あるいは、母方の子孫が当時の幕府の中枢にいたことが、幾ばくかの影響を与えたのかもしれず、更に想像をたくましくすれば、乳人を辞したとあるところには、語り伝えられていたであろう義朝と義通との不和が、影を落としているのかも知れない。

金王丸の報告談を通して語られていた『平治物語』の朝長最期は、改作される過程で報告談の枠をはずし、劇的に再構成されていく。義朝の愛人も大炊ではなくなり、古態本に郎従鎌田正清の愛人とあった延寿《えんじゅ》にすり替えられてしまう。また、朝長は薄幸の少年にふさわしく、帯刀の名が「薄緑《うすみどり》」と命名されるに至るが、おそらくそれは、義経が西国下向に際し箱根神社に奉納したと『箱根山縁起』（一一九一年成立）の記す同名の太刀名を、流用したものであった。しかし、父の手による斬首とある点は不変である。能と等しく自害とするのは、十四世紀後半の編纂と目される『帝王編年記』や、『義経記』、幸若舞曲の『鎌田』などで、特に『鎌田』は大仰《おおぎょう》な自害の有様を描く。武家時代の進行に伴い、朝長像に武士らしい誇らしさが求められた結果なのであろう。

『平治物語』では朝長の負傷した場所が竜華越《りゅうげごえ》とあるが、『義経記』と『鎌田』はそれを千束《せんぞく》が崖《がけ》とし、更に矢を放った人物を共に大矢《おおや》の注記《ちゅうき》、当たったのは弓手の膝として、物語とは異なる記述を共有する。そのことは、独自の伝承が派生していたことを思わせる。青墓の地では、義朝一行を泊めたのは遊女でなく、土豪の大炊氏で、平野姓の人物が朝長の為に殉死したと、いつの頃からか伝え（『不破郡史』）、朝長の墓のある円興寺の過去帳に大炊家の人物十七名の戒名等が載る。青墓の近くには、大井・平野両庄があり、『尊卑分脈』の系図に当たれば、藤原南家真作流《まなたり》の同族がその地名を姓として住んでいたと推されるから、それとの関連が予想される。すなわち、大井を大炊に付会したのではなかったか。

右の推測を生む『尊卑文脈』の文面を紹介すれば、まず、「延暦寺所司」とある良朝なる人物の注記に「美濃国平野・権寺主」「住中河」とあり、その孫の清兼には「従五位下　進士大夫」「号中河進士」「或系図云、美濃平野氏云々住美濃国中河云々」「或良朝子」と記す。そして曾孫にあたる頼重に「於井次郎」、その子の長重に「大井太郎」とある。このように平野・大井の姓が現れるのであり、かつ、良朝と清兼が住んでいたという中河の地は、大井・平野両庄の中間、青墓の東方であった。

ところで、典膳大夫中原久経の子になったという朝長の母は、義通の義妹の可能性があった。長男義常の「姨母」とあるからで、義通は義朝室の姉と結婚、朝長と義常とは従兄弟という関係になる。その義常の母は、二つの系図に「中河辺清兼女」と伝える（『秀郷流系図・松田』『系図纂要』）。「清兼」の名は、先の『尊卑分脈』に従五位下・進士大夫とあった人物と同じで、彼は美濃の「中河」に住すとあった。「中河辺」は「中河」を誤ったものかと思われてくる。進士大夫は典膳大夫とは階級的に等しく、清兼と久経の間で養子縁組が行われても不思議ではあるまい。

他方、『尊卑分脈』は朝長の母について、「修理大夫範兼女、又或、大膳大夫則兼女」と記しており、「大夫」と「兼」の字が彼に通ずる。誤認や誤写の度重なった末の表記と考えられなくはない。もし、朝長の母が美濃の進士大夫範兼の娘とすれば、彼は母の里近くで落命したことになり、大井・平野氏の伝が添加されてくる必然性も分かりやすい。そして能『朝長』で、「万《よろづ》の女人を生々《しょうじょう》の母と思へ」という言葉を介して、自分を弔う青墓の遊女に母の姿を重ねているらしい後ジテ朝長の台詞も、何やら暗示めいて聞こえてきたりする。

『朝長』の作者の蓋然性《がいぜん》が高いとされる観世元雅の死去は、義教将軍時代の永享四年（一四三二）。その二年後の記録に、「悪源太絵」つまり朝長の兄義平の活躍を描いた絵巻を、内裏から借り出して見たというものがある（『看聞御《かんもんぎょ》記《き》』）。将軍足利家の出自は言うまでもなく清和源氏で、始祖の義康は為義の従兄弟にあたる。頼朝に対してはもちろん、義平や朝長に対しても、将軍家を中心とする社会では特別な関心が払われたことであろう。『朝長』創作の背景には、そうした雰囲気も考え合わせなければなるまい。してみると、やはり評定衆波多野氏の姿が、気がかりな存在として、私の心に浮かびあがるのである。

追記　朝長の母が進士大夫藤原清兼の娘であるとすれば、その姉妹の一人は、平治の乱を起こした藤原信頼の乳母子と考えられる藤原資能の兄清頼と結婚し、男子をもうけている（『尊卑分脈』）。信頼と義朝をつなぐ、隠された糸の一本であるやも知れない。

（「銕仙486」二〇〇〇年九月）

二三　心敬の愛用語「胸」考

心敬は、連歌を作る上で、「胸」に相当の思い入れがあったらしく、全著作中に多用されている。どのような考えが彼の脳裏にあったのか、それを探ってみたい。

一　愛用の実態

まずは、その使われ方の全体像を数値の上で見てみよう。

『ささめごと』（日本古典文学大系『連歌論集・俳論集』による）

「胸のうち」……八　「（良い句は）胸（の底）より出づ」……五　「（良い句は）胸にあり」……一

「胸の修行」……一　「（良い句を）胸に置く」……一

『ひとりごと』（日本思想大系『古代中世藝術論』による）

「胸に思ふ事」……一

『老のくりごと』（同右）

「胸のうち」……四

『所々返答』（岩波文庫『連歌論集上』による）

「胸のうち」……三　「胸に工夫」……一

『岩橋』（同右）

「胸のうち」……二

『私用抄』（古典文庫『連歌新論集』による）

「胸のうち」……二　「（発句を）胸をしづめて待ちて」……一　「（同）胸に持ちて」……一

「胸に引き入れて」……一　「胸に残りては」……一

『心敬有伯へ返書』（中世の文学『連歌論集三』による）

「（古賢の）胸中」……一

右のような使われ方をしていて総数は三十四、なかでも最も多いのは「胸のうち」で十九例、最後の「胸中」も加えれば二十例となる。

「胸」に重きを置く彼の姿勢が端的に示されているのは、その教訓を弟子の兼載が書き残した『心敬法印庭訓』である。「うつくしき句の、しかもわがむねより出たる句は最上也」と言い、また、

胸のうちなる毒気ぬけて後ならでは、まことのわが句出できがたきもの也。濁りたる水をすこしづつ汲みて澄めるをまたば、澄むことあるまじきなり。しげく汲て汲かへば、底より清水わくべし。そのごとく、よき句は胸の底にあるべし。

と、説いたという（中世の文学『連歌論集三』による）。歌の源泉として「胸」を重視していたわけで、そこに確固とした信念があったものと想像される。

当然のことながら、連歌研究の先学が心敬を論ずる場合には、必ず「胸」の語を含む引用文が俎上に載せられてきた[1]。しかし、「胸」重視が心敬固有の発想であることが、どれだけ理解されてきたであろうか。たとえば、荒木良雄は、著書『心敬』[2]の中で、歌の師の正徹の強い影響下にあることを説きつつ、定家を尊崇していた師の言動を彼が伝えて、「ただ俊成・定家のむねのうちを学び侍ると、つねにかたり給へる」（『所々返答』）、「歌はただ定家・慈鎮のむねのうちを直ちに尋ねうらやみ侍り（中略）と、常にかたり給ひし」（『老のくりごと』）と書いているゆえ、「師に随順して、定家の胸奥を羨み学ばうとする熱意」を持っていたとする。心敬が正徹の使っていた「胸のうち」の語を、踏襲したと考えているのであろう。

さらに『ささめごと』の中にはもう一か所、正徹が「胸」を口にしたとする部分がある。藤原良経の歌「人すまぬ不破の関屋の板びさし荒れにしのちはただ秋の風」の「ただ」の二文字について、師の正徹が「誠におきがたきことなり。彼の胸にありけることとよ。あな恐ろし」と言ったというのである。

こうしてみると、確かに「胸」の強調は、正徹の影響であるように思われる。しかし、正徹の著『なぐさめ草』、その弟子筋の聞き書きという『正徹物語』、その言説が載る東常縁の『東野州聞書』や『兼載雑談』にも、まったく「胸」の語は見出せない。正徹の言葉として伝えられているものは、実は心敬が師の心を自分流に解釈し、自らの好む言葉で表現したものであった可能性が高い。

二　秀句と「胸」

あらためて心敬の著述を追ってみよう。最初に見出せるのは、『ささめごと』の中で、「（句作りに）沈思してもいかばかりの事か侍る」などと広言しているような人を非難して、「言葉は心の使ひと申せば、これらの人の胸のうち、つたなくさわがしくこそ覚え侍れ」と言い、続けて、

秀逸と申せばとて、あながちに別のことにあらず。心をも細く艶にのどめて、世のあはれをも深く思ひいれたる人の、胸より出でたる句なるべし。

（古典大系・一四〇頁）

と記しているものである。加えて、前記した良経の不破の関の歌にある「ただ」の二文字について、正徹が感動し「胸のうちにありけることよ」と言ったという逸話を紹介したのちには、

堪能の人の句は、心とらけて胸より出づる故に、時もうつり日も暮れて侍るにや。不堪の人の句は、舌の上より出でぬる故に片時なるらむ。

（同・一四一頁）

と、再び「沈思」を軽んずる人に批判の矛先を向ける。

「心とらけて」は、心が解きほぐれ、和らぐことを意味するが（小学館刊『古語大辞典』等）、もう一回、それを使っている。定家が『毎月抄』の中で和歌十体を論じ、「余の九体にわたりて侍るべし」と言っている有心体を、

心とらけ哀れ深く、まことに胸の底より出でたる我が歌、我が連歌の事なるべし。

（同・一八八頁）

と解し、かつ、その例歌として定家と正徹の歌を引き、「心地《しんぢ》修行の歌也」と評価する箇所である。「心地」は仏教用語で、さまざまな思念の根源たる心をいうが、心敬は、前掲の用例中に「胸の修行」というものがあるように、「胸」と同義に近い形で使っている。そして、有心体を「心とらけ」て「胸の底より」出たものと見ているわけである。彼の「胸」へのこだわりの淵源には有心体があるらしいことは、『毎月抄』で「恋・述懐などやうの題を得ては、ひとへにただ有心の体をのみよむべし」と説いているのを、おそらく踏まえて、『ささめごと』に、

述懐・恋などは、ことに胸の底より出づべきことなるべしと也。

（同・一七八頁）

とあるところからも推測できよう。ただし、定家のいう有心体と心敬の「胸」重視とが、一致するものとは考えがたい。

たとえば、艶を旨として修行せよと説く箇所で、艶なる句は、

胸のうち人間の色欲もうすく、よろづに跡なき事を思ひしめ、人の情けを忘れず、其の人の恩には、一つの命をも軽く思ひ侍らん人の胸より出でたる句なるべし。（同・一七五〜一七六頁）

と説き示し、第一に「胸のうち」の清らかさが、あるべき姿として求められている。倫理観に裏打ちされたこの物言いは、最初の引用文にあった「世のあはれをも深く思ひいれたる人」でなければならぬとする一節とも照応し、それは、定家の有心体論にないものであった。心敬の独自性が知られるのである。

修行の心構えを説くところでは、良くない人の例として、「此の身を明日あるものに頼み、さまざまの色にふけり、宝をおもくし、ほこりかに、思ふことなき人」を挙げ、また、はかないこの世の生なのに、「我とのみ頼みて、百とせ千とせを経べき心をなし、色にふけり名にめでて、かたがたさまざまに散り迷ひぬるこそ愚かなれ」と言う。そして、「土灰となれる」この身の「息の一筋」がどこに行くのか、

我のみならず、万象の上の来たりしかた、去れる所こそ尋ねきはめたく侍れ。（同・一四五〜一四六頁）

と記す。要するに、森羅万象の無常を自覚すること、それによって物事への執着心が薄れて清らかな精神となる、そうした「胸のうち」から、秀句は生まれてくると考えているのである。「胸のうちなる毒気ぬけて後」の「胸の底」に「よき句」はあるという、兼載の伝えた心敬の先の教訓も、これを言っているに他ならない。

無常を知ることが表現の前提になければならないという考えは、「此の道は、無常述懐を心言葉のむねとして、あはれ深きことをいひかはし」とか、「古の歌人は述懐無常をむねとし侍り」といった一節から明瞭である（同・一三九

頁）。『所々返答』では、世に評判の高い宗砌法師の歌風を問われて、句作りは巧みながら、

この好士も偏に俗人に侍れば、胸のうち丈夫《ますらお》にて、弓馬兵杖の世俗に日夜そだち侍りて、更に世間の無常変遷、仏法の方の学問修行の心ざし、一塵もなく、欠け侍るゆへ、手練《てだり》のみにて、句共に面影・余情・不便のかた侍らず哉。　（岩波文庫・三〇八～三〇九頁）

と、答えている。「胸のうち」のありようが問題にされているわけである。『岩橋』でも、「此世の無常変遷の理《ことはり》身にとをり、なにの上にも忘れざらん人の作ならでは、誠には感情《かんせい》あるべからず」と述べる（同・三三五頁）。

心敬は歌の生まれてくる温床を「胸」と見ており、「心」とは見ていない。両者の違いは、後者が抽象的・観念的であるのに対し、前者が身体の一部、あくまでも具体的である点にある。彼は、つかみどころのない語彙を避け、皮膚感覚として明らかに認識できる方を選び、かつ、「胸」を「心」の大もとにあるものと把握していたのであろう。「心」とは別に心の働きの根源をいう「心地」の語をも、「胸」とほぼ同義に使っていることは前述した。「心」より「胸」を上位に位置づけていたことは、『私用抄』の一文、「こと葉は心の使と侍れば、むねのうちさむく、清からでは、作、えんなるべからず」からも察せられる（古典文庫・九三頁）。

多用されている「胸のうち」の語は、胸の内実、「胸の底」の語は、表現の温床の原点を、それぞれ意味していよう。秀句が生まれるか否かはそれらの優劣、つまりは無常の自覚の有無にかかっているとするのが心敬の主張であった。

三　「胸」の本質

『ささめごと』は、上・下の二巻構成で、寛正四年（一四六三）の同年中ながら執筆時に差があり、下巻は上巻の補遺として書かれたとされる。「心地」の語は、実は上巻にはなく、下巻になって六回も使われるに至るのであり、そこに両者の微妙な差があるように見受けられる。

その「心地」について、「指合《さしあひ》・嫌物《きらひもの》」などの連歌制作上の制約を問題にすることに関し、それは仏法の戒律みたいなもので、こだわりすぎるべきではなく、経典にゆるす事のみ多く見えるのは、「心地を正路《しやうろ》とする故」だとし、「心地をむねとして戒律にかかはらざる人」こそ望ましいとする（一八〇頁）。別のところでは、「まことの歌人のこころ」は、何ものにもとらわれることのない「仏の心地のごとくなるべし」と言い、「心地修行」の大切さを説く（一八八〜一八九頁）。『ささめごと』に限らず、「心地」の語は、『ひとりごと』（二回）、『老のくりごと』（一回）、『私用抄』（一回）にも出てくる。心敬は、音羽山の麓の十住心院に入って権大僧都に至った僧侶であったから、当然、仏教的思考が連歌論にも反映されているのであった。

上巻では、全体を閉じるための文章が、「古人の句少々」を列挙する直前にしたためられている。歌・連歌の道を「たはぶれ」とも「はかなきすさみ」とも見下し、「いたづら事に」時を費やして来世で「闇きに入り侍らむこと」を悔いていると書きつつ、しかし、より「深く」考えてみれば、仏教に「凡聖のへだて」はなく、人を導く「方便」としての教えに「まどひて」、過去・現在・未来の「三世にめぐると見る人こそおろか」であるとして、前記した悲観的感情を退ける。そして、

もとより太虚にひとしき胸の中《うち》なれば、いづれの道をもてあそび、いかなる法をつとめても、其の相とまるべきにあらず。（古典大系・一六四〜一六五頁）

と記す。虚空に等しい「胸のうち」ゆえ、歌・連歌をはじめ「いづれの道」を楽しもうとも、「其の相」つまり形が

胸中に留まることはないのだから、悩む必要はないという。そして末尾は、「何事も、さもあらばありなむ」と結ぶ。下巻の最後の文面でも仏教論が展開されるが、そこでは次のように、「胸のうち」が千変万化するものとして捉えられている。

まことの仏まことの歌とて、定まれる姿あるべからず。ただ時により事に応じて感情《かんせい》徳を現すべしとなり。天地の森羅万象を現じ、法身の仏の無量無辺の形に変じ給ふごとくの胸のうちなるべし。（同・二〇二頁）

結局は、「太虚にひとしき胸の中」と似たことを言っているわけであるが、ここでは際限なく変化する点に焦点が当てられており、無常の一斑として「胸のうち」をも見ていたことが明らかにされるに至っている。「其の相とまるべきにあらず」とあった上巻の一文も、無常を表徴する言葉であった。

右の文に続けては、再度、仏にも「まことの形あるべからず」と繰り返してから、「ただ一つ所にとどこほらぬ作者のみ正見なるべしとなり」と筆を進める。無常なる「胸」の本質に即して、自由自在、何事にもとらわれない作者のみが、正しい考えの持ち主だというのである。「仏の心地のごとくなるべし」とあった一文も、ここに通じてこよう。

転変する人間の「心」についても、同様な考えを持っていたことが、上巻の中ほどに見出せる。「人の心」は「うるし桶」や「白き糸」に喩えられるとして、「色をまちて、さまざまにかはるものなるべし」と言い、仏教で説く法は常に無性、すなわち決まった性質はなく、仏となる種は縁によって得られるとする（同・一四二頁）。他者との相対的な関係性の中で、物事は変化していくと見ているのであり、「心」もそうだとする。彼は、この世の無常を、目に見える存在物の相のみではなく、人間の心理面においても捉えていたのである。

心敬が兼好の影響を受けたかどうかは、所詮、知るよしもないが、『徒然草』の第二百三十五段には、それと気脈を通ずる発想が認められる。「主ある家には」関係のない人が勝手に入ってくることはないが、「主なき所には」通りすがりの人のみでなく、動物やら怪しい霊までも入る、鏡は色も形もないから、あらゆる物の姿を映すのであり、色や形があればそうはいかない、として、

虚空、よく物を容る。我等が心に念々のほしきままに来り浮ぶも、心といふもののなきにやあらむ。心に主あらましかば、胸の内にそこばくのことは入来らざらまし。

と、記す。

兼好は「心」の実体性を疑って「心といふもののなきにや」と疑心を抱いているのに対し、心敬は「心」や「胸のうち」の無常性を明確に意識していたわけで、より進んだ理解に達していると言えようか。彼は、『ささめごと』の中で、二度、『徒然草』に言及していた。よく知られている、「月花をば、さのみ目にて見るものかは」の一節がある第一三七段と、「長くとも、四十に足らぬほどにて死なんこそ」とある第七段で、この部分を引いている。原文引用は正確ではないものの、『徒然草』が彼の脳中にあったことは間違いない。師の正徹は、自らの書写した『徒然草』を今日に残した人物であった。右に掲出した『徒然草』の文中に、「心」と「胸の内」の語が含まれている点、心敬につながりはしないかと、気になるところではある。

心敬に教えを受けた宗祇の著述中では、管見の及ぶ限り、ただ一回のみ、「胸」の語が用いられている。『老のすさみ』に、「学者の胸にあててみ侍るべきものは」とあるもので、あるいは、師の口癖が影響したのかも知れない。

歌世界では、定家以来、有心体が重んじられてきた。それは歌に心が込められているかどうかを問うものであったが、心敬はそれに満足できず、歌が湧き出てくる「胸」のありように問題を深めたのであった。仏者の立場に根ざしたその独自な思索は、人はいかに生きるべきかという問いかけとも直結し、そこから生に対する真摯な姿勢がうかが

えるように私は思う。

注

（1）荒木良雄著『心敬』（創元社・一九四八年刊）の第三章「歌論家としての心敬」。木藤才蔵著『ささめごとの研究』（改訂増補版・臨川書店・一九八九年刊〈初版一九五一年刊〉）の「第二部」。『島津忠夫著作集・第四巻・心敬と宗祇』（和泉書院・二〇〇四年刊）の「三『ささめごと』と数奇」。

（2）右注の荒木良雄著書。

＊本稿は、大学院修士課程に在籍中の一年か二年の時、連歌の授業を担当されていた故伊地知鐵男先生に、夏休みの宿題として提出したレポートが基になっている。先生からはずいぶんお褒めいただき、雑誌に投稿するよう盛んに勧められたのであったが、当時の私は自分の専門とする軍記物語についてまだ一つの論文も書いておらず、学費と生活費を稼ぐのにも多忙で、先生のお言葉に報いることはできなかった。それでも、せっかく推奨して下さったのだから、何かの折には形にしたいと考え、レポートを大切にしまっておいた。ところが今回、どこを探しても出てこない。半ばあきらめてテキストを開いてみると、鉛筆による当時の書き込みが残っていた。それをもとに記憶をたどり、調査の幅も広げてなったのが本稿である。ここに、先生からいただいた温情に報いるべく、ことの経緯を記して霊前に捧げる。

（新稿）

〈分担執筆〉

二四　『徒然草』の鑑賞（第一六七段〜第一七六段）

第一六七段　「一道に携はる人」

「一道に携はる人」、すなわち一つの事を専門にしている人の、競争心、ひいてはその奥に潜む慢心を戒めた章段である。第一三〇段でも他者と争うことを戒めているが、そこでは人々を学問に向かわせることによって人間本有の競争心を解決しようとしていた。本段の方に、より高い次元での思索が認められる。

　冒頭では、専門家が自分の専門外の席に臨んだ時という具体的な場に焦点をしぼり、そうした場でよく、専門家特有の自負から、「哀、我が道ならましかば、かくよそに見侍らじものを」と口外したり、思ったりすることを批判する。そして、表面的な言動としては、「あなうらやまし、などか習はざりけん」と言って謙虚にふるまっておくのが良いという。前者の言動ないし心理には、「牙あるものの牙をかみ出すたぐひ」にも匹敵する（と強く作者は言う）「人に争ふ」精神がうかがえるからである。『徒然草』の中で、兼好は現実の生活においてどう身を処すべきかに多くの関心を払っているが、本段の冒頭は半ばこの関心に基づいていると見てよいだろう。しかし、口に出すことばかりではなく思うことをも批判の対象とし、争いの心を指弾した作者は、その必然的な流れにそって、次に語調を強めつつ内面的・本質的問題へ、従ってまた、専門家という限定をとりはずした一般論へと考察を深めてゆく。

次に記されるのは、「人としては善にほこらず、物と争はざるを徳とす」という本段の根幹たる基本理念（第一三〇段でも説かれている）である。争いを忌む兼好は、善にほこる、つまり自己に慢心することが、他者にいどみ張り合う行為へと容易に発展するものであることを語りたかったのであろう、前言に重ねるに、「他に勝ることのあるは大きなる失なり」という鋭い逆説的箴言をもってし、更に、「人に勝れりと思へる人」は、「内心にそこばくのとが」があると指摘する。それに対しては、「慎しみてこれを忘るべし」と説く以外にない。慢心は人から非難されるもととなる。自らの誇りは、忘れ去られることによってのみ、争いの因や禍いを招くなかだちとなることから逸れるというのである。言わば慢心と競争心との相関関係を掘り起し、「内心」の隠れた「とが」に照明をあてたところに、兼好の深い洞察力が推量されるであろう。

最後に、一般論から再び最初のモチーフに立ちもどり、「一道に携はる人」には忘れるという意志的行為すら必要とされない、より高次の段階があることを、「一道にも誠に長じぬる人」の「物に伐《ほこ》る事」なき真摯な姿を写すことによって、簡明にものがたろうとする。真に物事をきわめようとする者にあっては、修業の道程に終りはなく、常に未熟な自己を省みるが故に、おごりたかぶる心そのものがすでにないと見るのである。淡白な末尾は余韻を残して重みがある。

では、争う心を否定する根源は何なのだろうか。著者が喧噪さを忌み嫌う性癖であったろうことや、儒教道徳の影響を一方で踏まえながら、我々は例えば〝賀茂の競べ馬〟見物の一件（第四一段）を想起する必要があるように思われる。分け入る隙間もない程に混みあって争い見ていた人々が、死が目前に迫っているかも知れないのにという兼好の一言によって、互いに譲りあい彼を招じ入れたという逸話である。死、つまりは無常の自覚が、人々に譲りあいの心を思い出させたのである。無常の現実から見れば、「万事皆非なり、言ふに足らず、願ふにたらず」（第三八段）であり、「所願皆妄想なり」（第二四一段）であろう。闘争本能をあらわにした人のふるまいは、言うにたらざる生への執着を象徴して醜く、他者を傷つけ、且つ自らも害をこうむる。無常の現実を忘れていどみ争うこと、そのことが彼の嫌悪するところだったように考えられるのである。

他章段との関連については、前々段の結語「すべて我が俗（領分）にあらずして人に交れる、見ぐるし」と、本段冒頭「一道に携はる人、あらぬ道にのぞみて」との間の内容的共通性が注目される。前々段からの発想が基底にあるものと推し量られる。また、前述した点に留意するなら、この世の無常性を記した前段との間にも隠れた連鎖の一端をかいま見ることができるのではなかろうか。

第一六八段　「年老ひたる人の」

前段で一道に従事している人のあるべき姿を論じたのに対し、本段は一事に優れた才能を持っている老人のあるべき姿を問題にする。前段との関連が濃い章段ではあるが、作者の意が表面的な言動のあり方に専ら注がれている点、異質である。

兼好は第一五一段で、ある人の言葉を借り、「（年老いたならば）万のしわざやめて、暇《いとま》あるこそ、めやすくあらまほしけれ」と記し、第一三四段では「老いぬと知らば、何ぞ閑《しずか》に身をやすくせざる」と語っていた。特に後者では、「貪《むさぼ》ることの止まざるは、命を終ふる大事、今こゝに来れりと確かに知らざればなり」と、執着から離脱するための無常の自覚の必要性を説いていた。本段もこれらと基調を同じくする。世間的にも一目おかれている、一つの事に熟達している老人の人生を、「いたづらならず」と一応肯定的にとらえながら、それでも「すたれたる所のなき」者については、「一生この事にて暮れにけりとつたなく見ゆ」として、批判的にながめるのである。老人たる者は、「今はわすれにけり」と言って身を退けておくのがふさわしいと言う。ここらあたりの筆の運び方は、前段と全く同型である。

しかし、次から内面的に掘り下げていくのではなく、本段はあくまで現実的な身の処し方をうんぬんする。人前でむやみと言いちらすことは、却ってその実力を疑われるもととなり、おのずと誤りも出てくる。反対に「さだかに辨《わきま》へ知らず」と言って言葉を慎むことが、道の大家と思われることに通ずると続けるのである。皮肉とも言える現実を見る兼好の目は確かである。彼は、本質的な意味においても、現実的な意味においても、老人はひかえめであるべきと考えていたのであろう。最後に、作者は「まして」と言葉をつぎ、知らない事をしたり顔に話す年長者に実際に対座した経験から、相手の誤りを知りつつ黙っている時の「いとわびし」という感懐を記して本段を結ぶ。末尾の体験的叙述は、自由でとらわれない筆の運びを思わせるとともに、硬質なものを感じさせた前段とは対照的な柔軟さを、本段全体に覚えさせるものとなっている。

本段の執筆動機は、老いてなお「すたれたる所のなき」者に、「貪《むさぼ》ることの止まざる」（前引第一三四段）姿を認めた点にあるだろう。前段の最後で、「志常に満たずして」精進を重ねる専門家の姿を理想的なものとして描いた作者は、本段に至ってそれすらも年老いた場合には醜いものと見てしまっていると考えられる。物事に執着をもつ事の無意味さを悟らせる無常の認識が、前段との間にも働いたのであろうか。

結語の「いとわびし」は、相手の愚かしさに触発された結果の語であるが、同様な例は他にも見出せる。住居を論じた第一〇段では、「（立派な邸宅は）見る目も苦しく、いとわびし。さてもやは、ながらへ住むべき」とあり、第五六段では、「(人を批評しあう時) 己が身をひきかけていひ出たる、いとわびし」とある。己れ自身の卑小さを省みぬ厚顔な人間の愚かしさに接した時、彼の心はしばしば「いとわびし」という思いに駆られたのであろう。

第一六九段　「何事の式といふ事は」

「何事の式」という言い方は最近になってからのものだとある人が言ったのに対し、兼好が、一時代前の『建礼門院右京大夫集』にすでに用いられている旨を記した、いわゆる有職故実の一段である。古来指摘されてきたごとく、本段のある人には、前段の最後に語られていた、知らぬ事をしたり顔に話す人物のイメージが重ねられている。しかし、作者はその対応関係を説明的に示そうとはしない。まちがいを非難するのでもなく、ただ事実のみが淡白に述べられ、作者と叙述対象との距離は起筆から擱筆まで冷えた一定の客観性を保って変らない。前段との間の見えない糸の存在は、読者の想像力の有無にまかされている感がある。兼好は筆の省略という手法から派生する文学的空間の妙を心得ていたのであろう。

第一七〇段　「さしたる事なくて」

人を訪問する時の心得を説いたとされる章段である。

『徒然草』の作者は、「まぎるゝかたなく、たゞひとりあるのみこそよけれ」(第七五段) と言い、また、「人に交れば、言葉よその聞きに随ひて、さながら心にあらず」(同) として人との交わりを避ける人間である。本段では冒頭から、「さしたる事なくて人のがり行くは、よからぬ事なり。用ありて行きたりとも、その事はてなばとく帰るべし」と厳しい言葉を掲げる。が、この断定的な物言いは、道学者流に大上段にふりかぶってのものとは言えない。次に続く一文に示された、「(客の)久しく居たる、いとむつかし」という、来客に会う時に経験する彼の不快感が口を切らせているものと考えられるのである。その不快感は更に、「人と向ひたれば詞おほく、身もくたびれ、心も閑《しずか》ならず」と分析的に説明され、「互ひのため益なし」という結論が出される。しかし、これらのことは、ひとり兼好の体験的世界にとどまるものではなく、気づまりな客を迎えた時、人は誰しも似かよった不快感を味わう。そこにこの章段のもつ親近感の秘密があるのだろう。「心づきなき事(気にそまないこと)あらん折は、なか〱そのよしをも言ひてん」ということも、誰もがそう思いながら、実行できかねることがらである。

彼はまた、人をいといつつも、「同じ心ならん人としめやかに物がたり」(第一二段)することを望み、山の閑居にあっては「心あらん友もがなと、都恋しう」(第一三七段)思う。この段の後半は彼のそうした心を反映して、「同じ心に向はまほしく」思うような人が、暇で「いましばし、心閑《しずか》に」とひきとめるような場合を、長居してもよい例外として認めることとなる。冒頭で訪問者の心得を説いたあと、客に接した時の個人的感情を記した著者は、再び自分の経験に筆を移し、用もなくふと人が訪れて「のどかに物がたり」して帰ってゆくのを「いとよし」と表現する。

一見、冒頭の言説と矛盾するようではあるが、この訪問者が兼好と心を許しあえる人であったろうと想像されることを見過ごしてはならない。彼はこのような来訪とよく似た来信の場合を連想し、筆のおもむくままにそれを記して本段の結びとする——「また、文も、『久しく聞えさせねば』などばかりいひおこせたる、いとうれし」。初めの厳しさとはうらはらの、寛容な情緒が後に揺曳する。随筆という形態のもたらすおもしろさが、遺憾なく現出していると言えよう。兼好の自由闊達な筆づかいが感得される章段である。

この段の説示性は、作者兼好の個人的好悪の感情と不即不離の関係を保っているようにうかがえる。というよりも、客に会うことに対する個人的感情が、人を訪問しようとする者に対する説示性にまでたかまっていると言ってよいのかも知れない。

第一七一段「貝をおほふ人の」

世を治める姿勢を論じた章段であり、前段からの説示性がより強まっている。初めにありふれた二つの事実をあげ、そこから教訓を導き出す。卑近な事柄に普遍的な抽象的原理の投影を指摘して自説を展開させる論法の好例である。

段の前半では、貝おおいの遊びの時は自分の近くにある貝を手堅くとる者が勝ち、碁盤の隅に石を置いてこれに反対側から石をはじいて当てる時は、手許を見て筋目にそってはじくとよく当たるという、いかにも似かよった事例が並べられる。読者はおのずから次に導かれる教訓を予知できるであろう。それは「万の事、外に向きて求むべからず。たゞこゝもとを正しくすべし」という警句として記される。とかく基本をおろそかにしがちな人間一般への戒めである。

ここで、段の後半は文体が硬い漢文調に変っていることに注目しておかなければならない。自説を説く段階に至って、あえて文体を変えているのである。兼好は、「世を保たん道もかくや侍らん」という言葉を介して核心的な政治の問題に論を進め、「こゝもとを正しくすべし」という原則を忘れた政治の姿を語る。反乱が起った後にはじめて対策を考えるような姿をである。かくなる為政者は、「目の前なる人の愁をやめ、恵みを施し、道を正しく」行なえば、おのずとその影響は遠くまで及ぶということを知らないのだと彼は断言する。第一四二段にも見られた、いわゆる徳政の弁である。

注意すべきは、あまりに我々が論旨を追うのに急でありすぎると、文中に計画的に挿入された宋の清献公と医書の言葉の重みを看過しかねないことである。前者は、「こゝもとを正しくすべし」という先に引用した警句の直後に、それが動かしがたい真実であることを語る為に、後者は、事後に対策を考えるような悪しき政治の姿を述べた直後に、それが医書に戒めるところと酷似していることを語る為に、それぞれ挿入されているのである。そして本段の終りに臨んでは、徳政が第一であることを実例で示す為に、古代の伝説的聖王の禹が異民族の三苗を征した話を置く。みごとに構築された説示の方法である。本段には整理された論法ゆえの説得力がある。兼好の智的な論理的構成力のほどが知られるであろう。

この徳政の弁に彼の独自性がどれほどあるかは疑わしいが、本書の執筆された鎌倉幕府滅亡の前後という時代を考えるならば、安良岡康作のように(『徒然草全注釈』本段解説。以下『全注釈』と略称)、都の公家政治家への警告かとまで推量するのはさし控えるにしても、本段のもつ意味は、より深刻なものとして受けとられなければならないだろう。途中から硬い文体に変えざるを得なくさせたところの、『太平記』に描かれたごとき乱れた世情の有様を、紙背に想像しなければならないかも知れないのである。

第一七二段　「若き時は」

若者と老人とを対比的に論じた章段で、両者の本質を的確にとらえている。前段同様、整然とした理路である。

ところで、「命長ければ辱《はぢ》多し、長くとも四十に足らぬほどにて死なんこそ、めやすかるべけれ」(第七段)という、よく世に知られた一文は、今までに誤った兼好像を多くの人々の心に植えつけてきはしなかっただろうか。同段には、「（四十歳を過ぎてしまうと）ひたすら世をむさぼる心のみふかく、もののあはれも知らずなりゆくなん、浅ましき」とも書かれている。兼好は老人の醜い面のみを見て忌み嫌い、それを老人総体のイメージにまで拡大するという危険を冒していたように受けとれる。安良岡説によれば、右の文は三十七歳頃、本段は四十八、九歳頃の執筆という（『全注釈』概説）。十年余の、しかも壮年から老年にかけての歳月が、彼に全てのものを客観的に見る眼を育てさせたのか、本段には如上の引用文に見られるような、主観におぼれる傾向は見出せない。

まず、若者について、「血気うちにあまり、心、物にうごきて、情欲おほし。身を危《あやぶ》めてくだけやすき事、珠《たま》を走らしむるに似たり」と分析する。安良岡の指摘（『全注釈』本段解説）にもあるように、ここでは「心」と「身」とが対置されていると考えられるが、それより重要な点は、「身」以前に「心」を置き、「心」以前に「血気うちにあまり」の一言を置いている点であろう。あらゆる思念、あらゆる行為の原点に、「血気うちにあまり」というとらえがたい何かの存在、若い時には誰しもが感ずるであろう、血肉の中にうずく衝動的で暴力的ですらある何かの存在に光をあてているのである。その何かは「心」を動かし、「心」は「身」に働きかけて外に現われた行為となる。「珠《たま》を走らしむる」がごとき諸行為・行動が、次に対句的な響きをもって羅列される──「美麗《びれい》を好みて宝をつひやし、これをすてて苔の袂にやつれ、勇める心さかりにして物と争ひ」──たたみかけるような表現からして若者の本質に適合している。結論は、「身を誤つことは、若き時のしわざなり」と記される。

これに対して老人は、「精神おとろへ、淡くおろそかにして、感じうごく所なし」であり、それ故、「心おのづからしづかなれば、無益のわざをなさず。身を助けて愁なく……」の状態に至ることができるとされる。ここでも明らかに、人間の無意識的な領分について「精神おとろへ……」と解明した後、「心」から「身」へと論を展開させている。

若者と老人のあり方を、まさに対比的に論じているのである。文体は老人を語るにふさわしく、若者の場合とは対照的に対句的用法もなく、簡素に仕立てられている。そして注目すべきは、「無益のわざをなさず」といい、「身を助けて愁なく」といい、「人の煩ひなからん事をおもふ」という老人の長所を並べた語句に、老人一般の姿を通りこして兼好の理想とする人間像をも思わせるものがあるという点である。

本段の最後は、「老いて智の若き時にまされる事、若くしてかたちの老いたるにまされるが如し」と老人の側に智的優位性を認めて結ぶ。彼は「命長ければ辱《はぢ》多し」という観念にばかりとらわれていたのではあるまい。年老いることによって、人は初めて安心立命《あんじんりゅうめい》にも似た境地に至りうるということをも確知していたのであろう。本段は、兼好のそうした認識にもとづいていると考えられるのである。

兼好には、『徒然草』を執筆してゆく過程で、老人（四十歳以上）に対して特別な意識を働かせていた時期があったように推察される。というのは、老人に言及した章段を抽出すると、成立時期の早いとされるいわゆる第一部の第七段を除き、第一一三段・第一三一段・第一三四段・第一四八段・第一五一段・第一六八段・第一七二段（本段）と、全二四三段の中で一つのまとまりを持っていることが明らかとなってくるからである。逐段執筆説をとり、且つ、段の配列が、元来、ほぼ流布本の形であったとするならば（配列の大異する常縁本でも、老人関連章段は、流布本より拡散しているものの、なおまとまりを見せる）、『徒然草』を書いていたある一時期に、「老齢」という問題が兼好の心に大きな比重を占めていたという仮説が成り立つことになると思われるのである。

本段以外の章段では、しばしば己れをわきまえぬ老人を「見苦し」と酷評し、年寄りらしく行動を慎めといさめているが、それは、老境に入った兼好が自分のあり方とかかわって主体的関心を余儀なくされた結果とも憶測される。そして、最も冷静に客観的・分析的叙述に徹し、老人の本来的性格に価値を認めた本段以後、彼はもはや老人について語ろうとはしない。本段を記すことによって、自らを納得させたのでもあったろうか。

第一七三段　「小野小町が事」

小野小町零落説話に関する考証である。前段の若者に関する叙述、「好けるかたに心ひきて、ながき世がたりともなる」（傍点筆者）あたりからの連想かと思われる。

短いセンテンスを用いて、要点を押さえたむだのない考証は、兼好の頭脳の冴えを想像させる。まず、「小野小町が事、きはめて定かならず」という前提が示される。次いで晩年の零落した様が『玉造《たまつくり》』という書物に書かれている由を記し、その考証に入る。すなわち、『玉造』は空海の著作目録に見えていること、空海は承和の初年に亡じたことの二事実を列挙し、ところで小町の全盛時代は承和以後であろうかと自ら不確かな口つきながら、空海の書に小町の零落話があることの矛盾をつき、終りに「なほ覚束なし」と再び小町の事に関する不明確さを確認して結語とする。冒頭の「きわめて定かならず」と対応させられた結語であり、始終の整った考証となっている。こうした考証の陰に、兼好の的確に物事を表現する才能と、冷静な論理的思考能力とを見なければなるまい。

第一七四段　「小鷹によき犬」

本能に忠実な犬の話に触発されて、人生における仏道の肝要さを説いた章段である。短文を重ねた簡略な章段という点に、前段から受けついだ筆勢が感じられもする。

この段の執筆動機は、「大につき小を捨つる」という道理を、身近な犬の事例に見出したことにあったと思われる。小鷹狩に良い犬は、いったん大鷹狩に使われると、小鷹狩の時にも大きな獲物ばかりを追うようになって悪くなるという、この伝聞した事実に、兼好は「大につき小を捨つる理、誠にしかなり」と強く感銘した由を記すことによって起筆しているからである。続いて彼は人の生き方に目を転じ、人間生活の中では「(仏の)道をたのしぶ」ことこそが「実《まこと》の大事」である、だから、仏道に精進しようとする者は、その他の一切の仕事、すなわち小事をおのずからおろそかにすることとなると説き、最後に「おろかなる人といふとも、かしこき犬の心におとらんや」と語る。仏の教えに帰依しようとする者の行為に、犬の場合と同様な道理の発現が見られることを記して擱筆したのである。ここには、仏道に最も高い価値を置いて疑わない兼好の姿がある。

本段には前段と相違して詩的リズムと情緒が感じられる。それは、視点を人の問題に移してから長短の文を巧みにくり返し、更に、「いづれのわざか廃《すた》れざらん」、「何事をかいとなまん」と同型体の反語をつらねて緊張感をたかめた後、三たび反語を重ね、「犬の心におとらんや」と詠嘆的なア音の響きをもって結んでいるからであろう。『徒然草』の中で無常や仏道を説く時の高い調子が、本段でも小さな典型を形づくっているのである。

第一七五段　「世には心えぬ事の」

酒のよしあしについて述べた長い章段である。初めに酒の悪しきことを様々例証し、次いで酒も「折」によっては良いと具体例をあげて語り、終りに「罪ゆるさるゝ者」として酔人の人間味あふれる滑稽な姿を描く。酔った人の醜態を列挙している前半からは大きく飛躍した末尾である。一見矛盾しているような前半から後半へかけての展開は、第一七〇段とやや相似の形をとっている。同様なスタイルを他に見出せないから、あるいは両段が近い時点における執筆だった為に、図らずも想を同じくしたのかも知れない。

全体は五つの段落に分割できると考えられるが、その第一段落では、人に酒を強いて飲ませて興とすることの不可解さを、具体的描写をまじえつつ、「慈悲もなく、礼義にも背けり」と批判的に語る。「飲む人の顔、いと堪へがたげに眉をひそめ」以下二日酔いの有様に至る描写は、景を眼前にするごとき趣きがあり、やがて次の段落へと引きつがれてゆく性格のものでもある。が、このところではまず、作者の視点のあり方を心しておく必要があろう。つまり、「世には心えぬ事のおほきなり」という起筆には、例えば「酒を無理強いするは悪しき事なり」といった単刀直入の導入の仕方とは全く異質の、一種の余裕ある客観的で包括的な視点が感じられるのである。段落の最後で、酒を無理強いする風習を他国のこととして聞いた場合を想定し「あやしく不思議に覚えぬべし」と結ぶ形にも、それは感じられる。そして、おそらくはこの余裕ある姿勢が、彼に生き生きとした人物描写を可能ならしめたのではあるまいかと推量される。

第二段落では「人の上にて見たるだに心憂し」と書き起し、様々な人々の酔態が、「日来の人とも覚えず」「様あし」「うとましく憎し」「あさましく恐ろし」等々の批判を伴って描かれるが、その批判の言葉にもかかわらず、ここに描き出された人物はリアリティに富んだ鮮明な印象を読者に与えずにはおかない。「女は額髪はれらかに掻きやり、まばゆからず顔うちささげてうち笑ひ、盃もてる手にとりつき……」などは好例である。比較的長いセンテンスを用いて、一つ一つの行動が逐一、執拗に描き込まれており、それがまた酒宴の乱雑なイメージにもつながってゆく。しかも、作者は酒宴の進行にあわせて書き進めたもののようであり、宴が最高潮に達して、はては喧嘩騒ぎとなり、やがて人々が狂態をていしながら大路を帰って行く様にまで、リアルな筆致が及んでいる。

右の二つの段落を受けた第三段落では、酒の有害無益なることを、「地獄に落つべし」と仏説を引き合いに出して断言する。酒の悪について述べたまとめであるが、「(飲酒は)憂《うれ》忘《へ》るといへど、酔ひたる人ぞ過ぎにし憂さをも思ひ出でて泣くめる」といった、常識に反する真理の実体をえぐっているところに、兼好らしい鋭さが顔を出している。

第四段落では一転して酒の良さをあげるが、それは「折」、具体的に言えば時と所と人とを得た場合に限ってのことである。例えば、「月の夜、雪の朝、花の下にても、心長閑《のどか》に物語して」飲む場合であり、「冬、せばき所にて、火にて物煎りなどして、へだてなきどちさし向ひて」飲む場合である。また、酒席での節度のある盃のやりとりや、酒の縁で人と近づきになれることも良いことだと言う。あらゆる面で第二段落とは対照的であり、文体もセンテンスは短く簡潔で、乱雑さとは逆の落ちつきのある情趣をつくり出す役目を果している。美的な雰囲気すら感得できそうである。兼好の嗜好が如実に語られていると言ってよいだろう。

最後の段落に至った作者は、「さはいへど、上戸はをかしく、罪ゆるさる、者なり」という一言によって、先に「地獄におつべし」と強く飲酒を戒めていた姿勢をどこかに解消してしまう。彼は、酔客が翌朝目ざめて大あわてに逃げて行く滑稽な様子を、再び巧妙なタッチをもって、「毛生ひたる細脛《ほそはぎ》」というリアリスティックな対象までとらえ、「をかしく、つきづきし」と評して筆をおく。酒のよしあしの問題を離れて、酒飲みのほほえましい人間性に目を向けているのである。前述した余裕ある包括的な視点のあり方が、最後の自由な飛躍の中にも生きている。

物事を一面的にのみ見ないという点や、人間描写の巧みさに『徒然草』の深さと魅力の一端があるとするならば、本段はその一典型であろう。

第一七六段　「黒戸は」

宮中にある黒戸の御所は、光孝天皇が位についてからも、即位以前に手料理をしていたことを忘れずに、いつもそれを作っていた一間で、薪にすすけている故に黒戸と称するということだという内容の、簡略な章段である。黒戸の由来が、即、光孝天皇の人格をしのばせるものであるところに、おもしろみがあると言わば言えようか。個人の人格と一緒になった、従って人々によく記憶されやすい形の由来話であるが、これを記した兼好にも、光孝天皇個人への興味が、半ば湧いたであろうことが想像される。

（『徒然草講座3』有精堂・一九七四年一〇月刊）

二五　書評

山下宏明著『軍記物語の方法』

本書を読んで痛感させられることは、山下氏が常に新しい問題意識をもって、精神的に前進を続けられていることである。かつて膨大な『平家』諸本の調査研究に邁進された氏が、今回は物語の表現と構造を追究した、『平治』『平家』『太平記』、更に幸若に関する幅広い論稿を一書にまとめられたのである。しかも、『平家物語の生成』なる論集の近刊も予告されている。十一年前に二著を著し、今また二著を世に送り出す仕事ぶりは、驚嘆に値いしよう。序章「叙事詩論の課題」では、石母田正氏の方法を批判的に継承する立場から、構想論や説話論、物語の方法と構造の分析が緊要であると説いておられるが、そこに学界の先端たらんとする氏の意気込みが感じられる。とはいえ、私には若干の疑問がなくはない。以下、その一端を述べ、諸賢の賢察を仰ぎたいと思う。

氏は語りの方法、或いは語り手を重視する余り、作品の素材や作者のあり方に対する配慮を意識的に排除しておられるが、果してそれはどこまで有効なのであろうか。『平治』に的を絞った第二章「軍記物語と〈語り〉」で、例えば、古態本にある、義朝の死を長々と常葉に物語る金王丸の報告談の形について、「義朝らの一行の結末に真実感を与えるための方法」（三二頁）であったとし、更に「語りのための方法として設定することで登場人物への共感を一般化したもの」（三三頁）と見なされる。しかし、享受者に「真実感」や「共感」を与える方法であるとすれば、著名な光頼参内や待賢門合戦の場面を生彩ある文体で語りえている作品が、何故、義朝の死を「事件に参加した人の報告の語りの形を残存」（三三頁）させた方法、即ち、語り手にとって「義朝への同化はできない構造」（三一頁）によって語らなければならなかったのであろうか。私には、従来から推測されている独立した金王丸譚の存在という素材の面と、それを摂取した作者のあり方とを共に照射することで、このような方法の選択された理由が初めて明らかになってくるように思われる。

二章の終り近く、氏は軍記物語の成立過程を総括的に論じて、「とにかく事件が先行」し、それを「語る要求が生じ」て、「その語り手はまず動乱の中に体験者として参加し、これを人々に語ることによって物語の方法を獲得する」と共に、その事件の歴史的意味を「京の町の人々（聞き手・日下注）の判断と重ね合わせることによってとらえる」ことを通じて「軍記物語としての形態と様式が獲得される」と述べられている（四四頁）。加えて、軍記物語作者が特定しにくい事実をもって、「その成り立ちがいかに聞き手である土地の人々とかかわっていたか」を示す証拠とされる。ここに、作者を除外した上で方法を論じようとする氏の姿勢が明瞭にうかがえよう。即ち、物語の方法は語ることの中から自ずと獲得され、形態と様式も聞き手との流動的な相関関係の中で決定されていくと見られるわけである。確かにそうした側面があるにしても、それを最優先させる為には、今少し個々の作品についての慎重な吟味が必要ではあるまいか。氏に対する反論は、拙稿「軍記作者の主体と作品の表相――『保元物語』『平治物語』の場合」（「國語と國文學」一九八三年一一月。→拙著『平治物語の成立と展開』所収）によって代えさせていただきたいと思う。

右のことと関連して、氏が『平治』『平家』を論ずる際には、作者の代りに語り手の語を用いておられる点に触れておきたい。氏の立場からすれば当然と言えようが、作者と語り手との関係について唯一具体的に言及している箇所かと思われるところでは、作者が、「第三者としての立場にありながら、さながらその現場を身近に体験したかのような姿勢で語って行く」語り手と、同じような「手法によって語らなければならなかった」（二四頁）と説明されているにすぎない。氏の語り手の概念には、実際の語り手（琵琶法師等）と作者とが包摂されており、結果的に抜け落ちていく作品創造者の主体が、やはり私には気にかかる。前者と後者とでは、素材に対面する度合いが異なる。後者の方に、素材選択の裁量権が大幅にあるであろう。それを、伝達する姿勢の等質性によって融合させ、語り手の語で一貫させようとするところに、私は疑念を覚えるのである（或いは、両者を全く同一の存在として捉えておられるらしい文脈にも出会うが、そうした存在として扱うには、個々の作品ごとに実証的な論証が不可欠であろう）。

作品の表現や構造を追究しようとする時、要求されるのは正確な読みであろう。その点で疑問を感ずる点がある。例えば、古態本『平治』の序文に、「文武両官の士に対する恩賞が公平でなければならない」という主張を読みとり、そこから「無能な信頼を寵愛」した「後白河院に対する間接的な批判がひめられている」（三六頁）と導かれるのは、いかがであろうか。人臣を賞するのに「ぶんぶ二だうをさきとせり」とある序文本文からは、「公平云々」の読解は不可能に近い。また、「義朝を悲劇の主人公とし、かれを破局へと追い込んだ信頼をワキ役とする一編の物語が基本構造として見られる」（三八頁）と断定されるが、それは、分析の主力が、不均等に、乱後の終戦処理や増補の蓋然性が高い後日談の部分に注がれているからで、前半部にある清盛帰洛決定や光頼参内の条のもつ意義（拙稿で指摘ずみ）が等閑視された結果であろう。

第三章「『平家物語』と物語論」の中でも、宗盛が都落ちに際して、帝王と三種の神器同伴の故をもって郎等らに忠誠を求めた言動から、彼の行動を支える論理は「外ならぬこの帝王と神器を帯するという名分にあった」（七九頁）とし、更に、壇の浦で「あきれたる様」になったのは「主上と神器の行方を見て茫然自失し」（八四頁）たのであると結論されるのには、些か強引さを覚える。確かに重衡と神器との交換を求める院の要請を拒む彼ではあるが、堅固な意志の薄弱さが目立つその性格に、どれほどの深度をもって右の論理が描き込まれているかは疑わしい（その宗盛について、後出の源平盛衰記が、実は唐笠売りの子と説明する点を、物語の「読みかえ」（八五頁）が行なわれた結果であるとし、異本成立過程に言及されているのも分りにくい。むしろ歴史事実の興味本位な新解釈とでも言った方が、私には理解しやすい）。

制度論の立場から、頼朝讃美で終る延慶本などの読み本の内質は「制度そのものの側に立つ祝言」（九三頁）であり、「鎮魂の語りならぬ、秩序側への讃嘆」（九七頁）がその世界であるとされるのは、どうであろうか。文学研究における制度論の意義が今一つ理解しがたい私ではあるが、頼朝にのみ焦点を当てているかの感がある分析からの帰結には、懐疑的にならざるをえない。氏の論述では、「祝言」や「秩序への讃嘆」が、「鎮魂の語り」という内質をおおう表皮にすぎない、といった可能性すら否定しきれていないように思われる。

すでに紙数も尽きたので、贅言は慎しむ。第四・五章が、「『太平記』と物語論」「幸若舞曲と物語論」と題されていることを紹介し、私の理解力の不足から氏の意を充分に汲み取りえていないことを恐れつつ、非礼を謝して擱筆する。（一九八三年八月　有精堂刊　Ａ５判二六七頁）

（「日本文学」一九八四年三月）

和田英道著『明徳記・校本と基礎的研究』

『明徳記』は室町軍記の嚆矢として、軍記文学の系譜上、重要な位置を占める作品であるが、今回の和田英道氏の著書は、この作品を理解する為の基礎固めを志した、まさに労作と言える書である。書名からも知られるように、本書は校本篇と研究篇の二部から成るが、まずは校本篇作成に費やされたであろう多大な労力に対し、敬意を表したい。氏は従来より数々の室町軍記の伝本調査に精力を注ぎ込まれており、その地道な努力の成果の一つがここに示されている。室町軍記の研究者は数少なく、研究の進展も遅々たる現状の中で、今回の著書がそれを大きく前進させるものであることは疑いない。

校本篇は、書陵部本を基礎本として全文翻刻した上で、他本との異同が一目瞭然となるよう、対校本の相違本文が一行ごとに左側に逐一掲示されている。対校本は、上巻が神宮文庫本・阿刀家本・陽明文庫本の三本、中下巻が欠巻の阿刀家本を除く上記二本である。

『明徳記』は、原作者の手で原本が改稿されたことの明白な作品であり、その点でも貴重なのであるが、右の諸本四本中、前の三本は初稿本系統に属し、最後の陽明本一本が、改稿の経緯を作者自らがしたためた一文を本奥書に有する再稿本である。

氏の校本作成には、おそらく二つの目的があったであろう。一つは初稿本系統の善本どうしを対校させることによって、原本の姿をより明確に再現する足掛りを得ること。もう一つは、それに再稿本を対比させることによって、作者の改作の実態を明らかにすること、である。無論、再稿本が原本本文の再生に少なからず寄与することも計算されていたことであろう。本文の相違箇所には、傍線・×印・□が施され、視覚的に把握しやすくなっているのは有難く、第一の目的は、充分に達成されていると言えよう。しかし、第二の目的に関して欲を言えば、再稿本は全文翻刻が望ましくはなかったか。全文を読み流せた方が、文体のリズムなども分り、作者が再稿本で試みた詞章彫琢の実際が理解しやすくなるであろうと思われるからである。七五調や掛詞の使用といった文章表現上の工夫が処々に見られる作品であるからには、尚更であろう。

研究篇は、第一章「『明徳記』の伝本」（全四四頁）、第二章「『明徳記』の成立時期」（全四頁）、第三章「『明徳記』の作者」（全四〇頁）から成る。その分量から見ても第一章と第三章に重きが置かれていることは明白であるが、特に第一章の伝本研究は、和田氏の長い間の研鑽の賜である。『国書総目録』所載伝本の確認・訂正から始め、新たに四写本の存在を明らかにし（その中の二本が対校本として採用した神宮文庫本と阿刀家本）、整版本に記された校合書入からも別の二写本の存在を類推される。当然、版本の調査にも怠りはなく、氏が遂一歩を運んでそれらを精査されたことは、たとえば蔵書印の確認によって、今まで別本と考えられていた伝本を同一本と認定したり、新たに十五本もの版本の所在を公にされている事実から、充分にうかがい知られよう。更に氏は、写本十四種、版本四種について、詳細な書誌を記しているが、その中には、整版本の校合書入から類推される二本をも加えておられる。他本と同列に扱ってよいものか疑問を感じなくはないが、今後の二本の発見に備えて、参考資料を前もって提供したものと見れば、誠に用意周到と言わざるを得ない。

第一章の中では、「伝本の分類」と「天理本系統の位置」の項に、最も力が注がれている。伝本分類は、初稿本と再稿本の二系統、それに初稿本から派生した別の二系統の四類に分ける富倉徳次郎説をまず追認した上で（富倉説の紹介が充全でない為、些か分りづらい点のあるのは惜しまれる）、近年、諸氏によって注目されている島原松平文庫本、即ち天理本系統の位置づけを問題にする。氏は、従来知られていた松平本の他に、同類本としてより善本の天理本があることを本書で紹介すると共に、この系統本を、ともすれば初稿本より更に遡る原初的要素を温存したものとして捕捉しようとする傾向の強い現状を批判し、初稿本を基にした簡略本であると断定されるのである（従って、氏説は初稿本からの派生系統本を三つ立てることになる）。

松平本の原初的性格に最初に言及されたのは大森北義氏であったが、和田氏はその論文を俎上にのせて論拠の一つ一つに検討を加え、次いで、簡略本たることを明示する本文の具体例七つを掲げて結論を示される。大森氏が作品の読みを通して、プリミティブな「簡潔性」を主張したのに対し、和田氏は大森氏が取りあげた同じ箇所から、「簡潔性」ならぬ「簡略性」を読み取り、逆の理解が可能なことを説かれる。もっともな指摘とは思われるが、やはり説得力のあるのは、後半に列挙してある七事例の方であろう。「亦」や「亦ハ」といった語句の接続の不自然さから簡略化の経緯を推察するなど、いずれも首肯される事例である。原初性を説かれる諸氏の反応に興味が持たれるが、現段階では、和田氏の主張に私は賛意を表さざるを得ないように思う。

第二章は『明徳記』の成立時期について、かつての冨倉説を修正した杉本圭三郎氏説を更に煮つめ、乱翌年の明徳三年（一三九二）五月以降の間もないころと結論づける。再稿本にある応永三年（一三九六）五月の作者奥書に、「諸方ニ書写ノ本在之」と書かれている事実から、「諸方ニ書写」されるのに必要な期間を考慮して導かれた結論であり、妥当な見解と言えよう。

第三章の作者説は、守護大名の被官層に作者を比定すべきことの主張に主目的を置きながら、具体的には、作中にただ一度登場する畠山氏の被官、温井《ぬく》入道楽阿を追い求める。従来の作者説は、「義満近侍の者という要素と時衆という要素との組み合せ」（三一三頁）の上で考えられてきたが、氏は「作者像の中心をなすのは、むしろ〈武士〉的要素なのではないか」（三一五頁）とし、最近、砂川博氏が時衆の四条派に近い所での成立を説いていることへの疑問を提示される。もっとも、氏自身、他の二要素を否定し去るのではなく、そうした要素を帯した被官人を作者に想定されるわけである。

さて、氏の論述は、義満方に属して戦死を遂げた能登国守護畠山基国の配下の武士三人の哀話が、彼らを扶持した人物として名を記される温井入道楽阿によって語り出された可能性の高いことの指摘から始まり、能登出身の温井氏の出自を探って、「楽阿」という阿弥号から推測される時衆帰依の事実が、地域的に納得のいくものであること、等に説き及ぶ。そして、初稿本から再稿本に至ると、この話の時衆色が希薄となることについて、それを文章推敲の結果であると判断し、必ずしも時衆の宗教色にのみ染まった作者ではないことの証明とする。

その論証過程では、再稿本で加わった山名満幸誅殺記事に見える時衆色の中に、満幸亡霊鎮撫の作者の強い姿勢を捉える砂川説に対して、義満像造型の視点から異見を唱えるなど、目配りのきいた論述と言える。が、残念なことに、氏は初稿本から再稿本への段階で、「温井入道」の文字表記が「暖井《ヌク》入道」に変っていることを見落されている。本書の校本篇には間違いなく両本文の相違が明記されているのであるから、いっそう残念である。作者はなぜ自身の手で「温井」を「暖井《ヌク》」と書き変えたのか、この解明がない限り、作者像の具体例として楽阿を追い求めた氏の行為も、徒労に終るように思われる。あくまで「楽阿的な人物」（三一六頁）を考えているのであって、楽阿その人が作者か否かは次の問題とするのが氏の立場であると承知しつつも、楽阿中心の論述になっているが故に、この不注意はやはり惜しまれる。とはいえ、時衆色を強調する作者説への氏の疑問には、充分に耳を傾ける必要があろう。

作者像をどう捉えるべきかの問題に関わって、作品の基本的性格にも言及されている。氏は、「時衆宣揚をねらったのではなく」「〈兵《つわもの》の道〉を追求した作品」（三二九頁）と把握するのであるが、本格的な作品論は、氏の予告されている「近い将来」（三五一頁）を期待しておきたい。ただ、氏の作品観を示す為に「兵の道（武の倫理）を規範とした肯定的な語句」（三三〇頁）と「否定的な語句」（同）とが掲示されている箇所に関して言えば、肯定的でも否定的でもなさそうな語句がどちらかに峻別されていることに、少々不安を覚えたのも事実である。

氏は更に、作中の守護大名達に関する記述を分析し、楽阿の仕えた畠山氏に最も好意的筆致を認められる。即ち、大内・細川・赤松各氏の記述には批判や不名誉な事柄が記されていて、その被官人層に作者を想定することは困難で、残る一色・畠山両氏の中では後者の方に作者圏の蓋然性が高いとされるのである。が、好意的か非好意的かの判断材料は必ずしも多くはなく、果してそれらが作者圏究明のカギになりうるかどうか、疑問なきにしもあらずのように私には思われる。ただし、守護大名被官人層への作者の措定は、長年の氏の室町軍記研究に基づく見通しとして、大いに尊重されなければなるまい。

ともあれ、本書が『明徳記』研究を着実に一歩前進させたことは確かであり、今後の研究には、より綿密さが求められることとなろう。和田氏と私とは旧知の仲であり、妄言・失言も御容赦いただけるものと思うが、最後に、本書の刊行を心より喜ぶ者の一人であることを申し添えて、書評の責を果したことにさせていただく。（一九九〇年一月

笠間書院刊　Ａ５判三五一頁）

（「立教大学・日本文学65」一九九一年三月）

松尾葦江著『軍記物語論究』

全体を読みおえて感じたことは、研究の現状と今後のあり方に対する、著者の強いこだわりであった。近年の研究状況を踏まえて新たな軍記物語史の構築を試み（第一章）、語りが軍記物語を育てたとする安易な従来の通説を厳しく批判して、いくさ語りや琵琶語りと物語本文との関係を具体的に計測し（第二章）、『平家物語』の語り本系本文の成立変遷において、書く行為がいかに関わっていたかを検証（第三章）、また、読み本系テキストの中に、素材の集積を越えて存在した意図的操作の実態を指摘しつつ、物語の成立問題に迫ろうとする（第四章）。御自身の志向するところは、軍記物語研究のドグマからの脱却であり、文学を文学として読むことであり、成立論・諸本論・文芸性の研究、及びそれらに関する〝語り〟の究明である、といい、かつ、研究諸分野の「正しい均衡」をもくろんだものという（第五章・むすび）。そこここの論調から、研究の現状を打開しようとする意気込みが伝わってくる。

第一章・軍記物語史の構想では、「軍記物語の基本型」を「『王威とそれを支えるつわもの』の物語」（八四頁）と認定、歴史語りの様式、つわものの物語、表現の選択という三視点から文学史構築を試みる（一九頁）。歴史的事件が文学作品として昇華される要諦を説きつつ、『今昔』の武士説話を手はじめに（一節）、物語文学の系譜の中での軍記物語の位相を確認（二節）してから、『保元』『平治』に論及する（三・四節）。『承久記』の慈光寺本と流布本との、異種作品のごとき相貌の異相を問題とした節は、歴史語りの型を選びとる各作者の意志性の重要さを論じていると見てよかろう（五節）。『太平記』と『増鏡』の比較論は分りやすく、軍記物語を〝志の文学〟（一一二頁）と呼べるかも知れないという（六節）。『太平記』の表現方法を分析して、その作者は「醒めた意識と、強靭な意志とを、不思議なバランスでもち合わせた人物」（一三五頁）とする点など、共感できるところは多い。

研究者個々人が、自己の研究対象の作品から外へ踏み出すことに抑制的な傾向の強い今日、大きく全体の流れを捕捉しようとした姿勢は貴重である。が、「つわものの物語」という視座が、『承久記』と『太平記』を論ずる際、影をうすめているのが気にかかる。著者の言いたいのは、歴史語りの様式を選び、表現を選択し、歴史事象から遊離したところで、作者の意志によって創出される文学が軍記物語なのだ、という方に重きがあるのであろう。

右の論述の中で、『保元』の為朝の「悲劇」を重視し、「一族の中に己れの位置を収めきれずに挫折するヒーロー」（五七頁）と捉えているのには疑問を覚える。「為朝の悲劇」は後の紙面でも強調されているが（二〇一頁）、果して作者が描こうとしたのは彼の悲劇性であったのかどうか。この作品の悲劇を言うなら、為義とその妻子の場合こそ、取りあげられるべきではなかったか。まして、「軍記物語史を貫く二つの要素」に、「敗者の物語」を「政治評論性」と共にあげている（八四頁）のであるからには。為朝像の造型には、悲劇とは縁遠い明るさや楽しさが基底にある。

『平治』に関しては、私の説に対する批判が多分に込められていると推察されるのだが、それが明瞭な形でなされていないのが残念に思われた。例えば、作者圏について、「単に書かれている内容と作品外の人物のつながりだけでは」（七一頁）追究が難しいとし、「伊通の物語内の役割から、直ちに伊通の縁者が」（七八頁）云々と記すところでは、拙稿の名を少なくとも注に掲げるべきであり、それによって第三者も拙稿に触れ、「単に」「だけ」「直ちに」という氏の概評の当否をも知ることができることになろう。

信西称讃について、「単に内裏再建を中心とする彼の功績を、王朝帰属の立場から礼賛したと言うだけではもの足りない」（七三頁）とするのは、どうやら大内裏荒廃史をたどった拙論（「『平治物語』成立期再考」→拙著『平家物語の誕生』所収）中の一文を問題にしたものらしいが、これにも注記はなく、しかも、それへの反論に、私が二十数年前から指摘している信西忠臣像の意図的造型をもって当てるという、私には腑におちない論述もある。「乱自体が、王朝擁護という立場を記述者に要求」（七八頁）したとするのも、私が早くに言っていることで、そのことを折り込んでなお、王朝体制帰属意識が当初の段階でこの作品の骨格を決定づけたとする私説を、充分には理解されていないらしい。氏には、拙論の全体を冷静に再読され、批判される場合は、第三者の判断を仰げるような形で、論述の手順を踏まれるよう、切に願っておきたい。

第二章では、〝語り〟の研究史をたどり、混乱しているその概念を分類整理（一節）、諸軍記作品の成立・流動との関連を論じ（二節）、いくさ語りが物語に摂取されていった過程を分析（三・四節）、語りのテキストとされる八坂系本文の再検討を迫る（五節）。厳密な用語使用を求める提言に異論はなく、頼朝旗挙話群の解析から、都発生の合戦譚とは異質な東国のいくさ語りを論ずる第四節、綿密な調査結果に基づく第五節は重厚、特に後者は、今後の八坂本研究の基本文献となろう。

ただここでは、納得し難い資料の引用が見られる。著名な『兵範記』紙背文書で、「治承物語六局号二平家一　此間書写候　此書出来候はゝ　可レ入二見参一之由存候」とある（一七七頁）。赤松俊秀著『平家物語の研究』収録の写真によれば、原文書で「此書」に該当する部分が、どうもそうは判読できそうにない。「此」は、すぐ上文に一字、「炎旱」云々で始まる書面の四行目に一字あるが、全く類似性なく、「書」も、筆順をたどれば無理な解で、やはり上文にある同字とも一致しない。従来は、「也　未」と読まれてきたところであり、その方が字体からして妥当と思われる。また、「候はゝ」は、書面六行目にある類似のつづけ字から判断して、「候者」とするのが正しかろう。赤松氏の翻字（上掲書一八四頁）では、ここの「候」を誤脱させており、結局、辻彦三郎著『藤原定家明月記の研究』一一四頁の翻字が最も正確ということになる。なお、この文書引用の箇所で、著者は辻氏の論文を注に掲げるが、該当論文は必ずしも当を得たものとは思えない。

右の誤りは、『新日本古典文学大系・平家物語・上』の山下宏明氏執筆の解説にも認められる。そこでは読み下し文にされているが、「也　未」を「此書」とする点は同じである。誤りの淵源を探ってみれば、『大日本史料・第五編之十三』三二三頁および『鎌倉遺文』五五九五文書の翻字にあるらしい。しかしそれはいずれも、「京都御所東山御文庫記録壬九」と出処が説明されており、詮ずるところ原文書ではなく、史料編纂所所蔵の写しによったものであった（辻氏前掲書一一〇頁）。著者のもとの論文は、『岩波講座・日本文学史・第4巻』に収められていたもの。ことは、『平家』の成立問題に関わる重要な資料のことゆえ、誤釈が広まるのを危惧し、諸賢の注意をも喚起すべく筆を労した。

第三章は、「語り本系平家物語の成立と表現」と題され、主に屋代本と覚一本の表現のあり方が問われる（一〜三節）。第一節で両本の漢文学的要素を取りあげ、中国の故事説話や名句の類がどのように活かされているか、延慶本をも視野に入れて比較検討し、その位相を見究めようとする。延慶本が典拠のなまの引用に近く、覚一本はよく消化して作り変えもし、屋代本の場合は、延慶本から受け継いだ要素を残しながら、それ以前の資料との近さを示す部分もあり、一方向では説明できぬという。着実な考証で、もっともな結論と言うべきであろう。

次の節において、語りと本文との関係に正面から取りくむ。覚一本は、「語ることと書くこととの交錯する地点に成立した」のであり、「語りの表現効果を知悉した著作家の手によって成」ったのだと強調する（二七九頁）。視覚的効果を狙った用字法や、屋代本から覚一本に至る際の本文整理の実例、享受者を共感の渦に引き込む為の計算された表現等を、具体的に検証し、細かい切り継ぎや入れかえによって本文改訂がなされた実態を示す。かつて、盲目の琵琵琶法師による物語本文作成への参与が云々されていた時代に比べれば、問題ははるかに煮詰められるに至っている。確かに語り本のテキストには、「書く」意識、「文字を視る」意識が介在しているのであろう。著者は最後に、語りの詞章は果して〝語り〟的なのかと問いかけ、「語りの原理」追究への思いもにじませているが、更なる論の進展を期待しておきたい。

語り本系の古態本とされてきた屋代本の史実性を、改めて検討しているのが第三節目。眼目は、「見せかけの史実性、編年性」が同本にもあり、「歴史語りとしての自覚的な方法の一つ」となっていたのではないか（三〇七頁）、とする点にあろう。同時に話の意識的な「類別による配列」（三一一頁）をも指摘し、所詮、史実性はテキストの古態性判定の基準とするには限界があるという。今更の揚言のように思われなくもないが、ねらいはむしろ、にもかかわらず古態本らしさを保持する屋代本をもとに、『平家物語』が、「極めて早い段階で」（三一四頁）延慶本的な素材を吸収する方向と、屋代本的な十二巻にまとめあげる方向とに分岐したのでは、という仮説を提示することの方にあったのかも知れない。

「中世文学における和歌と散文とのかかわり」を論ずるのが四節目で、日記・紀行文等との比較をまじえながら、覚一本では、和歌的文脈が此岸における喪失感やそれに伴う哀悼の情の表出に効果をあげているとする。「覚一本の死生観と鎮魂」と題するのが五節目。様々な生と死に言及しつつ、死者を語ることに伴う共感と鎮魂の思いとを、文学の問題として捉え直そうとする。

第四章の「読み本系平家物語の成立と表現」では、主に延慶本の叙述方法の解析に力が注がれ（一・二節）、読み本系本文の中世における流布状況を探るべく断簡の再検討を行ない（三節）、最後に源平盛衰記を取りあげて、その伝本調査を報告し（四節）、説話をレトリックとして多用する独自な作品世界の広げ方に注意を促す（五節）。延慶本については、編集句が未完のまま放置されていたり、宮廷人の記録を参照したと思われる記述や、増補・創作を推測させる説話の存在する実状が示され、更に、物語の「虚構の意義を充分理解せずに、当時の史料をあれもこれも併存」（三七四頁）させていることにも説き及ぶ。作品の構想を半ば等閑視したごとき編集がどの時点で行なわれたのか、それを解明する為の注意深い作業が、今後、継続されなければならないだろう。

長門本の叙法をも含めた考察では、「記録的迫真性」（三八五頁）の中に後補の可能性や編集の痕跡を嗅ぎわけ、当時の時代を写したかのような「見せかけ」（三九二頁）があると言う。「〝見て来たように〟伝える挿話」や「口伝えによる秘話」（三九四頁）と思われる記事への警戒と自重を提言しているわけであるが、しかし、その迫真性を疑ってみる必要がある例として掲出されている宗盛と後白河院との対話場面は、私の乏しい実話探査の体験からしても、まず事実ではなかろうと容易に判断がつく例である。実話には実話の痕跡がある。それを作品の内と外とでどう見分けていくか、現実の歴史事象を伝える文学であるからには、そうした試みも忌避すべきではあるまい。

本書には、「見せかけ」という言葉が頻出する。それは、できうる限り表現者の企図を読み解き、作品の成立問題を究明しようとする強い意欲に源があるのであろう。が、企図せずして、つまり巧まずして生まれてきた表現が、人の共鳴を呼ぶことの多いのが文学。そうしたことへの目配りが、今少し欲しいようにも、個人的には思われた。ともあれ、軍記物語研究の「今」を問う貴重な著作であることは疑いない。（一九九六年六月　若草書房刊　Ａ５判五三五頁）

（「國語と國文學」一九九七年八月）

栃木孝惟著『軍記物語形成史序説』

本書は、軍記物語という文学ジャンルが、どのような歴史的系譜のもとに形成され、どのようにして、歴史事象から許される範囲の飛躍を試み、自らの世界を構築していったかを、終始一貫、追究した書である。その問題意識は、折おりの論文を拝読して、それなりに理解してきたつもりではあるが、今、一書の形となり、統一された手法で論述が貫かれているさまに接すると、この、歴史と文学との交錯と乖離を問う根源的課題に、いかに栃木氏が全研究生活を傾けてこられたかを、改めて実感させられた。考察対象の作品は、『将門記』と古態本たる半井《なからい》本の『保元物語』の二書。前者を採りあげたのは、軍記物語の先蹤となる、かつ、武士の時代の到来を考えるのにも貴重な作品ゆえと言い、他方、後者については、何も、「文学としての評価の上で」「最も重視しているためでもなく」、「私一個の強い思い入れがあるためでもない」とことわられる（序言）。そうした文言が、このジャンル総体のありようこそ、氏の最大の関心事だったことを、鮮明にものがたっていよう。

また、本書の副題には、「転換期の歴史意識と文学」とある。武士の時代へ移る歴史の大きな節目と不可分な関係性のなかで、当該ジャンルが成立したと捉える著者であるからには、慈円が〈ムサ（武者）ノ世〉の到来の起点と断じた保元の乱を描く『保元物語』に、分析の主力が注がれるに至ったのも、けだし、当然であったろう。様ざまな問題をはらみつつ訪れた新たな時代にあって、軍記物語には「おのずから〈物語〉という形式による時代の一つの歴史認識が示され」ており、その「歴史認識の解読」と共に、「どのようなありようを示す文学であったか」、その「文学としての〈物語〉の位相の解明」が、研究の目的とされなければならないという（序言）。くり返せば、個個の作品が問題なのではなく、より高次な視点から、歴史の転換期に派生してきた軍記物語総体の本質を見極めようとするのが、氏の基本的態度であった。

全体は四部構成、「軍記物語への道」と題された第一部では、まず、「Ⅰ　軍記物語の形成」において、中世前記の軍記物語は「歴史としての中世の到来を、描くべき対象としたこと」に始まると見据えながら、その前段階としての『将門記』『陸奥話記』の表現に「文学への意志」を確認して、軍記史の流れをたどる。続く「Ⅱ　転換期の歴史意識」は、『今鏡』『愚管抄』『水鏡』『六代勝事記』の四作品を採りあげ、軍記物語と先行諸ジャンルとの接続を論じたもの。『今鏡』が戦乱の記述を避け通したのに対し、『愚管抄』は、自覚的に選んだ衆庶に分かる文体を通じて乱世の現実を語っており、軍記物語の成立を予見させるものであったと見る。同じ鏡物でも『水鏡』は、「人間と歴史の負の様相」「穢土の実相」を避けることなく記述した「異色の歴史物語」だとして、『今鏡』との意識の差を簡明に示す。承久の乱後の執筆になる『六代勝事記』については、悲劇をつづる筆致に、「惨をうつして美を成す」趣があるといい、保元の乱以降の激動の世を通視し、歴史的概括が果たされている点は『愚管抄』と等しく、こうした概括ののちに、はじめて新しい文学形態の軍記物語が成立したと見通す。いずれも至当な見解で、特に動乱の過去の歴史的概括がなされたのちの軍記物語の誕生という、一九九〇年の段階で提示されていた文学史上の右の予測は、近年、諸軍記作品の成立を一二三〇年前後以降と主張している私には、誠に貴重に思われた。

第一部の「Ⅲ　『平家物語』の成立へ向けて」は、歴史叙述の系譜を遡って官撰国史たる六国史の作られ方を紹介しつつ、信西編『本朝世紀』、叡山僧皇円編『扶桑略記』に焦点を移し、ことに後者の編述を可能にさせるほど史資料が集積していた叡山に注目、原作『平家』成立の場としての適合性を探る。歴史記述に供される素材面に関する考察が主となっているが、叡山への言及はいささか性急で、恣意的なものを覚える。成立圏の想定は、今日、白紙から始めねばならぬ段階にきていはしまいかと愚考する。

第二部は「『将門記』論」。当初、この論を書き続けて一書にすべく計画したというだけあって、緻密で重厚な分析が続く。「Ⅰ　『将門記』の冒頭欠失部の考察」では、『歴代皇紀』や『将門略記』の文面から、欠失している冒頭部の内容を推測、乱の発端には、将門が妻としていた叔父良兼の娘をめぐる舅とのいさかいとは別箇に、前常陸大掾源護と平真樹との葛藤にまきこまれ、伯父国香は前者に、将門は後者にくみすることになった事情があったと読み解く。良兼がすぐに参戦するわけでもなく、国香の子の貞盛が父の仇討ちに腰が重いのも、そうした事情ゆえとする説は、字句の丹念な読解に支えられて、説得力がある。

「Ⅱ　貞盛の帰郷前後と同族抗争の記事をめぐって」は、四回に分けて公表された六六頁に及ぶ長大な論。ここには、従来、貞盛と妻妾たちとの再会を語る語句とされてきたものを、友人や従僕とのそれとする新解釈の提示も含まれているが、最も重要な点は、彼が帰郷して父の喪に服している間に、源護と縁戚関係にあった叔父良正が将門と戦って敗北、その後、彼は将門と和解すべく自ら手をさし延べ、相手の応諾も得たものの、良正に誘い出された良兼の説得にあって変心した、とする、事の経緯の真実に迫りえたかと思われる指摘がなされていることである。

上記「Ⅰ」「Ⅱ」の論は、故梶原正昭氏によって、「示唆するところの多い労作」と高く評価されたものであるが（汲古書院・一九九八年刊『軍記文学の位相』所収論文）、同氏の批判にもあるように、史料的意義に問題がなくはない文献等が利用されている点に疑問が残る。すなわち、『和漢合運図抜萃』『正宗寺旧記』や、現地の伝承を記す板碑・石碑の碑文の類である。が、それらを採り込むことによって、悠揚迫らざる栃木氏独特の論述スタイルが完成されていることも認めざるを得ない。それは一種のエッセイを連想させもし、一つ一つの資料や言語表現にこだわり続け、そこから想像力を伸展させていく思考には、文学研究がどうあるべきかを改めて考えさせられる。

最後の「Ⅲ　京の将門」は、将門召喚の官符が九か月間も放置されていたことに、事態をしばし静観する政治的配慮を推し、審問の場で彼の弁明が受け入れられたことから、その行動の正当防衛的要素を推察する。遂一、行文に沿って、作者の文学への意志をも読み取りつつ進められる論は魅力的ながら、これで作品全体の五分の一まで。全てに論が及べば、五〇〇頁を越す実り豊かな大著となったであろうことを思うと、中絶が惜しまれてならない。

第三部は「半井本『保元物語』論」。自ら執筆された新日本古典文学大系の『保元物語』解説を劈頭にかかげ、次に、作品導入部の鳥羽法皇熊野参詣記事に関して、物語全体に見られる時日の意図的変換を検証しながら作者の構想力を問うた「Ⅱ　半井本『保元物語』の性格と方法」を置く。続く「Ⅲ」「Ⅳ」「Ⅴ」は、いずれも「半井本『保元物語』論」の題のもとに、それぞれ副題を「笑話を通じての接近」「為朝の描かれかたの問題から」「為義像を中心として」と添えた形で展開、最後に、作者が物語中に設定した全知視点を有する語り手の機能を論じた「Ⅳ　文学の方法としての「語り」」を据える。

この中で感銘深いのは、『平家物語』との比較を通して、半井本の明るい笑話の独自性を鮮やかにあぶり出し、それが後出本で消失していく過程を問題とした「Ⅲ」。私が研究に手を染めたころに、その文体からして心動かされた論文で、本書より先に出版された『軍記と武士の世界』(吉川弘文館・二〇〇一年刊)所収稿をも含めて、氏の代表的論文と言えまいか。栃木氏二十代の第二論文で、鋭敏な文学的洞察力が全面に表出されている。後続の論文からはそれが後退しているような印象を受けるのは、研究に対する堅固な自覚と方法が身についていった代償でもあったのだろうか。

「Ⅳ」は、軍記物語における人物の描かれ方を追尋する立場から為朝を取りあげ、史書類の記述に照らし、特大化され、弱点を隠蔽された人物形象のあり方を明らかにする一方、流罪後は「悪行人としての為朝の相貌」が現われるところに人物像の「割れ」を指摘、「場面主義とも呼ぶべき創作態度」の存在を認める。が、表面的「割れ」にもかかわらず、根底では強者への関心という面で地続きとなっているように私には思える。同じ人物論で、為朝の父為義を扱った「Ⅴ」では、両者の相関関係を論じ、二人に関するモチーフが作中で交錯していると説く。もっともそれは、為義が招請されて合戦の献策をする場面に限られた実態で、我が子に殺される破目になる為義の、物語後半における悲劇的人物造型への言及はない。物足りなさを覚える所以であるが、事実から、いかにして物語の人物が屹立させられていくかに根本的問題意識をもつ著者にすれば、為義登場場面を俎上にのせるだけで充分であったのだろう。

軍記物語作者の構想力を問うた「Ⅱ」は、作者の存在が軽視されていた一九七二年当時の研究動向に対し、あえて発言されたものであった。実は私も、その後、『平家物語』原作者の構想力を検証した論を公にしたが（→拙著『平家物語の誕生』所収論文）、それは氏と考えを一にするところから発したのであった。一箇の作品が、何ゆえに人の心をひきつける文学たりうるのか、文学研究者の忘れてはならぬ問いかけであろう。

第四部「『保元物語』成立考」は、半井本における乱後の崇徳院讃岐配流関係記事に的を絞り、「表現の創造の営みの具体相の解明」を試みたもの。「Ⅰ　『保元物語』の成立と展開――崇徳院讃岐遷幸関係記事をめぐって」では、物語下巻全体の結構を史実と対比して検討しながら、傍書の混入による本文混乱の発生といった問題の所在も明らかにし、遷幸記事が分散的にはめ込まれた過程をたどる。「Ⅱ」「Ⅲ」「Ⅳ」は、「新院讃岐遷幸関係記事の考察」という題のもと、副題を順次、「離京前後」「離京のあと」「配所の虚と実」と付し、「Ⅱ」では、『今鏡』『兵範記』『愚管抄』『古事談』といった史資料を参照して、「物語としての作品の秩序の形成」がいかに果たされたかを考察、「Ⅲ」では、新院離京後の都で起こった源平対決の流言や、露見した新院直筆の夢の記の記事の生み出されてくる背景について、「Ⅳ」

では、物語の影響下にある一四〇六年執筆の『白峯寺縁起』本文の点検を含め、新院を訪った蓮如の説話の物語文脈に合わせての採り込み方についてまで、詳細に論じている。ただし、蓮如説話に関しては、氏の担当された新日本古典文学大系の『保元物語』脚注でも、本来の文脈に割り込ませた可能性を指摘しており（一三三頁注二二）、そのことへの言及があってしかるべきだったと思う。

右の「Ⅱ」「Ⅲ」と第一部の「Ⅲ」は一九九七年の公表、末尾を飾る「Ⅳ」は二〇〇二年一月の書き下ろしで、作品の素材面に細心の注意を払いつつ物語の作られ方を具体的に吟味する姿勢が等しい。人物や構想、個個の文脈や表現、いずれを扱うにしろ、軍記物語としての「つくられかた」が全篇にわたって問われていた。それは文学研究の本道に違いないのだが、私の読後感に、なぜか物足りなさが残る。一つには、書名通りジャンル形成論の「序説」に終り、「序言」にあった「歴史認識の解読」や「文学としての〈物語〉の位相の解明」が積極的に語られていないからかと思うが、それに対しては「あとがき」で、「所詮、学問は、永遠の「序説」を書き続けるしかないのであろう」という答えが用意されていて、それはそれで納得させられなくはない。もう一つ愚考するに、ジャンルや作品を生み出した人びとの表現意欲、何をどう伝えたかったのか、という問題への切り込みが希薄だからではなかろうかと考える。あくまでも「つくられかた」を沈着冷静に分析していく筆の運びから、個人的に抱かせられた感懐である。

振り返れば、私は、栃木孝惟なる研究者の背を、敬意をもって仰ぎ見ながら学問を志した世代に属する。文学史の大きな視座を内包する本書からも、言葉と正面から向かいあう大切さを再確認させていただいた。学恩に対する深い感謝とともに、それが次世代の研究者の指標となることを願いつつ、つたない評の筆を擱きたい。（二〇〇二年四月

岩波書店刊　Ａ５判四五一頁）

（「國語と國文學」二〇〇三年三月）

佐伯真一著『建礼門院という悲劇』

建礼門院の、「自分は近親相姦によって畜生道に堕ちた」と告白する場面が、何ゆえに『平家物語』に取り込まれたのか、しかも諸本のなかでも古い形を残していると目されるテキスト群に。――その問いへの答えが本書である。

佐伯氏が諸本研究に精力的に取り組みつつ、物語の形成されてくる過程に多大の関心を寄せ、一語一語の語誌にも造詣が深いことはよく知られている。氏の研究の基盤にある、いわばその三つの方向性が融合し、一般読者向けに結実したのが本書とも言えよう。書中では特に、建礼門院の姿に「落魄の美女の物語」たる小野小町伝承を重ねて、人々が物語に望んだものと女院像の形成とが不可分の関係にあることを明らかにした第四章、「畜生」の語誌をさかのぼって、性と密接に結びついていたらしい「禽獣」の語に至り、改めて高貴な女性の畜生道堕ちを語ることの意味を説き示した第五章は、読者をひきつける。

延慶本等によれば、「近親相姦」は、具体的には徳子が兄の宗盛や知盛と特別な関係にあるという噂の立ったことをいい、そのことで「畜生道をも」体験したように思ったと、女院は大原まで訪ねてきた後白河院に語る。女院の告白は、院に対して、自分の人生は仏教で説く六道（天上・人間・修羅・畜生・餓鬼・地獄）を経巡ったようなものであったと語るものであったが、一般に読まれている覚一本などは、畜生道について、わが子の安徳天皇らがあの世で龍宮にいるという夢を見たことに事寄せている。不自然さを感じさせるその引き当てよりは、「近親相姦」の問題を持ち出すほうが確かに理にはかなっていよう。こちらが本来的な形と、佐伯氏は見る。

氏は、「近親相姦」より広い概念をもつ「姦淫問題」という言葉に置き換えるが、それは、女院と舅に当たる後白河院との間に不倫関係が想像されなくはない表現が、物語中にあると見たからであった。そうした表現の淵源として重視するのが、夫の高倉院の臨終に際し、もし崩御の事態とならば、後白河院の後宮に彼女を送り込もうという案が浮上、清盛夫妻も同意しているという情報が流れた、周知の事実である。物語の表現の裏に、後白河院と女院との隠微な男女関係を読み取ろうとする説は従来よりあったが（水原一、丸谷才一、牧野和夫）、それに若干の批判を加えつつも、氏は基本的に同意する。第一章では、建礼門院の生涯をあらあら紹介しながら、まず、そのことを論ずる。

すなわち、後白河院の大原御幸の目的について、女院との「御同宿」の希望を口にする四部本を代表に、「男女としての愛情から思い立った」御幸と理解した「異本作者は確かに存在した」と説く。が、院のその本心は、以後の同本の文面にまったく現れないことに鑑みれば、「同宿」の一語に肩入れしすぎた理解ではないのか、疑念が残る。また、頼朝の耳に入るのを恐れて同宿は断念したとある一節に関連させ、「似たような記述」を持つとして紹介されている源平盛衰記の本文を点検してみれば、院は女院を都に連れ戻し「一つ御所」での同居をと考えたものの、世が変わり人心も不安定で、十郎蔵人行家や義経が行方不明な中では、「人の口もつつましく、鎌倉源二位の漏聞ん事、憚ありと思召て」、あきらめていたとある。流動的政情下での反鎌倉と取られかねない軽率な行動を慎んだことを言おうとしたものであるが、それを氏は、男女関係だけを念頭に「人聞きが悪いので」同居を「思いとどま」ったと解釈している。政治的配慮を語る文脈の中に恋情の抑制までが果たして含まれているのか、賛同するには躊躇を禁じえない。

第二章では、女院が過去を回想して語る「六道語り」に焦点が当てられる。栄華の時代を天上道に比すところから始まる回想談を、覚一本に沿ってたどったうえ、諸本による叙述の相違を取り上げ、前述したところの、畜生道を

「龍宮の夢」とするか、「姦淫問題」とするかに、最大の問題点があるとする。女院が六道を体験したかのようだと語るなかで、龍宮にわが子のいる夢を見たことを畜生道とした場合、これのみが自身の体験ではない点に「違和感が残る」という指摘は、確かに首肯できる。

私がもっとも疑問を覚えるのは、院に対する女院の告白には、「六道語り」のほかに、「恨み言の語り」と「安徳天皇追憶の語り」とが古い段階よりあったと説く第三章である。「恨み言の語り」とは、眼前の後白河院がかつて平氏をないがしろにしたことを恨むものであるが、氏は、それを明確に打ち出している盛衰記の記述を起点に論を展開させる。しかし、同本の後に出てくる文面に、「一旦の嘆に任てこそ、君をも恨申し候つれ共、誠は将来不退の悦と、思取てこそ候へ」と、悟りへの道が開けたことを喜ぶ一条が記され、作品末尾の「女院の今生の御恨は、一旦の事、善知識は是莫大の因縁なり」と呼応させられていることへの言及が、なぜかない。

次に四部本では、「恨み言の語り」と氏の判断する部分が、人々に「空観無生の信心」を勧める言葉で結ばれ、院に同行の公卿から「空観無生の法門」とはと問われて女院が長々と答える、空観問答とも言える部分があるが、それについても触れられない。更にその後には、仏説を聞いて喜ぶ院の言葉に応じて、大乗仏教を賛嘆する弁舌が続いており、これらは「恨み言の語り」より長大で、かつて氏自身が『宝物集』の引用であることを明らかにした箇所である。作品末尾には、盛衰記と等しく、今生の恨みは「一旦の御嘆き」とする一節がある。要するに叙述の総体に目を及ぼせば、「恨み言の語り」は、仏の教えによって恨みの怨念も克服できることを女院に説かせるために導入されたと推察されてくるのであるが、氏は、物語の形成過程を追い求めるあまり怨念のみを重視、その昇華を語る帰結部は不問に付している。

長門本の場合は、盛衰記の本文を利用しつつ、中間部分を大幅に削除した痕跡がうかがえる。院からも見捨てられた一門が、諸方をさまよったあげくに壇の浦で滅び、自らは都へ帰ってきたと述べるところまでは、ほぼ盛衰記の文面に合致していながら、それを受けて院と女院との間で展開されている、仏説を交えた応答がそっくりカットされ、女院の「人は生を隔てこそ」六道を体験するというのに自分は、という言葉に接続されている。その結果として、盛衰記にあった恨みの情を克服する、前引の女院の思いも消され、それと対応するかのように、作品末尾の一条も見出せない。同本では、悟りへの道筋が意識されていないのであろう。カットされた一部は、前の方に移されたと考えられるが、今はそれを論証する紙幅がない。ともあれ、同本を「恨み言の語り」の立証に用いるのであれば、盛衰記との本文交渉の有無をまず問うことが不可欠ではなかったろうか。

女院の「安徳天皇追憶の語り」は、紹介されている通り『閑居の友』にも認められ、物語形成の当初からあったとする説に異論はない。が、「恨み言の語り」を「安徳天皇追憶の語り」に結びつけ、院を恨む思いが、わが子への追憶を経て、一門の罪業を認めて懺悔する心情に変じ、亡魂の鎮魂へと赴くと読み解いた上、「恨み言の語り」は、「追憶から懺悔・鎮魂に至る語りを導き出すためのバネとして」作られ、「恨み→懺悔→鎮魂」の流れを形作るべく、「安徳天皇追憶の語り」に「付加され」たと想定しているのは、怨恨という煩悩からの離脱に主眼を置いていると私の目には映る盛衰記や四部本の実態を考えると、いかがなものかと思われる。

第四章では、能の『卒都婆小町』を取り上げて、落魄した美女が仏説を説くというパターンが建礼門院説話に重なるとし、女院の「聖女」化は、話の類型に従って必然的にもたらされたものと説く。『玉造小町子壮衰書』をはじめ、「あなめあなめ」と声を発する小町の髑髏譚、近年報告された能の素材と思われる小町伝説、清少納言や和泉式部の零落譚などが紹介され、一般読書人も興味をそそられるであろう内容となっている。

第五章は、その流れを受けて、女院が近親相姦による畜生道堕ちを語ることの問題性を改めて正面にすえる。兄弟と憂き名の立ったことを、女の身ゆえの苦悩と語るのは延慶本等であったが、畜生道がみだらな男女関係に結び付けられて非難語となるのは近世のことで、本来、畜生道は「動物同士の争い、弱肉強食の苦しみ」を特色としたという。そして、姦淫への連想が強い「禽獣」の語を、中国文献にまでさかのぼって調査、「禽獣」から「畜生」へとイメージがつながったものと見る。物語が女院に畜生道の穢れを語らせたのは、高貴な女性が捨身の行として穢れた世界に身を置いて下層の人々を救い、自ら聖女となる光明皇后の話や、多くの男と交わる性的苦悩を経て神聖化がもたらされる和泉式部の話などの類型があったからであるとする。魅力的な行論で、読む速度まで加速されたことであった。

本書は、建礼門院の実像を追うものではなく、なぜ彼女が物語中でそう語られなければならなかったかを、広い説話伝承世界の系譜を背景として捉えることで解明しようとした書と言える。啓蒙的な意味で、一般の方々に『平家物語』の形成過程を理解してもらう一助となることは間違いない。私の疑問とするところは、正直に述べさせていただいたが、それは旧来の知己ゆえで、誤解があるとすれば寛恕を賜りたい。（二〇〇九年六月　角川学芸出版刊　四六判二二二頁）

（「国文学研究160」二〇一〇年三月）

二六　エッセイ

マリア観音など断想三題

イタリア語も身につかぬ還暦を過ぎた身で、よくぞ一年のヴェネチア滞在を決めたものと、その無謀さを反省しつつ、ここの大学の日本語の巧みな先生方や学生、この地で知り合った多くの若い日本人居住者の皆さんに支えられて、今三月、特別研究期間を終えようとしている。持ち込んだ仕事も完了、今は感謝の気持ちでいっぱいである。

当地での新知見を、幾つか紹介してみたい。海洋史博物館では、海難事故を描いたあまたの絵が壁面に張り巡らされ、その絵の中に必ず聖母子、幼いキリストを抱いたマリアが描き込まれているのに驚かされた。記入年号の最も古いものは一五〇八年。事故で助かった人たちが、神に感謝して描いたものという。マリアは海難を救う存在だったことになる。周知のように、観音もその力を秘めた、女性的な慈悲深い仏。海の危険を顧みず日本に渡った宣教師らが、マリアへの賛辞を盛んに口にしていたとすれば、容易に観音と結びつくはず。マリア観音誕生の秘鑰《ひやく》を見る思いがしたことであった。

絵巻で、同じ人物の一連の行動を同画面に描出する画法は、異時同図法と命名され、我が国独特という評価を得ていると記憶するが、カ・ドーロの博物館に同様の手法の絵があった。横長の絵の中央部分に、騎士がベッドに横たわる女性に別れを告げる場面が描かれ、左の方へその騎士が馬に乗る姿と、従者と共に旅立っていく後ろ姿が展開、右の方へは女性が、騎士のものと思われる剣で、自らの胸を貫く場面と、埋葬地に運ばれていく場面とが続く。ある物語を描いた十五世紀前後の作品という。人の考えることは、所詮、洋の東西を問わぬものと教えられた。

ドゥカーレ総督宮の屋上に港を見下ろして立っているのが、左手に秤《はかり》を下げ、右手に剣をかざすラ・ジュスティツィアという女神像。かつては貿易船の舳先にも飾られ、ヴェネチアの船着場で税を徴収する役所が入っていたという、リアルト橋に隣接した建物の二階先端にもある。隆盛を誇った海軍基地の門扉を囲う六体の神像の一つとされ、フィレンツェでは、交差点中央の高い円柱上にそびえ立つ。神名は公正・公平の意。語源の等しい動詞ジュスティツィアーレは処刑する意。となれば、女神が秤と剣を持っているのも、うべなるかなである。秤は商業行為における公正・公平を、剣は処罰を象徴する。想像力が勝手に働き、左手にコーラン右手に剣のマホメットに対抗したものかとか、左手に救済の綱を握る不動明王とは大違いなどと、種々連想が及んだことである。

（「わせだ国文ニュース」二〇〇七年五月）

追記　その後、イタリアで美術を勉強しながら観光ガイドをされている日本人女性から、マリア信仰について、次のような情報を寄せていただいた。

「聖母マリアは、ラテン語で「Maris Stella」（海の星）と呼ばれ、海の上に輝いて、航海をする人々や、嵐に出会ったり、道を見失ったりした人々に、正しい道を指し示す神としてたたえられており、聖母を謳う「Ave Maris Stella」も、カトリック教会のなかで親しく謳われ、航海や漁を生業とする人々の守り神とされてきた。」

私は、マリアと観音との結びつきの必然性など、すでにその道の専門家が気づいていることと思っていたが、二〇一二年度説話文学会大会のシンポジウムの講師に招かれた中世後期の宗教史専門の方に質問したところ、聞いたことがないということであった。そこで、本書に右の短文を収録することにした。研究書にふさわしからぬ、このような「エッセイ」の章を設けたのは、私の仮説をより広く知ってもらい、その当否を検証してもらおうと思ったことが、大きな動機であった。

「セイガン、クダクル」

この歳になると、これは伝えておきたいな、と思うことが自然に心に浮かぶ。その一つが表題の言葉である。私は佐渡のお寺に生まれたが、父が亡くなり、本堂から出棺する際のこと、檀家の一人がシロウマと言われている白い盃を、「セイガン、クダクル」と言いながら石畳の上に落として、粉々にしたのである。

それを耳にした当初、「青眼」かなと思ったが、どう考えてもおかしい。結局たどり着いたところは、延命を神仏に祈る「誓願」の意であろうということ。

砕いた本人は、指示された通りに言ったまでで、意味は知らないという。そういえば、腰の曲がった檀家総代の古老が、「セイガン、クダクル、やらんかっちゃ（やろうよ）」と、そばで口にしたのを小耳に挟んだような気がした。佐渡に伝わる風習だったのに違いない。祖父母や、その後に亡くなった母、兄の時にも聞かなかったから、失せつつある言葉なのであろう。「誓願」を日常使うことは、まずありえまい。特別なニュアンスが込められて、葬儀にのみ使われてきたものと思われる。

私の祖父は、明治四十年ころ、京都の本山から左遷に等しいかたちで佐渡に送り込まれたらしいが、祖母は土地の人から「ジョロさんが来た、ジョロさんが来た」と言われて、「女郎じゃない！」と怒っていたという。それは、上流女性を意味する「上﨟」がなまって、「ジョロ」になったのだろうというのが、父の謎解きであった。古い言葉が残っていたことになる。

これは、妻の体験であるが、佐渡から帰る時に、近所のおばさんから、「しずかにお帰りください」と丁寧な口調で挨拶されたといい、また兄嫁は、お寺の行事が終わり帰宅するお手伝いのおばさん達に、「しずかにお風呂にでもお入りくだされ」と言われたという。この「しずかに」は「落ち着いて」「ゆっくり」の意に相違なく、平安朝古典の使用例に等しい。佐渡育ちの私ではあるものの、日常会話のやりとりで聞いた覚えがないから、何か特別に改まった場面で、古語が浮上してくるのであろうかと思えてくる。

ふだん聞く言葉には、「旅のもん（者）」「旅に行ってしもうたっちゃ」というものがある。この「旅」は旅行ではなく「よその地」を意味し、いわゆるよそ者と、地元を出て行ってしまったことを表現しており、やはり古語に通じよう。

次は言葉から離れて、生物の話。佐渡にはもともとガマガエルは生息していなかった。ウィキペディアによれば、アズマヒキガエルという正式名称のこのカエル、佐渡島には移入されたとある。実は、東北大を出た私の高校の生物の教師が、自然環境のせいかと不思議に思って実験すべく、うかつにも、わが寺の池に放したのが事の始まりであった。今や繁殖に繁殖を重ね、土地の人は、先生の名前を取ってナカムラガエルと呼び慣わしている。これも伝えておかねばという衝動に駆られ、最後に言及したしだい。

（「わせだ国文ニュース」二〇一五年一一月）

追記　この文章を兄嫁に見せたところナカムラガエルはいなくなったという。不思議に思い、あらためてウィキペディアを見てみると、何と天敵が蛇のヤマカガシとある。我が家の近辺には、ヤマカガシがたくさんいる。その天敵に捕食されてしまったのであろうと、推測がついたことであった。再び佐渡は、ガマガエルのいない地になったのであろうか。

仏の姿

大学の学部生だったころ、ある『源氏物語』研究の大家の話を聞いた。「平安時代の美人は手が長くって、膝の下まで届くほどあったんだよ」と言い、あたかも手の長いことが美人の条件であったかのような一節に驚き、それが記憶に残っていた。確か、仏像の手の長いことを根拠に、そう話されたと思う。

後年、ラオスのルアンパバーンに旅行した時のこと、薄い青茶色のメコン川を二時間余りもエンジン付きの木製の舟でさかのぼり、あまたの仏像の納められた鍾乳洞のパークウー洞窟に案内された。そしてそこに見出したのは、まさに膝の下まで伸びている長い手の仏像たちであった。あちらにも、こちらにも。大小さまざま、約四千体もあるといい、決して古くはないが、民衆の一人ひとりが願いを込めて奉納したものだという。

かつて見た、日本のどこかの寺院の国宝級の観音像も、垂直に下げた右手が膝近くまであった。あらためて考えてみれば、異常な手の長さは、人々を救おうとする仏の心の象徴に外なるまい。美人の条件などであるはずはないのである。観音は、人々の悩みを見聞きして救いの手を差し伸べようとする仏さま、手の長さには必然性がある。そのことを思い知らせてくれた洞窟の仏像群であった。

ルアンパバーンでは、早朝に、托鉢を持った柿色の僧衣のお坊さんたちが一列になって歩き、路上に座った人々から食べ物の喜捨を受ける光景を目にした。鶏の声が、あちこちから聞こえてもいたし、石段を登った小高い丘からは、静かに朝日の昇ってくるのを楽しむこともできた。先のとがった金色の屋根をもつ寺院が点在し、人の往来も落ち着いていて、静謐な街という印象が強く残る。

その街である夜、若者の乗ったバイクが次々と音を立てて一方向に向かって行く。気づけば、歩いている人たちも同じ方角に進んでいる。旅に同行してくれていたのは、タイ語が堪能で、タイの大学で教壇に立っていた、私の教え子のA君であったが、二人して何があるのか行ってみようということになった。

たどり着いてみれば、お釈迦様の誕生会、右手で天を指差す金色の小さな誕生仏の頭には、これも金色の竜の口から水が注がれている。まわりには莚が敷かれ、きれいに着飾った子供たちが祝福されてその場の主役、ごちそうが繰り広げられ、にぎやかな声が響いていた。木の枝に張りめぐらされた電線から裸電球が吊り下げられ、その黄色い光が、柔らかく全体を包んでいる。

そうだったのだと納得し、しばらくそのようすを見て帰ろうとした時、人々の群れが左手の方に曲って行く。不思議に思い、あとをついて行き暗い中で目を凝らして見れば、台の上に横たわっている真っ黒な人の寝姿、お釈迦様の涅槃像であった。人々は静かに合掌、礼拝し、散らばっていった。いわば、生と死とが、同時に、同空間に、提示されていたのであり、私はそのことにいたく心動かされた。究極のところ、この世は生と死に尽きるであろう。そのことを説き示すかのような場が、創り出されていたわけである。一方は金色、他方は黒で。

海外で見た仏の姿で、もう一つ忘れられないものがある。カンボジアのアンコールワットの、巨大な岩石に刻まれた仏たちの顔である。幾つものその顔は、別個にあらゆる方角に向けられていた。あまねく平等に世界を見ている、それを暗示しているのであろう。パークウー洞窟の仏像の手は下方に、アンコールワットの仏像の目は全方位に向けられている。人間の求める救済者の姿が、それぞれに具象化されているように思われた。

アンコールワット見学の一目的は、インドの古代叙事詩『ラーマーヤナ』の彫刻がほどこされている回廊を見ることであった。全長五十メートルもあるという石の壁面に、猿の軍団を従えた主人公ラーマと魔王との戦闘場面が活き活きと彫り出されていた。が、案内してくれた人は、その回廊をまわり、次の壁面に出ると、すっと通り過ぎてしまう。聞けば、その壁面の彫刻は、中国占領下に中国人によって彫られたものだという。見学する人も、そこだけは、ほとんどいない。侵略者への反発が、なお生き続けているらしかった。

案内人は日本語の巧みなカンボジア人で、車の運転ができた。車中、多くの知識人を虐殺したクメール・ルージュのポル・ポトの話になり、ご自身の親戚縁者も多く犠牲になったと話してくれた。しかし、その話をしながらも、「ポル・ポトさん」と親しみのこもった呼び方をし続ける。理想の国家を創ろうとしたことへの尊敬の念が、いまだどこかにあるかのように感じられた。

実は、フジテレビ記者だった私の長兄は、ベトナム戦争取材のためにこの地に来て、クメール・ルージュに捕られ、結局、所在不明となってしまったのであった。時に三十六歳。私の大学院入学金を援助してくれた兄であった。時は流れ、私の長男がプノンペンを訪れた際に、戦争の犠牲となったジャーナリストの名を金文字で刻んだ大理石のモニュメントを公園の一角に見出し、その最初に「Akira Kusaka（JAP）」とある写真を送ってきてくれた。釈迦は、敵対者の中にすら仏の存在を認めたというが、寺に生まれながら僧籍を継ぐ意思など毛頭なかった兄は、どのようにして最期を迎えたのか、案内人の話を聞きながら複雑な思いが胸中をよぎった。

やがて車中から、茶色の泥池に咲いている一輪の赤い睡蓮の花が見えてきた。濁った泥と鮮やかな花の色とが対照的で、刺激的ですらあった。自ずと心に湧いてきたのは、高原陸地には蓮華の花咲かず、泥水の中にこそ花開くと詠っている今様の歌（『梁塵秘抄』一〇一、二〇一番歌）、汚《けが》れた煩悩こそが仏種となり、やがて悟りの花を咲かせることになると説く、大乗仏教の教えを反映した歌謡である。その歌謡を思い出したということは、濃く濁った水面に浮いて赤く鮮やかに一輪だけ咲いていた、蓮華ならぬ睡蓮の花に、私は仏の姿を重ねて見ていたことになろう。仏は救済者としてだけではなく、自らの到達すべき心の姿としてイメージすべきものでもあった。

（新稿）

イタリアの叙事詩人

十五世紀から十六世紀にかけて、イタリアには二人の高名な叙事詩人がいた。『狂えるオルランド』を書いたルドヴィコ・アリオスト（一四七四～一五三三）と、『エルサレム解放』を書いたトルクワート・タッソ（一五四四～一五九五）である。前著の日本語訳は全文（名古屋大学出版会刊、脇功訳）、後著は抄出編著の訳（岩波文庫、アルフレード・ジュリアーニ編・鷲平京子訳）が出ている。二人とも、都市国家フェラーラのエステ家に仕える身であったから、機会があれば、その地に赴いてみたいと思っていた。

エステ家は、最後にフェラーラを追われてモデナに移り住むことになるが、まず私が訪れたのは、こちらの方であった。一族の遺品を公開している美術館があり、そこで代々の国王の肖像画や大理石の彫像を見ているうちに、中国製の、高さ一・五メートル、幅一メートルほどの、引き出しの多い赤い棚を見出した。脇には、堆朱《ついしゅ》の小さな丸い壺もある。

思い出して見れば、オルランドが狂ってしまったのは、中国から来た美女の愛がムーア人（アフリカのイスラム教徒）の少年に移り、行方が分からなくなってしまったからであった。アリオスト作品は、同じエステ家に仕えていた先輩詩人（マッテーオ・マリーア・ボイアルド、一四三四～一四九四）の未完成作品『恋するオルランド』（未翻訳）を受けて、失恋した英雄の物語を創作したのであったが、恋の対象が中国から来た美女に設定されたのは、エステ家に、遠い東洋への何がしかの羨望があったからであろうと、納得された。

その後、本拠地であったフェラーラに行った。現地を案内してくれたのは、日本語の巧みなイタリア人ガイドの方であったが、初対面なのにいきなり「日下先生、よろしく」と言われて面食らった。私が旅行会社を通じて、タッソの幽閉されていた聖アンナ病院の地下牢を見たいと伝えてあったので、ふつうの旅行者とは違うと考え、こちらの素性を前もって調べて下さっていたらしいのである。

話をうかがえば、京都に八年間住み、奥さんも日本人という。しかも私のために、前もって一日をかけ、自転車を使い、フェラーラにおけるタッソとアリオストの足跡を探査しておられた。お名前は、ジャンカルロ・ジョヴァネッリさん。ただただ、感謝の気持ちを伝える以外になかった。

まずエステ城を訪ねる。周囲を堀で囲い、四つの塔が均等に四隅に立つ。大砲製造で知られた王家ゆえ、庭には実物大の大砲の模造品があり、石の砲丸が積まれていた。城内は、高所に大砲を運びやすいよう、坂道が設営されている。ヴェネチアとの戦いでも、大砲が威力を発揮したと聞く。二階の広い屋外には、大ぶりの実をつけたオレンジの木が鉢に植えこまれて幾つも並べられていた。寒いイタリア北部の地では実らないため、暖かい間は屋上で育て、冬には室内に入れるといい、驚いたことに、オレンジの木をこうして多く保有することが、貴族のステータスを示すものだったと説明された。

往時の華やかな宮廷をしのばせるのは、室内の天井に描かれている絵であった。絵には、羽の生えた愛の神キューピットの種々戯れるさまが描かれ、胸をあらわにした女性の姿もある。この下で宮廷につどう男女がダンスをしたり、食事をしていたわけである。してみれば、彼らの前で、自作の叙事詩を披露した詩人の作品に、愛のテーマが入り込んでいるのは、しごく当然と思われた。

キリスト教の聖地エルサレムを、イスラム教徒から奪還した十字軍の戦いを主題とするタッソ作品には、敵を愛してしまうという隠れたテーマがある。剛勇で知られたキリスト教徒の戦士が、戦場で渡り合ったイスラム教徒の美しい女戦士に恋慕の情をつのらせるが、最後は激闘の末に倒した相手の兜の下に、恋する女性の顔を見出して絶句し、絶望する。その戦士を慕うのが、かつて捕虜の身となっていたイスラム王の娘で、報われぬ愛に懊悩し、修道院に入ってしまう。イスラム教徒の魔性の女は、魔術で多くの敵をとりこにしたものの、ひとりの少年戦士に惚れてしまい、任務を忘れて愛の生活に耽溺する。

タッソ作品は、敗者の心理を丹念に追おうとする一面をも持つ。敗者は、もちろんイスラム戦士である。彼の視線は、宗教的対立を越えたところに注がれていたのであった。当時はキリスト教界で宗教改革の嵐が吹き荒れていた時代、カトリック教会による異端審問所が各地に設けられていたが、彼は自著が異端書に当たらないか、精神的異常をきたすまで悩み、自ら二度も審問所に出向く。しかし、狂人として扱われ、結局はフェラーラ国王によって地下牢に幽閉される身となり、七年を過ごす。釈放されたのちも各地を放浪し、客死する。激情を内包する愛を描き、敗者にシンパシーを感じていたらしい心のありようは、彼の不幸な生涯と深いところで結びついているのであろう。

私が旅に先立って見たいと伝えてあったのは、聖アンナ病院に現存するという、その地下牢であった。少しでもタッソの苦悩を、肌で感じてみたいと思ったのである。ところが、エステ城を案内してもらっている最中、病院が移転し、地下牢も取り壊されてしまったと聞かされ、唖然とした。一九八〇年代のことらしいから、つい三十数年前ということになる。その代わり、模造の地下牢が新たに作られ、そこには旧来の鉄格子がはめ込まれているが、残念ながら年に数回公開されるだけだという。

次に、その新しい場所に案内してもらった。ジャンカルロさんの話によると、探査に訪れた日はちょうど公開日で、しかも小学生たちがタッソを主人公とする劇をその場で演じていて、主役の少年がベッドから飛び下りながら「私はタッソだ」と叫んだ場面などがあったそうである。それを聞き、日本の学校教育ではありえない、イタリアの伸び伸びとした教育の実態を知る思いがした。劇を見ていた人たちには、子供たちの描いた登場人物の似顔絵が配られたということで、後日、再会した時、タッソの仕えたアルフォンソ二世の鬚顔の絵を、「お土産にどうぞ」と頂戴した。私にとっては、大切な宝物となっている。

タッソは、『アミンタ』という牧歌劇を書いて有名になった（日本語訳は『愛神の戯れ』鷲平京子訳・岩波文庫）。狩に夢中になってしまっている幼なじみの乙女を愛する牧人アミンタが、相手の危機を救ったにもかかわらず報われぬ恋と知って崖から身を投じ、危うく命拾いした結果、乙女も愛に目覚めるというストーリーである。その劇が演じられたという劇場空間が庭園内にある、エステ家の別荘にも案内された。舞台の横の長さは二十メートル余りもあったであろうか、奥行はほぼ五メートル、前面に柱が十本立ち、役者の控える舞台の袖が左右にあり、庭と同じレベルに床石が敷き詰められ、丸天井には絵模様が施されていて、劇を演ずるのには程よい空間に思われた。

タッソは二十九歳でこの劇を、三十一歳で長編の『エルサレム解放』を書き上げ、共通して男女の愛に焦点を当てているものの、本人は五十一歳で亡くなるまで、家庭を持つことはなかった。牢獄から釈放された後も作品を書き続けるが、精神的には不安定で、躁鬱を繰り返すことが多かったらしい。

そうしたタッソの生涯と対照的に、宮廷に仕えて安定した地位を得ていたのがアリオストである。私の予備知識に全く入っていなかったのは、彼の住んでいた家が、今なお残っているということであった。部屋には、少々朽ちかけた椅子があり、ガラスケースの展示品の中には、何と、アリオストの親指の白い骨を納めた小さな箱があった。聞くところによると、土地の区画整理で彼の墓が掘り起こされた際、某大学教授が現場に行き、ひそかに拾って持ち帰ったものだという。壁には横顔の肖像画が掛けられていたが、右目が斜視だったため、画家には必ず左の顔を描かせたと教えられた。そうした逸話からも、タッソとの性格の違いがうかがえよう。

アリオスト作品は、次から次へと大胆奔放に話題が予期せぬ方へ発展し、物語の舞台はアフリカから月世界にまで及ぶ。人を飽きさせない、複雑に仕組まれたストーリー展開に、軽やかな皮肉も混じる。速筆であったのだろう。ペンを持っていた指がこれかと思うと、感慨深いものがあった。

そのアリオストの家の北東、歩いてわずか七、八分、エステ家の別荘からは更に近い地点に、凱旋門であろうか大きな門があり、すぐ背後の左右に高い土塁が連なっていた。町全体を囲っていた城塞跡で、周囲は九キロと聞かされ、城壁に守られた小さな都市の実態が想像された。

実はフェラーラから電車で四十分ほどのボローニャに、私は一か月間滞在して、モデナにも旅したのであったが、中世の町を、より温存しているのはボローニャの方。フェラーラよりはるかに広く、城壁の門は十二あったのが、十まで残っている。それを全部、踏査してみて分かったのが、東西でも南北でも対極にある二つの門の間は、徒歩で一時間余りあるかないかの距離に過ぎないということであった。

十二、三世紀成立のスペイン叙事詩『エル・シードの歌』（岩波文庫所収）には、城塞の門の鍵を譲渡されたことで、主人公のシードがその都市を支配下に収めることができたという一話がある。鍵は博物館に古いものがよく展示されており、西欧の文化には不可欠、かつ、それを象徴する一つであろうと思っていたが、当時の都市が壁に囲まれた、ごく狭く閉じられた空間であった実情を知り、その話があらためて実感を伴い、思い起こされた。

晩年になってから海外の叙事詩を読み始めたこの身には、旅で見聞きしたあらゆるものが新鮮で、教えられることが多く、誠に貴重な体験であった。

（新稿）

あとがき

自分の論文集を最後にまとめようと考えた当初から、一つの思いがあった。表紙のカバーを、最初の著作（『平治物語の成立と展開』汲古書院・一九九七年刊）の時と同様、故佐藤多持画伯の絵で飾りたいと思ったのである。その願いを、奥様のご厚意によってここに実現することができて、今は感謝の念に堪えない。しかも今年は、画伯の生誕百年に当たり、所々の美術館や画廊が回顧展を開催、御自身がお生まれになった福寿山無量聚院観音寺（東京都国分寺市）では、五年の歳月をかけて完成された三十六面の襖絵が特別公開され、その密度の濃さに感動を新たにしたことであった。実にありがたいめぐり合わせと思う。

故画伯との出会いは、私が学部（早稲田大学文学部）の四年生の時であった（一九六七年）。画伯のお子さんの担任をしていた小学校教員の義兄を通じて、画伯の知り合いの家庭で家庭教師を求めているからどうかと誘いを受けたのが始まりであった。折しも、東京国立近代美術館で開かれていた日本国際美術展に招待作品として絵が展示されているという。「水芭蕉曼陀羅」と命名されたその絵に接して、私は圧倒された。壁一面が、広げられた六曲屏風で覆い尽くされ、筆で描かれた数知れない丸い曲線が、激しく強く、独立して次から次へと交錯しつつ展開し、奥には黒く深い宇宙の闇があって、曲線の間には所どころ金色とプラチナの白い珠《たま》。その一本一本の線に、私は「命」を見たように思う。自分もこのように、ただ一つの線となって生きればいいのだ、そんな想念が湧いたのであった。

私の持っている岩波の日本古典文学大系『保元物語　平治物語』の裏表紙には、鉛筆でメモされた画伯の詩が、すっかり薄くなって、それでもなおいまだに残っている。

おなじようで　おなじでない
おなじでないようで
おなじような
くりかえしているようで
くりかえしていない
とまっているところの
ない　その瞬間のとまって
いる軌跡が次々に
弧をえがいて
おなじ宇宙のようで同じ宇宙に
でない　転進が次々に
軌跡のみのこして

今がすでに
過去になり
未来が現在になり

現在は軌跡のみ
過去として終り
次に進んでいく

絵をそのまま詩句にしたようなフレーズの一つ一つから、この世の生のあり方に対する確固とした信念が伝わってくる。メモによれば、この詩は、先の美術展の二年後、昭和四十四年（一九六九）七月の展示会会場に掲示されていたもので、以後、何度も、同じ詩を目にしているから、故画伯が自らの絵の真髄を言葉によって表明した作品と自認されていたのであろう。当時、私は大学院へ進学していて、『平治物語』の研究を本格的に始めていた。それゆえ、携帯していたそのテキストにメモすることになったのであった。

三年後には、岩手大学に職を得て盛岡の地に赴任したが、その際、「水芭蕉（暁明）」の名を持つ絵一枚（1号）を、購入させていただいた。勉強を続けるからにはと、大学院への入学金も学費も生活費も、すべて自分で稼いでいたが、その一か月分の収入全部を当てて買い求めたもので、思い出は深い。独身で見ず知らずの地へ赴き私の心の糧となったその絵を、在職中の七年間、研究室に飾り続けた。

画伯の言葉で忘れられない一言がある。「永遠なものを求めなきゃーね」である。創作者として、それは当然な言葉に違いないが、私には言えない一言として心に響いた。研究の多くは、所詮、時の経過の中で相対化される定めにあろう。たとえそうにしても、この身が画伯の描く、また詩にある「軌跡」の一つであれば、それでいいと思い続けている。画伯の想い、描いた「軌跡」には優劣がない。あらゆる生命体の航跡なのだから。私もその一個。

大学四年当時、私は研究への道に進むべきか否か、迷い続けていたが、その背を最後に押してくれたのが「水芭蕉曼陀羅」であった。さらに言えば、画面を構成している太い墨筆の一本一本の線であったと言えようか。ともあれ、私が今あることと画伯の絵とは、切っても切れない関係にある。

カバーの表には、今は練馬区立美術館の所蔵に帰している、最初の出会いとなった作品（水芭蕉曼陀羅（す）六曲屏風　一九六七年作）の一部を、裏にはその全体と、後年、私が購入した作品（水芭蕉曼陀羅・黄128　20号　一九九七年作）とを、使わせてもらった。

人とのめぐり合わせは、不思議なものと思う。ここに記したことは、どこかで書き残しておきたいと思っていたことであった。それが果たせたことに幸せを感じている。そしてもう一つの幸運も、書き残しておこうと思う。

本書の出版に際し、汲古書院の飯塚美和子氏に種々お世話になったが、五十嵐力の章を点検していただいている過程でのこと、メールでのやり取りの中で、そのお墓に行ったことがあると書いてこられた。驚いて尋ねると、早稲田の中古の大学院に在籍していたころ、恩師の案内で墓参されたのだとか。もう二十数年前のことで、場所は覚えていないとおっしゃりながら、わざわざインターネットで探し出してくださった。ここに、心より御礼を申し上げる。

実は、私の名前の「力《つとむ》」は、五十嵐先生にちなむものであった。早稲田の学生であった私の父が、学問の道に進もうとしたところ、「ハハキトク、スグカヘレ」の偽電報で呼び戻され、再び上京を許されなかったその悔しさを、わが子の名に託し、私の次兄には、江戸文学研究の泰斗、山口剛の「剛」を、私には五十嵐先生の名をつけたのであった。

埼玉県飯能市にある古刹の禅宗寺院、能仁寺にあったお墓は、誠に大きなものであった。石材が積み重ねられ、見た目では高さが一メートル三十センチほど、一辺が二メートル弱もありそうな四角い壇の中央に、丸いお椀を伏せたような形状がコンクリートで造られてあった。墓碑銘は「五十嵐力夫妻之墓」、先輩に深く敬意を抱き続けた相馬御風の筆になるよし。さらに由緒書きによれば、左脇に立つ、これも大きな「思慕の碑」は、この墓の少し前に庵を構え、晩年を過ごされた夫人の書かれたものという。静寂な空気に包まれ、たたずまいの全体からは不動の威厳が感じられた。

寺の背後の、標高一九五メートルある見晴らしの良い天覧山にも登った。山つつじが終わりを迎えつつある季節、野鳥のイカルであろうか、よく通る声で鳴いていた。

私は両親から寺跡を継ぐことを期待されながら、それが果たせなかった身で、そのことに少なからぬ負い目を感じて生きてきたが、今回、図らずも、名前の由来と聞かされていた五十嵐力博士の墓に詣でることができ、不思議な奇縁に思いを馳せつつ、静かな喜びをかみしめている。この書を、父敞隆の霊前に捧げさせていただく。

あらためて思うことがある。幼いころ、身体が弱くて母に心配された身でありながら、よくここまでとは思うものの、さてはて、自分はどこまで戦争と文学との関係を問い詰められえたのであろうか、そしてまた、戦いの非なることを、どれだけの言葉の深さで伝ええたのであろうか、そうしたことを考えると、はなはだおぼつかなく、内心、忸怩たる思いが湧いてくる。この反省の弁をもって、結びとしよう。

二〇一九年八月

日下　力

著者略歴

日下　力（くさか つとむ）

1945年１月、新潟県佐渡郡羽茂村大字大崎に生まれる。
1963年、新潟県立羽茂高等学校卒業。
1971年、早稲田大学大学院文学研究科修士課程修了。
1972年、岩手大学教育学部助手。のち同助教授。
1979年、早稲田大学文学部助教授。のち同文学学術院教授。
現在、早稲田大学名誉教授。博士（文学）。

著書（「まえがき」掲出以外）：共編著『平家物語大事典』（東京書籍・2010年）、『平家物語を知る事典』（東京堂出版・2005年）、『前田家本 承久記』（汲古書院・2004年）。注釈書『新日本古典文学大系　保元物語 平治物語 承久記』（岩波書店・1992年〈『平治』担当〉）、『保元物語 現代語訳付き』（角川文庫・2015年）、『平治物語 現代語訳付き』（同・2016年）、『日本の文学　保元物語 平治物語』（ほるぷ出版・1986年）。

中世日本文学の探求

令和元年十月一日　発行

著　者　日　下　　力
発行者　三　井　久　人
整版印刷　富士リプロ㈱

発行所　汲　古　書　院
〒102-0072　東京都千代田区飯田橋二-五-四
電　話　〇三（三二六五）九七六四
ＦＡＸ　〇三（三二二二）一八四五

ISBN978-4-7629-3644-9　C3091

平治物語の成立と展開　日下　力著　15000円

いくさと物語の中世　日下　力監修　鈴木　彰　三澤裕子編　15000円

前田家本　承久記　日下　力　田中尚子　羽原　彩編　12000円

保元物語の形成（軍記文学研究叢書3）　栃木孝惟編　8000円

平治物語の成立（軍記文学研究叢書4）　栃木孝惟編　8000円

軍記文学の系譜と展開　梶原正昭編　25000円

伊地知鐵男著作集　全二巻

Ⅰ　宗祇　16000円

Ⅱ　連歌・連歌史　18000円

（表示価格は二〇一九年一〇月現在の本体価格）

——汲古書院刊——